COLLECTION FOLIO

René Belletto

# Le Revenant

P.O.L

René Belletto est né à Lyon en 1945. Après des études de lettres, il publie son premier livre, un recueil de nouvelles, *Le temps mort* (prix Jean-Ray 1974 de littérature fantastique). Il devient un auteur à succès quelques années plus tard avec des romans comme *Le Revenant* (prix de l'été VSD-RMC 1981), *Sur la terre comme au ciel* (Grand Prix de littérature policière 1983, adapté au cinéma sous le titre *Péril en la demeure*), *L'enfer* (prix Femina, prix du Livre Inter et Gutenberg du meilleur suspense 1986), ou *La machine*, un thriller également porté à l'écran.

Parallèlement à ses romans, René Belletto développe une œuvre plus discrète et plus secrète, aphorismes, poèmes, un essai sur Charles Dickens, etc.

*Coda* (2005) est son dernier roman publié.

# PREMIÈRE PARTIE

# I

Je n'ai pas le courage de remonter à la mort d'Isabelle, qui marque sans doute le véritable début de cette histoire. Non plus de commencer par mes retrouvailles avec Éric. Je m'en tiendrai je crois à un compromis : évoquer brièvement mon voyage de retour et m'abandonner, quand je m'en sens la force, à divers souvenirs et anticipations.

Un mois et quelques jours après la mort de ma femme, je quittai Barcelone et rentrai à Lyon, ma ville natale.

Comment le temps avait passé durant ces trente-sept jours (je venais de refaire le calcul exact à l'instant où un camion hargneux, « Déménagez vous-mêmes », me doublait pour la quatrième fois), ces trente-sept jours qui semblent un seul dans ma mémoire, j'ai peine à l'imaginer. Je me vois cloîtré des heures et des heures dans le calme trois-pièces sur cour de la *calle* Assahonadors, numéro 7 bis, troisième étage, où nous avions vécu un an. Prostré sur le très inconfortable canapé espagnol de la pièce du milieu, baptisée salon, face à la fenêtre. Indifférent à la rudesse de ce siège, apparemment fabriqué avec des plaques de béton recouvertes d'un tissu rougeâtre d'une rare minceur, et tel qu'après une seule soirée nos (rares) invités repartaient grimaçants et se frictionnant avec énergie l'arête de l'angle droit que formait alors leur corps.

J'allume Benson sur Benson, l'œil fixé sur le gros arbre sphérique qui l'été envahit toute la cour et dont les branches, les jours de vent, giflaient les vitres sales et les volets jadis bleus, clac blam, blichiouiouclac, blam blam. Je détourne le regard pour jeter les mégots dans une poubelle, non sans adresse les derniers temps.

Je dépassai le camion quelque part au niveau de Gérone, millimètre par millimètre. C'était agaçant.

Un jour, la poubelle prit feu. C'est Antonio, le voisin du dessus et mon seul ami durant cette période, qui vint m'en avertir. Il frappa à ma porte. Je dus progresser à travers une épaisse fumée pour aller lui ouvrir. La fumée ne m'avait pas vraiment réveillé, si toutefois je dormais vraiment.

Antonio avait cinquante-huit ans et une dentition de cheval.

Il vivait seul.

L'arbre, dans la cour, était d'une espèce inconnue. Même les plus anciens locataires n'auraient su le nommer. Comme il dissimulait l'immeuble d'en face et qu'un silence absolu régnait dans l'appartement, je pouvais me croire l'habitant d'une maison isolée en pleine campagne.

Le camion m'accablait d'appels de phares. Nous roulions à des allures trop voisines.

Je me rendis compte que j'occupais toute la route. Je ralentis et serrai à droite. Cette fuite-poursuite pouvait durer longtemps. Je décidai de m'arrêter à la prochaine *estación* pour mettre de l'essence, à tout hasard (ma jauge ne marchait pas), pour faire vérifier aussi l'allumage et divers niveaux. Depuis quelques kilomètres, le moteur de ma vieille Fiat 128 émettait des bruits curieux.

Je transpirais et je mourais de soif.

« Déménagez vous-mêmes », écrit à l'arrière en lettres énormes. La première fois que le camion m'avait doublé, j'avais lu, vraiment, « Déménagez vos mémés », sans sursaut critique particulier. Mon esprit était loin, ailleurs. J'étais épuisé. Et je n'aime guère rouler sur autoroute. C'est surtout en ville que mes qualités de conducteur s'exercent avec bonheur, comme on verra.

Les hiéroglyphes habituels m'avertirent d'une station toute proche.

J'attendis vingt minutes à la pompe à essence. Je les passai à suer et à fumer. Odeurs diverses et piaillements polyglottes m'insupportaient. C'était le début des grandes migrations d'août.

Finalement, je n'avais besoin que de peu d'essence. Habitué aux pleins interminables, le gamin roux à l'oreille droite décollée et à la narine gauche deux fois plus béante que l'autre, ou l'inverse, parut presque mécontent de devoir retirer si vite son tuyau de l'orifice irrégulier du réservoir, mécontent plutôt, l'arrêt automatique de la pompe ne fonctionnant pas, d'avoir le pantalon trempé d'essence, mécontent enfin de ne pas parvenir à replacer le bouchon, lequel ne se vissait pas, malgré les apparences, mais s'enfonçait bel et bien à coups de talon, comme je lui en fis la démonstration maussade avant de glisser un riche pourboire dans sa main poisseuse.

« Quel genre de bruit ? » me demanda un petit mécanicien chauve et en tricot de corps. Question toujours embarrassante. Il insista, me donnant le choix entre diverses onomatopées qu'il articula de bon cœur. Emporté par son effort d'imitation, il m'effraya presque d'un « paf ! paf ! paf ! » retentissant, yeux écarquillés et poitrine gonflée, par lequel il semblait chercher à éloigner des vautours, suivi aussitôt d'un « breloui, breloui » ténu, comme s'il appelait des poussins dans une basse-cour, visage tout plissé et mains posées sur les cuisses.

Je lui abandonnai la voiture à regret. Je n'avais pas eu de chance avec les garagistes espagnols, et celui-ci n'allait pas faire exception, je le sentais.

Je tenais à conserver cette voiture le plus longtemps possible. Les quelques mois passés à Barcelone avaient été désastreux aussi sur le plan matériel. Au début, Isabelle avait trouvé une place de professeur d'allemand dans un établissement privé, puis elle s'était fâchée avec la directrice et avait rompu son contrat. Et elle n'avait plus rien fait. Les cours particuliers de musique et de guitare que j'avais fini par trouver moi-même à grand-peine ne rapportaient pas un salaire sûr. Nous vivions en partie sur nos économies, qui étaient maigres. Mes voyages à Lyon coûtaient cher. Deux fois j'avais fait venir Éric en avion.

Éric était resté à Lyon, chez ma tante Emilia. J'avais jugé cette solution préférable pour lui. Déjà auparavant, depuis sa naissance à vrai dire, ma tante avait l'habitude de le garder pendant d'assez longues périodes. Elle l'avait élevé autant que nous.

La chaleur me sauta au visage lorsque je pénétrai dans le bâtiment du relais, comme si elle avait rassemblé là le gros de ses forces. La climatisation était en panne depuis plus d'une heure. Rien ne fonctionnait dans cette station-service.

Une caissière semblait au bord de l'évanouissement, une mèche de ses cheveux teints collée sur sa joue. Les touristes, nombreux, de nationalités variées, soufflaient et maugréaient. Les plus mécontents étaient ceux qui sortaient des toilettes, ramenant avec eux des bouffées de puanteur suffocante. Je ne comprenais pas toujours les vocables hargneux qu'ils émettaient alors, mais j'en devinais aisément le sens d'après la vigueur de la pression qu'ils exerçaient de part et d'autre de leurs narines tout en roulant des yeux contrariés.

Un couple âgé me regarda avec insistance, puis une adolescente aux cheveux hérissés.

Mes yeux cernés jusqu'au milieu des joues suffisaient je crois à attirer l'attention, sans parler de mes cheveux hirsutes, d'une barbe de deux jours, de ma chemise boutonnée en dépit du bon sens, ou encore de mon jean espagnol, tout blanc aux alentours d'une braguette dont je devais remonter sans cesse la fermeture éclair défaillante.

Je n'avais plus d'habits convenables. Mon seul costume était troué. J'avais d'ailleurs presque tout donné à Antonio avant de partir pour qu'il s'en débarrasse à sa convenance.

Non, rien n'allait dans ce relais sordide. Et peu importe l'état exact du réduit à la lucarne bloquée où j'urinai, pantalon baissé — car la fermeture éclair en question, folle sur la partie supérieure de sa course, se coinçait sans remède vers le bas, si bien que je devais baisser culotte pour mettre à son aise l'instrument de la miction sous peine de me compisser odieusement —, où j'urinai en retenant mon souffle jusqu'au terme de l'opération, de peur d'une nausée trop violente.

Dès le lendemain de l'enterrement, j'avais souffert de vomissements pendant une semaine, et depuis je rendais volontiers tripes et boyaux.

Je mangeais peu. Je n'avais presque jamais faim.

Je bus trois expressos assez bons, achetai des biscuits aux raisins secs et retournai à la voiture en grignotant.

Bien entendu, je ne suis pas resté enfermé trente-sept jours sans mettre les pieds dehors. J'allais de temps en temps à *La Meson del General*, le bar-restaurant de la *calle* Tantarantana. On y mangeait mal, mais il avait l'avantage d'être le plus proche de chez nous. On servait à longueur d'année le même plat du jour, l'éternel *bistec con patatas fritas*, au steak capricieux qui s'enroulait avec lascivité autour de la lame du couteau, sur laquelle je pesais de tout mon poids, sans se laisser entamer par elle, aux frites flasques et grises, comme piquetées de suie, cuites sans doute dans l'huile de vidange de quelque vieille Mercedes abandonnée. (Trois Mercedes abandonnées dans notre quartier en moins d'un an, l'une avec des taches de sang sur le siège arrière. J'avais appris que Barcelone était une ville de gangstérisme secret, mais très actif.)

Autre inconvénient de cette *Meson del General* : elle se trouvait sur le chemin du *Parque de la Ciudadela*, où nous avions l'habitude d'emmener Éric quand il était à Barcelone. Ce parc lui rappelait le Parc de la

Tête d'Or à Lyon. La ressemblance était lointaine, mais réelle. Il y avait même un lac miniature où s'ébattaient quelques cygnes et de nombreux canards.

Éric était le plus beau petit garçon du monde. Je crois sincèrement être impartial en affirmant cela.

Après le restaurant, j'allais parfois dans un bureau de poste. Je donnais là des coups de fil ruineux à ma tante Emilia, à Miguel, dans son garage de la place Gailleton. À Éric, qui avait passé les quinze derniers jours de juillet à Neuville-les-Dames, dans la maison de campagne d'un camarade. Il me demandait toujours quand je serais libéré de mon « travail ».

J'avais dû me résoudre à rentrer à la fin du mois.

J'avais chargé ma tante de lui annoncer la mort de sa mère, et de lui expliquer que des raisons de travail me retiendraient quelque temps à Barcelone.

Je faisais confiance à Emilia. Elle m'avait élevé moi-même dès l'âge de sept ans. Je la savais énergique et efficace, même si, peut-être — il m'en coûte de mentionner ce trait —, même si elle n'était pas capable de sentiments trop profonds... Sauf à l'égard de son défunt mari, mon oncle Angelo, celui qui se croyait tuberculeux. L'exception est d'importance.

À Emilia, j'avais dit que je souhaitais rester seul tant que je n'irais pas mieux, qu'il serait maladroit d'imposer à Éric le spectacle de mon chagrin. Mais elle ne me croyait plus. Et il y avait une autre raison en effet, sur laquelle je n'aurai que trop l'occasion de revenir : j'avais peur de revoir Éric, ma gorge se serrait d'avance, il me rappellerait trop Isabelle...

Dois-je parler déjà de folie ? Ces craintes, ou ces angoisses, me retenaient prisonnier dans l'appartement où, un après-midi de juin, j'avais trouvé ma femme morte.

Je me souviens de m'être perdu un jour dans Barcelone et d'avoir acheté un livre pour Éric, un livre très cher.

Quand Antonio ne m'avait pas entendu sortir pendant un jour, deux jours, il me descendait timidement de la nourriture et me donnait des cigares. Je ne les fumais jamais et les lui rendais la fois suivante. Il ne me parlait pas d'Isabelle. Je savais qu'il était allé deux fois sur sa tombe.

Je glissais les paquets de Benson dans ma poche de chemise. Il m'arrivait de déchirer le couvercle, de cette façon je pouvais piocher plus aisément.

J'avais décidé de vendre tout ce qu'il me serait possible de vendre avant mon départ.

Je roulais vite. Je jetai le paquet de biscuits vide par la fenêtre. Cent mètres après la station, le moteur avait refait les mêmes bruits : ni « paf paf » ni « breloui breloui », mais « prokh prokh prokh ».

J'aperçus, arrêté sur un parking, le gros camion qui incitait avec tant de cynisme à déménager soi-même ses ascendants. Peut-être le conducteur allait-il dormir là.

J'avais hâte maintenant de franchir la frontière.

Au péage, je voulus choisir la file de voitures la plus courte, mais comme elles étaient de longueur sensiblement égale, je ne fis que zigzaguer sur trois cents mètres à quatre-vingt-dix à l'heure parmi le flot des véhicules, ce qui me valut la réprobation générale, coups de klaxon, doigts portés à la tempe, lèvres déformées par des injures que je n'entendais pas. Je me rangeai finalement à côté d'une immense voiture américaine (Texas) conduite par un petit homme tout raide, les yeux plissés, maintenu par mille coussins à la bonne hauteur. Ses essuie-glaces fonctionnaient sans raison. J'imaginai le crissement qu'ils devaient produire sur la vitre sèche, et l'espèce de malaise que j'en ressentis fut aussitôt mis à profit par la nausée en vertu de je ne sais quelle correspondance mystérieuse.

J'avais mangé ces biscuits trop vite.

À un moment, l'homme me regarda. Il tourna la tête d'un coup et sans bouger le reste du corps, comme si elle était montée sur pivot. Un éclat méchant courait le long de la fente presque continue de ses yeux rapprochés. Je lui montrai ses essuie-glaces du menton. Il reprit sa position initiale, brusque tour de vis à gauche, et demeura immobile. Les essuie-glaces continuèrent d'aller et venir.

Je passai la frontière au Perthus. Les Pyrénées apportaient un peu de fraîcheur. Rien à déclarer, dis-je au douanier. Le siège arrière était plein. Il fronça les sourcils d'un air soupçonneux. Mais ses sourcils se seraient-ils rejoints et superposés jusque sur l'arête de son nez que je n'aurais rien eu de plus à déclarer : j'expliquai que j'avais vécu un an en Espagne, que je déménageais, que je rentrais en France. J'avais parlé en espagnol. Nous échangeâmes quelques mots. Il devint aimable et ne regarda même pas dans mon étui à guitare où reposait — c'est le mot, hélas, je ne jouais plus depuis si longtemps — la plus précieuse de mes possessions, une guitare du luthier barcelonais Ignacio Fleta. C'était un cadeau d'Isabelle. Elle me l'avait offerte trois ans auparavant. Elle avait touché alors une petite part d'héritage d'un de ses oncles de Barcelone, sa ville natale.

À cette époque déjà, le délai pour une Fleta était

très long, deux ans et plus. Mais il était connu que le vieux luthier gardait toujours quelques instruments en réserve, pour les cas exceptionnels. Il s'agissait de plaire. Et nous avions plu. J'avais joué beaucoup et bien. Il avait apprécié surtout une pièce d'Albeniz que jouent de nombreux guitaristes, mais que j'avais transcrite en m'en tenant plus fidèlement à l'original pour piano. Et l'un de ses fils, à qui Isabelle avait tapé dans l'œil, plaida pour nous. Bref, j'eus droit à l'arrière-boutique secrète, je ressortis de chez Fleta avec une guitare, et nous reprîmes le train pour Lyon fous de joie.

Antonio (Antonio Gades, comme le danseur flamenco) avait mis des petites affiches chez les commerçants du quartier, dont certains étaient ses amis depuis quarante ans. Il venait voir tous les soirs où en étaient les affaires. À chaque meuble ou lot d'objets vendus, il me serrait la main, découvrait ses dents impressionnantes et remontait chez lui heureux comme si nous étions en train de nous enrichir pour la vie.

J'eus quelque difficulté avec le canapé. Je revois le couple de jeunes mariés timides, à la fois ridicules et touchants, à qui je le cédai finalement pour trois fois rien. Tous deux étaient petits et gras, graisseux plutôt que gras. Le mari cherchait à faire preuve d'autorité devant sa compagne. Il me demanda d'un ton sévère si le canapé était indéformable, et ce disant, sous le regard admiratif de l'épouse, il donna un bon coup de poing dedans pour vérifier. Tandis qu'il frottait mine de rien ses phalanges endolories sur le côté de son pantalon, je l'assurai qu'il n'avait aucune inquiétude à avoir en ce qui concernait un éventuel avachissement. Et, mon Dieu, je ne mentais pas. J'étais sincèrement persuadé que l'explosion d'une charge de dynamite n'aurait que roussi le tissu sans déformer la matière immuable dans laquelle avait été taillé ce siège unique, acheté au début de notre séjour dans un triste supermarché de banlieue.

J'attirai moi-même leur attention sur son inconfort, mais fis valoir que je le leur cédais pour le prix d'un sandwich, et l'affaire fut conclue. Ils dissimulaient mal leur joie. Ils repasseraient le prendre dans la soirée, avec un copain et la *camioneta*. Je suis sûr qu'ils se bourraient les côtes de satisfaction dans l'escalier. Le soir, mort de timidité sans sa femme, le mari me demanda si j'avais bien réfléchi au prix. Lui avait réfléchi de son côté, il le trouvait un peu bas.

Diego et Carmen. Ils s'appelaient sans cesse par leurs petits noms. Ils me donnèrent presque envie de pleurer, de rire aussi. J'entends de ce ricanement intérieur qui me tourmenta très tôt dans la vie, déchirant cruellement les replis délicats du cerveau, des poumons et des viscères et qui résonnait toujours plus souvent et plus fort en moi.

Antonio voulait que j'aille loger chez lui les dernières trente-six heures, mais je refusai.

Je me vois, ces dernières heures, assis à même le sol dans un coin du salon désert. Une pluie fine fait grésiller les feuilles du gros arbre, feuilles dont l'étrange morphologie pouvait évoquer quelque croisement complexe de tilleul, de manguier et d'artichaut.

Plus jeune, je ne détestais pas me promener sous la pluie en été. Mais c'est le cas de beaucoup de gens je crois.

Antonio fait à manger pour deux et me descend des petits plats, du poulet au riz par exemple, qu'il prépare fort bien, et les remonte souvent intacts. Je le savais pauvre. Une maigre retraite d'employé de la ville, deux fils oublieux...

Son regard gêné, certains matins, quand il nous avait entendus nous disputer pendant la nuit. À Barcelone, Isabelle s'était mise à fréquenter je ne sais quelles réunions politiques, qui auraient pu être dangereuses.

Antonio me demande des nouvelles d'Éric, mais ne reparle plus d'Isabelle. Mais j'ai déjà dit cela. Il avait suivi l'enterrement. Quelques oncles et tantes d'Isabelle étaient présents, et son père. Elle n'avait plus guère de contacts avec sa famille.

Antonio et moi avions la gorge serrée, le jour du départ. Il comprenait que je quittais Barcelone pour toujours.

Je fis trois fois le tour de Perpignan à la recherche d'un hôtel. J'aurais bien pu somnoler dans la voiture, depuis longtemps mon sommeil était détraqué et je piquais du nez deux heures par-ci par-là à n'importe quel moment du jour et de la nuit, et dans n'importe quelle position. Et j'ai horreur des hôtels. Mais j'avais l'intention de me raser et de me laver. Je ne voulais pas me présenter en tenue de clochard le lendemain devant Éric.

Je tombais toujours sur les mêmes deux ou trois automobilistes qui cherchaient eux aussi. Il était nuit close. À un carrefour, un Noir baissa sa vitre, se pencha en souriant et me dit qu'il y avait des chambres libres à l'hôtel des Baléares, dans une petite rue perpendiculaire à l'avenue Panchot. L'endroit ne lui avait pas paru très propre, mais il me donnait le renseignement à tout hasard. Je le remerciai.

J'étais trop fatigué pour faire le difficile. Après m'être perdu deux fois dans Perpignan et avoir parlementé dix minutes à l'hôtel des Baléares avec un employé sourd, je me retrouvai à minuit et demi allongé tout habillé sur un grabat mou et bosselé, les nerfs en révolution à cause des cafés de la journée.

Je ne recommande pas l'hôtel des Baléares (« des Baléares » : ha ! ha !) à qui redoute la vermine en rangs trop serrés, une agitation de place publique autour de sa chambre interdisant le moindre assoupissement, ou encore des commentaires amoureux hurlés à pleins poumons dans les chambres voisines par des couples ponctuant ainsi leurs étreintes sans grâce, lesquelles s'achevaient par des « han ! » de bûcheron s'acharnant sur un chêne centenaire. Le pire était que l'eau chaude ne marchait pas. J'étais furieux, mais trop las pour protester ou chercher un autre hôtel. J'avais loué une des trois chambres de l'établissement avec salle de bains, j'avais payé pour ce surprenant privilège un supplément qui doublait presque le prix de la chambre, et je repartis le matin aussi poisseux et fripé qu'à mon arrivée.

Je formulai bien quelques doléances auprès du pauvre hère de la réception, mais il me répondit, à la manière plaisante des sourds, qu'en effet l'avenue Panchot serait bientôt en sens unique.

Je pris un petit déjeuner passable dans un café, me perdis encore dans le centre de Perpignan, pourtant grand comme un mouchoir de poche, et quittai la ville bien plus tard que je ne l'aurais souhaité.

Les mornes quatre cents kilomètres qui restaient jusqu'à Lyon me font songer à une chute ou à une glissade au cours de laquelle on ferme les yeux, de peur, puis d'indifférence. L'idée de retrouver la ville, Éric, ma tante Emilia, Miguel, me parut de plus en plus lointaine, comme si elle concernait quelqu'un d'autre que moi, comme si j'allais dépasser Lyon sans m'arrêter, sans rien reconnaître, et m'enfoncer toujours plus avant dans un territoire qui serait celui de la mort, fuyant sans fuir, ne m'approchant ni ne m'éloignant de rien, immobile peut-être ou décrivant un vaste cercle, torturé sans douleur par des souvenirs toujours plus étrangers mais jamais évanouis.

Et quand je rouvris pour ainsi dire les yeux — l'autoroute longeait les installations chimiques de Feyzin —, je ressentis avec une crispation au bas-ventre la réalité de mon arrivée. La sueur inonda mon front, et mon cœur se mit à battre très vite.

La circulation était abondante. Je traversai à moins de quatre-vingts le paysage fantastique de Feyzin dominé par la flamme perpétuelle de combustion des résidus, flamme hissée à hauteur des premiers nuages par un conduit interminable. Les installations diverses ressemblent à un jeu de meccano gigantesque enveloppé par toutes sortes de fumées, cylindres à peine froufroutants qui montent tout droit dans le ciel comme canalisés par d'invisibles cheminées, énormes champignons lascifs, jets puissants qui tire-bouchonnent sur des centaines de mètres avant de se défaire à regret. L'ensemble, vu la nuit depuis le vieux village posé sur la colline, à droite de l'autoroute, ne manque pas d'inquiétante beauté et donne une idée assez plausible de l'enfer.

Quant aux odeurs, elles forçaient les conducteurs les moins délicats et les plus échauffés à remonter précipitamment les vitres. Ces odeurs chatouillaient ma nausée. Le petit déjeuner de Perpignan, me dis-je, pour passable qu'il fût, était loin d'être passé.

La pensée de Miguel sans doute me portait malgré moi aux jeux de mots. Il m'avait beaucoup manqué à Barcelone. Je me réjouissais de le revoir.

Le temps se couvrit quelques secondes, de gros nuages se mirent à fuir d'une colline à l'autre. Cela passa. La lumière devint même plus violente, l'air plus transparent. Devant moi, les hauteurs de La Mulatière et de Sainte-Foy-lès-Lyon se détachèrent avec une netteté de décor.

Long virage à droite, dernière portion d'autoroute...

La Fiat était à bout de souffle. Le moteur cognait.

Mais je n'insiste pas trop sur les problèmes mécaniques que j'ai toujours eus avec cette voiture ni sur ses petits défauts, parce qu'en fait de véhicule calamiteux j'étais appelé à connaître plus étonnant, infiniment plus étonnant.

## II

Au niveau du pont Gallieni, la plupart des voitures prenaient la direction de Paris, et je pus foncer sur les quais.

Je voyais, de l'autre côté du Rhône, les longs bâtiments gris de l'université où j'avais fait mes études et rencontré Isabelle pour la première fois. Isabelle, qui n'était pas à Lyon, avec moi, et ne le serait jamais plus... Les images les plus familières de la ville en étaient différentes, comme perverties par un élément ténu d'étrangeté.

Je passai à quelques mètres de la place Gailleton, en face du pont de l'Université, où se trouve le garage de Miguel et la galerie de peinture *L'Art poétique*. Cette galerie fait angle avec le quai. Au cours de mon dernier séjour à Lyon, j'y avais visité une exposition de dessins d'un peintre nommé Jacques Ouversault. Un dessin m'avait beaucoup frappé. Il représentait un fouillis apparent de petites lignes courbes, semblables à ces pâtes à potage en forme de lettres de l'alphabet, avec en haut et à gauche un angle aigu, pointe en l'air, comme l'extrémité d'un crayon. Il était impossible de ne pas percevoir dans ces deux simples traits un clocher, qui transformait le dessin entier en paysage où tout brusquement s'organisait, champs cultivés, hameaux, chemins, nuages, etc. Si on avançait la main pour dissimuler cette pointe de rien du tout, c'était de nouveau le chaos, le désordre d'une poignée de vermicelles répandus.

Miguel travaillait au garage Gailleton comme gardien du parking, jour ou nuit, en alternance avec David, l'énorme Juif qu'une maladie faisait grossir, qui parlait toujours d'une femme et d'enfants peut-être imaginaires restés en Israël, et à qui j'avais donné un jour une caisse de romans policiers. Quand il ne s'occupait pas du parking, Miguel exécutait de menus travaux, lavage des voitures, pneus crevés, distribution d'essence, petites réparations mécaniques même.

C'était drôle de passer si près de lui sans m'arrêter. Mais, peu à peu, je mourais d'envie d'étouffer Éric dans mes bras...

Pont de la Guillotière.

Hôpital de l'Hôtel-Dieu, où j'étais né trente-trois ans plus tôt. De l'autre côté, rive gauche, dans un petit hôtel sur cour de la rue Paul Bert, vivait jadis l'une de mes nombreuses tantes. Elle payait sa chambre en heures de ménage. Il lui arrivait aussi de recevoir des hommes. Le bruit court dans ma famille qu'elle détroussa un jour impunément la vieille propriétaire des lieux avec l'aide d'un amant de passage, chirurgien-dentiste dans la débine.

Tout en roulant, trop vite, je tentais de retenir des souvenirs fugitifs. J'imaginais la ville autour de moi, je traçais en esprit un véritable plan, comme si, pour combattre le sentiment d'exclusion que me donnait l'absence d'Isabelle, je cherchais à m'emprisonner dans l'espace urbain limité, disons, à droite par le canal de Jonage, qui ceint la banlieue, Villeurbanne, où j'avais vécu les sept premières années de ma vie, à gauche par la colline de Fourvière où, dans quelque jardin, j'avais donné un jour mon premier baiser, et même caressé mon premier sein, et même, à la réflexion, avancé les doigts dans mes premiers poils pubiens.

Je conduisais machinalement mais avec précision, ignorant les coups de klaxon inquiets ou ulcérés, le geste d'ailleurs peu convaincu d'un agent de police, les cris d'un cycliste dont j'avais frôlé de trop près le revers de pantalon.

J'accélérai encore pour ne pas rater le feu vert du pont Morand, et freinai à mort pour m'engager à gauche dans la rue Puits-Gaillot. Comme l'efficacité de mes freins laissait à désirer, je pris un virage hurlant qui fit voler des gravillons dont certains, me sembla-t-il au bruit, allèrent mitrailler les chéneaux d'un immeuble de quatre étages. Mes cassettes s'éparpillèrent un peu partout à l'arrière. Il me fallut au moins cinquante mètres, ensuite, pour reprendre en main la voiture comme folle.

Je tournai à gauche place des Terreaux, devant l'Hôtel de Ville, fonçai dans la rue Édouard Herriot, puis tout de suite m'engouffrai dans la rue Longue, deuxième à droite, au niveau des cinémas CNP.

Rue Longue, je me garai sur le trottoir, devant le 17, malgré les protestations de deux jeunes filles vêtues de la même façon, et me ruai hors de la voiture.

J'avais déjà escaladé un étage quand j'entendis claquer la portière.

Cinquième étage, A. et E. Padilla.

Mon excitation tomba d'un coup. J'avais mal à la poitrine. Mon cœur battait au rythme agressif de la balle de ping-pong écrasée entre la table et la raquette.

J'attendis quelques secondes avant de sonner.

Ma tante Emilia, soixante-six ans, vint m'ouvrir.

Mon aspect la fit reculer. Je lui adressai un sourire qui devait ressembler à toutes les manifestations expressives dont est capable le visage humain excepté le sourire.

Éric avait bondi en criant : « Papa ! », et je l'étouffai dans mes bras, comme prévu.

— Tu es quand même venu... Mon pauvre Marc, quelle tête tu as ! Tu m'as fait faire du souci au téléphone, tu sais !

Je crus entendre du bruit au salon, puis quelqu'un apparut et disparut, une femme, dont je n'eus pas le temps de voir le visage.

— Ça va mieux, maintenant.

Éric pleurait et parlait de sa mère. Je lui disais des tendresses. Passons.

— En voilà un qui attendait ! dit ma tante. Viens, tu vas te reposer. Ta cousine est là, tu sais, Anne-Marie, la fille d'Incarne, tu te souviens ?

Oui, je me souvenais. Et je me souviendrais toujours. Mais le moment était mal choisi, j'aurais préféré être seul avec Éric et Emilia. Ma tante s'essuya les yeux et me précéda dans le couloir.

J'embrassai ma cousine, sans lâcher Éric. Elle me dit qu'elle savait, pour ma femme, Emilia lui avait raconté...

Je n'avais pas revu ma cousine Anne-Marie depuis seize ans. Elle avait à peine changé. Seuls ses seins me parurent avoir doublé de volume. Elle était grande et mince pour une Espagnole. Elle avait une splendide chevelure noire, comme ses yeux. Je reconnus la rapide expression de vulgarité qui déformait parfois les traits assez beaux de son visage, et qu'on parvenait mal à situer, dans le regard ou plutôt dans une infime crispation de ses lèvres épaisses.

Je m'assis.

Voilà, j'étais rue Longue. Un peu hébété par la route, l'insomnie, et le reste. Je retrouvais l'appartement, les meubles en rotin (matière dont Emilia raffolait), les trois photos de mon oncle, disposées de telle sorte qu'on en avait toujours une sous les yeux, les vitres, les fameuses vitres de la porte-fenêtre, astiquées de la minute précédente, presque invisibles tellement elles étaient propres. La rumeur de la rue Édouard Herriot. Ma tante, petite et encore bien en chair, avec le même chignon dont pas un cheveu ne dépassait. Mon fils, qui sanglotait dans mon cou...

J'avais vécu là de sept à vingt-trois ans, seul les deux dernières années, quand Emilia et Angelo s'étaient installés à la campagne. Puis, à la mort de son mari, Emilia était revenue habiter rue Longue.

Je parvins à calmer Éric. Il me demanda si je me laissais pousser la barbe, et entreprit de me raconter ses vacances à Neuville-les-Dames. Je l'interrompais d'un baiser tous les trois mots. Cela finit par le faire rire. Je trouvai que ce séjour à la campagne ne lui avait guère donné de couleurs.

— J'ai aussi un fils, dit Anne-Marie.

— Oui, je sais. Il s'appelle comment ?

— Martin. Il a sept ans, l'âge d'Éric. Ils se ressemblent beaucoup, il faudrait que tu le voies.

— J'ai eu quelquefois de tes nouvelles, par Emilia.

Elle eut un sourire désabusé. Anne-Marie avait dans la famille une réputation de « petite tête », de

« fille perdue ». J'avais appris qu'elle vivait « à la colle » avec un Italien assez âgé, très riche, dont tout ce qu'on avait su me dire est qu'il était un « bandit ».

Ma tante arriva de la cuisine avec un quatre-quarts. Elle annonça que le café suivait.

— Non, non, dit Anne-Marie. Maintenant que je t'ai vu, je vais y aller.

Je me crus obligé d'insister pour qu'elle prenne le café avec nous. Puis je dis à Éric :

— Je vais chercher quelques affaires dans la voiture, tu viens avec moi ? Oh, j'oubliais...

Je l'embrassai furieusement sur les yeux.

— De la part d'Antonio !

Il sourit. Il avait le sourire irrésistible de sa mère, lent, comme progressif, le coin gauche des lèvres commençant à s'étirer avant l'autre.

Nous descendîmes. Je pris ma guitare et une valise. Le moteur de la Fiat dégageait encore une chaleur intense.

Je donnai son livre à Éric. C'était une ancienne édition espagnole de dessins illustrant les aventures de Jim, le jeune héros de *L'île au trésor*. Le choix des légendes, tirées du texte de Stevenson, était habile et permettait de suivre facilement l'histoire.

Nous bûmes le café dans des tasses en grès, celles que je n'aimais pas parce qu'on avait l'impression de remuer du sable avec sa petite cuillère. Éric s'était installé sur mes genoux pour feuilleter *L'île au trésor*. Les dessins étaient splendides.

Je bavardai un peu avec Anne-Marie. Elle habitait à Crosne, un petit village près d'Orléans. Mais elle avait un pied-à-terre à Lyon, où elle venait souvent, avec Martin ou seule. Elle rendait visite à sa mère,

Incarne (diminutif d'Incarnación), et à diverses relations qu'elle avait conservées dans la ville.

— Depuis quelque temps, j'essaie de reprendre contact avec la famille, mais c'est dur, me dit-elle, profitant d'un moment où Emilia était dans la cuisine.

Je ne pus m'empêcher de me dire qu'elle était aussi attirante à trente ans qu'à quatorze. Mais ce n'était qu'une remarque en passant. J'avais l'esprit aussi éloigné que possible des choses de la chair. La plus belle fille du monde se serait retournée sur moi dans la rue, clignant de l'œil, relevant sa jupe sur sa croupe nue et claquant rythmiquement de la langue que je lui aurais fait signe de passer son chemin, un signe agacé du bout des doigts, sans troubler davantage l'errance circulaire, épuisée mais têtue de mes sombres ruminations.

— Ça s'est bien passé, pour les meubles ? demanda Emilia.

— Oui, grâce à Antonio. J'ai presque tout vendu.

Emilia ne connaissait pas Antonio. Elle n'était jamais venue à Barcelone.

— Il faut que je redescende tout à l'heure. J'ai un carton de petites choses que je veux te laisser.

— Tu couches ici ce soir, alors ?

— Oui. Deux ou trois soirs, si tu veux.

— Bien sûr ! On mettra tous les coussins.

Il avait été convenu que j'irais ensuite dormir à Saint-Laurent, village tout proche de Lyon, dans la maison de campagne de ma tante. Cette solution m'arrangeait. Pour la raison que j'ai dite, je n'aurais pu supporter d'être toujours avec Éric. J'aurais donné ma vie pour lui, sur-le-champ, sans hésitation. Je me serais laissé découper en morceaux le sourire aux lèvres. Mais j'étais hors d'état de le prendre complètement en charge.

À propos de la maison de Saint-Laurent, je dois préciser qu'Emilia, qui était un peu folle à sa façon, n'y avait plus passé une seule nuit depuis la mort de mon oncle. Cette maison était à l'origine une simple grange qu'Angelo avait transformée lui-même au fil des années, seul ou presque, au prix d'un énorme travail. Chaque cloison, chaque tapisserie, chaque serrure posée, et jusqu'au moindre robinet, en avait acquis aux yeux d'Emilia un poids sentimental qui l'étouffait de chagrin et qu'elle ne pouvait supporter, surtout la nuit. Mais en même temps, elle voyait dans l'état d'épuisement où les travaux avaient mis son mari la vraie raison de son accident de voiture, ce qui d'ailleurs n'était peut-être pas faux, et elle en voulait pour ainsi dire à la maison. C'était assez compliqué. Elle se rendait régulièrement à Saint-Laurent, faisait labourer le jardin chaque année, entretenait la maison, mais elle n'y dormait jamais.

Éric me montra ses nouveaux jouets. Le choc de mon arrivée était passé. Quand il me demanda si les canards du *Parque de la Ciudadela* faisaient toujours coin-coin aussi fort, je réussis même à le faire éclater de rire, comme avant, en lui répondant que non, la dernière fois que je les avais vus ils faisaient meuh, meuh.

Après le café, Anne-Marie se leva pour partir.

— Le gâteau était très bon, dit-elle à Emilia.

— Oh ! c'est un quatre-quarts...

Je descendis les étages avec elle, pour prendre quelques affaires dans la voiture. Éric vint aussi. Dans l'escalier, je ne sais pourquoi, c'est moi qui fis allusion au passé le premier :

— C'était dur, la pension ?

J'avais parlé comme s'il s'agissait d'un événement vieux de quinze jours, et elle répondit sur le même ton :

— Non. Mais celle d'après, oui...

Je n'insistai pas. Je songeais — elle aussi, sans doute — à notre petit bout de passé commun. Seize ans plus tôt, nous avions eu un flirt de trois jours, et nous avions failli coucher ensemble, failli seulement. À quatorze ans, Anne-Marie avait déjà une certaine expérience du sexe. Moi, à dix-sept, pas la moindre. C'est dire l'importance de l'épisode dans ma vie, et qu'il me tint trois jours tremblant et sans appétit, renversant les objets autour de moi, traversant à cloche-pied en dehors des clous et répondant par de grands éclats de rire aux questions les plus simples. Or, l'après-midi du quatrième jour, où nous devions enfin nous retrouver dans l'appartement enfin disponible d'une de ses amies (une Marocaine de quinze ans, déjà prostituée, à laquelle je devais souvent rêver par la suite), j'avais appris que ma cousine avait été placée le matin même dans une pension religieuse, dans le quartier de Saint-Just. Sa mère, Incarne, avait préparé ce mauvais coup sans rien dire, de peur d'une fugue. Elle avait agi, en partie, pour se débarrasser de sa fille et mener plus à l'aise sa propre vie amoureuse. Anne-Marie, qui le savait, ne lui avait jamais vraiment pardonné.

— Et maintenant, ça va ? Ton ami, ton fils ?

Elle répondit oui sans enthousiasme.

— Martin est malade. Il est né diabétique. Il faut lui faire une piqûre tous les jours.

Elle s'ennuyait beaucoup à Crosne. Avec les années, elle ne pouvait plus supporter de vivre isolée à la campagne. La maison n'était même pas dans le village. Elle venait de plus en plus souvent à Lyon.

— Qu'est-ce que tu fais de ton fils, quand tu ne l'emmènes pas ? C'est son père qui s'en occupe ?

Elle parut gênée.

— Oui. Enfin non, c'est une dame qui vient du village.

Éric nous avait devancés. Nous le rejoignîmes à l'angle de la rue Édouard Herriot, où Anne-Marie était garée en stationnement interdit. Elle avait une petite Autobianchi rouge toute pimpante. J'aperçus deux romans-photos sur le siège arrière. Elle me proposa soudain de venir à Crosne avec Éric, à un moment ou à un autre du mois d'août. Éric et Martin pourraient faire connaissance.

Éric dressa l'oreille : oui, il voulait connaître son cousin. La vie familiale d'Anne-Marie me semblait de plus en plus bizarre.

— Et pour ton ami, ce n'est pas gênant ?

— Pas du tout, au contraire. Il s'appelle Maxime. Maxime Salomone. C'est un Italien. Si je lui dis que ça me fait plaisir, il sera content aussi. C'est une grande maison, il y a dix pièces. Tu pourras être indépendant, si tu veux.

Je réfléchissais. Je n'avais aucune envie de ce voyage, mais je pensais à Éric. Il serait au bon air et pourrait jouer toute la journée avec un garçon de son âge. Et puis, nous habiterions ensemble, mais je ne serais pas seul avec lui...

— Pourquoi pas ? dis-je.

— Je te téléphonerai un de ces jours, si tu veux.

— D'accord. Il y a même le téléphone à Saint-Laurent.

— Ah bon ?

— Oui. Tu sais qu'Emilia n'a rien touché à la maison, après la mort d'Angelo.

— Oui, elle m'a raconté. J'étais étonnée qu'elle

n'aille pas à la campagne avec Éric. Dis donc... Si tu venais à Crosne... Enfin, j'aurai l'occasion de t'en reparler, mais voilà... Maxime ne desserre pas les dents de la journée. Les gens croient toujours qu'il leur fait la tête. En plus, en ce moment, il creuse une piscine, tout seul, pour s'occuper. Il y passe tout son temps. Il ne faudra pas te vexer...

— Non... Tu sais, je ne suis pas très bavard moi-même, en ce moment.

Elle ne me posa pas de questions sur Isabelle, elle n'osa pas.

— Ton ami, Maxime, il s'ennuie aussi ?

— Ça fait dix ans qu'il s'ennuie !

Elle monta dans sa voiture. À Crosne, ils avaient aussi une grosse BMW et une Méhari, achetée depuis peu, dont Maxime Salomone se servait pour transporter des matériaux nécessaires à la construction de sa piscine.

— Il y a une chose dont je ne manque pas, c'est l'argent, dit-elle. Tiens, je te donne mon adresse et mon téléphone à Lyon. Tu peux m'appeler aussi, si tu veux.

Elle avait un petit appartement à Sainte-Foy-lès-Lyon, que son ami lui avait acheté et où il n'avait pas mis les pieds plus de deux fois. Elle nous embrassa, Éric et moi, et démarra en trombe. Je la regardai s'éloigner.

Anne-Marie... C'était drôle.

Le soleil descendait au bout de la rue Édouard Herriot comme s'il allait bientôt se poser en douceur place Bellecour. L'éclairage particulier, un peu dur, que j'avais remarqué dès après Feyzin, donnait au paysage urbain, à cette heure de la journée, l'aspect d'une gravure sur métal. Je remarquai encore à quel point mon regret d'Isabelle imprégnait chacune de mes émotions. Mon regard se porta sur Éric. Le chagrin me submergea.

— On ira se promener au Parc ? me dit-il.

— Bien sûr ! Et au cinéma. Tu veux ?

— Oui !

— Et il faudra qu'on aille acheter des habits. Tu as vu, mon pantalon de paysan ? Et à toi, je t'achèterai un joli costume pour l'été.

Son sourire me faisait mal. Je caressai ses longs cheveux noirs et lui demandai s'ils ne le gênaient pas, s'il n'avait pas trop chaud. Son mouvement de dénégation les fit voler autour de sa tête. Je le trouvai un peu pâle, plus maigre que la dernière fois que je l'avais vu. Ses yeux clairs m'étonnaient toujours. Isabelle et moi avions les yeux marron. Mon fils était d'une grande beauté, d'une beauté qui me bouleversait. Je serrai sa main très fort.

J'achetai des Benson au café-bar de l'Étape, à côté du CNR. Je n'aime pas acheter des cigarettes par grosses quantités. Les cigarettes font plus agréablement partie de la vie si on est toujours fourré dans les bureaux de tabac. La fausse blonde qui servait me reconnut, ne prêta pas attention à ma mine ravagée et me salua comme si elle m'avait vu la veille.

À peine rentré, j'appelai Miguel au garage. Le téléphone sonna au moins dix fois avant qu'il ne décroche, essoufflé et éternuant.

— Marc ! Ça va ? Tu es arrivé quand ?

En quelques mots Miguel était là, bien présent, chaleureux, amical. Notre dernière rencontre remontait à l'enterrement d'Isabelle.

Il travaillait de nuit. Le lendemain après-midi, il faisait des courses avec Danielle, sa femme. Nous convînmes de nous voir après, au garage.

Au moment où j'entrais dans la salle de bains, Emilia se souvint brusquement que trois lettres étaient arrivées pour moi la veille. Elle les sortit d'un tiroir et me les tendit.

L'une était de Gérard Roy, un guitariste lyonnais qui s'était installé en Allemagne, près de Munich, avec qui j'avais été très lié et qui m'annonçait son retour à Lyon d'ici à une petite année. L'autre était de Patrick Pujol, un ancien camarade de lycée, metteur en scène à la télévision. Il habitait Paris. Il préparait son premier film pour le cinéma. Il pensait le tourner en partie à Lyon, en partie à Saint-Romain, une petite station thermale du Massif central. Dès qu'il aurait réuni les fonds nécessaires, il me contacterait de nouveau, pour diverses raisons, disait-il sans préciser. La troisième m'était envoyée du Venezuela par un ami, Hubert des Roussilles, que je n'avais pas revu depuis mon mariage et avec qui j'étais brouillé. Il ne me donnait pas d'adresse, ne disait d'ailleurs rien de spécial. Il espérait que j'allais bien, c'était tout.

Ces lettres ne jouent aucun rôle dans cette histoire. Je les mentionne simplement parce que j'avais été frappé par la coïncidence de leur arrivée simultanée, et de la part de personnes que j'avais toutes plus ou moins perdues de vue.

Je me fis peur à moi-même quand je me vis dans la glace de la salle de bains. Mes yeux étaient gonflés, mes joues creuses. Deux plis d'amertume, reliant les ailes du nez au coin des lèvres, étaient soulignés par la barbe. Quant à mes cheveux, gras et sales, une longue mèche me retombait devant le visage tandis que deux autres s'écartaient du crâne comme des antennes. On aurait dit que je sortais du salon de coiffure de Cespedes, le guitariste. Sans doute très vieux aujourd'hui. Et qui se prétendait coiffeur. Quand j'avais dix-sept ans, il m'avait appris quelques rudiments de guitare flamenco dans son « salon », une sorte de cabane à Vaulx-en-Velin « de l'autre côté du canal » (c'est-à-dire du canal de Jonage). Il coupait les cheveux de ses compatriotes pour gagner sa vie. On reconnaissait de loin les Espagnols sur lesquels il pratiquait son art. Une histoire avait beaucoup fait rire la famille : le jour de son mariage, un jeune Espagnol plus coquet et plus irascible que les autres avait giflé Cespedes, ayant très mal pris d'avoir la tête comme coupée en deux par une large bande blanche d'une oreille à l'autre, conséquence du jeu de tondeuse irréfléchi du vieux guitariste-coiffeur. Et j'ai oublié le prétexte affolé que j'avais invoqué le jour où, gêné de me réclamer si cher pour les cours de guitare, il avait proposé de me coiffer gratis.

Avant ma toilette, je commençai par vomir le peu de nourriture que j'avais absorbé durant la journée, quatre-quarts compris. J'ouvris à fond les deux robinets pour couvrir le bruit. Les larmes provoquées par les spasmes appelèrent irrésistiblement celles que j'avais si bien retenues en revoyant Éric.

Je me rasai deux fois de suite et passai un bon quart d'heure dans le bain, où je taillai mes ongles avec soin. Je ne touchais plus ma Fleta, mais je continuais parfois d'entretenir mes ongles, bien ras à la main gauche, longs et limés à la droite.

Puis je mis une chemise blanche et un pantalon de velours grenat. La chemise s'effilochait aux extrémités, et le pantalon était percé à l'entrejambe, mais au moins ces habits m'allaient bien.

J'avais meilleure allure quand je rejoignis Éric et Emilia, et je me sentais un peu mieux. Ma tante avait préparé du poulet au riz pour le dîner. Je mangeai presque avec appétit.

À dix heures moins dix, j'accompagnai Éric dans sa chambre. Il était fatigué, ma tante lui avait dit d'aller se coucher, mais je n'arrivai pas à me rendre compte s'il aurait souhaité veiller un peu plus avec nous. Éric était d'un naturel conciliant et ne protestait jamais. Cette obéissance, je l'avais souvent remarqué, n'était pas de la passivité. Elle semblait l'effet d'un choix raisonné de sa part, d'une réelle sérénité, étonnante pour son âge.

Il avait parfois des accès d'exubérance. Je savais le faire rire aux larmes. J'ai beaucoup ri avec mon fils.

Sa chambre — la mienne pendant de si nombreuses années — donnait sur une petite cour tranquille. Je tirai les lourds rideaux marron.

Les fenêtres d'en face brillaient encore. C'était celles d'un cours privé, le cours Maisonneuve, où de jeunes et semblait-il toujours jolies dactylographes, que j'avais lorgnées tant de fois par le passé avant de m'endormir, apprenaient à dactylographier jusqu'à dix heures le soir. L'école, où l'on donnait des cours de formation accélérée, était ouverte tout l'été.

La pièce était tapissée de toile de jute marron clair. Livres et jouets étaient bien rangés. Éric s'était mis au lit et me tenait par le cou. Il ne me lâchait plus. Sans rompre son étreinte, je m'agenouillai à côté du lit.

Sur la cheminée, surmontée d'une assez belle glace, était posée une autre photo de mon oncle Angelo. Mon oncle était tapissier-décorateur à son compte. Il avait un associé plus jeune que lui qui s'occupait surtout des écritures et des contacts avec les clients, deux domaines dans lesquels Angelo, un doux rêveur, était tout à fait incompétent. L'atelier se trouvait rue Burdeau, près de la place des Terreaux. Les affaires ne marchaient pas mal. Sans être riches, Emilia et Angelo étaient aisés, et avaient pu se permettre d'acheter cet appartement du centre de Lyon petit mais luxueux, alors que mes autres oncles et tantes avaient presque tous fini dans des HLM de banlieue.

Pour en finir avec mon oncle : j'ai dit qu'Emilia pouvait être un peu folle, mais je pense qu'il était difficile de cohabiter trente ans avec Angelo sans subir l'influence de sa bizarrerie. Cette bizarrerie s'était concentrée sur un point précis : il avait prétendu toute sa vie qu'il était tuberculeux et qu'il crachait le sang. Parfois, à la fin d'un repas de famille, profitant d'un moment de silence, il se raclait la gorge à grand fracas, crachait dans son mouchoir, le regardait d'un air douloureux, puis le repliait et le rangeait précipitamment dans sa poche en roulant des yeux inquiets de droite et de gauche, comme désireux d'épargner à l'entourage (qui se retenait de rire) le spectacle des souillures sans nom dont il avait maculé le tissu. Les quelques médecins chez qui sa femme était arrivée à le traîner (car il répugnait à tout examen sérieux, bien entendu) n'avaient jamais rien trouvé, rien de grave en tout cas.

Il nous avait si bien habitués à l'idée qu'il s'en irait de la poitrine que sa mort accidentelle en parut surprenante. Il mourut un lundi matin, à huit heures, sur l'autoroute entre Givors et Lyon. Il avait passé le week-end à finir d'installer le chauffage central dans la maison de Saint-Laurent.

Nous avions été prévenus par téléphone. J'avais aussitôt conduit Emilia sur les lieux de l'accident. La voiture, une Aronde Simca, avait quitté la route après avoir heurté un gros chien qui avait bondi à son passage, ainsi que nous l'affirmèrent deux témoins, une *call-girl* bavarde qui revenait de Saint-Étienne où elle était allée voir comme chaque dix du mois un client stéphanois, PDG d'une fabrique d'ouvre-boîtes électriques, et qui rentrait se coucher à Lyon barbouillée de rouge à lèvres jusqu'aux oreilles, et un marchand de tracteurs de Sainte-Foy-l'Argentière qui ne cessa de répéter à ma tante en larmes que son père était mort à cent trois ans, presque cent quatre.

Quelques jours plus tard, Emilia retournait habiter rue Longue.

Éric s'endormit alors que j'avais encore le visage enfoui dans ses cheveux. J'ôtai avec la plus grande douceur sa main fraîche posée sur ma nuque et sortis de la chambre avec mille précautions.

Je réclamai un café à ma tante. Elle me servit et s'assit en face de moi pendant que je buvais.

— Tu ne devrais pas boire de café le soir, Marc.

Je l'avais tenue au courant de tout par téléphone, mais elle attendait que je lui parle, que je lui explique mieux certaines choses. Je m'en tirai au mieux. Je lui donnai des détails sur notre vie à Barcelone, lui répétai que les derniers temps Isabelle n'allait pas plus mal que d'habitude, que rien n'avait pu me laisser prévoir...

C'était la vérité. Mais je mourais de culpabilité.

Je dis à Emilia que je ne trouvais pas Éric en bonne forme. Il avait peu mangé ce soir. Qu'en pensait-elle ? Était-ce depuis... ?

— Non, je ne crois pas. Il a ton tempérament, il va être grand et maigre. Je n'ai pas voulu t'inquiéter, mais juste avant qu'il ne parte pour Neuville je l'ai amené chez le docteur espagnol. Il l'a regardé longtemps, tu sais comme il fait. Non, tout va bien.

Le « docteur espagnol », Fuente-Hita, était un vieux médecin qui avait fui l'Espagne en même temps que ma famille maternelle. Je le connaissais bien. Je n'avais jamais consulté d'autre médecin que lui.

Je parlai alors à Emilia de la proposition d'Anne-Marie, et de mon intention d'accepter. Comme je m'y attendais, elle fut réticente. Personne ne savait exactement qui était ce Maxime Salomone. Il n'avait jamais travaillé. Il avait vécu des années à l'étranger, en Amérique du Sud, lui avait dit Anne-Marie cet après-midi. D'où lui venait tout cet argent, pour avoir acheté un vrai château et des hectares de terrain près d'Orléans, l'appartement de Sainte-Foy-lès-Lyon, trois voitures, etc. ? Et Anne-Marie, quelle vie elle menait ? Toujours la même tête en l'air, elle ne s'occupait pas de son fils Martin comme une mère doit le faire...

Cette dernière remarque lui avait échappé. Nous fûmes gênés tous les deux. J'avais renoncé depuis longtemps à lui expliquer qu'Isabelle adorait Éric, même si elle n'avait pas à son égard l'attitude « normale » d'une mère, surtout telle que la concevaient les Espagnols de la famille.

Je repris du café.

— Marc, tu es fou ! Comment tu veux dormir, après ?

Puis elle en vint à un autre sujet délicat :

— Et au point de vue argent, tu en es où ? Tu ne dois plus avoir grand-chose, si ?

Je la rassurai par de grossiers mensonges.

— Tu sais que si tu es juste, hein...

Pour Éric, ajouta-t-elle, je n'avais pas de souci à

me faire. Elle s'en occupait. Et je pouvais utiliser la maison de Saint-Laurent à ma guise. Elle avait fait le ménage avant-hier, tout était en ordre.

— Je ne pourrai jamais te rendre tout ce que je te dois, lui dis-je, soudain ému.

— Ne dis pas de bêtises !

Elle prononçait presque « bêtisses ». Emilia avait conservé une pointe d'accent espagnol. On entendait « bile » pour ville, mais, curieusement, « Varcelone » pour Barcelone. Rien à voir cependant avec mon oncle Pepe qui, après quarante ans passés en France, parlait un mélange des deux langues, un sabir complexe et original beaucoup plus difficile à comprendre que l'espagnol pur.

« Bêtisses ». Cette pointe d'accent, ce soir, acheva de m'attendrir. Je n'aimais pas Emilia à l'excès, mais je l'aimais beaucoup. Je me levai et la baisai au front.

Un peu plus tard, j'aidai ma tante à disposer coussins et draps sur le canapé en rotin.

Je fumai deux Benson en attendant qu'elle ressorte de la salle de bains, chignon défait, lui dis bonsoir et décidai de me coucher aussi.

À onze heures et demie, sans faire de courant d'air, malgré ses recommandations, pour chasser la fumée, je me jetai tout habillé sur le canapé.

Je dormis profondément jusqu'au matin. Je n'entendis même pas Emilia qui avait coutume de se relever et de se promener la nuit.

## III

La première chose que je vis en ouvrant les yeux fut le portrait d'Angelo, le regard sans fermeté, la moustache plus claire que les cheveux, Angelo, le cracheur de sang... Soyons honnête : sans doute avait-il la trachée fragile, comme avait dit un médecin, peut-être même lui arriva-t-il au cours des années de rosir son mouchoir à deux ou trois reprises du fait de l'éclatement de quelque petit vaisseau consécutif aux efforts qu'il faisait pour tousser. De là à imposer des visions d'abattoir à l'imagination révulsée de ses proches... Angelo m'avait accepté avec une bienveillance passive. Emilia et lui n'avaient pas pu avoir d'enfant. Il approuvait toutes les décisions de sa femme. Je leur étais reconnaissant, entre autres, de m'avoir laissé faire des études aussi longtemps que j'en avais manifesté le désir.

Mon oncle Pepe s'était aussi proposé pour me recueillir. J'entends encore ma mère dire qu'à part Emilia et Pepe, ses autres frères et sœurs (ils étaient douze en tout) ne valaient rien. J'avais très vite compris que je n'avais que peu à attendre du côté italien. J'étais allé quelquefois à Giaglione, le village de mon père, près de Suse, à deux pas de la frontière. Là vivaient un oncle célibataire employé de mairie et une tante invalide (elle avait la maladie de Parkinson et finit ses jours paralysée), qui se désintéressèrent très vite de mon sort.

L'agitation d'Emilia dans la cuisine m'éveilla pour de bon.

Je me levai. Ma chemise, faite d'une matière synthétique, était à peine froissée, tandis que mon pantalon de velours fin ressemblait à une serpillière oubliée au fond d'un seau. Je décidai d'aller acheter des habits le matin même.

Après le petit déjeuner, Emilia partit faire son marché quai Saint-Antoine. Je m'installai sur le balcon et attendis qu'Éric se réveille.

Je fumai cigarette sur cigarette pendant une petite heure en observant les ménagères de l'immeuble d'en face, qui arrosaient leurs plantes vertes en peignoir. Puis elles tiraient les rideaux au moment de l'ôter et de s'habiller, et je les revoyais un peu plus tard, en bas, traversant la rue avec des chiens minuscules et braillards qu'elles soulevaient au bout de leurs laisses comme des araignées pour les préserver des voitures, ou qu'elles fourraient dans leur poche de tailleur, ou même aurait-on dit se calaient derrière l'oreille comme un crayon. Le quartier était plutôt bourgeois.

À neuf heures et demie, j'entendis remuer dans la chambre d'Éric. Je me précipitai.

Cette fois, toute l'excitation provoquée par mon retour l'avait quitté, et il m'embrassa avec cette espèce de réserve qui nous surprenait toujours, Isabelle et moi, et parfois nous amusait. Mais comment aurais-je accueilli des câlins perpétuels et exigeants, dans l'état de sensibilité maladive où je me trouvais alors ? Et pourtant... Pourtant, il est vrai aussi que je me serais réjoui de débordements de tendresse. Tel était le conflit douloureux, inextricable, suscité par la mort d'Isabelle. Mon Dieu ! Si j'avais connu la suite, je me serais enfermé dans une pièce avec mon fils et je l'aurais embrassé jusqu'à la fin des temps, à lui user la peau.

Tout en buvant son Tonimalt sans conviction, il regardait *L'île au trésor*. Il en était à la page où Jim, le jeune et imprudent narrateur, s'engage dans son aventure solitaire, à la recherche inconsciente des dangers. « J'étaïs hors de portée de voix de mes compagnons », disait la légende, *fuera del alcance de las voces de mis compañeros*.

Il n'avait pas plu, je ne voyais d'eau nulle part, mais la rue de la République avait un air mouillé, dû peut-être à la relative fraîcheur de la nuit que le soleil n'avait pas encore chassée.

C'était un mercredi. On changeait les affiches des cinémas. Au Cinéjournal, un peintre — cette pratique se perd, je crois — dessinait une scène du film de la semaine à venir, *Jerry chez les cinoques*, avec Jerry Lewis. Ces peintres étaient parfois assez habiles. Celui du Gloria, par exemple, cours Gambetta, reproduisait avec une certaine fidélité les visages des acteurs. Mais la plupart du temps, ils faisaient preuve d'une maladresse risible. C'était le cas ce matin. Dans sa tentative pour rendre le large sourire hilare de Jerry Lewis, le peintre ne réussissait qu'à friper les traits du visage en une insoutenable crispation d'agonie.

Éric semblait intéressé. Il regardait les photos du film. Il hésitait pour l'après-midi entre le Parc de la Tête d'Or et le cinéma.

J'entrai dans le magasin Moreteau en face du Cinéjournal. J'achetai là deux vestes d'été en coton, l'une blanc cassé l'autre bleu marine, deux pulls et deux jeans qui me collaient bien aux fesses. Toujours rue de la République, en remontant, je fis l'acquisition d'une paire d'élégantes bottines en cuir, six cent quatre-vingt-dix-neuf francs et quatre-vingt-dix-neuf centimes, de chaussures légères à trous et de tout un assortiment de slips, tee-shirts et chaussettes fines.

Puis nous traversâmes la place Bellecour. J'emmenai Éric dans un magasin chic d'habits pour enfants, rue Victor Hugo. Je lui choisis un costume en toile bleu clair, d'un prix ridiculement élevé. Je faillis expliquer au vendeur que je désirais le costume seulement, et non pas racheter l'établissement. Mais l'habit convenait à merveille au type brun d'Éric, à ses yeux clairs, à sa minceur. Il était beau comme un dieu, il illuminait le magasin.

Encore quelques dépenses de cette importance et j'en serais réduit à longer les caniveaux à la recherche de mégots de Benson. Mais j'éprouvai une sorte de volupté à signer les chèques et à ignorer l'avenir.

Nous rentrâmes. Une jeune fille, postée devant le café de la Paix, me tendit un tract. Il y était question du projet de construire un métro à Lyon. Diverses organisations politiques et syndicales protestaient : ce serait une opération de prestige, un métro de luxe qui permettrait surtout aux bourgeoises oisives du VI^e^ de se rendre dans les salons de coiffure et de thé du centre, mais dont les quartiers ouvriers ne profiteraient pas, voir le plan au dos, etc.

La jeune fille ne ressemblait pas à Isabelle. Je note le fait parce qu'elle lui ressemblait aussi peu que possible : c'était le genre cheveux courts, ongles sales et chemise sur les genoux. Pendant une fraction de seconde, je ne sais pourquoi, je m'imaginai en train de l'étrangler. Je rangeai le tract dans ma poche après l'avoir lu et lui souris. Elle hésita, me sourit aussi et, un peu gênée me sembla-t-il, s'en alla distribuer ses papiers plus loin.

Ma tante avait acheté un poulet chez Mercader, le célèbre commerçant espagnol, volailles et charcuterie, célèbre parce qu'il mâchait sans cesse sa langue à la manière d'un chewing-gum, même en parlant, ce qui déformait curieusement son élocution. Ce tic de Mercader constituait un traditionnel et inépuisable sujet de plaisanterie auprès de la colonie espagnole de Lyon et de sa banlieue.

Au temps où une bonne partie des Espagnols de Villeurbanne étaient regroupés dans le quartier dit « quartier nègre », où j'ai vécu moi-même jusqu'à sept ans au 21, rue Jules Kumer, nulle réunion de famille ou autre n'était concevable sans une allusion à la manie ruminatoire de Mercader, le charcutier qui mangeait sa langue.

Aucun Noir ne vivait dans ce quartier plus ou moins sordide, « nègre » était simplement synonyme d'étranger. Le « quartier », comme on disait aussi, était compris dans un losange restreint mais surpeuplé délimité par le cours Émile Zola et la rue du 4 Août d'une part, la rue Pierre Camard et la rue du 1er Mars de l'autre. Ce n'est pas le lieu de m'abandonner aux mille souvenirs vivaces qui se rattachent pour moi à la vie du « quartier » — mais je repense si fort à mon oncle Perfecto, dont les qualités de pitre et de boute-en-train en avaient fait le roi incontesté... Excellent imitateur (il imitait Mercader à la perfection), il racontait surtout de petites histoires vraies à l'origine, souvent insignifiantes, mais auxquelles son talent de conteur donnait une efficacité dramatique et comique réelle. (Certaines d'entre elles ont même accédé au statut de « blagues » anonymes, et se racontent encore.) Au moment de la chute, savamment retardée, l'auditoire explosait, même s'il avait entendu l'histoire cent fois, et pour cette raison peut-être.

Par habitude, on le conviait aussi aux enterrements et aux veillées funèbres, dont la pratique était encore en vigueur. C'est dans ces circonstances, à mon avis, que mon oncle Perfecto donnait le meilleur de lui-même. Il restait d'abord décent jusque vers minuit, grignotant et buvant en silence comme tout le monde. Puis, lorsque les effets de la fatigue, de l'énervement et du vin commençaient à se faire sentir sur l'assistance, qu'on commençait à s'agiter sur sa chaise et à parler plus haut, il lorgnait ses voisins d'un œil torve, pour tâter le terrain et apprécier l'opportunité d'en envoyer une bien bonne. Une demi-heure plus tard, les trois quarts des personnes présentes se mordaient les lèvres si fort pour ne pas céder au rire que leurs visages se coloraient de rougeurs congestives et qu'ils émettaient divers vacarmes incongrus par le nez. Certains, qui n'en pouvaient plus, sortaient un instant, se gondolaient à leur aise sur le palier, puis revenaient la mine grave et s'asseyaient le plus loin possible de mon oncle.

Cela finit par un scandale, à la mort de mon oncle Louis, le menuisier, que Perfecto adorait et qu'il devait pleurer beaucoup en suivant le convoi. Mais à la veillée funèbre, son naturel farceur prit irrésistiblement le dessus. À une heure du matin, Carmen, la femme de Louis, et sa fille Clara (celle qui regardait le soleil en papillonnant des yeux, pratique extatique à laquelle il fallait l'arracher de force, et qui passa toujours dans la famille pour un signe de folie à la fois cocasse et inquiétant), Carmen et Clara, épuisées de fatigue et de chagrin, se retirèrent dans leur chambre. Perfecto resta maître des lieux. Déchaîné, il se mit à remplir systématiquement les verres en racontant blague sur blague. À deux heures, il fouillait dans un placard et mettait la main sur une pile de disques. C'était l'été, on tenait la porte ouverte à cause de la chaleur : à deux heures dix, toute la cour du 27, rue Louis Goux était tirée du lit en sursaut par les accents entraînants du paso doble bien connu *El Gato Montes*. Ma tante Carmen resta fâchée plus d'un an avec Perfecto à la suite de l'incident. Le jour de la réconciliation, il la fit rire aux larmes en lui racontant comment lui et son frère Pepe avaient échappé aux Allemands en 44.

Après la guerre, Perfecto avait été condamné à six mois de prison pour divers trafics.

Chaque fois que j'allais chez Louis et Carmen, on me permettait de lire un album de Zorro, recueil de bandes dessinées qui avait appartenu à leur fils Juanito, « le petit Jeannot », comme on l'appelait, mort tout jeune de la tuberculose et que je n'avais pas connu. Je trouvais merveilleux et effrayant de manipuler ce livre, véritable relique aux yeux de tous, que je savais par cœur mais que je réclamais toujours avec avidité. Et, chaque fois qu'on m'emmenait au cimetière de Cusset, tout au bout de Villeurbanne, je ne pouvais détacher mon regard du médaillon représentant le petit Jeannot, dont le visage était pour moi le visage même de la mort.

Encore un mot — puisque aussi bien je me suis tout de même laissé aller au flux des souvenirs —, l'histoire du paso doble m'y fait penser : c'est au cours de ces réunions familiales que naquit et se développa mon goût musical, à l'écoute de disques de flamenco passés des heures durant sur de mauvais tourne-disques au saphir à peine plus affûté qu'un manche de pelle. Les premières secondes, on entendait comme un crépitement d'incendie qui couvrait en partie l'introduction de guitare. Puis s'élevaient, inséparables à jamais de ces années d'enfance, plus dramatiques et plus émouvantes encore d'être perçues sur ce fond grésillant, les voix de Jacinto Almaden, Pepe el de la Matrona, Fosforito, Rafael Romero et tant d'autres, et du facile et un peu mièvre mais authentique et efficace Juanito Valderrama, dont la chanson *El Emigrante* faisait frissonner et pleurer comme des veaux tous ces exilés, et imposait silence à mon oncle Perfecto lui-même.

Puis le « quartier nègre » fut rasé. Les hasards du relogement et des destinées sociales rompirent la belle unité des débuts, et dispersèrent les Espagnols aux quatre coins de l'agglomération.

Revenons au poulet de Mercader, que ma tante accommoda à l'espagnole, avec du riz et du safran. Je n'avais pas la moindre envie de plaisanter, mais je fis néanmoins une allusion au tic de Mercader. Je savais que cela ferait plaisir à Emilia. Je lui posai avec un sérieux affecté la question rituelle : était-il bien vrai qu'il mâchait le même chewing-gum depuis trente ans ? Personne ne l'avait jamais vu le cracher pour en porter un autre à sa bouche. Emilia sourit, puis elle rit franchement, puis dut essuyer ses yeux de sa serviette, et peu à peu, assaillie elle aussi par les souvenirs, elle pleura pour de bon.

J'avais hâte de me retrouver seul à Saint-Laurent.

Éric avait quitté la table en laissant son assiette

presque intacte, malgré mes tendres incitations à manger.

J'avais perdu l'habitude d'horaires réguliers. Après le café, un invincible besoin de dormir s'empara de moi. J'allai m'allonger dans la chambre d'Éric. J'insistai pour qu'il reste et continue de jouer.

À travers ma somnolence fiévreuse, je l'entendis fredonner, faire rouler ses voitures sur la moquette, tourner les pages de *L'île au trésor*. Il s'ennuyait ferme, dans cet appartement au cinquième étage.

Nous sortîmes en milieu d'après-midi. Il attirait les regards des passants dans son splendide costume bleu. Il voulait aller au cinéma. J'achetai un hebdomadaire des spectacles qui paraissait depuis peu et qui s'appelait *Lyon-Poche*.

Je ne raffolais pas de Jerry Lewis, je n'avais vu qu'un film de lui que j'avais trouvé consternant. Mais je lus dans *Lyon-Poche* un article d'ensemble sur les reprises de l'été qui me parut convaincant et dans lequel le critique, un certain François Labret, parlait de *Jerry chez les cinoques* comme du meilleur Jerry Lewis, de loin le plus drôle. J'emmenai donc Éric voir ce film, de préférence à je ne sais plus quel Walt Disney.

Mon fils rit tellement pendant la séance que j'en fus détendu moi-même, et que je passai mon temps à l'embrasser. Je n'accordai donc qu'une partie de mon attention au film, qui me parut drôle en effet, malgré un doublage insupportable et la présence devant moi d'un individu d'une taille exceptionnelle.

Le soir, au dîner, Éric eut une véritable crise nerveuse au cours de laquelle il réclama sa mère d'une voix basse et rauque qui me glaça le sang, et c'est la mort dans l'âme que je me rendis au garage Gailleton.

Il était dix heures moins le quart. Je me garai devant la pompe à essence, seule place disponible à cette heure bien qu'on fût au mois d'août.

Je franchis le porche et traversai une cour intérieure plus large que longue, pleine de poubelles et de chats comme d'habitude. Les chats de cette cour devaient appartenir à une race spéciale, car je les avais toujours vus en chaleur, même en plein hiver, et on était sûr d'être accueilli là par un concert de miaulements effroyables, soit qu'ils copulent, soit qu'ils s'arrachent les yeux et les oreilles entre mâles rivaux pour copuler ensuite comme si de rien n'était, aussi mutilés et sanguinolents soient-ils. C'était affreux.

Je boutonnai ma chemise en entrant dans le garage, où il faisait frais et humide en toute saison. Miguel y passait ses journées et parfois ses nuits pour un salaire presque misérable. Je l'entendis éternuer depuis le parking souterrain. Il s'enrhumait continuellement, surtout en été. Ces rhumes étaient moins l'effet de l'atmosphère du lieu (à mon avis) que l'expression de son mécontentement, une manière de protester contre l'existence qu'il menait dans ce garage où il travaillait depuis bientôt huit ans. Il lançait souvent, donc, son fameux éternuement, ni atchoum ! ou atchi ! mais un formidable arrrrr... rachon ! émis avec tant d'autorité hargneuse que ceux qui n'avaient pas l'habitude se mettaient aussitôt à fureter à droite et à gauche, mains tendues, cherchant quoi arracher.

Je sifflai entre mes doigts. Miguel arriva. Il me serra dans ses bras. La première émotion passée (intense), je lui exposai ma situation et mes états d'âme. Parler me fit du bien.

La mère de Miguel était née comme la mienne entre Malaga et Almeria, en Espagne du Sud, où je n'étais jamais allé pour des raisons obscures que j'aurai peut-être l'occasion d'exposer, peut-être pas. Je n'étais jamais descendu plus bas que Barcelone.

Miguel me ressemblait un peu, à part la taille (il était assez petit). Il avait les cheveux longs et bruns. Ses traits réguliers prenaient parfois une expression grimaçante, chafouine, qui les déformait de façon désagréable. Cela passait aussitôt. Il avait commis quelques actes de petite délinquance dans sa jeunesse, et s'était « rangé » au moment où il avait rencontré Danielle.

— J'étais en train de nettoyer des taches de pisse dans une Audi, me dit-il un peu plus tard. Très rigolo, comme tu peux imaginer. Je suis arrivé en retard. J'avais peur que tu m'attendes. Je me suis engueulé avec Danielle, avant de partir.

Depuis que je connaissais Miguel, je ne l'avais jamais vu sans qu'il vienne de s'engueuler avec Danielle, et quand je les voyais ensemble, ils s'engueulaient. Il m'entraîna dans le petit café qui se trouve tout de suite à gauche en sortant du garage. Il commanda une bière, moi un cognac. J'avais horreur du cognac, mais, comment dire, envie d'en boire à ce moment.

— J'en ai marre, je n'ai pas pris une seule semaine de vacances cette année. Le jour où je vais en prendre, elles vont être longues, je t'assure. De toute façon, je gagne à peine de quoi acheter les steaks hachés de Rafael et les biberons de la petite. Et je m'esquinte complètement les mains, regarde. Quand j'ai démonté vingt roues dans la journée et lavé dix bagnoles, le soir j'ai les doigts tellement contractés que je peux à peine tenir ma fourchette, alors les arpèges...

Miguel était un bon guitariste flamenco. Je l'avais connu dans un restaurant des bords de Saône, *Los Peregrinos*, « les pèlerins », où il jouait à l'époque tous les samedis soir pour gagner un peu d'argent.

Un couple entra dans le café, une fille jeune, mignonne et très maquillée, et un homme beaucoup plus âgé, au visage rude, vêtu d'un costume trop élégant. L'homme avait une voix curieuse, très éraillée, comme un évier qui se débouche, dit Miguel.

— Et David, qu'est-ce qu'il devient ? demandai-je.

— Il ne travaille plus au garage. Il est reparti en Israël. Il m'a dit qu'il allait retrouver sa femme et ses gosses. Il me manque. C'était encore le moins con, ici. Et toi, tu penses redonner des cours de musique dans un lycée, à la rentrée ?

— Non. Je n'aurais plus le courage.

— Et des cours particuliers ? Je peux t'en trouver, si tu veux.

Je le remerciai. Je verrais plus tard. Pour l'instant, j'avais à peine l'énergie de porter mes cigarettes à la bouche et de les allumer, tout projet plus ambitieux me fatiguait d'avance. Et encore, je crachais les mégots, si d'aventure j'avais les mains dans les poches.

Miguel regardait la fille.

— C'est bien le genre de couple qu'on voit dans ce quartier, dit-il.

Il hésita :

— Je vais quand même te dire... Enfin, je t'en ai déjà parlé... Tu sais que des clients garent leur voiture ici depuis des années, des rupins, et dans le tas...

Oui, il m'en avait déjà parlé. Dans le tas, il y avait

quelques représentants notables du « milieu » lyonnais. L'un d'entre eux, officiellement directeur d'une entreprise de tôlerie-chaudronnerie à Décines (de l'autre côté du canal), avait remarqué Miguel, son allure un peu voyou, sa débrouillardise, son dégoût du garage, mais aussi sa franchise et son sérieux. Un jour, à l'occasion d'un service rendu — Miguel avait passé trois heures sur sa voiture un dimanche où il était seulement de garde —, il lui avait offert à demi-mot de l'employer, s'il le souhaitait, à des tâches moins fastidieuses et plus lucratives que son métier actuel. Miguel n'avait pas donné suite à l'époque. Mais ces propositions n'étaient pas tombées dans les narines d'un aveugle, comme il disait (car il pratiquait volontiers ce jeu facile qui consiste à déformer facétieusement des proverbes ou expressions populaires). Et, deux semaines auparavant, dans ce même café, m'avoua-t-il, il avait lui-même remis la question sur le tapis. Il était tenté.

Je lui dis qu'il était fou, que, lui en prison, Rafael risquait de ne plus manger de steaks du tout. Mais je savais que je parlais pour rien. Au fond, il avait pris la décision. On lui avait certifié que les dangers seraient minimes, pour ne pas dire nuls. Et il supportait de moins en moins le garage, plus du tout, à vrai dire.

Il conclut par un « arrrrr... rachon ! » qui fit trembler les bouteilles au-dessus du comptoir.

— Saloperie de rhume ! dit-il.

La fille lui sourit. Elle et son ami se levèrent. Elle avait remarqué l'insistance de Miguel à la regarder.

Miguel était très excité. Il n'avait jamais trompé Danielle depuis leur mariage, malgré de multiples occasions et bien qu'il en mourût d'envie, un peu de la même manière qu'il accumulait la rancœur contre le garage tout en faisant preuve d'une conscience professionnelle et d'une honnêteté sans faille. De cette attitude, son patron tirait grand profit. Je le connaissais un peu, il m'était arrivé de prendre un verre avec lui et Miguel. C'était un patron à l'ancienne mode. Il avait débuté en récupérant des pneus qu'il revendait au marché aux puces le dimanche, place Rivière, à Villeurbanne, et maintenant il était le seul propriétaire de ce grand garage du centre. Je ne l'aimais pas. La confiance (réelle) qu'il avait en Miguel, il la lui manifestait non par des augmentations, mais de la manière la plus grossièrement démagogique : il chantait ses louanges devant les clients, se montrait généreux en poignées de main et tapes dans le dos, lui abandonnait quelques menues responsabilités, ne fermait pas le bureau et ne vérifiait pas la caisse avec ostentation, etc. Sa seule largesse consistait, de temps à autre, à lui permettre de faire le plein d'essence gratis dans sa 2 CV, faveur dont Miguel n'abusait pas.

— De toute façon, je te tiendrai au courant, dit Miguel quand les images lubriques suscitées par le déhanchement de la fille se furent estompées dans son esprit. Bon, il faut que j'y retourne. On se voit demain ?

— D'accord.

— Tu viens souper le soir, avec Éric ? Rafael sera content. Danielle aussi. Et moi aussi...

— D'accord.

Nous étions devant la pompe. Il mit de l'essence dans la Fiat et ne voulut pas que je paie.

Je montai en voiture.

— À demain ! criai-je.

Je ne pensais certes pas revoir Miguel quelques secondes plus tard. Voici ce qui arriva. Au moment où je démarrais, le feu qui se trouve à l'angle de la place Gailleton et du quai, vingt mètres plus loin, juste devant *L'Art poétique*, passa au vert. Je fonçai, puis je m'apprêtais à freiner pour tourner à gauche lorsque, d'une seconde à l'autre, je me trouvai arrêté sans savoir comment en plein milieu du quai. Je me rendis compte que j'avais le pied sur le frein. J'avais tout de même freiné. Le voyant rouge indiquant que le moteur avait calé s'était allumé.

J'avais eu un accident. Quelque chose était passé devant la voiture et l'avait heurtée. Je vis et entendis mon pare-chocs rebondir sur la chaussée. Et, à une cinquantaine de mètres à droite, une grosse moto était en train de se coucher sur le flanc en douceur, comme au ralenti. Des gens regardaient.

Je faillis envoyer ma portière dans le visage de Miguel, accouru.

— Qu'est-ce qui s'est passé ? lui dis-je.

— Le type à moto a brûlé le feu. Tu n'as rien ?

— Non.

— Viens vite. Il roulait comme un fou. Il n'avait pas ses phares. J'espère qu'il n'est pas mort !

Malgré l'heure tardive, et comme par magie, de nombreuses personnes faisaient déjà cercle autour du motocycliste. L'homme, vêtu de cuir des pieds à la tête, était allongé sur le sol, près du trottoir. Il avait perdu connaissance, ou il faisait semblant. Il saignait un peu à la joue.

Je dis « ou faisait semblant », car j'eus le pressentiment immédiat, avant de savoir plus tard dans la nuit que ses blessures étaient sans gravité, qu'il en rajoutait et qu'un grand seau d'eau en plein visage l'aurait fait courir comme un lapin. Inexplicable. Étrange aussi ma hargne contre lui, contenue à grand-peine, et les phrases peu aimables qui me passèrent par la tête à son sujet.

La moto, une énorme Kawasaki 1000, était en piteux état.

Miguel avait couru téléphoner à police secours, mais quelqu'un l'avait fait avant lui, sans doute le locataire d'un appartement du quai, plusieurs fenêtres s'étaient ouvertes.

Interrompant sa comédie pour je ne sais quelle raison, parce qu'il avait entendu parler de police ou parce qu'il n'eut pas le cran de la pousser jusqu'au bout, le motocycliste ouvrit les yeux et se releva avec des précautions affectées. Je lui demandai où il avait mal. Il répondit qu'il ne savait pas en évitant mon regard.

Je percevais une certaine hostilité des témoins à mon égard. Quand je parlai d'aller enlever ma voiture du milieu de la route, une voix dit derrière moi, assez fort pour que tout le monde entende : « Il va en profiter pour se tirer, ils font toujours comme ça ! »

— Laisse tomber, dit Miguel. De toute façon il vaut mieux attendre la police sans rien toucher.

Police secours arriva. On nous fit monter dans le fourgon, l'homme et moi, puis Miguel, qui me servit de témoin. Les gens s'étaient dispersés, déçus sans doute d'un accident aussi peu saignant, et il ne se trouva personne pour prétendre, comme je l'avais craint un moment, que c'était moi qui étais passé au rouge.

Le motocycliste, un Italien de trente ans du nom d'Oreste Golinici, n'avait pas ses papiers en règle. Son attestation d'assurance était périmée depuis des mois. Les agents s'adressaient à lui sur un ton plutôt brutal. Je vis que ses mains tremblaient. C'est alors seulement qu'il excita ma compassion. Il bredouilla que sa mère, chez qui il habitait, retrouverait à coup sûr la nouvelle attestation, si, si, il l'avait reçue... Mais j'étais certain qu'il mentait. Il était actuellement sans travail.

L'ambulance arriva bien plus tard que prévu. Le conducteur, tout affolé, s'excusa : il avait été retardé par un autre accident, très grave celui-là, qui bloquait tout le cours Albert Thomas.

On emmena Golinici à l'hôpital Édouard Herriot (hôpital également appelé « Grange-Blanche »). Le malheureux n'avait rien et agitait bras et jambes pour nous en convaincre. Il fallut presque le retenir de faire des flexions et les pieds au mur dans le fourgon. C'était pitoyable.

— C'est bien ce que je pensais, elle n'est plus cotée depuis deux ans, dit Miguel.

Il consultait l'argus. Le bureau du garage était aussi coquet qu'un salon. On apercevait néanmoins aux murs les calendriers ornés de femmes nues caractéristiques de ce genre d'endroit.

Nous avions ramené la Fiat 128 au garage. Elle roulait, mais en tirant à gauche et en couinant comme une volaille rabrouée. Selon Miguel, il ne fallait pas la réparer, les frais seraient trop élevés. Mon assurance allait l'évaluer telle qu'elle était — entre quatre et cinq cents francs — et réclamerait cette somme à Golinici lui-même, puisqu'il n'était pas assuré.

— Je suis sûr qu'il n'a pas un radis, dit-il. Je connais ce genre de types, ils sacrifient tout à la moto. La sienne coûte une fortune. Elle est drôlement amochée, tu as vu ? À part ça, il doit coucher dans une soupente et bouffer des figues sèches à tous les repas. Enfin, il faudra voir, on ne sait jamais.

J'avais absolument besoin d'une voiture. Miguel me dit qu'une 403 allait rentrer le lendemain matin. Il consulta un grand cahier : oui, une vieille 403 diesel, qui appartenait au fils d'un employé d'un client du garage. Elle ne valait rien non plus, elle était reprise comme épave pour rendre service à son propriétaire et parce qu'il en rachetait une neuve, mais elle était en état de marche. Le garage allait s'en débarrasser auprès d'une casse. Ma Fiat ou cette 403, pour le patron, c'était pareil.

— On verra demain, dit Miguel. Si tu pouvais être là à sept heures, juste avant que je parte, ce serait bien.

— D'accord.

— Dis donc, à propos d'argent... Pendant qu'on était dans le fourgon, j'ai repensé au chauffage au gaz que vous aviez laissé rue Charles Robin...

Isabelle et moi avions été très négligents à l'époque, comme toujours d'ailleurs et pour tant d'autres choses. Nous avions laissé dans l'appartement nos appareils de chauffage en pensant demander plus tard une reprise au nouveau locataire. Mais le gérant n'avait trouvé un successeur qu'après notre départ à Barcelone, et par la suite nous ne nous en étions plus occupés.

— C'est idiot, continua Miguel, l'installation est à toi. Demande quelque chose ou fais tout enlever par un plombier. Tu peux en tirer au moins mille francs. Au moins.

— Oui, tu as raison. Ma tante m'a cassé les pieds toute l'année avec ça. Il faut que je m'en occupe.

J'ajoutai, déjà découragé à l'idée d'une démarche :

— Remarque, on est en août, les gens sont sûrement partis en vacances...

— Renseigne-toi, tu verras bien.

— Oui...

Au moment où je le quittais, Miguel me dit en souriant :

— Et puis, si mes combines t'intéressent...

Je rentrai à pied rue Longue. Il fallait dix minutes en marchant vite. Emilia faisait la première de ses petites promenades nocturnes quand j'arrivai. Je la mis au courant d'un ton neutre, en donnant le moins d'importance possible à l'épisode : demain, j'aurais une autre vieille voiture, c'était tout.

Elle me dit qu'Éric avait mis longtemps à s'endormir, ce soir.

Avant de me coucher, je téléphonai à Grange-Blanche pour demander des nouvelles de Golinici. Il était déjà reparti avec un morceau de sparadrap sur le front.

# IV

Le lendemain matin, à sept heures moins le quart, je partis pour le garage après avoir embrassé Éric qui changea de position en souriant dans son sommeil.

Le demi-litre de café que j'avais avalé trop vite m'écœura et me creusa à la fois. J'achetai des croissants à la boulangerie de la place Gailleton.

Miguel tombait de sommeil. Il ne pouvait guère ouvrir en plein que l'œil gauche, les paupières du droit restaient collées ou papillotaient. Il refusa un croissant d'un geste las.

— Viens, elle est là. Ce qui m'inquiète un peu, c'est qu'on l'a amenée en remorque.

Nous passâmes devant la Fiat, dont une grimace de mélancolie renfrognait tout l'avant. J'eus envie de pleurer. Isabelle et moi avions roulé pendant des années dans cette voiture.

Nous arrivâmes au fond du garage.

— La voilà, dit Miguel. Évidemment, c'est pas un carrosse...

Nous restâmes muets quelques instants. Je croyais mes facultés d'étonnement émoussées à jamais depuis les malheurs qui m'avaient frappé, mais j'avoue que mes yeux s'arrondirent quand j'aperçus l'énormité avachie, multicolore et malodorante qui semblait s'être retirée là pour crever. Rien à voir, en effet, avec un carrosse. C'était une de ces ruines qu'on ne trouve ordinairement que sur les marchés aux puces, et dont les acheteurs les moins exigeants se détournent en crachant de dégoût et en marmonnant des chapelets d'injures à l'adresse du revendeur.

J'en fis le tour. Quelques indices ténus permettaient encore de déceler qu'il s'agissait bien à l'origine d'une 403 Peugeot, mais les ravages de la vieillesse et des dizaines d'accidents suivis ou non de réparations sauvages l'avaient transformée en un engin sur roues inclassable, unique en son genre, d'une couleur qui offensait l'œil, décoré de multiples décalcomanies.

Des mains différentes avaient tracé trois inscriptions sur le coffre, à l'arrière. La première était assez mystérieuse : « Quand j'avance, tu recules », premiers mots je crois d'une chanson d'un extrême mauvais goût. La seconde était plus recherchée : « E pur, si muove ! », « Et pourtant, elle tourne », la phrase fameuse attribuée à Galilée. La troisième, enfin, plus littéraire, un vers de Mallarmé, « Calme bloc ici-bas chu d'un désastre obscur », semblait indiquer que le véhicule avait appartenu entre mille autres à quelque étudiant aussi facétieux que pauvre.

La courbure gracieuse mais très prononcée du pare-chocs arrière ressemblait à celle qu'aurait pu produire l'attelage d'une charrue pendant une longue saison de labour.

J'avançai la tête à l'intérieur. Une violente nausée brassa dans mon estomac le café et les croissants trop gras. Cela sentait l'ail, le gas-oil, le rat crevé, le cambouis, l'urine, le gratin de poireaux, et mille autres choses. Les sièges, noirs de crasse et de sueur, s'étaient profondément creusés avec les années. Trois gros ressorts avaient percé l'étoffe à l'arrière tandis qu'une quantité de ressorts plus petits s'échappaient du tableau de bord et s'agitaient avec frénésie à la moindre stimulation. Des détritus de diverses natures étaient allés se coller partout, y compris au plafond.

Enfin, touche finale, on avait fixé une plume verte au sommet d'une antenne de radio un peu plus rectiligne qu'un tire-bouchon.

— C'est le modèle luxe, dit Miguel en bâillant. Ça se voit au tableau de bord. Tiens, les pneus avant ont l'air bons.

La voiture venait d'arriver, il ne l'avait pas encore vraiment examinée. Il avait seulement remarqué que les phares étaient faussés, l'un éclairait du côté de Caluire, dit-il, et l'autre droit sur les Saintes-Maries-de-la-Mer. Il ajouta :

— Enfin, l'essentiel, c'est qu'elle roule. Tu verras, c'est économique, le gas-oil. Elles étaient inusables, ces 403. Elle doit avoir dans les quatre cent mille kilomètres, mais avec une petite révision elle peut encore en faire autant.

Ce disant, il tentait d'ouvrir la portière du conducteur, d'abord normalement, d'un mouvement du poignet, puis en tirant des deux mains, puis, de toutes ses forces, en prenant appui du pied droit sur la portière arrière. La portière finit par céder dans un hurlement de métal contrarié.

— Il faudra y mettre une goutte d'huile, dit-il.

Il s'installa au volant, parvint à tourner la clé de contact et tira sur le démarreur, qui n'était sans doute pas d'origine car il avait une course de vingt bons centimètres et était placé si bas que Miguel se donna un coup de poing dans le ventre au moment où la tige de métal consentit soudain à coulisser.

Aucune réaction.

Miguel renouvela l'opération après avoir appuyé plusieurs fois sur la pédale de l'accélérateur pour « appeler » le gas-oil, à la suite de quoi un ricanement de chèvre s'échappa des profondeurs du moteur, se transforma en un tac tac tac de tracteur qui se met en branle, et tout s'acheva dans une formidable explosion qui noircit d'une seconde à l'autre une petite Austin blanche garée juste derrière.

Miguel voulut ouvrir le capot bosselé, mais impossible, il était coincé.

— Ça ne fait rien. D'ailleurs, c'est sûrement le démarreur. Il doit y avoir un faux contact. Attends.

Il revint avec un marteau qu'il entoura de chiffons, et il se mit à donner de petits coups sous le volant, un peu au hasard me sembla-t-il.

— Ça arrive souvent. Il y a une boîte avec tous les fils. Parfois il suffit de taper. Où elle est, cette boîte, nom de Dieu !...

Il jeta à terre un vieux journal qui le gênait dans ses manœuvres et trouva la boîte en question. Miracle, son bricolage fut efficace. Une minute plus tard, le moteur tournait avec un bruit à peu près régulier.

— J'aimerais quand même bien regarder sous le capot, dit Miguel, je serais plus tranquille... Arthur !

Un ouvrier s'approcha, un homme assez âgé, au visage impassible et aux bras énormes.

— Tire sur la tirette, à gauche, me dit Miguel, nous on soulève. Allez, oh ! hisse !

Le capot s'ouvrit, mais la tirette me resta dans les mains. Le dénommé Arthur nous dit alors, remuant à peine les lèvres :

— Vous avez intérêt à bien regarder ce qui déconne, les gars, parce que vous ne l'ouvrirez pas une deuxième fois.

Et il s'en alla en balançant ses gros bras. La fatigue aidant, Miguel prit le fou rire.

Il vérifia la pompe et le cylindre, l'état des courroies, le niveau d'huile, fit ronfler le moteur d'effrayante façon comme font les garagistes, et me dit :

— Cette bagnole a été révisée il n'y a pas longtemps. Je t'assure, je ne plaisante pas. Tu peux y aller, tu verras, c'est costaud et économique.

Pendant qu'il rafistolait la tirette, je vidai la Fiat et transportai tout dans la 403.

— Passe vers cinq heures, si tu veux, cet après-midi. On la nettoiera un peu avant de manger. Maintenant, je vais rentrer me coucher, je suis vraiment crevé.

Je sortis du garage au volant de ma nouvelle acquisition. À part le bruit excessif du moteur, la direction flottante, le clignotant irrégulier et l'effort musculaire considérable qu'exigeait le maniement du levier de vitesses, le reste me parut normal.

La boîte à gants était coincée elle aussi.

Chose curieuse, la radio marchait. Sur une seule station, certes, mais enfin la voiture n'explosait pas quand on tournait le bouton.

En rentrant rue Longue, j'entendis sans déplaisir une chanson à la mode qui disait :

*Et tout ira très bien, très bien, très bien,*
*Oui, tout ira très bien.*
*De te retrouver, je suis fou,*
*Il n'y aura plus jamais de peine pour nous.*
*Et tout ira très bien, très bien, très bien*, etc.

Le texte ne valait ni par la profondeur de la pensée ni par les raffinements de l'expression, mais son optimisme cru et je ne sais quoi dans la voix imparfaite et attachante du chanteur m'émut sans vraiment m'attrister.

Je découvris les caprices de l'avertisseur sonore. Il ne marchait pas, sauf dans les virages à droite pris à plus de quarante où, là, il se déclenchait tout seul et faisait entendre une sorte de hululement ténu mais perçant.

Plus tard dans la matinée, j'emmenai Éric au Parc de la Tête d'Or. La nouvelle voiture l'amusa beaucoup. L'après-midi, je fis la sieste. Je m'éveillai dans un état de profonde tristesse que j'attribuai entre autres à la perte de la Fiat, et à tout ce que cela représentait pour moi. Je pris la décision d'aller coucher à Saint-Laurent le soir même. J'avais besoin d'être seul. Éric ne fit aucune remarque. Bientôt, lui dis-je, nous ferions un grand voyage dans la 403, après l'avoir bien nettoyée pour qu'elle sente moins mauvais, nous irions voir son cousin Martin, à la campagne.

J'envoyai une déclaration d'accident à Tolle et Tolle, mon assurance rue de la République.

Vers cinq heures, nous nous rendîmes chez Miguel.

Je passai avec un certain plaisir le pont Bonaparte, que j'avais franchi des centaines de fois, à pied, du temps de mes études, quand j'allais travailler à la Bibliothèque municipale rue Adolphe Max. Je roulais sans hâte, contemplant les courbes douces de la Saône, les vieux immeubles des quais, les contreforts de la cathédrale Saint-Jean, les couvents sur la colline, les pentes vertes qui montent jusqu'à la basilique de Fourvière, construction sans beauté, mais sur laquelle tout vrai Lyonnais est aussi peu enclin à porter un jugement esthétique que par exemple sur la forme de l'oreille humaine.

Quelques nuages violets se promenaient dans le ciel. Lyon est très beau, à cet endroit. Puis je pensai à Isabelle, et mon regard se posa sur mon fils, à qui j'avais donné la permission de tirer de toutes ses forces sur l'ouverture de la boîte à gants.

Après la place Saint-Jean, j'attaquai la rude montée du Chemin-Neuf. La voiture peinait. J'arrivai au sommet à cinq à l'heure, dans un vacarme et une fumée d'enfer.

Le quartier de la basilique était désert, comme d'habitude. Je m'engageai dans la rue Roger Radisson.

Miguel habitait au 27, au premier étage d'une maison vétuste avec jardin comme il en existe encore beaucoup à Fourvière. Du rez-de-chaussée, humide et sans cloisons, Miguel avait fait une sorte d'atelier où il traficotait sa 2 CV et les voitures des amis. La maison leur était louée bon marché (pour un temps qui devait être bref à l'origine, mais les années passaient) par un client du garage, un régisseur nommé Bouron. La fille de ce Bouron, Florence, une grande blonde un peu hommasse, aimait le flamenco et aimait aussi Miguel, depuis longtemps. Grâce à elle, Miguel et sa famille pouvaient même passer quelques jours par an dans une villa que possédait le père à Théoule-sur-Mer, près de Cannes.

Je me garai directement dans le jardin, derrière la maison.

Je revis Danielle le cœur serré. Elle nous embrassa, Éric et moi, et crut devoir me présenter des espèces de condoléances. Puis elle quitta la pièce. Je compris qu'elle pleurait. Elle adorait Isabelle.

Je dus courir après Rafael pour l'embrasser. La présence d'Éric le ravissait, et il manifestait sa joie avec sa brutalité habituelle, c'est-à-dire qu'il galopait dans toute la maison en criant, renversant des balais et donnant des coups de pied dans les murs. Par esprit d'imitation, Annie, sa petite sœur, se mit à crier aussi et à ébranler sa poussette. Il y avait toujours beaucoup de bruit rue Roger Radisson.

Éric et Rafael descendirent jouer au jardin.

J'acceptai le café que me proposa Danielle. Miguel, mornement attablé, en buvait tasse sur tasse. Il n'arrivait pas à se réveiller, me dit-il, il était encore plus fatigué qu'avant de dormir. Nous bavardâmes tous trois quelques instants.

Danielle était petite, brune, jolie. Elle avait rencontré Miguel un jour qu'ils volaient dans le même supermarché. Comme dans les livres, elle l'avait aimé sur-le-champ, beaucoup et pour la vie. Ils s'étaient mariés aussitôt. Et aussitôt, elle avait perçu l'insatisfaction et l'instabilité qui tourmentaient Miguel. Elle en avait souvent parlé à Isabelle.

Danielle partit faire des courses pour le repas du soir. Je descendis au jardin avec Miguel, Miguel portant sa fille dans sa poussette.

— Tu joues un peu ? me dit-il en apercevant des partitions dans le coffre de la voiture.

— Non. Je n'ai plus retouché la guitare.

Il examina encore le moteur de la 403. Il fit une vidange, répara l'avertisseur, resserra les freins, redressa les phares, puis m'aida à la nettoyer.

— Je laisse le clignotant comme ça, dit-il. Je n'y connais rien, aux circuits électriques. Pour la direction, ne t'inquiète pas. C'est parce que la bagnole est vieille, mais ce n'est pas dangereux.

J'arrachai la plume verte au bout de l'antenne et parvins à effacer les décalcomanies. Mais les inscriptions sur le coffre refusèrent de disparaître. Miguel sectionna au moyen d'une pince les ressorts qui dépassaient du siège arrière.

Les cris de Rafael et d'Annie m'assourdissaient. Je n'avais jamais vu d'enfants si turbulents. Éric riait aux éclats. Je pensai que cela lui faisait du bien de jouer avec quelqu'un d'aussi vivant que Rafael, si on pouvait appeler vie cette folle nervosité entretenue jour après jour par les tensions et les disputes familiales. Et la petite Annie prenait le même chemin. Installée à l'ombre d'un cerisier, dans sa poussette, elle boxait les mouches en hurlant.

Le soir vint doucement. La voiture était toujours aussi laide, plus peut-être, mais elle était propre.

Le début du repas fut triste. Isabelle manquait cruellement. Nous avions connu ensemble de vrais moments de bonheur. Trois d'entre eux au moins se précipitent pour ainsi dire sous ma plume et s'y cramponneront, je le sais, si je ne m'en débarrasse pas en quelques mots.

Premièrement, un samedi matin que Miguel avait loué une estafette pour transporter de vieux meubles dans la cave de sa mère à la Duchère et en récupérer de moins délabrés à Gerland, chez un ami, Isabelle et moi nous étions levés à cinq heures et demie, exploit unique dans notre existence, et leur avions fait la surprise de venir les aider. Matinée merveilleuse. Une grosse frayeur, aussi : Rafael avait desserré le frein à main de l'estafette qui s'était mise à reculer dans la rue Roger Radisson, et Isabelle avait eu le réflexe étourdi d'essayer de la retenir en se plaçant derrière.

Deuxièmement, un 31 décembre. J'avais la grippe, chacun restait chez soi. Entre dix et onze, la fièvre tomba brusquement. Isabelle et moi mourions d'envie de les voir. Je m'emmitouflai, et nous allâmes à Fourvière. Ils n'étaient pas chez eux. J'eus la certitude que nous nous étions croisés et leur laissai un mot : nous vous attendons à la maison. De retour rue Charles Robin, il y avait un mot sur la porte : ils mouraient d'envie de nous voir, ils nous attendaient à la maison. Une demi-heure plus tard, embrassades, joie, passage heureux d'une année à l'autre... Rafael était déjà très nerveux. Dissimulé dans les toilettes, il était parvenu à s'enfoncer dans le méat un de ces petits bonbons argentés qu'on trouve dans les boîtes de dragées.

Troisièmement, je vis la mer pour la première fois de ma vie à Théoule, avec Miguel et Danielle. « Florence n'est pas là, et puis même, le père Bouron n'en saura rien, on jouera de la guitare ensemble toute la journée, le soir on ira piner dans la pinède », etc. Pour la première fois de ma vie également, je connus la jalousie, la jalousie maladive. Je m'imaginais par exemple que Miguel et Isabelle se faisaient du pied sous la table pendant les repas. Cet état m'accabla d'une seconde à l'autre, et me quitta de même.

Après la viande, je dis à Miguel que je l'écouterais volontiers jouer. Ce n'était qu'à moitié vrai, mais je savais qu'il n'attendait qu'un mot de moi.

— Tu crois ?

— Oui, vas-y. Ça fait tellement longtemps...

Miguel jouait toujours au milieu des repas. Rafael,

qui avait encore moins d'appétit qu'Éric, en profitait pour ne plus manger du tout.

Miguel alla chercher sa guitare, une bonne Esteso. Il avait appris le flamenco jadis, en Espagne, avec Pepe Pivar et Miguel de Valencia. Il avait beaucoup de sens musical et me montrait sans cesse de nouvelles *falsetas* (variations) qu'il composait sur les divers rythmes flamenco. Il joua. Comme je m'y attendais, cela me donna un léger cafard.

Miguel me reprochait souvent de ne jamais être allé en Espagne du Sud. C'était un de nos projets de faire le voyage ensemble.

Les haricots étaient immangeables. Rafael les jetait au plafond par poignées. Sa mère le gifla, il hurla, Annie se mit à pleurer, Miguel joua plus fort pour couvrir le bruit, et quand Danielle alluma la télé (après m'avoir demandé la permission) pour guetter je ne sais quel feuilleton sentimental qu'elle suivait avec avidité, j'eus mal à la tête.

À un moment, Danielle alla aux toilettes et dit à Miguel en revenant :

— Miguel, j'aurais une faveur à te demander, c'est que tu tires la chasse quand... Tu fais toujours comme ça, comment tu veux que tes enfants soient propres ?

Il ne lui répondit pas, mais comme le speaker à la télé (c'était la fin des informations) parlait de « chefs de guerre africains », il se mit à chanter « il est cocu le chef de guerre » en s'accompagnant dans la tonalité de la *buleria* qu'il était en train de jouer.

Puis il engloutit en trois bouchées le contenu de son assiette.

— Fameux, ces fils, dit-il en se torchant les lèvres du dos de la main, dommage qu'il y ait quelques haricots avec.

Danielle l'injuria. Elle semblait au bord de la crise de nerfs. Un véritable vent de folie souffla dans la pièce. Je souris à Danielle et aussitôt fis les gros yeux à Rafael qui tentait de me colmater l'oreille gauche avec du fromage blanc, après avoir à moitié assommé sa petite sœur à coups de carafe.

J'étais sidéré que Miguel et Danielle se laissent aller à une telle scène devant moi. Je ne les avais guère vus cette année, et je pensai que la situation s'était singulièrement dégradée. Le calme revint brusquement. Ils s'excusèrent, tout penauds. Éric était un peu hébété. J'avais le vertige et envie de vomir. L'estomac me brûlait. J'avais bu trop de vin, une piquette de supermarché baptisée « côtes du Ventoux » et fabriquée semblait-il à partir d'eau de Javel, d'ammoniaque et de sirop de grenadine périmé.

Nous les quittâmes vers dix heures.

Ma tante arriva dans la cuisine. Je prenais du bicarbonate de soude pour neutraliser l'effet du faux vin. Déjà je trouvais Emilia plus indifférente, sans passion. Mais, au moment où je me faisais cette remarque, elle me montra un panier qu'elle m'avait préparé pour mon petit déjeuner à Saint-Laurent.

Je promis à Éric d'être là le lendemain matin avant même qu'il soit éveillé.

J'emportai entre autres choses ma guitare, mon petit magnétophone à cassettes et de quoi me changer.

Saint-Laurent est un village à mi-chemin entre Lyon et Saint-Étienne, à vingt-cinq kilomètres de Lyon environ. Aux heures de grosse circulation, je prenais l'autoroute jusqu'à Givors et ensuite une route de campagne tranquille. Mais le plus souvent je m'y rendais par la nationale, La Mulatière, Oullins, Saint-Genis-Laval, Brignais, Les Sept-Chemins, puis une route à droite qui menait à Saint-Laurent.

La maison se trouvait dans un hameau appelé Cors, à un kilomètre du village, et était isolée par rapport au hameau lui-même. Il fallait faire deux cents mètres sur un chemin non goudronné, mais tapissé en été de bouses fraîches qui giclaient au loin quand on roulait dessus à vive allure, comme c'était mon habitude.

Je coupai le moteur.

Après une dernière explosion qui fit aboyer les chiens de la ferme Carrichon, la paix revint sur la campagne. L'air était d'une grande douceur, presque frais par moments.

Je m'installai dans la maison sans angoisse particulière. C'était une maison en pierre d'un étage, plutôt petite, donnant sur les champs à l'infini. Les volets en bois étaient d'un bleu très tendre, du même bleu que ma chambre. Mon oncle Angelo ne savait ni lire ni écrire, moins que quiconque dans la famille, ce qui n'est pas peu dire, mais il ne manquait pas de goût. L'intérieur était meublé de meubles du pays patiemment rachetés aux paysans des environs. (Angelo avait réussi à faire comprendre à sa femme qu'ici, ce serait mieux que le rotin.) Le chauffage central était installé, mais, comme je l'ai dit, mon oncle était mort avant d'avoir peint les radiateurs.

Le rez-de-chaussée se composait d'une grande salle à manger, de deux pièces plus petites, une cuisine et une sorte de salon où Emilia avait même laissé un poste de télévision prêt à fonctionner, et d'une salle de bains.

Je branchai le réfrigérateur et allai faire quelques pas dans le jardin.

Angelo avait simplement divisé l'étage en deux, deux vastes chambres. La mienne (celle que je préférais) donnait sur le devant. Il y avait aussi une petite salle de bains. Tout reluisait de propreté.

Je disposai sur ma table de chevet une photographie que j'aimais bien. Elle nous représentait, Isabelle, Éric et moi, nous promenant au Parc de la Tête d'Or, dans une allée appelée allée des Taupes. Nous avions tous trois le sourire.

Je m'allongeai sans me dévêtir sur mon lit, un lit confortable d'une place et demie. Sur la commode, à côté d'une porte-fenêtre ouvrant sur le balcon, étaient rangés quelques-uns de mes livres d'enfance, *Robinson Crusoé, L'île au trésor, Le maître du Simoun, Le secret de l'Indien, Typhon, Les mines du roi Salomon*, quelques Dickens.

J'éteignis ma cigarette et me levai pour ouvrir l'étui de ma Fleta. Puis je me ravisai en chemin. Je mis une cassette (Bach) dans le magnétophone, geste que je n'avais pas fait depuis longtemps. Je me recouchai et allumai une autre Benson.

J'écoutai la chaconne de la *Partita en* ré *mineur* par Arthur Grumiaux. Il m'était arrivé jadis de jouer assez bien une transcription pour guitare de cette chaconne.

## V

Quelques jours moroses passèrent jusqu'au coup téléphone d'Anne-Marie.

Je retrouvai un rythme de vie à peu près régulier. Je me levais à dix heures, descendais à Lyon à onze et rentrais à Cors vers deux heures du matin. La 403 diesel se montrait conciliante. Je continuais d'être gêné par le flottement dans la direction (qui parfois, inversement, devenait très dure), par le bruit excessif du moteur et d'ailleurs aussi de la carrosserie, par une suspension de planche à roulettes, une jauge d'essence sournoise, un clignotant qui clignotait au rythme d'un message en morse émis par un désespéré, ou pas du tout, ou longtemps après que j'avais tourné, et par une entêtante odeur de mazout brûlé. Mais enfin elle remplissait son office de véhicule, elle me transportait.

Il s'avéra que Golinici, chômeur, n'avait pas renouvelé son assurance faute d'argent. Les assurances des grosses motos coûtent très cher. Après passage d'un expert au garage Gailleton, mon assureur lui envoya une facture de cinq cent soixante-dix francs accompagnée de menaces de poursuites, à laquelle il ne répondit pas. Le stade suivant était l'assignation en justice. Je dis à la compagnie de laisser tomber.

Au garage Gailleton, je remplis les paperasses habituelles et devins légitime propriétaire de la 403 Peugeot diesel.

Deux petits faits notables, à propos de mes trajets en voiture. Un jour, je revis avec surprise à un feu rouge, pour la deuxième et dernière fois, le petit homme aux yeux méchants et à la tête montée sur pivot qui avait été mon voisin de péage à la frontière espagnole. Son immense voiture, une Chevrolet, vint se ranger à côté de la mienne au feu rouge du pont de Croix-Luizet, alors que je m'apprêtais à franchir le canal de Jonage. C'était le jour où j'allais voir mon oncle Pepe. Je me demandai ce qu'un Texan avait bien à faire dans ces parages. Sans raison aucune, cette coïncidence me mit dans un léger malaise.

Il avait fini par arrêter ses essuie-glaces.

— Tu as vu, la grande voiture ? dis-je à Éric. On pourrait s'exercer au tir à l'arc sur le siège arrière.

Il rit à ma plaisanterie banale, puis me regarda d'un air très doux. Je le serrai contre moi, tant pour échapper à ce regard que par tendresse, et je conduisis ainsi, parvenant même à passer les redoutables vitesses de la main gauche en lâchant le volant, ce qui le fit rire encore.

J'avais parfois la terrible certitude qu'Éric, enfant omniscient, devinait la cause de mon trouble en sa présence.

Une autre fois, traversant La Mulatière, il m'arriva de brûler un feu rouge par distraction. Je m'en aperçus trop tard et continuai de rouler à l'allure placide qui était la mienne ce jour-là, observant dans le rétroviseur l'extraordinaire nuage de fumée grasse que la 403 laissait dans son sillage, lorsque je remarquai un homme à mobylette qui semblait me prendre en chasse.

Il me suivait bel et bien. Au feu rouge du pont Pasteur, il se pencha à ma vitre et me dit d'un ton menaçant :

— Alors, vous avez l'habitude de brûler les feux rouges ?

Il portait un imperméable léger. Dans ma distraction, je ne m'aperçus pas tout de suite que c'était un agent de police. Sa remarque m'irrita. Je le pris pour un de ces citoyens modèles et imbéciles qui vous demandent si vous avez bien payé votre consommation en vous voyant sortir un peu vite d'un café (comme c'était arrivé à Isabelle en Allemagne, à Mayence). Je m'apprêtais à lui répondre avec lassitude de s'occuper de sa pétrolette et de me laisser conduire comme je l'entendais, sur les trottoirs si je voulais, le pied au plancher, en jouant du clairon et les yeux bandés, lorsqu'il me réclama les papiers de la voiture. Je compris mon erreur à temps.

Le matin, je pris l'habitude de goûter une petite heure le calme de la campagne, et même de m'étendre en slip sur le balcon de ma chambre bleue, avec l'arrière-pensée de fortifier mon corps aux rayons du soleil, voire de perdre cette mine d'un blanc terreux de qui se serait relevé à l'instant d'entre les morts. J'étais presque honteux de ces idées de vie, d'ailleurs fugitives et qui ne me visitaient qu'à cette heure de la matinée, en même temps je ne pouvais m'empêcher de les interpréter comme un signe favorable — débat bien inutile et ironique après coup, alors que je devais approcher la mort de si près, si souvent et de manières diverses au cours de ce mois d'août.

J'entendais parfois des voix d'enfants lointaines,

plaisantes comme sont les voix d'enfants lointaines, à la campagne, en été.

Je n'étais dérangé que par la mobylette du père Girard menant paître ses vaches à la Filonière, celles-là mêmes qui, depuis les temps les plus reculés, avaient coutume de lâcher leurs vastes bouses au moment précis où elles longeaient la maison. Je me souviens qu'Angelo passait derrière avec une pelle et jetait tout ce bon engrais dans le jardin. Le père Girard, dont on disait qu'il suivait ses vaches à mobylette, au prix de sinuosités et de « sur-place » habiles, par fainéantise, et qui rajustait son grand béret tous les dix mètres, me faisait un signe de la main en passant, trop gêné pour s'arrêter et me parler seul à seul. D'ailleurs, les conversations des paysans de Saint-Laurent, demeurés un peu sauvages malgré la proximité de la grande ville, se bornaient à des « Ça cogne, hein ? » par temps de soleil, « Ça dégringole, hein ? » quand il pleuvait, « Mon vieux, ça souffle ! » en cas de grand vent, ou encore, certains jours de vivacité intellectuelle particulière et lorsqu'ils nous trouvaient vautrés dans des chaises longues, mon oncle, Emilia et moi, ils lâchaient un plaisant « On les connaît, les heureux ! », et ils passaient leur chemin en gloussant.

J'appris à Éric à jouer aux dames.

J'envoyai une carte postale de la place Bellecour à Antonio Gades. Éric écrivit aussi quelques mots et signa.

Un après-midi, j'emmenai Éric chez Fuente, le docteur espagnol. Il avait vraiment peu d'appétit. Je persistais à le trouver trop pâle, trop maigre et trop calme.

Fuente avait soixante-dix ans. Il était encore séduisant, d'une vitalité à toute épreuve, cultivé, auteur de deux plaquettes de poèmes sur la vie, la mort et la guerre d'Espagne. C'était un excellent médecin, spécialisé dans les analyses de sang, et d'illustres confrères lyonnais faisaient souvent appel à ses compétences.

Renonçant à une carrière prestigieuse, il avait préféré ouvrir un cabinet de médecine générale dans un quartier populaire (mais qui l'était moins aujourd'hui), cours Tolstoï à Villeurbanne, et se consacrer à une clientèle espagnole misérable. Sa familiarité, son dévouement, ses arrêts de travail faciles et ses consultations gratuites, joints au tempérament volontiers bruyant et sans-gêne des Espagnols, donnaient à sa salle d'attente l'aspect d'un bistro du quartier nègre le samedi soir après la paie : c'étaient des conversations sans fin, des cris, des scènes de rires ou de larmes, des retrouvailles, des disputes et même des bagarres. Et les choses étaient à peine différentes dans son cabinet lui-même. Victime de son désir de contenter tout le monde, Fuente (qui était adoré à l'égal d'un dieu par les Espagnols) avait tendance à se laisser déborder : un enfant urinait dans une éprouvette en riant aux éclats tandis que sa mère hurlait pour le faire taire, dans un coin une dame âgée se déshabillait à peine dissimulée par un fauteuil, ailleurs une plus jeune remettait slip et soutien-gorge derrière un vague paravent, tout cela pendant que Fuente palpait mon cousin José, le fils de Perfecto, qui avait reçu un coup de manche de pelle dans les bourses au chantier et qui glapissait chaque fois que le docteur y portait la main. (J'ai été témoin de cette scène un jour qu'Emilia m'avait amené chez Fuente, parce qu'on m'avait trouvé un peu d'albumine à l'école.)

Je parle d'une époque lointaine. Aujourd'hui, les Espagnols étaient moins pauvres, les mentalités avaient changé. Fuente avait un suppléant énergique et organisé, lui-même ne consultait plus que deux jours et demi par semaine.

Il m'embrassa chaleureusement. Il était au courant de tout, il savait... Nous bavardâmes un bon quart d'heure.

Il m'affirma qu'Éric n'avait rien, à la rigueur une petite faiblesse de croissance. Moi, en revanche, il me trouvait une tête de mort-vivant. Il examina Éric à fond pour me rassurer.

Éric ne me quitta pas des yeux pendant les manipulations du docteur et de son infirmière. Il ne détourna pas de moi son regard rêveur alors qu'on lui appuyait sur le ventre avec force, lui enfonçait dans le derrière un thermomètre vert et rébarbatif, l'obligeait à tousser, lui plantait une aiguille dans le lobe de l'oreille et une seringue à la saignée du bras, le forçait à uriner alors qu'il n'en avait pas la moindre envie, et toujours il me regardait, moi, recroquevillé sur ma chaise et me retenant de quitter la pièce en sanglotant, parce que mon amour pour mon fils entraînait dans son déploiement immense ma tendresse pour Isabelle morte, et ainsi tout élan vers Éric ravivait ma peine jusqu'à l'insupportable.

L'après-midi était le pire moment de la journée. Je me souviens surtout de certaines demi-heures passées à la terrasse de l'Espace, place Bellecour, à côté de la librairie des Nouveautés. Avachi devant un jus de pomme, je suais d'angoisse autant que de chaleur, accablé, vaincu par le poids du passé, étonné d'être encore en vie, de ne pas mourir dans l'instant.

Parfois, Éric allait jouer sur la place avec d'autres enfants. Quand il en avait assez de courir après un ballon, c'est-à-dire très vite et au grand regret de ses camarades, il m'adressait un petit signe du trottoir d'en face et j'allais le chercher. Les voitures étaient nombreuses et roulaient vite à cet endroit, le feu rouge en face de la rue Victor Hugo n'existait pas encore.

Il m'arrivait de voir passer d'anciennes connaissances, et de prier le ciel qu'on ne m'importune pas. Je n'avais pas la moindre envie de parler. Un jour, j'aperçus ainsi le jeune Roman Vzaehringen von Loeben, moustachu maintenant, avec qui nous avions été en relations superficielles mais régulières. Il sortait de la librairie des Nouveautés. Il m'aperçut, mais, à mon grand étonnement, il se borna à me faire un signe de la main, me demanda de loin comment allait Isabelle puis, sans attendre la réponse, il se laissa emporter par le flot des passants.

Une autre fois, une jeune fille blonde m'aborda plus ou moins. Éric jouait au badminton sur la place. Je venais de constater avec quelle facilité il devenait en quelques instants l'idole de ses compagnons de jeux. La jeune fille me réclama une paille, elle n'en avait pas sur sa table. La paille qu'elle prit était cassée, il fallut en choisir une autre, bref, nous eûmes un semblant de conversation. Dans l'effort que je fis pour ne pas être impoli, je dus finalement lui paraître assez sociable. Elle parlait avec un accent étranger. Son père était un émigrant autrichien devenu marchand de légumes à Chazelles-sur-

Lyon, ville maraîchère. Je lui dis que je croyais qu'à Chazelles-sur-Lyon on fabriquait surtout des chapeaux. Elle était assez jolie. Elle s'apprêtait à partir avec trois amis pour traverser la Libye en camionnette.

Éric agitait la main. J'allai le chercher. Je le lui présentai : Éric, mon fils... Elle l'examina avec approbation. Plus tard, elle insista pour payer sa limonade-grenadine. Son charme de beau garçonnet opérait. Mais il y avait autre chose, une séduction de nature plus secrète, plus troublante, plus violente aussi.

Je gardai le silence. Au bout d'un moment elle nous quitta, à regret et un peu intriguée.

Je commençais à me détendre à partir de sept heures le soir, et je faisais bonne figure au dîner.

Éric couché, et peut-être (chose horrible à avouer !) parce que je savais que je ne le reverrais pas jusqu'au lendemain, je passais quelques heures supportables. Mais à la réflexion, je me demande si l'état que je connaissais alors n'était pas plus inquiétant que les affres de l'après-midi, comme si j'acceptais une sorte de folie.

Je sortais, j'allais voir Miguel un moment au garage, puis je traînais dans Lyon. À deux reprises, j'accomplis même un pèlerinage qui aurait été au-dessus de mes forces pendant la journée : je « fis » les bars de la rue Mercière que nous fréquentions, Isabelle et moi, le *Red Cow* surtout. La deuxième fois, j'y rencontrai Noureddine, un Tunisien avec qui nous avions souvent bavardé. Il me demanda des nouvelles d'Isabelle. Je renonce à analyser ce qui se passa alors en moi, et dont je m'effrayai le lendemain matin, mais je lui répondis qu'elle allait bien, qu'elle restait encore à Barcelone quelque temps, pour des raisons de travail...

Noureddine m'entraîna à une triste soirée chez deux de ses amies, deux sœurs, Annette et Annie. Nous étions une dizaine de personnes. Celle qui s'appelait Annette fêtait ses vingt-six ans. Elle raconta en détail une opération de chirurgie esthétique qu'elle avait subie quatre mois auparavant, et dont elle portait encore les vilaines traces. Cette soirée m'a laissé un souvenir de tristesse et d'irréalité qui me poursuit encore aujourd'hui. Un Irlandais de trente ans qui en paraissait quarante-cinq, nommé Patrick Williamson, très laid, chanta des ballades irlandaises en s'accompagnant sur une guitare tout abîmée, sale, rayée, fendue. À la fin de la soirée, il prit un rendez-vous avec Annie. Il n'avait pas cessé de la lorgner, de lui adresser des sourires et de lui dédier des chansons d'amour.

Je devais revoir ce Patrick Williamson beaucoup plus tard, assis sur un banc place Guichard, la tête dans les mains, sa vilaine guitare posée à côté de lui. Il leva les yeux et me vit. Il pleurait, ou avait pleuré. Il m'accabla d'un bavardage confus au cours duquel il me dit qu'il aimerait bien être dans un livre. (Cher Patrick Williamson, je réponds à ton vœu naïf.)

Plus tard encore, j'appris par Noureddine qu'il était mort. Il s'était jeté du cinquième étage de son immeuble place Guichard, en face de la Bourse du Travail.

Je sortis de chez Annette et Annie dans un état de profonde hébétude. J'avais trop bu. Je réussis l'exploit de me perdre dans le centre de Lyon. Sillonnant la ville à toute allure, je faillis écraser deux chats qui en escaladèrent une façade en miaulant à la mort, évitai de justesse un couple de noctambules dont l'homme m'insulta dans une langue inconnue, et virai si serré dans une rue de Saint-Jean, où j'étais allé m'égarer, que je montai sur le trottoir et renversai à grand fracas une rangée de poubelles. Des fenêtres s'ouvrirent. Il y eut des protestations. Au lieu de me calmer, ces divers épisodes portèrent mon excitation à son comble, et je rentrai à Saint-Laurent comme si j'avais tous les diables de l'enfer à mes trousses.

Pourtant, ce soir comme les autres soirs, j'écoutai allongé sur mon lit la chaconne jouée par Grumiaux. « À chacun sa chaconne », comme disait Miguel, que toute musique autre que le flamenco ennuyait au fond, bien qu'il s'en défendît.

Parfois, pendant quelques secondes, la musique me rendait aussi heureux qu'avant, par exemple lorsque Grumiaux se rue dans la longue variation en arpèges, comme emporté par l'élan invincible qu'il a pris dans les gammes précédentes.

Puis, couché, lumière éteinte, je guettai cette nuit-là les bruits de la campagne jusqu'à six heures du matin, heure à laquelle je sombrai enfin dans le sommeil.

Un après-midi, donc, par désœuvrement et un peu par envie, j'allai voir mon oncle Pepe à Vaulx-en-Velin, « de l'autre côté du canal », comme disaient les Villeurbannais. Le canal en question est le canal de Jonage, voie d'eau artificielle qui marque la frontière entre Villeurbanne et Vaulx-en-Velin, Vénissieux, Décines, etc., c'est-à-dire, pour les hordes d'enfants du jeudi après-midi, la frontière entre le connu et l'inconnu, le permis et le défendu, le sûr et le dangereux. Souvent, nous nous bornions à batifoler du « bon côté » du canal, lançant des galets jusque sur l'autre rive au moyen de frondes de notre fabrication. Mais, certains jours d'audace, nous passions le pont de Cusset ou celui de Croix-Luizet, le cœur battant. À cette époque, il n'y avait pas un seul immeuble en face, c'était la forêt, l'aventure, les petites maisons bariolées découvertes dans les clairières, habitées par d'inquiétants ferrailleurs qui les avaient construites eux-mêmes avec les matériaux les plus divers, et qui nous regardaient d'un œil froid sans calmer leurs chiens braillards.

Il me fallut une certaine obstination pour trouver la cité Béatrice à Vaulx-en-Velin. Je la voyais de loin, mais je ne réussissais pas à m'en approcher. J'y parvins finalement grâce à un motocycliste redoutable d'aspect mais très serviable, qui sourit en voyant ma voiture (il avait une machine splendide, énorme et rutilante) et me dit de le suivre, il y allait. Je lui avais demandé ma route alors qu'il sortait d'un bureau de tabac un paquet de Benson à la main, ce qui m'avait frappé.

La cité Béatrice consistait en une quinzaine de hauts immeubles au centre d'un immense terrain vague, immeubles beaucoup trop rapprochés les uns des autres, et peints dans des couleurs dont la laideur avait dû faire l'objet de patientes recherches : vert foncé, jaune sale, bleu tirant sur le violet, un bleu de chairs meurtries. J'appris plus tard qu'il s'était agi dans l'esprit de la municipalité de suggérer les teintes riantes de la campagne, le bleu du ciel, le jaune des moissons et le vert des forêts profondes.

Du linge séchait à tous les balcons sans exception. Cela allait du slip d'homme solitaire et maussade, vaste, bosselé, presque plus obscène et dégoûtant propre que sale, à la grande lessive de draps interminables et troués qui pendaient plusieurs étages plus bas, provoquant les protestations, les injures et les menaces de locataires qui voyaient ainsi borné leur horizon déjà restreint.

Je me perdis dans un labyrinthe de petites allées qui tortillonnaient entre les immeubles. Pour arriver enfin devant l'entrée 0 de l'allée des Poissons-Rouges, je dus me renseigner auprès de jeunes gens qui gardèrent tout d'abord le silence, comme se demandant s'ils allaient plutôt me répondre ou me découper en rondelles avec leur cran d'arrêt. Éric, intéressé et inquiet, se pressait contre moi. Son beau costume bleu attirait dangereusement l'attention.

Je regrettai aussitôt d'avoir utilisé l'ascenseur, campagnard lui aussi en ce qu'il évoquait le repaire d'un animal particulièrement peu soigné. On y pataugeait dans des flaques suspectes, on y respirait des odeurs de vieille litière et de tripes avariées, on y lisait, des graffitis comme « La b... à Marcel est poilue jusqu'au bout », ou « La mère de X. s... le gardien », et autres délicates affirmations d'une poésie tout en demi-teintes. Surtout, la progression de cet engin était des plus fantaisistes. Tantôt il semblait avaler trois étages d'un coup, tantôt on l'aurait juré immobile, agité seulement de violents frissons. À un moment, j'eus même l'impression que nous étions en train de descendre à la cave. Il s'arrêta tout net au seizième, comme s'il venait de heurter un mur en béton, fit entendre une plainte déchirante, puis, à mon grand soulagement, la porte s'ouvrit.

Je n'avais pas revu mon oncle Pepe depuis des années, en tout cas pas depuis qu'il avait trouvé refuge dans cette coquette bourgade. Mais je l'avais beaucoup fréquenté par le passé, jusqu'à mon mariage. C'était un homme d'une gentillesse sans limite, ingénu et craintif comme un enfant. Je retrouvai avec plaisir son bon visage tout plissé de sourires, ses joues jamais vraiment rasées, ses cheveux plaqués en arrière par tant de brillantine que son contremaître, à l'époque où il travaillait, lui demandait toujours en manière de plaisanterie s'il pleuvait dehors.

Il faillit étouffer Éric entre ses bras puissants et son ventre énorme, sur lequel il avait coutume d'attirer l'attention, comme pour s'excuser d'une pareille protubérance, en y assénant de grands coups de poing sonores.

— *Hijo ! Que plaisi ! Tou as bien fait dé passar !*

Il m'appelait toujours *hijo*, fils, ou *hijico*, le diminutif.

Sa femme Manuela nous accueillit plus mollement. Je ne l'aimais guère. C'était une égoïste, qui ramenait tout à ses petits maux. Lui apprenait-on que sa jeune nièce souffrait d'une sorte de méningite à la suite d'un accident de voiture qui lui avait coûté les deux jambes et qu'on n'était pas sûr de sauver ses yeux, elle répondait en hochant la tête de la façon la plus irritante qu'elle savait ce que c'était, elle c'était pareil, elle avait une douleur là, des courbatures ici, et le médecin lui avait dit que, etc.

Eux non plus n'avaient jamais eu d'enfants.

Il fallut bien parler d'Isabelle, que mon oncle avait d'ailleurs à peine connue.

Puis nous évoquâmes le passé, le quartier nègre, les soirées flamenco, les facéties de Perfecto, et ce jour lointain de maladie où Pepe m'avait porté sur ses épaules jusqu'à une ambulance en me murmurant des paroles apaisantes.

Je lui demandai par quel caprice du destin il avait échoué dans cette cité Béatrice. Bien sûr, me dit-il, les immeubles étaient trop entassés, et l'ensoleillement laissait à désirer — une petite tache se déplaçant d'une dizaine de centimètres au haut de leur buffet l'après-midi entre cinq heures et cinq heures vingt —, mais pour le reste l'appartement était vaste, et ils avaient une vraie salle de bains, pour la première fois de leur vie... Non, le gros inconvénient, ajouta-t-il, c'était le voisin, sûrement un fou, qui faisait ronfler sa mobylette dans sa cuisine, parfois même la nuit.

Pepe, je l'ai dit, était le membre de ma famille le plus rétif à la langue française. Il disait les *Asségourances Socia* pour « assurances sociales », la *roue del Couatragoutte* pour « rue du 4-Août », le Grand Prix de l'*Ardétroumpf* pour « Arc de Triomphe » (il jouait au tiercé depuis trente ans sans jamais gagner), etc. C'était comme une langue à part. La plus originale de ses créations était sans conteste le mélange d'une finale de conditionnel en *-érille* (*io mangérille bien*, « je mangerais bien », prononcé en se tapant sur le ventre le dimanche vers une heure dix après cinq apéros) et de l'expression *mé fissié*, « ça me fait chier » (formant un seul verbe dans son esprit, émise volontiers le dimanche également après les résultats du tiercé), ce qui donnait : *mé fissiérille*, « ça me ferait chier ». *Mé fissiérille dé passar por la roue del Couatragoutte ène Catarel por andar al Pémou fai ouna combination dé couatro sévaux*, « ça me ferait chier de passer par la rue du 4 Août en 4L pour aller au PMU faire une combinaison de quatre chevaux ».

Je m'attarde encore... Et mon oncle Pepe n'apparaîtra plus dans cette histoire. Mais voilà où je voulais en venir : il me fit ce jour-là une révélation étonnante.

Manuela s'était retirée dans sa chambre pour absorber un quelconque médicament et pour se reposer (de quoi ? Elle avait passé sa vie à se reposer, pendant que mon oncle suait sur les chantiers). Éric observait avec curiosité du balcon les jeux sauvages de la jeunesse du lieu seize étages plus bas. C'est alors que mon oncle, heureux d'être distrait, et distrait par moi, du profond ennui de sa retraite, se laissa aller à une confidence qu'il n'avait jamais faite à personne : Pepe, le faible, le doux Pepe, avait jadis tué un homme. Lui et Manuela fuyaient l'Espagne au plus fort de la « rébellion » franquiste. Errant dans les montagnes, ils avaient été menacés par un policier, un faux policier selon mon oncle. Il les avait détroussés sous la menace d'une carabine, avait assommé mon oncle et s'apprêtait à violer la toute jeune Manuela. Mais son coup de crosse avait manqué d'efficacité, Pepe avait pu intervenir à temps, et, usant de la même carabine, dans le combat qui avait suivi... À vrai dire, l'idée qu'on pût s'adonner au plaisir charnel avec ma tante autrement que sous la menace d'une carabine, précisément, m'étonna presque autant que le reste, mais Pepe, comme s'il avait lu dans mes pensées, m'affirma qu'à dix-huit ans elle était la plus belle fille d'Espagne. Lui-même, ma foi... Il n'avait pas ce ventre, alors, ni tous ces plis sur le visage...

Et il demeura songeur, le regard fixé sur le HLM d'en face.

Le soir qui précéda le coup de fil d'Anne-Marie, Éric fut invité à dîner chez le camarade avec qui il était allé à Neuville-les-Dames. Ce camarade et ses parents partaient en vacances le surlendemain pour le Maroc.

Je passai la soirée avec Miguel. Rue Roger Radisson, il se livra encore à quelques menus travaux sur la 403. Une journée particulièrement chaude s'achevait.

Miguel n'arrêtait pas d'éternuer. Je le trouvais plus énervé et plus grimaçant de jour en jour. Entre deux éternuements, arrrrr... rachon ! il chantait des rumbas, si fort qu'il devait à chaque instant sortir la tête du moteur pour reprendre son souffle.

— Je ne sais pas ce qui se passe, me dit-il, la pompe est bizarre. Elle est chaude. Mais enfin l'huile n'a pas bougé d'un millimètre. Je n'étais pas tranquille, pour l'huile.

Plus tard, nous allâmes dîner aux *Peregrinos*, ce restaurant des bords de Saône où il avait jadis joué de la guitare.

La salle, immense, était presque vide.

— Excusez-nous, dit Miguel au garçon qui s'approchait, on n'a pas réservé...

Le garçon, un Espagnol chétif, prit le parti d'en rire, nous installa à une table près d'une baie et se montra charmant avec nous durant tout le repas.

Il était neuf heures. Miguel avait faim, moi aussi. Nous commandâmes une paella et, d'emblée, deux bouteilles de vin.

— J'ai besoin de ça pour me calmer, dit Miguel qui ne tenait pas en place, s'ébouriffait les cheveux, renversait les verres et se levait toutes les vingt secondes pour aller pisser.

Quelque chose le tracassait, il finit par me dire quoi. Outre le fait qu'il avait eu une scène pénible avec Danielle avant mon arrivée, son patron, au garage, lui avait demandé d'un drôle de ton si ce n'était pas lui qui avait fait un trou de cigarette sur le siège arrière d'une Opel, le client s'était plaint.

— Il sait bien que ce n'est pas moi, dit Miguel. Je ne fume jamais en faisant l'intérieur des voitures, il le sait. Je ne comprends pas ce qui lui arrive, depuis quelque temps. C'est parce que je suis trop sérieux. Il m'en passe encore moins qu'aux autres. Je suis le vrai martyr, là-dedans !

Puis Miguel reconnut qu'on ne l'avait pas positivement accusé, que l'affaire était insignifiante, une simple remarque de travers. Mais cette remarque, dit-il, était la goutte d'eau qui avait fait exploser les égouts, il en avait marre, ce soir il voulait s'empiffrer et boire.

— C'est bien, ici, mais les sièges sont un peu hauts. Je pourrais presque balancer les jambes, conclut-il.

Sa petite taille le préoccupait beaucoup. Il me servit une portion énorme de paella, « il faut que tu grossisses, *compadre* ! ».

La paella était délicieuse. Miguel finit son assiette en un temps record, vida deux verres de vin coup sur coup, puis laissa toute liberté à un rot prolongé auquel, grâce à d'habiles modifications de hauteur, il donna l'allure d'une véritable petite mélodie. C'était une de ses spécialités. Puis, s'étant sans doute irrité les muqueuses à la suite de cet exploit, il détourna la tête, grimaça affreusement et y alla d'un formidable « arrrrr... rachon ! » qui fit sursauter les quelques clients présents. C'était, à ma connaissance, le plus impérieux qu'il eût jamais émis. On aurait dit qu'il tentait de déraciner un chêne et qu'il s'exhortait lui-même à un effort surhumain.

Deux filles s'étaient retournées à l'autre bout de la salle. Il leur adressa un grand sourire accompagné d'un geste gracieux de la main tout en marmonnant en espagnol des commentaires d'une violente obscénité.

À la fin du repas, il me demanda si je m'étais occupé de mon appareil de chauffage, rue Charles Robin.

— Non, pas encore. Mais j'y pense.

Je n'y pensais pas du tout, ou alors j'oubliais la seconde d'après. Emilia m'en avait reparlé la veille au soir.

— Si tu veux, je t'accompagne, dit Miguel. Si le type ne paie pas, on démonte les radiateurs et on emporte tout, même les joints. (Après un instant de rêvasserie :) Un de ces jours, tu vas voir, j'en aurai, moi, du fric. C'est bientôt le moment. Un coup de fil à passer. Et du garage, encore, c'est le vieux qui paiera la communication.

— J'espère que tu ne feras jamais ça, dis-je.

— Si. Je me suis bien renseigné, la dernière fois. Je sais même que j'habiterai dans le Midi. J'en rêve, d'habiter dans le Midi.

J'étais stupéfait.

— Et Danielle, les enfants ?

— J'arrangerai les choses en douceur. Je viendrai les voir de temps en temps.

Il était épuisé, il avait trop bu, mais je sentais qu'il ne parlait pas à la légère. Le patron du restaurant, un Espagnol, arriva à ce moment. Il reconnut Miguel, dont il avait gardé un bon souvenir, et il nous offrit une bouteille de vin supplémentaire. Puis il alla chercher une guitare dans une sorte de placard à balais et la tendit à Miguel, « pour payer la bouteille », dit-il en souriant.

Miguel joua, de son jeu toujours brillant, crépitant, séduisant. Le garçon chétif était transporté d'aise.

Cespedes m'avait dit un jour qu'il fallait jouer du flamenco comme si on satisfaisait un besoin naturel. « Comme on pisse », avait-il dit. L'expression ne m'avait pas paru vulgaire en espagnol, et dans sa bouche.

Le lendemain matin, je fus réveillé par la sonnerie du téléphone à dix heures moins le quart. Je me précipitai. Je me fis très mal au petit orteil en butant contre mon magnétophone qui traînait par terre.

C'était Anne-Marie. Je n'aurais pas osé ou pas eu l'énergie de lui téléphoner moi-même, mais j'espérais son appel pour Éric. Sans caprice, à sa manière réservée, Éric m'en parlait chaque jour, de la campagne loin de Lyon, de la compagnie de son cousin Martin.

Comme Anne-Marie s'y attendait, son ami Maxime Salomone était tout à fait d'accord pour nous recevoir chez eux. La nouvelle me réjouit plus que je n'aurais cru. Je me rendis compte à quel point m'aurait été insupportable l'idée de passer tout le mois d'août à Lyon dans les conditions des jours précédents.

Nous convînmes de nous voir l'après-midi au Parc, où je devais aller avec Éric. Il avait appris par un camarade qu'on venait d'y importer divers serpents impressionnants, nasique, anaconda, python, boa et autres asticots inconnus sous nos latitudes. Je donnai rendez-vous à ma cousine à quatre heures devant le lycée du Parc (où j'avais fait toutes mes études secondaires).

Anne-Marie était vêtue d'une robe noire que tendaient vers l'avant ses beaux seins, et qui se fendait jusqu'à mi-cuisse quand elle marchait. Je ne pus m'empêcher d'être ému en songeant au passé, à l'époque où elle avait à peine quinze ans et moi dix-sept.

— Alors, tu es content, Éric ? Martin, en tout cas, il est content !

La joie de mon fils m'emplit d'une tendresse si oppressante que je me demandai, hélas, si j'allais plutôt me précipiter devant le buffle en pleine charge, ou sous le sabot du cheval au moment où il piaffe, ébranlant le sol à cent mètres à la ronde. Je soulevai Éric et fourrai mon nez dans ses cheveux et dans son cou, et l'embrassai désespérément. Puis il nous précéda de quelques pas, trottant d'une grille à l'autre pour voir les animaux de plus près.

Anne-Marie m'observait avec un sourire amusé et un peu triste.

— Il ressemble vraiment à Martin, dit-elle. Vous serez bien, là-bas. Tu verras, la maison est formidable.

Pendant notre promenade, elle me parla beaucoup de Maxime Salomone. D'après ce qu'elle me raconta, le « bandit » dont on parlait dans la famille était en effet un bandit. Né près de Rome, il avait quitté l'Italie à vingt-huit ans. Après un bref passage en France, à Marseille puis à Lyon, il avait émigré en Amérique du Sud où il était resté dix ans, avec une interruption de deux ans pendant laquelle il était revenu en France, surtout à Lyon, en pleine guerre d'Algérie, et sous une fausse identité. Il avait changé trente-six fois d'identité dans sa vie.

— Tu ne répéteras pas tout ça à Emilia, hein ? Ni à personne ? Je suis déjà assez mal vue comme ça...

— Tu sais bien que non.

Je me retins de lui dire que la carrière certes peu banale de son ami m'étonnait, dans la mesure où elle vivait avec lui, mais ne m'intéressait pas outre mesure, et que je n'avais pas de sympathie particulière pour les gens de sa sorte. Je posai néanmoins quelques petites questions, pour la forme, parce qu'il me parut évident qu'Anne-Marie avait besoin de parler, et qu'elle était contente de me parler à moi.

En Amérique du Sud, Maxime Salomone avait vécu dans divers pays avant de s'installer en Colombie, où il s'était livré avec succès à toutes les activités propres à ce genre d'aventuriers marginaux : il avait été explorateur, mercenaire, espion même, trafiquant de drogue, propriétaire de maisons de jeux, etc. Fait exceptionnel, me dit Anne-Marie, il avait réussi à ne jamais être inquiété par la police, et même, les derniers temps, il bénéficiait de certains appuis politiques.

Puis, au sommet de sa carrière — on l'appelait alors « M. Héroïne » —, menacé par des concurrents et ayant échappé à un attentat, il avait eu la sagesse de se retirer. Telle était en tout cas la raison qu'il donnait. Il avait liquidé ses affaires en quelques semaines et était rentré en France, à la tête d'une fortune dont Anne-Marie elle-même ignorait l'étendue.

M. Héroïne ! Mais la manière dont Anne-Marie me donnait ce genre de détails ne prêtait pas aux ricanements. J'avoue même que j'accordai peu à peu une attention plus grande à son récit. Que ma propre cousine ait échoué avec un « vrai » gangster, et, semblait-il, haut placé dans sa profession, finit par me paraître frappant, un peu effrayant — et un peu dégoûtant.

Il l'avait rencontrée à Lyon. Dans quelles circonstances, et comment avait vécu ma cousine entre sa sortie de pension et cette rencontre, je préférai m'abstenir de toute question à ce sujet. Dans le domaine amoureux comme dans les autres, Maxime

Salomone s'était rangé. Il avait pris Anne-Marie pour compagne fixe et avait cherché un lieu de retraite. Crosne lui avait plu, la maison et la région. À peine installé là-bas, il lui avait fait un enfant. Et, depuis huit ans, il s'était fait complètement oublier.

— Il ne bouge jamais de Crosne ?

— Presque jamais. Il arrive que je lui téléphone de Lyon et qu'il ne soit pas là, mais je pense qu'il va en Suisse de temps en temps, pour des histoires d'argent. De toute façon, il ne me dit rien. Il ne parle jamais. Il est fou... Pour tout te dire, j'en ai un peu assez. Et même beaucoup. Excuse-moi de te raconter tout ça, qu'est-ce que tu dois penser...

Rien, je ne pensais rien. Et je ne sus que lui dire, sinon des banalités.

Je m'achetai des cacahuètes, et une glace pour Éric. Anne-Marie ne voulait rien. Selon ma vieille habitude, je décortiquai cinquante cacahuètes et les fourrai dans ma bouche. Après, j'en avais pour un quart d'heure à ruminer. Cette pratique amusait toujours Éric. Il appuya sur ma joue gonflée en riant.

Après les serpents, effrayants et répugnants à souhait, nous fîmes halte devant les éléphants, animaux étranges entre tous. Ils ouvraient vers nous leur bouche obscène de poissons géants, avançaient et reculaient d'un pas pendant des heures, ramassaient toute la poussière qu'ils pouvaient avec leur trompe et se la jetaient gracieusement sur le dos en une parodie de toilette, et ils laissaient traîner par terre avec négligence l'espèce de lasso annelé, tacheté et gluant qui leur servait de pénis.

J'avais observé les éléphants et tous les animaux du parc des milliers de fois, pendant mes années de lycée.

Je devinai qu'Anne-Marie tournait autour de confidences plus précises.

— Il est très gentil avec moi...

Je perçus nettement la légère torsion de ses lèvres un peu épaisses quand elle prononça le *j* de « gentil ».

— J'aurais préféré qu'on habite Lyon. Au début, à Lyon, c'était bien. Maxime connaissait plein de monde. Même les premières années à Crosne, c'était supportable. Mais maintenant... Maintenant, je n'en peux vraiment plus. Heureusement que j'ai cet appartement à Sainte-Foy et que je viens souvent ! Maxime est de plus en plus renfermé. Il y a des jours où il ne dit pas un mot. Quand j'en ai vraiment marre, je m'en vais.

— Il n'est pas jaloux ?

— Non. Ce serait plutôt moi. Enfin, au début. Il se rend compte que la vie que je mène avec lui n'est pas drôle. C'est même lui parfois qui me pousse à partir, à me distraire.

Nous arrivâmes au bar-restaurant du Parc, au bord du lac. Jadis (le lendemain de l'écrit du deuxième bac), j'avais invité là une jeune fille, élève à l'école normale d'institutrices de la Croix-Rousse, qui m'avait prévenu abruptement — il était question l'instant d'avant du regard troublant des girafes — qu'elle acceptait volontiers les caresses de la poitrine, mais pas plus bas, d'ailleurs elle garderait son slip, et d'ailleurs elle n'était pas certaine de ne pas être atteinte d'elle ne savait quoi, bref, elle m'avait tenu un discours surprenant, confus et pas très propre au terme duquel je ne lui aurais pas touché le bout de l'oreille avec une canne à pêche. Je n'ai pas oublié son prénom, Marie-Carole.

Nous nous assîmes à la terrasse. On apercevait la

plaisante petite île au milieu du lac, l'île du Souvenir, où se dressait un monument aux morts et à laquelle on accédait par un souterrain. La vue était en partie gâchée par les trop hauts immeubles qui s'étaient construits de l'autre côté, sur les bords du Rhône.

— Il est beau, ton fils ! dit Anne-Marie.

Éric mangeait une tranche de cake. Il voulut s'approcher du lac pour jeter des miettes aux cygnes.

— Vas-y, mais fais attention de ne pas tomber dans l'eau. C'est Anne-Marie qui serait obligée d'aller te repêcher.

Je ne savais pas nager. Je n'aimais pas l'eau. Anne-Marie lui caressa les cheveux (comment ne pas lui caresser les cheveux ?) et il se dirigea vers le lac d'un pas tranquille, régulier, sûr, comme s'il allait continuer et marcher sur les eaux sans s'en apercevoir. Il avait grandi, cette année. D'autres promenades au Parc me revinrent en mémoire, avec sa mère encore heureuse et insouciante, et lui marchant à peine, riant quand il trébuchait et que nous le retenions...

— Dis donc, tu ne parles pas beaucoup, toi non plus ! dit Anne-Marie.

Je me tournai vers elle, nous nous regardâmes un instant.

— Je n'aurai même pas connu ta femme, dit-elle.

J'y avais pensé aussi. C'était comme si toutes ces années n'avaient pas été.

Anne-Marie était au courant par Emilia de ma situation matérielle. Elle me proposa soudain de me prêter de l'argent, ou de m'en donner, pour elle c'était pareil, elle en avait beaucoup... Je refusai.

— En tout cas, à Crosne, tu ne feras aucun frais.

J'allais protester, mais elle ajouta :

— Maxime ne voudrait pas. Quand il invite des gens, il se fâche s'ils veulent payer quoi que ce soit.

Et elle en revint peu à peu à son ami, à son laconisme et à sa mélancolie.

— Bien sûr, il s'ennuie, après la vie qu'il a eue, sinon il ne passerait pas des heures en plein soleil à travailler tout seul comme une brute à sa piscine... Mais il y a autre chose. Quelque chose qui le tracasse tout le temps, j'en suis sûre. Je ne sais pas quoi... Enfin, je ne sais pas tout, mais...

Elle s'arrêta. Elle était encore au bord d'un aveu, mais d'un aveu, comment dire, dont elle savait qu'elle ne le ferait pas. Bien entendu, je n'insistai pas.

— Et son fils ? Il n'est pas content d'avoir un fils ?

— Au début, oui. C'était lui qui voulait. Mais après... Tu sais, je crois qu'il ne l'aime pas vraiment. C'est terrible de dire ça... Je me suis même demandé s'il ne lui en voulait pas d'être malade, de ne pas être un petit « dur » comme il devait être, lui, au même âge. Je ne sais pas. Et moi... Encore une chose terrible à dire, Marc...

Elle tourna la tête vers moi d'un mouvement vif. Sa lourde chevelure noire suivit avec un temps de retard. Cette fois, elle alla jusqu'au bout :

— Moi, je n'avais pas envie d'avoir d'enfant. J'aime beaucoup Maxime c'est même la personne que j'ai le plus aimée dans ma vie, mais je ne voulais pas d'enfant. Je m'en suis rendu compte tout de suite. Et alors... Les années ont passé et j'ai peur que Martin... J'ai peur qu'il manque d'affection, tu comprends, qu'il ne soit pas élevé comme les autres. Il a tout ce qu'il lui faut, il en a même plus, mais entre son père et moi, le pauvre...

Éric, qui s'était tenu bien sagement en deçà de la pelouse qui sépare la terrasse du lac, revenait vers nous.

Il finit son verre et nous repartîmes.

Nous passâmes tout près de l'allée des Taupes, ce qui fit circuler dans mon sang je ne sais quelles humeurs glaciales. Je parvins à ne pas me jeter à terre, gémissant et frappant le sol du poing comme je me voyais le faire en imagination.

Nous revînmes aux voitures.

— Tu rentres tout de suite à Saint-Laurent, après dîner ?

J'hésitai une seconde.

— Non, je traîne toujours un peu.

— Si tu veux venir voir où j'habite... Je ne bouge pas, ce soir. Je suis fatiguée. Je me suis couchée tard, hier.

Mon indifférence, durant cette période de ma vie, était d'une nature telle qu'elle se traduisait volontiers par une obéissance machinale à diverses sollicitations. La passivité de la feuille morte, plutôt que celle de la vieille souche. Mais il n'est pas exclu que la longue silhouette mince, les cuisses entrevues à chaque instant, les longs cheveux, les lèvres sensuelles et les seins superbes de ma cousine, debout près de sa reluisante Autobianchi rouge aux sièges noirs, bien droite, la tête légèrement et joliment inclinée quand elle me parlait (tandis que je me vautrais, moi, sur ma diesel irrémédiablement grasse, et dont l'idée du vacarme de mise en route me perçait les oreilles à l'avance), que cette vision, donc, voluptueuse, je devais bien le reconnaître, ait ravivé malgré moi avec une force inattendue le souvenir de notre rendez-vous manqué seize ans plus tôt.

— Oui, pourquoi pas ?

— Passe, alors. Quand tu veux.

— Oui... Vers dix heures, ça va ?

— Très bien. Je t'ai donné l'adresse. C'est tout près de l'église.

Elle nous embrassa et monta dans sa voiture.

— À tout à l'heure.

Elle démarra en faisant hurler ses pneus, comme l'autre fois.

Je n'aurais su dire si j'avais envie ou non d'aller à ce rendez-vous.

Emilia admit qu'un séjour à la campagne, fût-ce sous le toit d'un bandit, ferait du bien à Éric. Ma tante reprenait dans mon univers affectif sa place de toujours, une place solide, mais un peu à l'arrière-plan. Au cours du repas, elle me demanda si je me souvenais du vieux Cespedes. On l'avait trouvé mort quelques mois auparavant, dans le HLM de la rue Ferrandière, à Villeurbanne, où il avait échoué.

Bien sûr que je me souvenais de Cespedes, sa petite taille, ses longues dents jaunes, le salon de coiffure glacé, de l'autre côté du canal, où il avait défiguré tant d'Espagnols de sa tondeuse folle et mal affûtée, et où il m'avait appris le peu de flamenco qu'il savait. Jouer comme si on pissait. Je l'entends encore me parler de Miguel, sans jalousie curieusement, « un pitit gitan qui trabaille dans un garaz place Gaétan, s'il joue bien ? foh là là ! », me parler de l'amour de sa vie, une danseuse de flamenco qu'il avait vue un jour à Paris, au *Catalan*, vue seulement, mais qu'il n'avait jamais oubliée. Me parler, aussi, du concert de sa vie, « un jour, pitit, io a fait la primera partie dé Narciso Yepes, al gran théatro dé Billeurvanne. À la fin del espectacle, Narciso Yepes il m'a dit que le peu que io faisais, io lé faisais avec *ça* », et il se donnait un grand coup du plat de la main à l'endroit du cœur.

## VI

J'arrivai chez Anne-Marie à dix heures dix, ni content ni mécontent. Elle habitait dans le centre du vieux Sainte-Foy, qui conserve l'aspect d'un village à deux pas de Lyon. L'immeuble, place de l'Église, était petit, neuf, cossu. Des stores bleu marine étaient encore baissés à de nombreuses fenêtres.

Je sonnai à l'interphone. J'avais fait un effort vestimentaire, le premier depuis longtemps. Trente bonnes secondes s'écoulèrent avant qu'on me crie d'entrer.

Elle venait de prendre un bain. Ses cheveux étaient trempés. Quand elle m'ouvrit la porte, elle achevait de nouer à la hâte la ceinture d'un peignoir marron foncé. Elle aurait fait sa toilette plus tôt, me dit-elle, mais elle avait été retardée par un long coup de téléphone.

Elle m'introduisit dans une salle de séjour où le métal et la couleur marron dominaient. Des romans-photos traînaient sur un canapé. Diverses bouteilles d'alcool étaient disposées sur les rayons d'une petite bibliothèque sans livres. Sur une table basse, armature d'acier et plateau de verre fumé, je vis un verre et un flacon de cognac. Elle avait déjà bu avant mon arrivée.

Tout en trouvant le plus grand intérêt, en tant qu'observateur, aux situations stéréotypées, j'ai horreur de les affronter dans la vie. Elles me paralysent. Par bonheur, ma cousine se conduisit avec tant de naturel que je cessai très vite d'être à moi-même mon propre témoin.

Ainsi — nous étions debout face à face —, elle eut à l'œil un picotement impérieux dû sans doute à quelque molécule de shampooing qui venait de s'y loger. La manière alors dont elle porta remède à cette irritation était de nature à éveiller en moi soit une hilarité intérieure assourdissante, soit un grand trouble : ce fut un grand trouble. Elle releva vivement un coin de son peignoir en criant : « Aïe ! » et s'en frotta l'œil, ce qui me laissa entrevoir le triangle bien fourni et foncé de ses poils pubiens, aussi noir et foncé que dans mon souvenir.

Je fis un pas vers elle sans trop réfléchir, elle me donna un baiser rapide. Puis elle alla chercher un autre verre et la bière glacée que je lui réclamais, et retourna à la salle de bains se sécher la tête.

Je restai seul. Une certaine excitation s'empara de moi, non exclusivement de nature sexuelle, il s'en fallait même de beaucoup. Je bus une gorgée de bière si vite que je m'étouffai. Et je fumais, dois-je le préciser, Benson sur Benson. M'interrompre entre deux bouffées, le temps de porter mon verre à mes lèvres, était ressenti par moi comme une grave frustration.

Je me levai et commençai à arpenter la pièce en tous sens, lorsqu'elle me cria quelque chose que je ne compris pas. Je m'approchai de la salle de bains.

La porte était ouverte. Anne-Marie me vit dans la glace.

— Entre ! dit-elle sans arrêter le séchoir vrombissant.

Baignoire, lavabo, et carrelage étaient également marron. J'attendis un instant qu'elle me dise pourquoi elle m'avait appelé — sous l'effet de ses bras levés, le peignoir se dénoua : je « voyais tout », comme on dit à l'école —, alors toujours sans trop réfléchir je m'avançai et me serrai contre elle par-derrière et caressai son épaule de ma main gauche et de la droite sous l'étoffe sa poitrine, qui était réellement magnifique. Elle arrêta le maudit séchoir et le posa dans le lavabo, et, fermant les yeux, elle caressa ma main droite qui la caressait, descendait le long de son ventre, survolait en l'effleurant sa toison d'une épaisseur peu commune.

Je fis glisser, tomber au sol le maudit peignoir.

Anne-Marie suivit dans la glace le trajet de ma main qui cheminait à nouveau vers le siège de sa volupté, et en violait bientôt l'intimité avec plus d'insistance.

Elle eut un gémissement étouffé. Elle se retourna.

Nous nous embrassâmes.

Soit qu'elle perçût — avant moi, mieux que moi — quelque secrète réticence de ma part à poursuivre, au moins dans l'immédiat, soit pour une autre raison que j'ignore, elle se dégagea et m'entraîna dans la salle de séjour.

Oui, je voulais bien encore une bière. Elle-même se servit du cognac et s'installa dans un fauteuil, son verre à la main. Aucune gêne de sa part à rester nue ainsi. Elle semblait estimer qu'entre nous la question des préliminaires avait été réglée, fût-ce seize ans plus tôt, et que nous reprenions les choses là où nous les avions laissées...

Et, pour moi aussi, ces seize années s'évanouissaient. Je voulais résoudre enfin cette longue attente soudain oppressante.

Je commençai à me dévêtir dans l'obscurité de la chambre. Seule la lumière venant d'autres pièces entamait le noir total.

Je vins sur ma cousine déjà étendue et qui eût souhaité sans doute moins de hâte, mais n'en laissa rien paraître — mais, aussi imposantes que devinrent alors les proportions de l'instrument de mes désirs, cet instrument, avide certes mais qui avait pour ainsi dire l'esprit ailleurs, ne se départit jamais d'une fermeté contestable, si bien que trop peu d'instants plus tard l'épisode était clos presque à mon insu et aussi hélas à l'insu d'autrui, d'Anne-Marie qui gentiment se déclara heureuse de m'avoir retrouvé, elle ne m'avait jamais oublié, etc.

Passons sur l'heure qui suivit, d'où une pointe de tendresse ne fut pas exclue, et qui s'acheva d'une manière trop semblable pour que j'insiste.

Vers minuit et demi, Anne-Marie glissa dans le sommeil. Pour ma part, impossible de fermer l'œil. Je devais faire de constants efforts pour m'astreindre à une relative immobilité. Tout désir sexuel m'avait abandonné, mais je ne pouvais détacher mon esprit de l'idée irritante que ce désir avait été mal assouvi, que ce dénouement imparfait n'avait fait que mettre au premier plan l'attente dont j'ai parlé, que le poids des années passées m'accablait davantage sans la satisfaction de m'en être ne fût-ce qu'un instant libéré.

La dernière fois que j'allumai pour regarder ma montre, il était un peu plus de cinq heures. Je dus m'endormir l'instant d'après.

Je m'abrutis dans un mauvais sommeil, mais dont je m'éveillai d'un coup, alerte et les idées claires — plus réveillé que je ne l'avais été depuis longtemps. Mais surtout... Simple phénomène nerveux sans doute, mais je trouvai mon sexe presque importun à force de présence exigeante, de dureté croissante au moindre mouvement...

Il faisait jour. Je regardai l'heure : sept heures et demie.

La chaleur était déjà pénible.

Anne-Marie me tournait le dos. Je repoussai le drap avec précaution et me mis à la caresser, une longue et douce caresse de l'épaule jusqu'à la cheville, puis ma main se glissa entre ses jambes et remonta avec la même douceur, une plus grande douceur encore, jusqu'au plus brûlant d'elle-même. Elle bougea dans son sommeil. Mes doigts restèrent là où ils brûlaient, presque prisonniers tant ses fesses étaient dures, et dense et emmêlée sa toison.

Elle s'éveilla, vivante et fraîche d'une seconde à l'autre, elle s'éveilla et comprit aussitôt la situation.

Timide d'une certaine façon quelques heures auparavant, me voyant soudain dans de si excellentes dispositions, elle se montra plus décidée et plus mutine. Après de petits baisers sur le visage et les épaules, elle s'agenouilla à côté de moi, assise sur ses talons, et me caressa à son tour, la poitrine puis le ventre, puis elle se pencha et une sorte de lutte s'engagea entre sa bouche et mon sexe, entre sa bouche dont j'ai évoqué les mérites et mon sexe vivant tant il aspirait avec obstination à sa position naturelle en cet instant, à savoir, si j'ai bien en tête le plan de la région, un implacable sud-sud-est, lutte qu'elle affectait fébrilement de ne pas dominer pour me rendre plus désirable et plaisante sa victoire, laquelle consistait en un lent ou brusque engloutissement suivi de va-et-vient vite interrompus au profit de nouvelles approches et tentatives maladroites à dessein, faussement désordonnées — puis longue et feinte errance de sa bouche depuis par exemple le milieu de l'intérieur de la cuisse jusqu'à ce que, de nouveau...

Ah ! Je dus la forcer à s'allonger sur moi et je la serrai, immobile, une minute, ou plus.

Et dans cette position je la pénétrai peu à peu, parfois j'étais tout entier en elle et elle se bornait à bouger et onduler selon je ne savais quelles figures lentes et complexes, puis elle se soulevait, m'abandonnant presque, de sorte que je pouvais voir dans la pénombre du matin entre nos corps le sceptre si bien malmené — nous retenions nos souffles, pénétrés alors de la crainte d'une séparation déchirante et, à l'instant où cette crainte nous tenait dans la plus grande tension, Anne-Marie reprenait en elle le plus sensible de ma chair d'un mouvement très vif qui me faisait gémir, et ainsi jusqu'à ce qu'une autre crainte me fît de nouveau la serrer contre moi, puis nous nous embrassâmes avec tant de rage et si profond dans nos bouches qu'il fallut renoncer bientôt à ce fragile apaisement, et Anne-Marie, sans interrompre le baiser, se débattit soudain et se mit à gémir de plus en plus fort, puis elle me voulut sur elle, et là j'allai plusieurs fois comme loin en elle et je l'entendis crier, puis, une dernière fois, avant-dernière étape, interminable, d'un itinéraire secret et infaillible, nous nous figeâmes, tendus en un formidable affût...

Je perçus le tic-tac de ma montre. Anne-Marie, encore haletante, me caressait la joue. Nous prononçâmes quelques mots, les premiers depuis longtemps.

Je m'endormis.

Je m'éveillai à onze heures et demie. J'étais seul dans l'appartement. Je trouvai un mot d'Anne-Marie : elle devait sortir, tout était prêt pour le petit déjeuner, je serais sans doute parti à son retour. À bientôt au téléphone.

Je me levai et bus deux grands bols de café avec des croissants frais.

Je quittai l'immeuble. Je ne crois pas exagérer en affirmant que j'oubliais déjà un peu ma cousine.

Je lui téléphonai à deux reprises dans la soirée, sans la trouver. Ce fut elle qui me rappela le lendemain matin à Saint-Laurent. Je la remerciai pour les croissants. Elle rentrait à Orléans le lendemain : je pourrais donc les rejoindre dès que je voudrais. Aujourd'hui elle était occupée, l'après-midi et le soir, elle devait voir des gens. De la manière dont elle me donna cette information, il me sembla qu'elle attendait de ma part quelque manifestation de contrariété, voire d'insistance pour qu'elle se libère. Elle me fit comprendre (avec beaucoup de maladresse) qu'il faudrait faire attention, à Crosne...

— Je croyais qu'il n'était pas jaloux, dis-je.

— Quand même !

Elle rit, d'un rire sans joie. Elle me redit qu'il était arrivé à Maxime, son ami, d'être jaloux dans le passé. Et elle semblait lui en vouloir de son absence actuelle de jalousie, de ne pas lui manifester un amour parfait selon ses critères à elle, hérités des romans-photos stupides dont elle faisait si grande consommation.

Peut-être. Je ne savais pas. Et peu m'importait.

La rue Charles Robin, à Villeurbanne, est perpendiculaire à la fameuse *roue del Couatragoutte*, tout près des Gratte-Ciel et du TNP.

L'après-midi du même jour, je me garai devant le 21. La façade venait d'être repeinte en blanc. Les volets de mon ancien appartement étaient ouverts.

On avait refait aussi l'intérieur. De nouvelles boîtes aux lettres en bois verni portaient de jolies plaques de cuivre allongées. Mon successeur s'appelait Alain Holmdahl. Il y avait du courrier dans sa boîte. Je remarquai que plusieurs locataires avaient changé, beaucoup me sembla-t-il en quelques mois.

Au troisième étage, je sonnai à tout hasard chez Jacky Durand, le grand copain d'Éric à l'époque, bien que l'idée d'affronter les taches de rousseur, le nez retroussé et le caquetage indiscret de sa jeune et laide mère me nouât d'avance les entrailles. Mais Éric y comptait.

Éric avait insisté pour m'accompagner. Il ne paraissait pas troublé outre mesure par cette démarche que j'avais fini par m'imposer, hésitant jusqu'à la dernière minute.

Personne chez les Durand, comme je m'y attendais. Ils devaient être en vacances. Nous continuâmes l'escalade.

Je me trouvai devant ma porte, au cinquième. Elle avait été revernie, et on avait installé une sonnette électrique. Les étages et l'émotion faisaient battre mon cœur. J'allumai une Benson. J'appuyai sur la sonnette.

Personne non plus.

Éric voulut faire quelques pas avenue Henri-Barbusse, la grande rue des Gratte-Ciel, dont chaque centimètre carré m'était familier. J'entrai à la Maison de la Presse et achetai machinalement *Guitare et Musique*. M. Hizer vaquait toujours dans la salle du fond, rangeant les livres de poche, toujours squelettique et flottant dans sa blouse grise, et, comme Miguel, toujours enrhumé, mais lui pour de vrai.

Dans la voiture, je pris la brusque décision d'aller chez Golinici, à tout hasard. Un but comme un autre à la journée. Je sentais naître en moi un certain besoin d'agir, si on peut appeler agir rouler quinze kilomètres, s'extraire d'un siège de voiture (certes spéléologique) et frapper à la porte du 28, chemin-sous-Gournay, à Feyzin, dans un paysage de décharge publique infinie.

Il était chez lui. Abruti, effrayé, à peine capable de parler, fumant un cigare à cinq francs la boîte de cinq cents, avachi devant la télé dans un fauteuil branlant.

Sa mère, avec qui il vivait seul, soutint ma cause avec ardeur et à ma place dès qu'elle sut qui j'étais. Elle lui adressa de violents reproches, me prit à témoin de sa fainéantise, se lamenta. C'était déprimant. Je ne parlai même pas de la somme dérisoire que je prévoyais lointainement de lui réclamer, au cas où j'eusse constaté qu'il pût payer, et je repartis au plus vite.

En fin d'après-midi, Alain Holmdahl n'était toujours pas chez lui, mais sa boîte aux lettres était vide.

— On ne va pas chez les gens sans téléphoner, sans prévenir, dit Emilia au repas. Tu aurais dû essayer de demander son numéro au gérant. Comment tu es, Marc ! Et puis c'est trop tard, maintenant, il est neuf heures...

— Tant pis. Si je n'y vais pas ce soir, je n'irai jamais.

— Mon pauvre Marc ! Tu fais toujours tout de travers ! Enfin !

Je regardai Éric avec l'air penaud de qui se fait gronder, et il rit.

À neuf heures juste, je retournai rue Charles Robin. Éric était content de sortir après dîner, ce qui ne lui arrivait jamais avec Emilia, et il n'avait pas perdu tout espoir de voir Jacky.

Les Durand n'étaient pas là.

Au cinquième, mêmes gestes, même émotion — une plus vive émotion : j'entendais des bruits dans l'appartement. Cette fois, il y avait quelqu'un.

Ma cigarette allumée, je sonnai.

Les bruits cessèrent. Quelques secondes s'écoulèrent, qui me suffirent à fumer un bon tiers de la Benson. Je tirai dessus, par jeu nerveux, comme si l'ultime bouffée, celle qui me ferait atteindre le filtre, devait me valoir dans l'immédiat un capital de trois milliards et plus tard la vie éternelle, à condition, selon le pacte conclu avec moi-même, que j'aspire cette ultime bouffée avant l'ouverture de la porte.

C'est dire le cœur que j'y mettais.

Perdu : la porte s'ouvrit. Je me trouvai devant une femme d'environ trente ans, vêtue et maquillée (accoutrée et barbouillée) de manière à attirer immanquablement l'attention. Elle tapotait des deux mains ses cheveux d'un roux sale. Son rouge à lèvres débordait à droite et vers le haut. Ses yeux rapprochés, à l'expression incertaine, étaient comme salis de vert criard, et sa jupe rose laissait voir une bonne partie de son slip jaune.

Bariolage agressif, de ses cheveux à ses ongles de pied. Je fus aussitôt mal à l'aise. Elle semblait surprise — d'une surprise molle, émoussée par l'ivresse, comme si elle ne m'attendait pas à cette heure-ci, ou comme si elle attendait quelqu'un d'autre.

— Qu'est-ce que vous voulez ?

Je demandai Alain Holmdahl.

— Il n'est pas là. Si, il est là. Alain ! Alain ?

Elle s'écarta de mauvaise grâce pour nous laisser entrer, ou simplement se désintéressa de nous : elle s'approcha d'un miroir suspendu au mur, tapota encore ses cheveux et tenta de rectifier son rouge à lèvres. Je fis deux pas incertains dans le hall.

Je reconnaissais à peine l'appartement. Tout avait été refait ou changé, et tout relevait d'un luxe facile, de mauvais goût. Mais notre installation de chauffage au gaz était toujours là.

Par la fenêtre de la salle de séjour, on distinguait au loin les collines de Caluire.

J'avais hâte d'être ailleurs.

Le maître de céans arriva, de la chambre de derrière ou de la salle de bains. Sans le moindre doute, il titubait. C'était un homme d'une quarantaine d'années, brun, costaud, qui avait peut-être été beau. Ses cheveux, coiffés en arrière, ondulaient avec élégance. Il traversa le hall en deux enjambées rapides et me brailla sous le nez :

— Qu'est-ce que c'est ? Qu'est-ce qu'il veut, celui-là ? Je ne vous connais pas ! (À sa compagne :) Toi, je t'ai dit de toujours regarder avant d'ouvrir ! Alors, qu'est-ce que vous voulez ?

Ils attendaient bien quelqu'un d'autre, pour qui ils

m'avaient pris. Alain Holmdahl parlait de plus en plus fort. La femme — qui n'avait fait qu'aggraver les choses de son doigt transpirant, maintenant elle avait du rouge à lèvres sur les pommettes —, la femme passa derrière moi et referma la porte :

— Chuuuut ! Alain ! Les voisins !

Éric se serra contre moi. Ils sentaient l'alcool tous les deux. J'étais tombé dans un repaire d'ivrognes. Si la porte était restée ouverte, peut-être aurais-je battu en retraite dès ce moment-là. Alain Holmdahl me redemanda d'un ton à peine plus affable ce que je voulais. Je rassemblai mon énergie et m'expliquai en deux mots : j'étais l'ancien locataire, les appareils de chauffage m'appartenaient, le gérant pouvait le confirmer, un état des lieux avait été dressé lors de mon départ, mais j'avais laissé traîner, etc. Il me semblait qu'un arrangement, peut-être... Mais je pouvais repasser un autre jour, si...

— Vous êtes malade ou quoi ? J'ai loué cet appartement avec le chauffage, personne ne m'a rien dit. D'ailleurs, je n'ai pas affaire au gérant, moi, directement au propriétaire !

J'attendais qu'il ait fini pour m'excuser encore, me sauver d'ici et l'oublier au plus vite, lui et sa virginale compagne, mais il ne s'arrêtait pas. Impossible de placer un mot, à moins de crier plus fort que lui.

— Parfaitement, vous dérangez ! Revenez demain ! Non, ne remettez pas les pieds dans cet immeuble, sinon... Le gérant ! Directement au propriétaire, moi !

J'étais au bout de ma cigarette, deux centimètres de cendre menaçaient de tomber. Que faire ? Tout en prononçant quelques paroles conciliantes, très bien, excusez-moi, je m'en vais, je fis un petit pas en avant et de côté pour atteindre en tendant le bras un cendrier que j'avais repéré sur une petite table. Dans son ivresse hargneuse, Alain Holmdahl prit mon geste (ou voulut bien le prendre) pour un geste de menace. Il me repoussa assez durement à l'épaule.

— Je vous ai dit de filer, hein ? Allez !

Éric s'écria : « Papa ! » Je sentis sa main s'accrocher à la poche arrière de mon jean. Alain Holmdahl avait alors un aspect peu engageant. Je n'étais pas tranquille.

— Laisse tomber, Alain ! dit la femme. Je t'ai déjà vu soûl, mais alors comme ce soir !

Et elle éclata de rire. Il ricana aussi, découvrant des dents splendides. Je perçus une mauvaise lueur dans son regard. Et, au moment où j'allais me retourner pour sortir, s'excitant tout seul, il me poussa une deuxième fois aux épaules, des deux mains.

Éric cria encore : « Papa ! » Il était juste derrière moi. En reculant sous le choc, je le bousculai. Je voulus le retenir. Trop tard : il tombait, et sa tête, l'arrière de sa tête, heurta la porte.

Bruit effroyable, que je n'oublierai jamais. Plus de bruit que de mal ? Peut-être. Sans doute. Je ne sais pas. Je revois la scène, une fois de plus : oui, Éric tomba relativement en douceur, et d'abord par terre, sur les fesses. Et le bois est une matière qui résonne volontiers. Toujours est-il qu'il resta étourdi. Assommé serait beaucoup dire. Étourdi, presque assommé.

J'eus moi-même un vertige. J'aurais voulu tuer cet homme. Le saisir à la gorge et ne plus le lâcher, jamais, même s'il m'ouvrait le ventre et m'en sortait les viscères.

Je me précipitai et pris Éric dans mes bras.

— Il s'est fait mal ? dit la femme.

J'ouvris la porte et m'engageai dans l'escalier.

— C'est ça, foutez le camp ! dit Alain Holmdahl. Un coup de bourbon avant de partir ? Ha, ha !

J'étais déjà un étage et demi plus bas, serrant Éric contre ma poitrine.

— Et si vous n'êtes pas content, allez vous plaindre au propriétaire, ha, ha !

Le claquement de la porte ébranla tout l'immeuble.

Quelques instants plus tard, je téléphonai d'une cabine à côté de la poste avenue Henri Barbusse. Fuente n'était pas chez lui.

Miguel connaissait par le garage un pédiatre, le docteur Simon, qui travaillait à Grange-Blanche. Ce docteur Simon avait soigné Rafael gratis quand il avait eu un début de péritonite.

— Je sais qu'il est à Lyon en août, me dit Miguel, mais il n'a pas de cabinet. Tu as une chance de le trouver à l'hôpital. Dis que tu me connais. Mais ne t'affole pas, ce n'est sûrement rien. Rappelle-moi, tiens-moi au courant.

Éric suivait le déroulement des opérations un peu éberlué. Il se touchait toujours la nuque et m'affirmait qu'il ne sentait rien.

Je commençai à penser qu'en effet je m'étais affolé un peu vite quand je me retrouvai au service des urgences, à Grange-Blanche, mettant la main devant les yeux d'Éric pour l'empêcher de voir les blessés qu'on amenait en morceaux sanguinolents.

L'interne qui s'occupa de moi ne fut pas impressionné par mon intimité avec le docteur Simon (lequel avait quitté l'hôpital peu avant mon coup de fil des Gratte-Ciel).

— Votre fils n'a rien, pas même une bosse, regardez. Il n'a pas été inconscient ? Non, je veux dire complètement inconscient ?

Il frictionnait Éric à l'arnica, appuyant, massant partout.

— Ça te fait mal ? Et là, ça te fait mal ? Et comme ça ? Il n'a même pas mal. Des chocs de ce genre, les enfants en reçoivent à longueur de journée. Une radio, maintenant ? Non, franchement non. Je vous demande de ne pas vous inquiéter. Deux cuillerées de sirop pour dormir, je vous le marque, et demain c'est oublié.

## VII

Le jour de notre départ pour Orléans, je trouvai dans ma boîte aux lettres la carte grise de la 403 envoyée par la préfecture.

J'avais donné Saint-Laurent comme adresse.

Le voyage me convainquit des qualités réelles de ma vieille Peugeot. Sur l'autoroute jusqu'à Avallon, puis sur les deux cents kilomètres de petites routes qui restaient jusqu'à Orléans, cette voiture apparemment morte nous transporta à un rythme retenu mais régulier. En dépit de quelques petits caprices passagers de mise en route ou d'arrêt du moteur, et bien qu'elle assourdît, tassât la colonne vertébrale et asphyxiât de ses fameuses fumées dont le volume, la densité, la couleur et la montée au ciel faisaient rire Éric, elle roula avec une sorte de bonhomie rassurante, sans passion mais sans hypocrisie non plus.

Cela dit, à la moindre côte j'étais klaxonné et doublé par les véhicules les moins puissants et les plus délabrés, auxquels le grave inconvénient de devoir rouler derrière moi donnait un sursaut d'énergie inattendu. Mais je les dépassais souvent moi-même, ces véhicules, quelques kilomètres plus loin, à l'arrêt au bord de la route, leurs conducteurs pestant et frottant en vain l'espèce de purée goudronneuse dont j'avais entartigné à jamais leur pare-brise et que leurs essuie-glaces n'avaient fait que répandre.

Éric était ravi du voyage, regardant, commentant, posant des questions. Je l'avais rarement vu si bavard, et je m'en réjouissais. Je n'arrêtais pas de l'embrasser, au point qu'il finit par me demander pourquoi. Je prenais sa main, je caressais ses cheveux, je le tenais enlacé, je plongeais mon regard dans ses yeux clairs et nous jouions à qui rirait le premier. Je gagnais toujours. Je voyais frémir et s'étirer le coin gauche de ses lèvres, puis il pouffait, puis posait sa tête sur ma poitrine et riait de bon cœur.

Et j'avais, moi, la gorge nouée par cet amour, où je puisais pour ainsi dire ma faiblesse.

Mon fils allait tout à fait bien. Je parle de son choc à la tête. Pour plus de sûreté, le lendemain de l'épisode Alain Holmdahl, j'avais mis en alerte tout le milieu médical lyonnais. Fuente m'avait fait un mot pour Simon qui m'avait accompagné dans les cours sinistres de Grange-Blanche à la recherche d'un de ses amis radiologue introuvable ce jour-là, que nous finîmes par trouver et qui ne mesurait guère plus d'un mètre cinquante. La radio avait (évidemment) confirmé le diagnostic immédiat et catégorique des trois médecins : non seulement rien de grave, mais rien. Le docteur Simon s'était montré d'une patience, d'une compréhension et d'une gentillesse rares. Il m'avait paru très jeune.

Miguel, qui avait de nombreuses relations intéressantes par le garage et par la guitare, avait téléphoné pour lui exposer mon affaire à un jeune procureur passionné de flamenco, à qui il avait enseigné à grand-peine les bases de cet art. Selon l'homme de loi, je pouvais récupérer mon installation de chauffage si toutefois j'avais en ma possession le certificat de vente (c'était le cas), mais en ce qui concernait Éric, quand bien même sa chute aurait provoqué sa mort, il serait difficile de prouver quoi que ce soit.

Moi-même, dans un bref mouvement de colère, j'avais téléphoné au gérant le lendemain matin. J'avais appris que l'immeuble du 21, rue Charles Robin, qui appartenait auparavant à un M. Veron, PDG des jouets Norev, avait changé de propriétaire. Il avait été racheté par un certain Jean Nalet, qui le lui louait directement. Ils avaient bien conservé mon état des lieux. Ils le tenaient à ma disposition. Pour le reste, l'affaire ne les regardait plus, je devais m'adresser au propriétaire.

Je renonçai à toute démarche supplémentaire. Je m'appliquai à oublier l'horrible soirée, mais j'y parvenais mal. Le bruit, le crâne d'Éric heurtant la porte, continuait de m'obséder.

Nous arrivâmes à Crosne à six heures du soir. Je ne me perdis à aucun moment, ce qui me surprit, car je m'égare facilement.

Anne-Marie, Maxime Salomone et Martin habitaient sur une hauteur, à un kilomètre environ du village de Crosne, dans une grande maison carrée d'un étage aux volets gris-bleu, une ancienne maison de maître. Il y avait eu jadis une ferme et diverses dépendances, mais Maxime Salomone avait tout fait raser.

La voiture se hissa péniblement jusqu'à une plateforme de graviers devant la maison et s'arrêta dans une sèche explosion qui fit aboyer les deux magnifiques chiens-loups accourus. Anne-Marie et son fils apparurent à une fenêtre du premier étage et nous saluèrent.

— On était en train de préparer vos chambres ! cria ma cousine.

Je l'interrogeai au sujet des deux fauves qui semblaient guetter notre descente de voiture pour nous mettre en pièces : nous n'avions rien à craindre, ces bêtes étaient la douceur même.

— On arrive ! dit-elle encore.

Effectivement, les deux chiens vinrent me lécher la main en couinant. Je dis à Éric qu'il pouvait sortir.

Je m'étirai. La vue depuis la maison était agréable. Derrière le vieux village, des forêts, des prés et des cultures s'étendaient jusqu'à une lointaine brume de beau temps où se diluait l'horizon. Quelques rivières traversaient la campagne. On avait l'impression de beaucoup de ciel.

Puis, saturé de charme bucolique pour les semaines à venir, je tournai la tête. Mes yeux croisèrent ceux d'un homme qui se tenait à une vingtaine de mètres de moi, debout près d'un tilleul, tellement immobile que je regardai avec insistance, comme pour bien me persuader qu'il y avait quelqu'un à cet endroit. Il continua de m'observer, toujours sans bouger, en silence.

Je pris le parti d'aller le saluer. Je m'avançai vers lui.

Il portait un short pour tout habit. Il était petit, trapu, très musclé et bronzé. Ses cheveux, coupés court, étaient encore abondants mais tout blancs. Aucune expression particulière dans ses yeux bleus. Son visage las, aux traits forts, gardait la trace d'une séduction qui avait peut-être été grande.

Nous nous serrâmes la main. Je lui dis qui j'étais, Marc, le cousin d'Anne-Marie, et là-bas c'était Éric, mon fils (qui pour l'heure embrassait timidement son cousin Martin).

Maxime Salomone regarda Éric, puis moi de nouveau, puis sa bouche s'étira d'un bon millimètre, ce qui pouvait être considéré chez lui, je l'appris plus tard, comme le signe d'un accueil extrêmement chaleureux. De même, la longueur et le contenu de la déclaration, faite d'une voix moins basse que je ne m'y attendais, qui suivit cette manifestation de joie débridée, étaient paraît-il tout à fait exceptionnels :

— Vous avez bien fait de venir. On s'emmerde un peu, ici.

Je lui répondis que j'étais moi-même content de le rencontrer et de passer quelques jours dans ce bel endroit. Que je le remerciais.

Il refusa la cigarette que je lui offrais : il ne fumait pas. Puis j'allai embrasser Anne-Marie et son fils. Martin ressemblait en effet à Éric, avec en moins, comment dire, avec en moins cette étincelle divine qui faisait d'Éric le plus beau petit garçon du monde... Cela établi, Martin me plut sur-le-champ.

Éric adressa un impressionnant « Bonjour, Monsieur » à Maxime Salomone, qui lui répondit sans ironie apparente « Bonjour, Monsieur », le regarda droit dans les yeux, et lui tapota l'arrière de la tête d'un geste affectueux, manquant néanmoins à mon goût de délicatesse, je craignis qu'il ne la lui décollât. Je ne pus m'empêcher de demander à voix basse à Éric s'il n'avait plus mal du tout. On m'entendit, et on m'interrogea, ma cousine par des questions, Maxime Salomone d'un imperceptible mouvement du menton. Je racontai, le plus brièvement possible : un incident insignifiant avec le locataire de mon ancien appartement, un début de bousculade, une chute sans gravité, d'ailleurs c'était moi qui avais fait tomber Éric en reculant...

Maxime Salomone ne me quittait pas des yeux

pendant que je parlais. Je me demande si je n'eus pas un peu honte en songeant à l'attitude qui aurait sans doute été la sienne dans les mêmes circonstances, à savoir mettre les tripes à l'air de toutes les personnes présentes, arracher les radiateurs du mur et s'en aller en les portant sur son dos et son fils par-dessus.

Je sortis les valises. Il contemplait ma voiture non sans intérêt, et même s'en approcha pour lire les inscriptions.

Excités par notre arrivée, les deux chiens, Négus et Frise-à-Plat, couraient en tous sens, poussaient de petits jappements aigus, nous reniflaient la braguette, pissaient sur les pneus de la 403, se montaient parfois dessus et se besognaient quelques secondes (pratique fort courante chez ces deux mâles, comme j'allais le constater) avant de se remettre à galoper et à faire voler les graviers à des hauteurs considérables en les balayant de leur forte queue.

Je montai au premier ma valise et celle d'Éric. On nous fit visiter la maison. Nous en explorâmes chaque pièce dans un roulement de pas martelant le bois.

C'était une maison robuste et confortable où abondaient poutres et cheminées, immenses placards dans les murs aux ultimes rayons inaccessibles sans échelle ou, sous les escaliers par exemple, tout petits placards aux portes joliment dissymétriques auxquels on n'avait guère accès que par reptation — alcôves, réduits, recoins —, longs couloirs sinueux qui trompaient mon sens de l'orientation, peu développé il est vrai.

Le bois était le matériau dominant.

Éric n'en revenait pas d'avoir une chambre si belle

et si grande pour lui tout seul. En me montrant ma propre chambre, Anne-Marie me répéta devant Maxime Salomone que je pourrais m'isoler à volonté, ce dont je lui sus gré.

En bas, elle s'affaira dans la cuisine et annonça qu'elle servirait des boissons derrière la maison, à l'ombre. Que Maxime me montre le parc, et la piscine en cours. Elle me conseilla de rentrer la voiture au garage, elle serait plus au frais.

Éric, soudain fatigué, répondait avec moins de conviction qu'il n'aurait souhaité lui-même aux propositions de jeux de son cousin. Il refusa une course poursuite autour de la maison. Après que Martin eut énuméré la liste de ses jouets mécaniques, électriques et électroniques, ils finirent par se mettre d'accord pour une séance de tir à l'arc.

Le garage était derrière la maison. Je m'assis au volant. Maxime Salomone continuait de m'observer. Cet homme désabusé et peu démonstratif, marqué — pour ce que j'en savais et en saurais jamais — par une vie d'aventures mystérieuses et violentes, haussa néanmoins les sourcils quand je tirai sur le démarreur. En effet, la 403 diesel, épuisée par ce trajet d'une longueur inusitée et n'en pouvant mais, fit une démonstration complète de ce dont elle était capable, sifflements, jets de vapeur semblables à ceux des anciennes locomotives, tremblements spasmodiques de gros camion, longs souffles foireux, explosions en rafales, nuages de fumée, etc. Pour finir, le capot, d'habitude impossible à débloquer, s'ouvrit tout seul et tout grand, comme pour avaler les deux chiens dont l'un s'enfuit à travers la campagne en gémissant tandis que l'autre, moins craintif (Négus), s'aplatissait au sol, grognant et retroussant ses babines jusqu'aux oreilles.

Je dus redescendre et fermer le capot.

Je passai en première. La voiture fit un bond formidable en avant, comme si elle voulait prendre son essor par-dessus le village et les champs de blé, puis ce bel élan se brisa aussitôt et elle se traîna par secousses capricieuses jusqu'au garage dont Maxime Salomone m'ouvrit les portes.

Trois hectares de forêt s'étendaient de ce côté. Il me montra la piscine qu'il avait entrepris de creuser entre la maison et les premiers arbres. J'eus peine à croire qu'il avait déplacé à lui seul toute cette terre.

— C'est la première fois de ma vie que je travaille, dit-il. Je me rattrape.

Nous prîmes l'apéritif sous les arbres. Un petit vent s'était levé. Il faisait bon. Le manque d'entrain de la conversation ne provoquait pas de gêne, était le signe même d'un certain apaisement de tous. À propos d'une réflexion d'Anne-Marie sur le beau temps cette année et sur l'état de la végétation, je fus amené à dire deux mots de Barcelone, Maxime Salomone un mot des forêts brésiliennes. Il buvait pernod sur pernod, sans omettre jamais de m'en proposer avec empressement d'une crispation de la lèvre inférieure.

J'allai prendre une douche avec Éric. Anne-Marie nous accompagna à notre salle de bains, au premier, pourvue en quantité de serviettes, gants, savons parfumés, produits moussants pour le bain, shampooings divers, etc.

— Tout se passe très bien, me dit-elle. Maxime est content. C'est rare quand les gens lui plaisent... Surtout, fais ce que tu veux quand tu en as envie sans t'occuper de nous, c'est le mieux.

Une douche prolongée me détendit. Je ne regrettais pas ce voyage. Je sentais qu'Éric allait être bien ici.

Je me lavai les cheveux. Je n'avais plus mis les pieds chez un coiffeur depuis des temps immémoriaux. Ils étaient longs et me chatouillaient agréablement le haut du dos quand je levais la tête. Mes yeux étaient moins cernés qu'à mon retour de Barcelone, et mon teint moins cadavérique.

Je passai des habits propres. Malgré les premières atteintes de l'âge, pensai-je en m'examinant dans la glace, il était impossible de ne pas être frappé par le fait que je restais l'homme le plus séduisant de ma génération, ha ! ha ! Ce petit accès de narcissisme entraîna sur-le-champ quelques ricanements amers, pourtant je l'accueillis volontiers, presque avec joie, un semblant de joie que les ricanements ne parvinrent pas à dissiper tout à fait. La vie me parut moins désespérée. Je me surpris même à me repaître de la beauté de mon fils sans que mon cœur se mette à cogner d'angoisse.

Il faut dire qu'Éric, lavé et changé lui aussi, était particulièrement superbe. La fatigue de la route — mais était-il normal qu'un enfant de son âge en garde des traces aussi nettes ? — donnait à son visage une expression de lassitude, de distance, ou de hauteur, qui portait son charme à son comble.

À cet instant, il était la beauté même.

Ses longs cheveux bouclaient comme ceux d'une femme. Ne le gênaient-ils pas, lui demandai-je encore, n'avait-il pas trop chaud ? Non, dit-il avec sa pointe de sourire et ce mouvement de la tête qui les faisait voler.

Nous dînions tôt ce soir parce que Maxime Salomone voulait regarder un film policier à la télé, *Le deuxième souffle*, de Jean-Pierre Melville, film que j'avais vu plusieurs fois. Avant Barcelone, j'allais beaucoup au cinéma.

La température fraîchit au cours du repas. Les deux grandes fenêtres de la salle à manger étaient ouvertes. Je demandai la permission d'en fermer une, celle près de laquelle était installé Éric.

Maxime Salomone ne prononça guère plus de trois phrases, mais cette attitude, je le répète, parce qu'elle lui était devenue naturelle et du fait aussi de mon propre état d'esprit, n'entraînait aucun malaise.

Si ma cousine était une amoureuse avisée, ses talents de cuisinière, en revanche, dont pourtant elle semblait fière, laissaient beaucoup à désirer. Elle avait toujours refusé, dit-elle, d'avoir une bonne à demeure. Quelqu'un venait parfois pour le gros ménage, mais elle préférait s'occuper elle-même de l'entretien courant de la maison. Elle laissa entendre qu'elle évitait ainsi de mourir d'ennui quand elle était à Crosne.

Elle et Maxime vivaient très repliés et n'avaient pas d'amis dans la région. Les quelques personnes qui avaient tenté de lier conversation avec Maxime Salomone, soit au village, soit au cours de ses promenades solitaires dans la campagne, étaient reparties mortifiées, donnant des coups de pied dans les petites pierres et jurant de se couper la langue plutôt que d'adresser de nouveau la parole à cet ours sauvage.

Donc, Anne-Marie se piquait de cuisine.

— Je ne me sers jamais de livres de recettes, expliqua-t-elle. C'est tout là-dedans. (Elle montrait sa tête de l'index.) C'est ma mère qui m'a tout appris, les recettes espagnoles, italiennes, tout.

Dans son cas, cette méthode de transmission orale n'avait pas donné des résultats au-dessus de tout reproche. Elle avait préparé des côtes de porc accompagnées de riz sauce Madras. Le safran qui entre dans la composition de cette sauce colore habituellement le riz en jaune, et on aperçoit çà et là un petit bout de poivron rouge. Or, à ma surprise, le riz que nous apporta ma cousine était rouge jusqu'au dernier grain, tellement elle avait mis de piment. À la quatrième fourchette, je quittai la table en crachant des flammes et en réclamant de l'eau. Par bonheur, alerté par l'aspect, je m'étais servi avec circonspection et, à l'aide d'un litre de vin, trois d'eau minérale et huit cigarettes, je vins à bout de mon assiette. J'incitai discrètement Éric à ne pas se forcer et à se rattraper sur le fromage.

Maxime Salomone, lui, se servit trois fois, trois assiettes creuses pleines à ras bord qu'il engloutit sans sourciller, et buvant comme je n'avais jamais vu boire quelqu'un.

Il me parut évident que Martin était bien soigné et ne manquait de rien, et non moins évident que ses parents ne lui accordaient aucun intérêt profond, pas plus d'ailleurs qu'ils ne s'en accordaient entre eux. Martin avait ce genre de tempérament que de telles circonstances n'aigrissent pas, mais au contraire rendent affectueux avec les étrangers. La présence d'Éric le comblait. Il lui manifestait mille attentions charmantes, lui demandait s'il préférait sa côtelette à lui, voulait lui donner ceux de ses jouets qui intéressaient le plus Éric (le plus, mais néanmoins sans excès). Il acheva ainsi de me séduire. Je lui souriais chaque fois qu'il me regardait, c'est-à-dire souvent, d'un œil qui semblait appeler les caresses. Son régime lui interdisait le riz, ce dont je ne le plaignis pas trop, et les fruits. Je ne pris pas de fruits moi-même et déclarai délicieux l'immangeable gâteau à la saccharine que sa mère avait confectionné pour le dessert.

Nous passâmes ensuite dans la petite pièce où se trouvait le poste de télévision. Nous regardâmes le film en silence, confortablement installés dans de vastes fauteuils en cuir. Il me plut toujours autant.

— C'est romancé, mais c'est bien, dit Maxime Salomone à la fin.

J'emmenai Éric au lit. Il avait voulu voir le film pour rester avec Martin, mais ses yeux se fermaient tout seuls. Maxime Salomone me regarda le soulever dans mes bras, le serrer contre moi, l'embrasser.

Les enfants couchés, nous prîmes le frais un moment devant la maison. Je supportais ma veste bleue. Puis Anne-Marie monta dans sa chambre, une pile de romans-photos sous le bras. Elle se conduisait à mon égard avec un naturel parfait. Je me dis qu'elle était bonne comédienne.

Je restai seul avec Maxime Salomone.

— Vous allez voir, la campagne va lui faire du bien, au petit, me dit-il.

Sollicitude surprenante. J'eus presque envie de lui répondre de s'occuper de son propre fils.

— Oui, je crois, dis-je.

— Anne-Marie m'a dit que votre femme était morte ?

— Oui.

Suivit une vague question sur mes activités présentes et passées, et ce fut tout. Je ne lui demandai rien moi-même, parce que ç'aurait été déplacé et parce que je n'en avais pas envie. Le voir en chair et en os — un homme fatigué, un peu bizarre, retiré du monde, de compagnie tranquille — avait supprimé la petite excitation éveillée en moi par les récits d'Anne-Marie.

Chacun s'absorba dans ses ruminations personnelles.

Tout en fumant, et à cause du *Deuxième souffle*, je m'abandonnai à une sorte de rêverie cinématographique, souvenirs de films ou suscités par des films, et je remontai ainsi les années jusqu'à un lointain mois d'août où Isabelle, Danielle, Miguel et moi avions suivi un festival western au *Cinématographe*, derrière Perrache. Éric n'était pas né, Rafael non plus. À la sortie, Miguel nous racontait le film à sa façon, il changeait tout, l'histoire, le nom des acteurs, il appelait Gary Cooper Haricot Vert, Kirk Douglas Cric Dégueulasse et Burt Lancaster Brute l'Encastré, il mimait des scènes de saloon et de pourparlers avec les Indiens, bref, nous finissions tous pleurant de rire accroupis devant le cinéma.

Au bout d'une demi-heure, nous nous séparâmes, Maxime Salomone et moi, sur un simple bonsoir.

Je me mis au lit.

La sauce Madras accomplit à travers mes organes révulsés son funeste parcours. À quatre heures du matin, je me relevais encore pour boire de l'eau et sucer des pastilles de menthe.

Je passai une bonne partie de la journée du lendemain seul. Dans ma chambre, à lire ou ne penser à rien. À Crosne, où j'allai acheter des Benson, téléphoner à Miguel de la poste, et dont j'explorai chaque ruelle machinalement, sans rien voir. Dans la forêt, derrière la maison, où je fis une sieste dans l'après-midi, allongé au bord d'un chemin.

Je n'étais jamais loin de mon fils, mais rarement seul avec lui.

Maxime Salomone creusait sa piscine. Je m'étais éveillé une première fois vers sept heures du matin, et rendormi au son mat des coups de pioche dans la terre.

En fin d'après-midi, il se leva, se changea et descendit au village à pied, pour se promener et pour commander du ciment. Pendant son absence, je croisai Anne-Marie dans un couloir. Nous étions seuls. Nous entendions au loin les rires et les cris des enfants. Je ne sais qui en prit l'initiative, mais nous nous retrouvâmes en train de nous embrasser. Il ne se passa rien d'autre du même genre par la suite. Anne-Marie me témoigna même une certaine indifférence, peut-être affectée, si je repense à quelques détails.

À midi, nous déjeunâmes sous les arbres. Anne-Marie avait posé un paquet de viande sur une chaise. Pendant que nous préparions le barbecue, l'un des chiens, Frise-à-Plat, en profita pour avaler une grosse tranche de filet. Après quoi, il bâilla en couinant de satisfaction. Maxime Salomone s'approcha de lui sans hâte et lui assena sur l'arrière-train une terrible claque.

Tel fut, dans un ordre non chronologique, le deuxième événement de la journée. J'avais trouvé le châtiment excessif. La violence calculée du geste de Maxime Salomone, sans colère apparente, m'avait choqué. Quant à Frise-à-Plat, il eut une réaction curieuse. Au lieu de se mettre à chanter matines comme font ordinairement les chiens dans ces circonstances douloureuses, il se transporta en silence et la queue basse derrière un arbre où il bouda pendant toute la durée du repas, avançant parfois le museau comme pour voir si on parlait de lui.

Frise-à-Plat était celui des deux chiens qui jouait le plus volontiers — mais non exclusivement — le rôle féminin dans ses rapports avec Négus. Il était difficile de les voir autrement que l'un sur l'autre. Ils accomplissaient de véritables parcours dans cette posture malaisée. Parfois, le soir, quand leur maître faisait sa promenade, on distinguait avec curiosité, à quelques pas derrière lui, une sorte d'animal monstrueux à six pattes, à la démarche disgracieuse, mais assez habile néanmoins si l'on tient compte du nombre élevé de mouvements que ces chiens avisés devaient coordonner. Ils parvenaient même à monter les escaliers dans cette position.

Pour en finir avec ces bêtes d'ailleurs adorables, j'eus l'occasion de constater que leurs congénères, mâles ou femelles, ne les intéressaient pas. C'était de vrais homosexuels, et vraiment épris l'un de l'autre.

Dans la matinée, j'avais vu arriver et repartir de ma chambre l'assistante du docteur Bachian, le médecin de Crosne, qui était venue faire à Martin sa piqûre d'insuline. Rien à dire à son sujet, sinon que de loin je lui trouvai une ressemblance avec l'acteur Dustin Hoffman. Puis Éric et Martin sortirent de la maison, presque nus. Je me demandai si Éric n'avait pas un peu maigri.

Le soir, au moment de se coucher, il se plaignit d'un léger mal de tête, mais son cousin aussi.

Je me dis que je m'inquiétais trop. Je ne pouvais quand même pas le traîner chez le médecin tous les jours. Cette première journée au grand air et leurs jeux incessants l'avaient fatigué, rien de plus.

Entre Martin et lui, c'était le grand amour.

Après une nuit d'assez bon sommeil et un petit déjeuner savoureux (peut-être à cause du lait de ferme, peut-être parce que c'était une des rares nourritures que ma cousine ne pouvait pas dénaturer à force de poivre noir et autres emporte-gueule), je m'approchai de la piscine où Maxime Salomone travaillait depuis déjà deux heures.

Il me salua avec entrain d'un net battement de paupières, sans interrompre ses implacables coups de pioche. Il frappait comme s'il achevait des ennemis mortels, ou plutôt, pour user d'une image qui correspondait mieux à l'état d'esprit que je lui soupçonnais, sans alors m'en soucier davantage, comme s'il creusait sa propre tombe, avec un acharnement morose.

Il n'avait pas voulu entendre parler de maçons et de bulldozer. Il creusait pour passer le temps.

Ses muscles étaient ceux d'un homme de trente ans, avec seulement un empâtement au niveau de la taille perceptible quand il abattait la pioche. Sentant que je l'observais, il leva les yeux vers moi une deuxième fois.

— Je peux vous aider un peu, si vous voulez, lui dis-je.

Je lui fis cette proposition sans envie ni raison particulières, par ennui peut-être, ou par une sorte de passivité paradoxale — parce qu'on piochait devant moi et que je ressentais pour ainsi dire une incitation piochante.

— Pensez-vous !

Puis, estimant d'un rapide coup d'œil mes soixante-sept kilos, il ajouta avec un sourire, le premier que je lui voyais, un sourire qui l'enlaidissait, une étrange modification des traits du visage, semblable à la contraction faciale à laquelle on se livre quand un frelon se pose sur votre joue :

— Vous ne tiendrez pas dix minutes. C'est crevant, la pioche.

— Je vais quand même essayer, ça m'occupera, dis-je en souriant aussi.

J'allai au garage chercher un outil.

Je travaillai une petite heure, puis je m'arrêtai, épuisé. J'avais perdu l'habitude des efforts physiques.

Je remis ma chemise. En d'autres temps, j'aurais été honteux de ma minceur (laquelle, cependant, jointe à une harmonie de proportions certaine, est un élément important de mon élégance). Aujourd'hui, je m'en moquais. Je pensais seulement qu'Isabelle était mince elle aussi — et qu'il était absurde de m'inquiéter de la corpulence d'Éric.

Maxime Salomone en profita pour faire une pause.

Il transpirait à peine. Il me demanda d'un ton pénétré :

— Père italien ?

— Oui.

J'allumai une Benson.

— Moi aussi, dit-il.

Je ne compris pas s'il voulait dire qu'il était italien, ou seulement son père.

— Alors, les mauviettes ?

Il s'adressait aux enfants qui passaient en courant, équipés de colts, chapeaux, plumes et tomahawks tout à la fois.

— Allez vous reposer, si vous voulez, me dit-il. Et merci.

Bref, il se montra ce matin un bavard impénitent.

Puis il empoigna une pelle et se mit à dégager la terre sans plus s'occuper de moi.

Je le laissai.

Cette grande intimité devait se confirmer l'après-midi, dans les conditions que voici. Vers cinq heures, il me proposa de l'accompagner à Orléans, où il avait des courses à faire.

Il ouvrit la portière arrière de la puissante BMW. Négus et Frise-à-Plat se précipitèrent en se bousculant.

— Je me demande pourquoi j'ai acheté cette Méhari, dit-il en me la montrant du doigt au fond du garage. J'ai dû m'en servir deux fois. Je ne les aime pas, ces voitures.

Nous partîmes.

Il s'absorba dans la conduite. Sa rapidité et sa précision, sur les trente kilomètres de petites routes désertes qui séparent Crosne d'Orléans, forcèrent mon admiration.

Il m'étonna moins en ville, en vertu de cette vanité niaise qui me fait me considérer comme imbattable sur trajet urbain complexe et encombré, imbattable même par Miguel.

Je ne connaissais pas Orléans, ne tenais pas à connaître cette ville et la vis à peine.

Nous faisions la queue dans une grande quincaillerie du centre. Négus et Frise-à-Plat s'épuisaient comme de coutume en tendresses ahanantes sous le nez des clients qui ne savaient trop où regarder. Arriva alors derrière nous une dame d'une cinquantaine d'années, semblable en tout point à ces bourgeoises au foyer que j'observais parfois du balcon, rue Longue. Comme elles, elle tenait en laisse un chien de la stature d'une grosse mouche, un de ces roquets calamiteux qui peuvent fatiguer une foule de leurs aboiements perçants et agressifs dès qu'ils aperçoivent un vrai chien, lequel pourrait les estropier à jamais d'un coup de queue malencontreux, mais qui, si d'aventure on lâche leur laisse et que ledit vrai chien remue le bout d'une oreille, ne font qu'un bond jusque sous le menton de leur propriétaire où ils se lovent au creux de sa pomme d'Adam en tremblant, geignant et montrant le blanc des yeux.

Nous examinâmes avec intérêt l'insecte poilu qui aboyait en effet à l'adresse de Négus et Frise-à-Plat.

— Il doit être bon pour la chasse, dis-je.

Maxime Salomone me répondit aussitôt et avec la même impassibilité, comme si nous récitions un dialogue appris d'avance, ou comme si nous nous précipitions sur cette occasion de communiquer :

— Et pour la garde ! Il ne doit pas faire bon s'approcher...

Les quelques coups de pioche du matin, et maintenant cet échange débridé de répliques plaisantes, constituent deux petits faits insignifiants, mais il est certain qu'ils confirmèrent non pas la sympathie, il n'y en avait aucune de ma part, mais l'espèce de complicité, aussi lointaine soit-elle... Mais j'affirme cela, sans doute, à la lumière de la suite.

Nous demeurâmes silencieux pendant tout le trajet de retour. De temps à autre, Maxime Salomone grommelait seulement « Couchés ! » aux deux bêtes dont l'accouplement sur le siège arrière l'empêchait de voir dans le rétroviseur.

Il rentra la BMW dans le garage à vingt à l'heure au moins, frôlant de deux centimètres une grosse corbeille à linge et de quatre le pare-chocs arrière de ma 403, celui qui présentait une courbure si marquée.

Observer mon fils aux côtés de Martin me rendait plus sensible — outre sa minceur — une tendance de son tempérament qui m'était familière, mais dont je me dis soudain, au cours du dîner, qu'elle était en train de s'aggraver sous mes yeux. Par rapport à son cousin, je trouvais Éric réservé, lent, presque cérémonieux, à certains moments de la journée en tout cas.

Non qu'il fût moins heureux de la compagnie de Martin que Martin de la sienne, il s'agissait d'autre chose, d'une sorte de réticence qui affectait toutes ses manifestations, et à l'égard de quiconque. Il me semblait même qu'il tapotait le crâne de Frise-à-Plat, quêtant des caresses et des peaux de saucisson, d'un geste condescendant, comme un roi modère les effusions excessives du dernier de ses esclaves.

Cette constatation remit brutalement en question mon mieux-être. Puis je me dis que je devenais fou, à scruter ainsi sa mine et son comportement, et j'essayai de ne plus y penser.

Mais sa façon de me rendre mon baiser, plus tard, quand je l'eus mis au lit, me donna la même impression de distance, de légère absence, et provoqua en moi le même malaise. Je lui demandai s'il se sentait tout à fait bien. Il n'avait pas mal à la tête, me dit-il, comme la veille, mais il était un peu nauséeux, ce que j'attribuai, au prix d'un effort de bon sens, à la ratatouille d'Anne-Marie, ou plutôt au bocal grande contenance de piments de Cayenne entiers dont elle l'avait relevée pour le moins jusqu'au ciel.

J'arrangeai le drap de manière à ce qu'il n'ait pas les cheveux plaqués dans le cou et qu'il ne se réveille pas en pleine nuit tout mouillé de transpiration.

Puis j'allai rejoindre Maxime Salomone dehors. Les bonnes pierres de la trop grande maison (ils en occupaient un quart à peine) étaient encore chaudes sous la main.

Je m'installai dans une chaise longue. Il ne dit rien, moi non plus.

Je songeai aux confidences qu'Anne-Marie m'avait faites à Lyon au sujet de leur vie commune. Vivre à ses côtés devait être en effet pénible pour elle, et parfois insupportable. Je n'avais jamais vu quelqu'un d'aussi peu bavard, c'était une véritable atrophie de la parole. Et encore, selon ma cousine, j'avais « vraiment la cote avec Maxime », il faisait de gros efforts, je ne me rendais peut-être pas compte, etc.

Je songeai, surtout, que l'adorable et malheureux Martin, accablé de jouets et de soins médicaux, était un enfant sacrifié.

Pourtant, Anne-Marie et Maxime vivaient ensemble tant bien que mal. Je m'étais même dit (ces choses-là se devinent) qu'ils continuaient d'avoir des rapports amoureux. Ils n'étaient ni l'un ni l'autre du genre à renoncer sans troubles graves aux joies de la chair. Les quelques instants d'harmonie qu'ils devaient alors connaître, aussi partielle qu'elle soit — et les habitudes, leur passé de marginal à tous deux, la nécessité malgré tout d'élever Martin, les longues fuites de Maxime Salomone dans ses rêveries et ses souvenirs, pour Anne Marie ses fréquents voyages à Lyon, ses amants, ses romans-photos — tels étaient sans doute les fondements incertains sur lesquels se maintenait en pénible équilibre, mais se maintenait tout de même, l'édifice branlant de leur couple.

Ou bien les choses étaient-elles plus complexes. La question ne m'intéressait alors que médiocrement.

Les bruits de lave-vaisselle et de chaises remuées cessèrent. Anne-Marie sortit de la maison, resta un moment debout sans parler, puis nous annonça qu'elle allait lire en haut.

Le lendemain après-midi, Martin, poursuivi (sans grande ardeur) par Éric, glissa et tomba dans la piscine, sur un tas de terre fraîche qui amortit sa chute. Je vis tout de suite qu'il ne s'était fait aucun mal, son père aussi sans doute. Pourtant il se précipita, le releva tendrement et l'examina sous toutes les coutures. Pour finir, en veine d'effusions incontrôlées, il le gratifia d'un petit grattement de la nuque. Puis il me dit (j'avais repris la pioche pour une demi-heure) : « Il faudra que je loue encore le camion de cet abruti de Di Maiolo (l'entrepreneur italien du coin), je ne sais plus où mettre la terre », avant de recommencer à travailler de plus belle.

J'aimais de plus en plus Martin. Je peux même dire que je m'attachai à lui en quelques jours de façon excessive. Pourquoi, en vertu de quelles interférences tortueuses avec mes sentiments pour mon propre fils, je ne le compris que beaucoup plus tard.

Le soir, nous vîmes *Papillon* à la télé. C'était un mauvais film. Je regardai jusqu'au bout par paresse, et parce que Éric et Martin étaient tous les deux vautrés sur moi.

Miguel me téléphona à onze heures, du garage. Très embarrassé, il me dit que ça y était, il avait pris sa décision, il s'était engagé... Il allait quitter Lyon, il ne savait pas encore quand. Il me tiendrait au courant. Cette nouvelle m'attrista. Il n'y avait rien à lui dire. Je sentis que Miguel était triste lui aussi.

Vers minuit, à mon grand étonnement, Maxime Salomone amorça une conversation, qui fut brève et banale, mais au cours de laquelle pourtant il se laissa aller à me dire (en substance) que la vie de Papillon, à côté de la sienne, semblait celle du retraité le plus craintif et le plus casanier.

Comme les soirs précédents, nous étions étendus dans des chaises longues devant la maison. J'appréciais ces moments de repos que je pris l'habitude de passer en sa compagnie, le soir, dans l'isolement, la paix et l'obscurité de la campagne, et pendant lesquels il était pour ainsi dire convenu de ne pas nous troubler dans nos ressassements respectifs.

Il s'était un peu soulevé et me fixait dans la pénombre. Le ton de sa voix avait changé. Pour la première fois depuis mon arrivée, son passé d'aventurier, de « gangster », devint réellement présent à mon esprit. Aurais-je été capable d'être le témoin, ne fût-ce que le témoin, de certains des actes qu'il avait forcément commis ? Je fus soudain mal à l'aise.

Il ne dit rien d'autre. Mais j'eus l'impression, à un moment précis, qu'il s'attendait à des questions de ma part — pour y répondre, et se délivrer ainsi de son tourment perpétuel, d'un secret dont peut-être il n'aurait fait l'aveu à personne ? Non, bien sûr, les choses ne furent pas si nettes. Je pense d'ailleurs (aujourd'hui) qu'il ne m'aurait rien confié. Mais je crois qu'il en envisagea la possibilité. Il est certain également que je lui inspirais confiance, et que mes manières d'être, ma discrétion, mon amour pour Éric (je devais comprendre plus tard) le frappaient.

Deux jours passèrent, semblables aux précédents, tranquilles, ou plutôt qui auraient pu être tranquilles sans l'angoisse familière revenue en force dès l'instant où je m'étais mis à observer ce comportement presque solennel d'Éric dont j'ai parlé, son aggravation supposée, et même, me figurais-je durant ces deux jours, la légère raideur de la nuque qui l'accompagnait... Je passai de longs moments à tenter de définir son attitude et à lui donner les explications les plus fantaisistes : mon fils devenait hautain, distant, me disais-je, il se dérobait, il m'échappait comme si quelqu'un prenait possession de lui de l'intérieur : c'était bien le même corps, mais ce n'était plus le même Éric...

Je me faisais souffrir avec cette image.

Puis mon inquiétude prit de telles proportions qu'elle se détruisit elle-même. Je parvins à me raisonner : je devenais fou, j'avais le besoin irrésistible de me tourmenter depuis le suicide d'Isabelle, je me complaisais dans une anxiété morbide, etc.

Mais, le matin suivant, Éric se leva mal en point. Il souffrait du ventre et de la tête, il avait des nausées. Quand il arriva dans la salle à manger, il fut pris d'une espèce de vertige.

— Il n'a pas digéré, dit Anne-Marie. Martin est exactement comme ça, quand il n'a pas digéré. C'est sûrement les tripes d'hier soir, j'ai dû trop les poivrer. (Mais Éric les avait à peine goûtées : ce n'était donc pas les tripes.) Je vais lui donner du bicarbonate. Sinon, ajouta-t-elle, en remarquant je suppose mon visage décomposé, on l'emmènera chez le docteur Bachian. Regarde-le ! dit-elle d'un ton moqueur à Maxime Salomone venu me saluer, il est plus malade que son fils ! Tu ne vas pas te faire du souci pour une indigestion ?

Je me faisais du souci, beaucoup de souci. Anne-Marie apporta du bicarbonate de soude.

— Je te préviens, c'est pas bon ! dit Martin. J'en bois souvent. Tu veux que j'en boive aussi ?

Éric but, fit la grimace et frissonna de la tête aux pieds.

Deux minutes après, il eut plusieurs renvois. Les symptômes d'indigestion ou de crise de foie s'atténuèrent. Il prit son petit déjeuner et la matinée passa. Je ne le quittai pas des yeux. À midi, il mangea du bout des lèvres. Soudain, au milieu du repas, il fut pris de vomissements. Il vomit « en jet », selon l'expression d'un médecin (pas Bachian, un autre), c'est-à-dire qu'il n'eut pas le temps de quitter la table, pas même de s'en écarter. Martin ne put retenir un éclat de rire nerveux, bien explicable et qu'il contrôla d'ailleurs aussitôt. Puis, comme nous tous, il entoura Éric de sa sollicitude. Les chiens eux-mêmes, interrompant leur fornication frénétique, s'approchèrent, comprirent qu'il se passait quelque chose de désagréable pour Éric et lui firent des fêtes réservées.

À deux heures moins le quart, j'attendais à Crosne dans le cabinet du docteur Bachian. Anne-Marie nous avait amenés.

On ne prenait pas rendez-vous. Nous étions les premiers clients.

Le docteur Bachian arriva à deux heures moins cinq. C'était un petit homme chauve et remuant, sans doute d'origine paysanne, qui ne regardait pas les gens en face et qui, faut-il le préciser, ne m'inspira pas la moindre confiance.

Je m'exclamai en constatant qu'Éric avait maigri d'un kilo cinq cents depuis la visite chez Fuente. Mais il avait été pesé jusqu'alors sur des pèse-personne ? Oui. Instruments fantaisistes, dit Bachian. Lui se servait d'un de ces anciens, volumineux et jolis pesons de cuivre et de bois, dont il vérifiait régulièrement l'exactitude : Éric était un peu maigrichon, sans plus. Comme tous les enfants de la ville.

Il l'examina assez vite, prit sa température (pas de fièvre), lui palpa le ventre et le fit se rhabiller d'une tape. Selon lui, le changement d'air et d'alimentation suffisaient à expliquer ces petits malaises digestifs. Chaque année, au moment des vacances, il soignait des cas semblables. Les enfants de la ville...

Je lui décrivis alors le comportement bizarre que j'avais cru observer. Il fit une moue dubitative et ne répondit même pas, ce qui m'irrita. Il se borna à chasser de la main la fumée de mes Benson qui lui faisait verser de grosses larmes. Puis, sur ma lancée, je lui parlai également du coup sur la nuque : est-ce que ces maux de tête...

— Non, rien à voir, dit-il sans lever le nez de son ordonnance. Voilà, avec ça, ça devrait aller. Tenez-moi au courant. (Me voyant tendu et hagard, et d'un ton réticent, comme s'il me faisait une concession :) Au pire, il faudrait envisager une appendicite. Au pire. Mais je n'y crois pas.

Mon attitude et mes questions l'agaçaient. Et moi, il me mettait hors de moi. Maintenant qu'il avait parlé d'appendicite, j'aurais voulu être rassuré sur-le-champ, avoir une certitude... Il n'y croyait pas ! J'étais à deux doigts d'un éclat. Je me dominai, payai et sortis.

Nous allâmes aussitôt à la pharmacie de Crosne.

L'alimentation ! J'avais pensé à l'alimentation, mais pas assez. J'en profitai pour m'adresser d'amers reproches... À force de disséquer mes états d'âme et de m'effrayer de sottes imaginations, j'avais négligé un élément aussi important que la nourriture. Et il y avait en effet de quoi être indisposé ! Pourquoi Martin prenait-il si souvent du bicarbonate ? Une cuillerée à soupe de n'importe laquelle des sauces d'Anne-Marie aurait jeté dans les convulsions une étable entière, alors, Éric, enfant merveilleux et délicat, toute cette viande de porc, tous ces piments semant l'irritation dans ses tendres organes...

Et ma colère se retourna contre Anne-Marie. J'avais envie de la prendre à la gorge et de la secouer, tandis qu'elle conduisait à côté de moi, songeant à tout autre chose qu'à Éric. Puis je me dis que j'étais stupide et injuste. Et que je devais vraiment me calmer.

À la maison, je téléphonai à Fuente. Pure nervosité encore : je savais qu'il était en vacances et que le cabinet était fermé jusqu'à fin août, ce que me confirma le message du répondeur.

Éric prit ses médicaments. Puis il mangea des pâtes, du jambon et des yaourts, et la journée s'écoula sans autre incident. Il se plaignait seulement d'un peu de fatigue.

Le lendemain matin, malgré les médicaments, il vomit dès son lever, et beaucoup. Il était très affaibli.

J'appelai Bachian. Il comprit au ton de ma voix qu'en cas de refus ou de manières de sa part, j'étais prêt à aller le chercher en le traînant par les oreilles, aussi déclara-t-il sèchement qu'il arrivait dans la demi-heure.

Il fut si étonné, non de l'état d'Éric, mais de mon affolement et de ma hargne, qu'il me dit, comme s'il capitulait mais par condescendance :

— Eh bien écoutez, montrez-le à un confrère ou faites-le hospitaliser, que voulez-vous que je vous dise? Vous serez tranquille. Mais vous verrez, une appendicite m'étonnerait beaucoup. Simple histoire digestive, et banale en plus. Ce n'est même pas une intoxication, vous me dites que ses selles sont normales, et il n'a pas de fièvre. J'avais prescrit un traitement de cinq jours... Enfin, agissez comme vous l'entendez. Vous voulez que je vous fasse un mot pour un spécialiste, à Orléans?

Non, je ne voulais pas.

Quand il fut parti, je téléphonai aussitôt à Grange-Blanche. Par bonheur, je pus parler au docteur Simon. Je savais que je n'aurais confiance qu'en lui. Soit parce qu'il me connaissait déjà et que j'avais été introduit par Miguel et Fuente, soit (soupçon atroce) parce que je réussis à l'inquiéter, il me dit qu'il pourrait examiner Éric le soir même si je voulais, au service de pédiatrie.

Puis j'appelai Emilia. Je ne lui avais rien dit et ne lui dis rien encore de la santé d'Éric, simplement que nous arriverions dans la soirée. Elle avait une lettre de Miguel pour moi, elle l'avait trouvée à Saint-Laurent, où elle était allée faire le ménage.

Martin versa quelques larmes au moment du départ. Ironie, Éric semblait aller beaucoup mieux. Il avait mangé avec appétit des biscottes trempées dans du thé. Si bien qu'à la dernière minute, un autre doute m'assaillit, une autre torture : et si ce vétérinaire de Bachian avait raison? N'étais-je pas en train de gâcher les vacances de mon fils, de grossir une affaire de rien du tout, de prendre au tragique une de ces affections bénignes dont sont coutumiers les enfants? En un mot, n'était-ce pas moi qui le rendais malade?...

Mais il n'était plus temps de reculer.

Martin se jeta dans mes bras. Il me fit promettre de revenir avec Éric. Je crois qu'il avait senti de ma part plus d'affection réelle qu'aucun adulte ne lui en avait témoigné depuis longtemps.

Anne-Marie et Maxime Salomone, débordés, me laissaient faire sans trop oser intervenir. Ma cousine ne prenait pas au sérieux l'indisposition d'Éric. Mon départ la contrariait, c'était tout. Elle me dit : « À bientôt, Marc, ici ou à Lyon », et je perçus un rien de lascivité dans la pression de ses lèvres sur ma joue.

Quant à Maxime Salomone, moins bavard que jamais depuis le fameux soir, il ne semblait pas se poser vraiment la question du bien-fondé de mon affolement. Il me voyait ennuyé, s'en tenait là et s'arrangea pour me faire sentir son soutien moral.

Il me demanda de les tenir au courant et m'invita à revenir, dès qu'Éric serait rétabli, si je voulais. Il serait content de me revoir.

Je n'avais pas touché la 403 depuis mon arrivée. Elle démarra sans trop se faire prier, et sans rien éveiller chez Négus et Frise-à-Plat, dont je voyais dans le rétroviseur les deux têtes superposées, qu'une méfiance respectueuse.

Elle fit bien entendre un cliquetis nouveau, comme si on agitait des pièces de monnaie dans une coupe en cristal, mais cela disparut dès que je passai en seconde.

## VIII

Et Éric ? Étais-je bien parvenu à l'affoler ? Oui et non. Il avait été déçu de quitter Crosne et son cousin, très déçu, mais il était resté... distant, hautain, solennel, les mêmes mots me harcelaient, je n'inventais rien, il suffisait de le regarder une minute ! Déçu mais obéissant, passif, ni amer ni pitoyable vraiment, indifférent, mais émouvant... Bref.

Je m'appliquai à paraître insouciant, je lui devais bien cela. D'ailleurs, le retour à Lyon me rassurait : quand nous descendrions de voiture, ce serait pour voir Simon. Et puis, Éric ne se plaignait plus de rien.

Je perdis mon apparence de calme lorsqu'un jeune garagiste bouffi, à une station-service où je m'étais arrêté faire le plein de gas-oil, m'avertit qu'il fallait changer les pneus arrière : c'étaient des pneus rechapés, le travail, dit-il, avait été mal fait, la chape foutait le camp, je n'avais pas vu ? je n'arriverais pas à Lyon comme ça, etc.

Je dus admettre qu'il avait raison. Je le laissai donc passer les pneus avant à l'arrière et en mettre des neufs à l'avant.

L'ennui est qu'il travaillait à une lenteur exaspérante. Il fumait presque autant que moi, et chaque fois qu'il allumait une cigarette, il lui fallait cinq minutes pour trouver son briquet, qu'il rangeait pourtant toujours dans la même poche. Je finis par lui donner du feu moi-même quand je le voyais commencer à se tâter le survêtement de haut en bas, mais j'avais droit alors à cinq minutes de remerciements, de sourires et de commentaires sur mon amabilité. J'avais envie de l'étrangler.

De plus, il était seul à la station et devait s'interrompre toutes les deux minutes pour servir de l'essence, rendre la monnaie. J'étais fou. Au bout d'une demi-heure, je lui dis d'une voix mourante de colère rentrée (qui passa à ses yeux pour le comble de la douceur et du respect d'autrui) que j'étais pressé, que mon fils était malade, que je devais être à Lyon sans faute avant ce soir.

Nous repartîmes enfin.

Je poussai la 403 à fond sur l'autoroute, après Avallon, et constatai qu'elle pouvait atteindre le cent vingt, ressource qu'elle m'avait dissimulée jusqu'alors — à moins qu'elle ne se sentît plus d'être ainsi nouvellement chaussée. À cette vitesse, le bruit du moteur me parut même moins assourdissant.

Éric tourna le bouton de l'autoradio. Il ne fallut pas longtemps pour entendre : « Et tout ira très bien, très bien, très bien, De te retrouver je suis fou, Il n'y aura plus jamais de peine pour nous », etc.

Puis il reprit mal à la tête, mais pas beaucoup, me dit-il. Je coupai le sifflet du mauvais chanteur d'un geste hargneux.

J'entrai dans Grange-Blanche en voiture, malgré les signes de protestation du portier.

Au pavillon des enfants, je dus attendre trois

quarts d'heure le docteur Simon, qu'un interne à demi aimable était allé prévenir d'un pas traînant.

Le docteur Simon arriva. Je fus frappé comme la première fois par sa jeunesse ou par son apparence de jeunesse.

Il commença par m'interroger sur les symptômes que j'avais pu observer chez mon fils. Je dois dire que je fus brillant dans mes réponses. Je les avais tellement ruminés, ces symptômes, que les phrases me venaient toutes seules à la bouche, nombreuses, précises, bien construites. Un véritable exposé. Il écouta avec attention, lui, mes remarques sur le fameux comportement d'Éric, comment dire, guindé, docteur, voilà, guindé...

Puis il se livra à un examen qu'il qualifia de superficiel, bien qu'il durât assez longtemps, et qui ne révéla rien, sinon un fond d'œil douteux.

— Ce n'est en tout cas pas l'appendicite, dit-il. À mon avis, ces diverses manifestations, surtout digestives, en somme, sont de simples troubles de croissance. Aucune gravité. Néanmoins, par prudence et surtout parce que je vous vois très inquiet, je crois préférable de faire quelques examens. De cette manière, vous serez parfaitement tranquille. Pouvez-vous le ramener demain matin ?

— Oui.

Je m'entendis à peine prononcer ce oui. Maintenant, j'aurais presque préféré qu'il soit question d'appendicite, maladie un peu embêtante, certes, qui exige une opération (ouvrir le ventre d'Éric !), mais connue, banale, cataloguée...

— Comprenez-moi bien, et n'allez pas vous inquiéter toute la nuit : je pense que ce n'est rien, mais je préfère pécher par excès de prudence.

Était-il sincère, ou excellent comédien ? Je n'aurais su le dire. Je penchai plutôt pour la sincérité.

— Et son coup sur la tête, tu en as reparlé au docteur ? demanda Emilia.

— Mais bien sûr, je te l'ai déjà dit ! Et il est au courant, c'est lui qui a vu Éric à ce moment-là. Il m'a encore assuré que ça n'avait rien à voir, rien du tout !

En étais-je absolument persuadé ? Pour l'instant, oui.

— Pourquoi tu t'énerves comme ça, Marc ? Toi aussi, tu étais toujours malade, pendant ta croissance. Souviens-toi quand le tonton Pepe...

— Oui, je me souviens, je me souviens... Mais alors, pourquoi faire des examens ?

— Marc ! Il te l'a dit ! Et c'est le seul moyen pour que tu sois tranquille, tu le sais bien !

Éric dormait.

Emilia, normalement soucieuse, ramena peu à peu l'affaire aux dimensions qu'elle avait en réalité, et je finis par me calmer.

Miguel n'écrivait jamais, ou jamais plus de quelques lignes. Or, il m'avait envoyé cette fois cinq grandes pages de son écriture serrée et difficile à déchiffrer, cinq pages d'informations, mais aussi presque de confession, au terme desquelles il semblait soumettre sa conduite à mon agrément. Il venait de quitter Lyon, le garage, sa famille. Il occupait provisoirement une maison, 2 537, route des Serres, dans le Midi, entre Saint-Paul-de-Vence et Cagnes-sur-Mer. Il me donnait son numéro de téléphone. Il avait déjà fait un petit « travail », une simple balade en voiture, et déjà touché de l'argent. Et c'est maintenant, alors qu'il avait franchi le pas, que craintes et scrupules le tourmentaient. Les scrupules, surtout : bien sûr, il n'abandonnait pas Danielle et les enfants, mais la séparation avait été très douloureuse. Ils s'étaient engueulés toute une nuit, me disait-il. Il avait préféré m'écrire pour me donner des nouvelles. Il espérait un rapide coup de fil.

Je connaissais bien Miguel, sa puérilité à certains moments. Il attendait de moi une sorte d'absolution, qu'il me réclamait cinq pages durant — mais il voulait que ce soit moi qui téléphone, comme de mon propre chef...

J'avais donc téléphoné aussitôt. La suite, je l'avais également devinée. Dès qu'il décrocha, il donna libre cours à une bonne humeur qui ne m'étonna pas : il était fou de joie de m'entendre, il comptait sur ma visite le plus tôt possible, il allait bien, il n'éternuait plus, il avait les ongles propres, il avait déjà fait toutes les maisons de passe de la Côte d'Azur, il ne lui en restait plus que six à Monte-Carlo, ha, ha! et comment allait M. Héroïne? mais au fait, pourquoi étais-je rentré si vite? Je l'informai des petits malheurs d'Éric. Rien de grave, sans doute. Mais j'avais peur. Il me parla de toutes les frayeurs que Rafael leur avait faites, à Danielle et à lui.

Je ne fermai pas l'œil de la nuit.

À quatre heures du matin, Éric nous appela, sa tante et moi. Il avait mal à la tête. Des nausées l'avaient éveillé. Il vomit deux fois, à une demi-heure d'intervalle, et ne se rendormit que vers six heures.

À Grange-Blanche, on se livra à la série d'examens « habituels », me dit-on (douloureux, docteur? Non, pas le moins du monde). Le fond d'œil était bel et bien douteux (saleté de fond d'œil, à entretenir ainsi un doute), l'électroencéphalogramme normal (ah !) mais ralenti (ordure !), écho en place (bien, qu'il y reste), scintigraphie : rien, on ne sait pas... Comment, on ne sait pas ? C'était un office météorologique, ici ? Un centre expérimental de croisement des tulipes ? Ou le plus grand hôpital de Lyon ? On ne savait pas !

— Rien d'alarmant, me dit Simon. Quelques petits points d'interrogation. Attendons le scanner.

Restait, donc, le scanner, ou tomodensitométrie, qui permet de mesurer... Mais au diable ! Ce dernier examen... Ce dernier examen révéla une hypertension intracrânienne notable.

C'était le début du désastre.

Une heure plus tard, on transporta Éric au service du Pr Ouversault, où on l'installa seul dans une chambre. J'avais téléphoné à Emilia. Elle arriva.

— Les troubles digestifs sont secondaires, dit Simon. À vrai dire, je m'en doutais un peu, ajouta-t-il. (Comédien, comédien ! Trahison !) Hypertension intracrânienne. Ce coup sur la tête ? Non, vraiment, je vous assure, aucun rapport, n'y pensez plus. Le Pr Ouversault va voir votre fils. C'est un grand spécialiste. Non, très honnêtement, je ne peux rien vous dire de plus maintenant, il faut attendre Ouversault. Ce que je peux vous garantir, c'est que votre fils sera entre de bonnes mains. Les meilleures.

Quand je vis Éric immobile dans son lit, pâle, apeuré, plus maigre depuis la veille me sembla-t-il, et quand je pensai à ce qu'on allait lui faire... Car Simon m'avait dit... Mais non, non, je n'y pensais pas, je ne voulais pas y penser ! Je voulais me précipiter la tête contre un mur, je voulais mourir, disparaître, m'anéantir d'une seconde à l'autre ! Je m'approchai du lit.

Un camion passait avenue Rockefeller, au loin.

Éric. Il me regardait. Le coin gauche de ses lèvres frémit, frémit... Le dernier sourire ? Assez, assez !

Puis un calme étrange, comme on dit, m'envahit, qui ne devait pas m'abandonner de sitôt.

Pr Ouversault. Grand spécialiste et, comme je l'avais appris avec horreur, grand chirurgien. Il était blond, très grand et fort, et très doux. Je ne remarquai pas tout de suite ses lunettes, aux montures légères et claires comme ses cheveux. Les premiers mots ou presque que je prononçai en sa présence furent, je ne sais pourquoi — effet de mon désarroi, folie naissante (ou en plein développement), désir de rendre banale l'entrevue —, furent que j'avais vu cette année une exposition de dessins, à *L'Art poétique*, d'un peintre nommé Jacques Ouversault : quelqu'un de sa famille, peut-être ? Lui-même ? Or, il se trouva que c'était lui. Il était peintre également.

Je lui parlai du fameux dessin, le clocher en haut à gauche, ces deux traits de rien du tout qui...

Je lui fis très plaisir, c'était visible. Mais je me rends compte que je répète maintenant, à cette heure où j'écris, mon attitude d'alors, que je fuis, que je dissimule artificiellement l'essentiel, que voici : Jacques Ouversault opérait d'urgence Éric le lendemain matin, il lui ouvrait le crâne et tentait d'en extraire une tumeur sournoisement tapie derrière la nuque.

Il m'expliqua. À deux reprises, il glissa dans son discours l'expression « tumeur du tronc ». Du tronc ? Oui, du tronc, du tronc cérébral. Ah, bien. J'étais calme. D'un calme imperturbable. Précis et modéré dans mes paroles et dans mes gestes, tout comme lui. Un roc. Il continua : ces tumeurs, donc, du quatrième ventricule (il me fit un dessin, que j'ai conservé. Que j'ai sous les yeux. Je m'étais surpris à penser : tiens, ce docteur dessine bien, cet enfant en coupe, très réussi, quelle sûreté de trait, etc., ayant pour ainsi dire oublié que...), ces tumeurs, donc, du quatrième ventricule difficiles à diagnostiquer, se moquant du radiologue, quand elles surviennent chez le nouveau-né, compriment le cerveau, qui distend lui-même la boîte crânienne encore tendre : la tête du sujet enfle alors facilement aux dimensions d'une courge, c'est l'hydrocéphalie. Mais chez l'enfant plus âgé, à l'ossature déjà formée, le crâne ne bouge plus, la tumeur écrase le cerveau, l'hypertension augmente, augmente... Il faut opérer, le plus vite possible, pour libérer le cerveau de cette pression effroyable. Enlever cette tumeur, conclut le docteur Ouversault, dès demain matin. Et l'enfant sera soulagé.

Et l'opération... réussit toujours ? Comme toutes les opérations, dit-il : même la plus bénigne comporte des risques. Mais minimes. Je lui enlèverai cette tumeur demain. Le processus de la maladie est très rapide, mais nous intervenons à temps. Courage.

Je le croyais. J'avais confiance.

Vomissements « en jet ». Raideur de la nuque, oui. Attitude guindée : vous aviez trouvé le mot juste. Très, très difficile à diagnostiquer. Vu les circonstances, tout se passait aussi bien que possible. Un grand bravo au docteur Simon. Ouversault rendit hommage à son flair. Je pensai à Bachian. Rien à voir, me dis-je, porté par un formidable mouvement de haine, rien à voir avec les naseaux grossiers du docteur de Crosne, plus apte à traiter la courante des bovidés, dont les meuglements avaient bercé son enfance, que les affections subtiles de mon fils Éric...

Des idées de meurtre me traversaient l'esprit. Puis ma haine se porta sur un autre objet : excusez-moi, docteur, je vous en ai déjà parlé, mais mon fils... Enfin, il a fait une chute, récemment, l'arrière de la tête, justement, contre une porte...

— Non, me dit-il, non.

J'avais tout enfumé son bureau avec mes Benson, et il se frottait les yeux à chaque instant.

Éric mourut pendant la nuit, quelques heures avant l'heure prévue pour l'opération. Une infirmière s'en aperçut à l'aube. J'étais allé le voir mille fois, silencieux comme une ombre, mais je n'avais pas eu l'autorisation de dormir dans sa chambre. Dormir ! On m'avait installé un lit de camp dans une salle d'attente, sur lequel j'avais dû m'étendre cinq minutes en tout, les yeux grands ouverts...

Mon fils avait fait un « engagement ». Phénomène connu (dont Ouversault avait préféré ne pas me parler), tout à fait imprévisible. Personne n'était responsable.

Un « engagement » — ô, misère de la chair, horreur de la matière ! —, cela signifiait que son malheureux cerveau, étouffé par la tumeur, comme affolé de ne plus savoir littéralement où être, s'était « engagé », écoulé... oui, écoulé vers le bas, seule issue possible, dans la colonne vertébrale, ce qui entraînait la mort immédiate. Non, pas la moindre souffrance. Il ne s'est même pas réveillé. En plus, on lui avait donné un calmant puissant...

Avec d'infinies précautions, en citant le cas d'autres enfants, Jacques Ouversault me dit, me fit comprendre, me fit sentir que peut-être c'était mieux ainsi. En effet, l'opération, d'une extrême gravité, laissait le sujet anormal (de cela non plus il ne m'avait rien dit), diminué, dans certains cas c'était véritablement une autre personne qui s'éveillait, d'ailleurs le soulagement physiologique était de courte durée, il fallait souvent opérer une deuxième fois. Bref, on aurait gagné quelques mois d'abominable torture...

Je passe très vite sur les deux jours qui suivirent.

À l'exception de Miguel et d'Anne-Marie, dont j'exigeai la discrétion et à qui je demandai de ne pas se déplacer, je n'avertis personne du décès. Je me fâchai à cette occasion avec Emilia, mais cela ne dura pas. Voir débarquer à l'enterrement mon oncle Perfecto, avec une mine de circonstance toute provisoire... Non.

La cérémonie fut rapide et simple.

Éric fut enterré, loin de sa mère, au cimetière de Cusset. Mes dernières visites au cimetière de Cusset, perdu dans Villeurbanne, remontaient à l'enfance. La famille venait souvent se recueillir le dimanche matin sur la tombe du « petit Jeannot », dont la photographie, sur un médaillon de porcelaine... Mais j'ai déjà dit cela.

Les contours de cette photographie étaient flous (l'éloignement de la mort), et quand je regardais longtemps, comme j'étais incité à le faire malgré un malaise croissant, ils devenaient plus flous encore, mais, chose curieuse, plus présente l'expression du visage, le pauvre sourire, la joie triste du regard : le regard d'un mort désireux de me convaincre que de l'autre côté, sur sa rive, on souriait encore — désireux de m'attirer à lui par ce sourire... Cette évocation me trouble encore aujourd'hui, malgré tant d'années passées.

Au retour, on allait volontiers prendre l'apéritif rue Louis Goux, chez Manuela et Louis, ses parents. Pendant que les adultes buvaient et que Perfecto en préparait sournoisement une bien roulante pour dissiper ces fâcheuses impressions de cimetière, j'avais le droit de feuilleter cet album de Zorro dont j'ai parlé.

L'une des bandes dessinées dont je me repaissais, assis sur les marches de l'escalier sur cour, illustrait les aventures d'un explorateur remontant l'Amazone. À un moment, un hippopotame s'approche du radeau sur lequel dérivent le héros et ses porteurs. L'un des porteurs s'écrie alors, en langage « petit nègre » : « Attention, hippopotame très fort ! » Les dimensions de la « bulle » enfermant cette inscription étaient telles qu'on avait coupé le mot « hippopotame », après « hippopo ». Comme l'impression était mauvaise et le trait d'union entre « hippopo » et « tame » guère visible, je lisais : « Attention, hippopo tame très fort. » Et je croyais que le monstre qui menaçait de précipiter les passagers du radeau dans le fleuve grouillant de crocodiles et de piranhas était un hippopo, animal qui devait inciter à une extrême prudence, car il tamait très fort. Angelo, le mari d'Emilia, le poitrinaire et l'illettré, celui à qui il fallait tenir la main pour qu'il signe son nom d'une croix tremblotante, était bien incapable de me donner le moindre éclaircissement sur les hippopos et cette redoutable habitude qu'ils ont de tamer, lui qui non seulement n'avait pas su m'expliquer le sens du mot « héros », mais encore me l'avait prononcé de travers, « érosse », si bien que je m'étais régalé longtemps des aventures de *Roland, érosse des mers*. Plus tard, quand j'avais entendu prononcer « héros » pour la première fois, le mot m'avait paru étrange, à peine croyable, presque niais avec sa finale abrupte en o fermé, ô, et j'avais eu quelque mal à accepter l'idée que Roland fût un « héros », et non un « érosse »...

Je me souviens aussi de *John, le petit Shérif* et de sa chemise à carreaux, de Duck Hurricane, l'éclaireur de l'Ouest à la longue chevelure blonde, de Mandrake le Magicien, que j'aimais moins que les autres (trop facile, avec la magie)...

Oui, je me laisse emporter, encore, au moment même où... Mais que dire ? Décrire l'enterrement ? Évoquer la beauté surnaturelle de l'enfant mort, l'éparpillement de ses abondants cheveux noirs, l'infime crispation d'un coin de lèvres où je voyais comme l'ombre lointaine d'un sourire ? Le temps qu'il faisait (beau) ? Le cercueil allant se tapir cahincaha au fond de la terre comme une grosse bête maladroite, cercueil de bois clair où Éric, mon fils et mon amour (mon Dieu, mon Dieu !), resterait prisonnier à jamais ? La ressemblance marquée d'un employé des pompes funèbres avec Emilia ? Mon calme effrayant ? Ma seule perception vers la fin des battements de mon cœur, dont chacun faisait se lever dans ma tête meurtrie où se déchaînait un forgeron fou mais méthodique l'image d'Éric tombant en arrière et grimaçant de peur et de douleur, sa nuque heurtant la porte d'Alain Holmdahl, encore et encore ? Comment je me torturai quelques secondes de-ci de-là, mais avec quelle violence, de l'idée stupide ou illogique que rien de tout cela ne serait arrivé si je n'avais pas emmené Éric rue Charles Robin — ou si je ne l'avais pas emmené à l'hôpital, en d'autres termes si je ne m'étais pas acharné à le croire malade ?...

Non.

Je savais, en quittant le cimetière, que je n'étais pas près de revoir cette tombe.

Je n'étais pas retourné une seule fois sur celle d'Isabelle.

C'était le matin. Je raccompagnai Emilia rue Longue.

Elle s'était chargée de tous les frais. Elle pleurait, moi pas. Je lui dis qu'elle restait ma seule famille. Et elle me dit qu'elle n'avait plus que moi dans la vie. L'affection qui nous liait était grande, et je l'appréciai dans ces moments terribles — mais elle n'était pas absolue : qu'elle prévienne maintenant qui elle voulait, lui dis-je, je lui laissais cette dernière corvée, moi, je me retirais à Saint-Laurent et je n'en bougeais plus. J'avais besoin d'être seul, seul, seul !

J'envoyai un télégramme à Antonio Gades.

Je me retirai donc dans la maison de Cors l'après-midi même.

Mais je devais en bouger assez vite.

Je m'arrêtai au village pour charger la voiture de nourriture et de cigarettes. Mon argent filait à toute allure. C'était au point que l'achat des pneus neufs avait sérieusement entamé mon capital. Inutile de dire que je m'en souciais alors comme d'une cerise.

Je dus affronter quelques coups de téléphone dans la soirée. De Maxime Salomone lui-même, qui m'incitait à tenir le coup, et, pourquoi pas, espérait toujours me revoir. Il fallait parfois, me dit-il, supporter des choses... terribles. De Danielle, horrifiée, qui me proposa tout ce que je voulais, n'importe quoi dont j'aurais besoin. Qui ne fit pas allusion à la fugue de Miguel, dont j'étais l'ami, Miguel, qui l'avait trahie, et dont elle devait bien se douter qu'il m'avait parlé. De mon oncle Pepe, d'une maladresse touchante au téléphone, qui pleura, qui m'aimait beaucoup. D'Antonio Gades, de Barcelone, encore plus maladroit et touchant, et qui gémit de chagrin dès qu'il entendit ma voix.

D'Emilia, presque ma mère, et presque la mère d'Éric.

Je passai un jour, deux jours, trois jours sans quitter la chambre bleue du premier, sur un siège, ou sur le lit, ou même assis par terre dos au mur, fumant sans cesse.

Mes horaires se détraquèrent à nouveau. Je dormais n'importe où, par petits bouts capricieusement répartis. Je rêvais beaucoup. Je rêvais qu'Isabelle était vivante, elle arrivait en plein milieu de la soirée chez Annie et Annette, et Noureddine pointait son index sur moi et me disait d'une voix terrible : « Menteur ! » Et bien d'autres rêves. Je ne mangeais pour ainsi dire pas. Je buvais du lait. Je recommençais à vomir souvent. Je grignotais des biscottes. Jamais une biscotte entière.

Je pleurais peu.

C'était comme à Barcelone, où j'avais déjà l'impression de vivre dans un tombeau, mais cette fois on avait enfoui le cercueil à des profondeurs insondables.

Je me contraignais à téléphoner à Emilia, qui aurait peut-être souhaité m'avoir près d'elle. Par bonheur, le surlendemain de l'enterrement, une sœur d'Angelo lui proposa de venir passer quelque temps auprès d'elle et son mari à Meximieux, à une trentaine de kilomètres de Lyon, et elle accepta. Cela m'arrangeait plutôt. Encore que la charrette gigantesque où je traînais ma culpabilité fût pleine jusqu'au ciel, il n'y avait plus de place, plus la moindre, et moi, je n'avais plus la force...

Miguel m'appela souvent. Il voulait que j'aille le retrouver dans le Midi. Lui-même était prêt à tout laisser tomber pour venir me rejoindre. Je le remerciai. Pour l'instant, je préférais être seul.

Je compris un jour qu'il craignait un geste désespéré. Je le rassurai. J'étais sincère. Peut-être ne me serais-je écarté qu'avec nonchalance du trajet d'une balle qu'on aurait tirée sur moi, voire pas écarté du tout, pour peu que je me fusse trouvé alors dans une posture paresseuse qui eût exigé pour la rompre un effort trop grand... Mais je n'aurais pas tiré moi-même. Pourquoi ? Parce qu'il existe des tempéraments suicidaires et d'autres non ? Sans doute. Belle explication. Mais surtout, comme j'ai tenté de le faire comprendre, depuis la mort d'Isabelle j'avais le sentiment de me mouvoir dans une zone indécise entre la vie et la mort, ou d'être ballotté par les eaux du fleuve qui les séparent sans pouvoir aborder l'une ou l'autre rive, et la disparition d'Éric m'avait enfoncé davantage au cœur de cette zone, avait fait de moi le jouet plus docile de ces courants : j'étais déjà mort et encore vivant, et ni l'un ni l'autre vraiment. Or, l'excès même de ce sentiment d'éloignement, d'irréalité et de perte, que je tente de décrire, provoqua, selon un mouvement dont mon esprit est coutumier, le désir paradoxal et violent d'y échapper par quelque geste concret, quelque révolte brutale qui dissipât le voile impalpable et tenace que mon errance rêveuse ne perçait jamais, et me fit reprendre contact avec la vie ou la mort réelles, ou les deux mêlées, dussé-je me briser comme verre à ce contact. Ainsi s'explique, je crois, l'obsession qui m'envahit soudain le quatrième jour de ma prostration.

(Ces phrases ont pour rôle, je suppose, de combattre la confusion des moments de délire dont elles rendent compte.)

Non, ne m'envahit pas « soudain » : l'obsession dont je parle s'était installée en moi peu à peu, et à mon insu. C'est sa révélation qui fut soudaine.

On aura compris, bien sûr, que mon esprit malade attribuait à Alain Holmdahl la responsabilité de la mort d'Éric. Et ce bruit, le bruit des os contre la porte... Les certitudes de tous les médecins du monde ne pesaient rien en regard de cette obsession, et n'auraient su me convaincre que ce choc n'avait pas provoqué sinon le mal, du moins son évolution précoce et fatale.

Et, en ce quatrième jour de ma prostration, comme on l'aura peut-être aussi deviné, je décidai de tuer Alain Holmdahl.

Je sus d'une minute à l'autre que je souhaitais cet acte, de toute la force de ma volonté, et que je devais l'accomplir. Tel était le « geste concret » libérateur dont l'idée s'imposa à moi, et ne me lâcha plus. Une mort en effacerait une autre. Je serais rendu à la vie. *Progrès de Lyon*, page des faits divers : « Un père fou de douleur tue l'homme qu'il tient pour responsable de la mort de son fils. » Voilà qui était concret, bien réel ! La vie de tous les jours. Quant à la réalité des conséquences (procès, prison), bien sûr je n'y songeai pas un instant.

Nourrir de telles pensées est fréquent chez les êtres frappés de malheur et ne peut être tenu pour signe de folie. S'appliquer à les réaliser, si.

Je passai la fin de l'après-midi à ruminer les

moyens pratiques de mettre mon projet à exécution. Buvant tasse sur tasse de café noir, noir à faire trépider la cafetière elle-même, et fumant cigarette sur cigarette, je dressai un plan d'action.

Première étape : téléphoner à Maxime Salomone et lui demander comment me procurer une arme à Lyon. Il me fallait une arme à feu.

Les bruits de la campagne, dont j'avais été inconscient les jours précédents, parvenaient jusqu'à moi. Les activités agricoles battaient leur plein autour de Cors. J'entendais bourdonner au loin tracteurs et moissonneuses-batteuses. J'entendais les irritantes pétarades de la mobylette de ce fainéant de père Girard. J'entendis même, comme je tournais dans mon esprit les mots les plus susceptibles de toucher Maxime Salomone, l'écrasement des bouses sur la terre durcie du chemin, de ces claires et vastes bouses d'août qui parfument l'air à des centaines de mètres à la ronde.

Deuxième étape : faire le guet chaque soir devant le 21 de la rue Charles Robin. La 403 est garée rue Paul-Verlaine, une rue parallèle, côté ouest, qu'on peut rejoindre en traversant deux cours intérieures. Un soir, Alain Holmdahl rentre tard et seul. Il gare sa voiture dans le parking de l'immeuble. Je me poste dans l'allée, devant la porte du concierge, dissimulé par le renfoncement. Alain Holmdahl arrive. Il s'engage dans l'escalier, me tournant le dos. Je tire. Ou bien je prononce son nom pour qu'il se retourne et voie qui le tue. Puis en trois enjambées je suis rue Paul Verlaine et je rentre à Saint-Laurent, ni vu ni connu...

À sept heures, je descendis téléphoner à Maxime Salomone.

Des bribes de chaconne chantaient dans ma tête, sans doute parce qu'en sortant de ma chambre j'avais renversé plusieurs cassettes rangées par Emilia sur la commode.

Je composai le numéro. Je savais que c'était toujours lui qui répondait. La sonnerie retentit plusieurs fois, six. À la septième, il décrocha.

— Allô ?

— Allô. Bonjour. C'est Marc.

— Oui...

Les phrases toutes prêtes m'échappaient. Il rompit le silence le premier.

— Anne-Marie est au village. Vous vouliez lui parler ?

J'hésitai bêtement.

— Non...

— Je crois qu'elle m'a dit qu'elle allait bientôt descendre à Lyon.

Autre silence.

— Non, c'est vous que j'appelais.

Puis l'audace me vint d'un coup. Je me lançai :

— Voilà... C'est un peu particulier. J'ai un grand service à vous demander.

— Allez-y, dites.

— Voilà. J'ai besoin... j'ai absolument besoin d'une arme. D'un revolver chargé. Tout de suite, ce soir.

J'avais parié qu'il ne demanderait pas d'explications : il n'en demanda pas. Mais il gardait le silence. C'était le moment d'être convaincant, de me faire prendre au sérieux.

— Vous devez être étonné.... Mais j'ai de bonnes raisons. Vous pouvez me croire. Je ne suis pas sûr de m'en servir (mensonge : j'en étais bel et bien sûr), mais il me faut un revolver.

Me faire prendre au sérieux, à tout prix. Je continuai :

— Écoutez... Autant vous le dire, je m'en procurerai un de toute façon. (Vrai. Mon calme et ma fermeté de pierre me ravissaient. Voix, intonations idéales : « Je m'en procurerai un de toute façon. ») Mais j'ai pensé que vous connaissiez peut-être des gens à Lyon... Ce serait plus facile et moins dangereux pour moi. Si vous pouvez et si vous voulez, évidemment. Sinon, je me débrouillerai autrement.

Ouf. Arrêt provisoire. Ne pas trop en dire, ne pas en rajouter.

J'étais assez content de moi. Mon effort, fond et forme, portait sur trois points : le convaincre sans bavardage que ma décision était inébranlable et justifiée. Lui faire sentir (un brin de chantage) qu'il pouvait m'éviter des ennuis, et que je comptais sur son aide. Et que je ne lui donnerais aucun détail.

J'étais tellement rivé à mon idée fixe que sa première réaction, pourtant prévisible (mais ne venait-il pas d'y penser lui-même à l'instant ?), me surprit :

— Vous n'allez pas faire une bêtise ?

Il se demandait si je ne voulais pas un revolver pour me l'appuyer sur la tempe et...

— Non. Je vous donne ma parole que non. Ce n'est d'ailleurs pas le moyen que je choisirais. Non, j'ai une affaire à régler, et il me faut une arme.

Aïe ! « Affaire à régler » passait mal. « Affaire à régler » faisait truand du dimanche. Mais peut-être pas. Il y eut un silence. J'insistai. Après tout, s'il n'avait pas encore dit non... Encore un effort. Un dernier effort était nécessaire.

— Ne soyez pas gêné de refuser. Je me débrouillerai de toute façon. Mais si vous pouvez m'aider, tout de suite, faites-le, je vous en prie. J'ai une démarche à faire ce soir, et il me faut un revolver. Je ne m'en servirai pas, mais il me faut une arme.

Il y a dans la folie une force de conviction irrésistible. Peut-être étais-je en train de réussir. Il me dit :

— Vous êtes sûr qu'il n'y a pas d'autre moyen ? Vous êtes sûr de ce que vous allez faire ?

— Absolument sûr, et je le ferai. J'ai d'abord pensé à vous.

— Je vais voir. Je vous rappellerai dans un moment.

Il me rappela à huit heures dix. J'avais les joues douloureuses à force de tirer sur la cigarette, à chaque bouffée elles se rejoignaient presque en dedans.

Il m'avertit qu'une « relation sérieuse » à lui me téléphonerait d'ici à un quart d'heure. Je n'aurais qu'à me conformer à ses instructions.

— Quelle que soit cette démarche dont vous me parlez, je vous demande de faire attention à vous.

— Oui. Merci. Tout se passera bien pour moi si je suis armé. J'espère que ce service ne vous ennuie pas trop.

— Non.

— Je vous rappellerai, si vous voulez, pour vous dire que tout s'est bien passé. Merci.

Vingt minutes plus tard, le téléphone sonna. Je décrochai. Après trois mots d'introduction, la « relation sérieuse » de Maxime Salomone me demanda :

— Est-ce que onze heures ce soir vous conviendrait ?

L'homme qui me parlait avait la voix enrouée, ou naturellement voilée. Machinale et courtoise. Tout allait très vite.

Je vivais dans l'instant présent.

— Oui.

— Alors soyez à onze heures devant la mairie de la Croix-Rousse, boulevard de la Croix-Rousse.

— Oui.

— Un homme s'y trouvera à onze heures juste. Remettez-lui quatre cents francs dans une enveloppe, il vous donnera un paquet.

Nous nous saluâmes. Ce fut tout. Deux coups de téléphone, et... Mais les quatre cents francs m'étonnaient. Je n'y avais pas pensé. Ce devait être normal, les choses devaient se passer ainsi. Cette fois, j'étais bon pour mâcher le cuir de mes bottines (d'ailleurs neuves et d'excellente qualité) et longer les trottoirs à la recherche de Benson mal fumées.

Je partis aussitôt à Lyon.

Je m'arrêtai à Saint-Laurent, au bar-tabac-papeterie-quincaillerie de la place, seul endroit vivant après le coucher du soleil et qui restait ouvert jusqu'à des neuf heures et demie du soir. J'achetai des enveloppes. Qu'aurais-je fait sans enveloppe ? Je me voyais courant tout Lyon à la recherche d'enveloppes. (Exemple de la tendance qu'avait alors mon esprit à s'emparer d'une quelconque idée et à la ruminer jusqu'à la nausée.) Pas d'enveloppe, donc : l'échange aurait-il lieu si j'arrivais avec mes quatre billets à la main, ou dans du papier journal ? Me prendrait-on pour quelqu'un d'autre se faisant passer pour moi, au courant de l'échange, mais ignorant le détail « enveloppe » ? Et qu'arriverait-il alors ?

Je roulai comme un fou et me trouvai sur les lieux avec deux heures d'avance. Je les passai au café des Tapis, place des Tapis, en face du cinéma Chanteclair et tout près de la mairie. Je connaissais ce bistro agréablement sinistre pour l'avoir beaucoup fréquenté du temps de Gérard Roy, le guitariste dont j'ai parlé, et qui habitait rue Duviard, à deux pas.

Une fois installé, je me sentis vidé de forces. J'avais l'impression que seule mon obsession me maintenait en vie. Des images du passé se mirent à défiler derrière l'image persistante, au premier plan, d'Alain Holmdahl s'écroulant dans l'escalier (ce soir même peut-être), sa veste tachée de sang, une grosse tache et mille petites...

C'était l'été, nous buvions la bière de minuit au café des Tapis, Gérard et moi. Le téléphone sonnait : un coup de fil pour nous. Alexandre Boyadjian, le luthier, venait de mettre les cordes sur sa dernière guitare, il était anxieux d'avoir notre avis, il pensait bien nous joindre ici, il nous attendait... Nous descendions à son atelier, qui se trouvait à l'époque place Guichard, une petite pièce au sommet d'un immeuble branlant. Nous jouions, et la guitare « se faisait » au cours de la nuit, elle prenait de la sonorité, elle progressait vers son timbre et sa puissance futurs.

Les patrons du café n'avaient pas changé. Ni Eva, la serveuse, blonde, mignonne, un peu pitoyable on ne savait trop pourquoi. À la troisième bière, elle me regarda avec plus d'attention et me reconnut. Son visage s'éclaira. « C'est vous ? » « C'est moi. » « Ça fait des années, dites donc... Vous allez bien ? Vous avez l'air fatigué... » « Ooooff ! » « Je suis bien contente de vous revoir. Vous ne m'aviez pas, reconnue ? » « Eueueuh... » « Et votre ami, toujours en Allemagne ? »

Elle nous aimait bien, Gérard et moi, non uniquement pour les pourboires, mais aussi pour la pointe de galanterie que nous avions coutume de glisser dans nos propos.

Je fumai.

Sur le boulevard de la Croix-Rousse, des étrangers, Noirs et Nord-Africains, faisaient la queue devant une cabine téléphonique détraquée d'où l'on pouvait téléphoner sans payer. Il y eut des disputes. La cabine était prise d'assaut. Parfois ils s'y mettaient à trois pour en sortir par le fond du pantalon quelque malheureux acharné qui aurait bien parlé toute la nuit à sa femme et à ses enfants, à Djibouti ou à Casablanca. Pour passer le temps, je bourrai le juke-box de pièces de 1 franc et j'écoutai comme un idiot une série de niaiseries, parmi lesquelles l'inévitable « Et tout ira très bien, très bien, très bien... »

Et le temps passa.

À onze heures moins cinq, je réglai mes consommations, embrassai Eva sur la joue et allai me poster devant la mairie. Le boulevard était désert.

Deux minutes plus tard, une voiture s'arrêta en double file, une Mercedes ancienne mais impeccablement entretenue, d'un noir transparent à la lumière des réverbères, on aurait pu compter les arbres du boulevard se reflétant dans l'arrondi du toit.

Un homme en descendit, pas très grand, bien habillé. Il s'approcha.

Il portait bel et bien un paquet.

Entre le mauvais éclairage et son chapeau, je distinguai à peine son visage. Je lui dis bonsoir. Il leva deux doigts pour me saluer. Il me tendit le paquet, moi mon enveloppe, et il repartit sans prononcer une parole.

Un quart d'heure de voiture dans Lyon et Villeurbanne déserts, et j'arrivai rue Charles Robin. Il y avait de la lumière chez moi — chez Alain Holmdahl... Mais cela ne signifiait pas qu'il s'y trouvait.

Je contournai le pâté de maisons et me garai comme prévu rue Paul-Verlaine, juste avant un bateau, pour pouvoir repartir sans manœuvres.

Je défis le paquet. Le revolver était bien là. C'était une arme automatique de marque Roehm, plate, lisse, sans fioritures. Laide. Rien à voir avec les gros colts plaisamment tarabiscotés des westerns. Je ne connaissais pas grand-chose aux armes à feu, mais le calibre me parut important, sûrement plus de dix millimètres. Je réussis sans peine à ôter et replacer le chargeur. À engager une balle dans le canon. À faire jouer le cran de sûreté.

Enfantin. Il suffisait d'appuyer six fois.

Je le glissai dans mon jean, à gauche, sous ma veste bleue, et je revins à pied rue Charles Robin.

Depuis quelques heures, je ne me regardais pas agir, comme d'habitude dans la vie, mais j'agissais. Je ne faisais qu'un avec mon obsession. Je marchais dans les rues de mon quartier une arme à la ceinture, sans en être autrement étonné. Je ne ressentais rien de particulier. Rien, sinon l'envie de tirer sur Alain Holmdahl, une nuit, cette nuit peut-être, dans l'escalier du 21.

Je me dissimulai dans la petite cour de l'immeuble du 20, derrière la haie de fusains.

À une heure, la lumière de l'appartement s'éteignit. J'attendis deux heures, deux heures et demie. Il ne se passerait rien cette nuit. Je rentrai à Saint-Laurent.

Je me livrai trois soirs de suite à ce manège. Le deuxième soir, Holmdahl rentra vers minuit. Je le reconnus immédiatement, malgré l'obscurité, dans une Volkswagen Sirocco. Il était accompagné d'une femme en pantalon aux cheveux courts et bouclés, du même genre que celle que j'avais vue chez lui, mais pas la même.

Le lendemain, rien.

L'attente ne m'était pas pénible. Le temps ne s'écoulait plus. Éric mourait à chaque instant, à chaque instant je tuais Alain Holmdahl, et tous les instants se confondaient, et se confondraient en l'instant unique du meurtre. À Saint-Laurent, quand je donnais de mes nouvelles à Emilia ou à Miguel, c'était comme si un autre parlait par ma bouche, ou comme si je parlais d'un autre que moi. J'allais comme on peut aller dans ces circonstances, leur disais-je. J'avais encore besoin de solitude pour surmonter ce coup terrible. Non, surtout ne soyez pas inquiets. Au revoir.

Le soir suivant, l'occasion se présenta.

Il était une heure passée. Pas de lumière dans l'appartement. Il arriva par la rue du 4 Août. Il était seul dans sa voiture. Il entra au parking en prenant son virage trop vite et trop court, son pare-chocs arrière effleura la murette.

Je traversai, pénétrai dans l'immeuble et m'installai à l'endroit prévu, adossé contre la porte du concierge.

La porte de la cour — celle par laquelle j'allais fuir bientôt, avant même que le concierge ahuri se soit dépêtré de ses draps —, la porte de la cour s'ouvrit, se referma.

Je pris le revolver en main.

J'entendis le clic-clac de la minuterie. Il dépassa l'endroit où je me tenais. Aucune raison qu'il explore les recoins avant de monter.

Je le vis. Je me rendis compte à sa démarche qu'il était encore ivre. Il posa un pied hésitant sur la première marche.

C'était le moment.

Mes doigts se crispèrent sur la crosse de l'automatique Roehm calibre 11,43. Je n'avais qu'à lever le bras et...

Mais je ne tirai pas.
La pression de ma main sur l'arme se relâcha. Je compris que je ne tirerais pas. Que mon esprit s'était égaré. Et l'idée fixe m'abandonna comme elle s'était imposée à moi, d'un coup, sans hésitation, sans débat.

Conséquence ironique : Alain Holmdahl allait sans doute me voir, au moment où il tournerait dans l'escalier pour entamer le deuxième demi-étage.
J'eus peur — pour la première fois !
Je me tins dans une immobilité totale, raidi, collé à la porte, sur la pointe des pieds.
Ce fut miracle s'il ne me vit pas. Mais il rata une marche, trébucha, se retint à la rampe et prit son virage le corps plié en deux, regard dirigé vers le sol... Ivre, ivre comme un porc.
J'attendis qu'il eût assez progressé dans sa laborieuse escalade, puis je gagnai la rue Paul Verlaine, par les cours, comme prévu...

Quais de Saône, direction La Mulatière. Quai des Étroits, quai Jean-Jacques Rousseau.
Un kilomètre environ après *Los Peregrinos*, le restaurant où nous avions dîné avec Miguel, je m'arrêtai et descendis de voiture.
Personne en vue.
Je m'approchai du fleuve, pris le revolver par le canon et le jetai dans l'eau aussi loin que possible.
Plouf !
C'était fini.

Je ne dormis pas une seconde cette nuit-là.
Dire que je me sentais bien serait excessif. Mais je me sentais mieux. Dans un état différent. Ce meurtre sans meurtre avait chassé les fantômes, et avait eu

sur moi les effets que j'avais espérés du meurtre accompli, de la folie menée à terme.

Et cette nuit — ce fut douloureux, terriblement douloureux —, je me mis pour ainsi dire en règle avec moi-même en m'interrogeant sur l'épisode Alain Holmdahl, et en me répondant avec la plus grande franchise.

Mon inconscient — qu'on appelle cela comme on voudra —, une partie de moi-même — qui n'était pas moi-même, admettons-le pour la tranquillité de mon esprit — j'insiste : terrible à avouer —, une partie de moi-même, je le compris, avait « souhaité » la mort d'Éric, ce même Éric pour lequel j'aurais enduré sans un murmure les tourments de l'enfer.

Pourquoi ce « souhait » ? Je l'ai suffisamment laissé entendre. Éric vivant, Isabelle était toujours en moi à la fois présente et morte, et accusatrice. Et cette présence m'était une souffrance perpétuelle, perpétuellement aiguë. D'où mon désir... d'une absence d'Éric, et ma culpabilité à son égard, exacerbée, naturellement, par sa mort, et l'idée, folle et maligne, de m'en prendre à quelque responsable pour me délivrer de cette culpabilité...

Tel fut, en deux mots, le fruit de mes méditations cette nuit-là.

Je souffris. En retour, tout devenait clair en moi. Mon chagrin devenait « normal ». Et je crus — erreur, illusion ! — que tout était fini.

Vers neuf heures du matin, le sommeil me terrassa. J'entendis ma barbe crisser contre le drap, et je m'endormis.

# DEUXIÈME PARTIE

# IX

Je dormis jusqu'au soir, puis toute la nuit suivante, et encore toute la matinée du lendemain, d'un sommeil profond dont je n'émergeais parfois que pour fumer une cigarette, boire de grandes lampées de lait et faire pipi. Le sol était jonché de cendres. La bouteille en plastique se déformait quand je la portais à mes lèvres, et je m'en versais autant sur la poitrine que dans le gosier. Et, dans mon hébétude, je me pissais fréquemment dessus.

Je m'éveillai pour de bon vers deux heures, l'après-midi du jour suivant. Les draps étaient imprégnés d'humidités diverses. Ils sentaient mauvais. Je sentais mauvais.

Au moment où je posai le pied sur le sol, j'eus un étourdissement, une nausée. Je n'eus que le temps d'atteindre la salle de bains. Le lait, sans doute. Tiède. Peut-être périmé.

Prout prout PAF prout paf prout, le père Girard passa à mobylette.

Je me regardai dans la glace. J'avais le même aspect qu'à mon retour de Barcelone : cheveux gras hirsutes et collés en paquets, barbe de plusieurs jours ; vastes cernes foncés, et autant de couleurs aux joues qu'un cadavre de la dernière guerre.

Pourtant, je me sentais reposé. Un peu plus vivant.

Je m'établis un programme : faire ma toilette, mettre des habits propres. Porter les sales au pressing, ainsi que les draps. Téléphoner à Emilia, à Miguel, à Anne-Marie, au cas où elle serait à Lyon. À Maxime Salomone, pour lui dire que tout allait bien. Ranger ma chambre. Essayer de lire un livre. Retoucher ma guitare. En un mot, me contraindre à de petites habitudes de vie.

Peindre les radiateurs du chauffage central ? Peut-être, si Emilia m'y autorisait... Trouver de l'argent, surtout. Penser à une source de revenus. Par l'intermédiaire de Miguel ? L'idée m'effleura. J'étais un peu plus vivant, mais plus indifférent que jamais. L'idée m'effleura, et laissa dans mon esprit la trace d'un lointain « pourquoi pas ».

Or, quelques instants plus tard...

Je sortis de la maison, bâillant et m'étirant au grand soleil. Je m'étendis dans l'herbe. J'allumai une Benson.

J'étais encore somnolent.

Je ne dormais pas, mais je n'étais pas non plus en état de pleine conscience quand le téléphone sonna — quelques instants plus tard, donc.

Je me dressai d'un bond et allai répondre.

Je décrochai.

Je reconnus immédiatement la voix enrouée. Elle me parut plus jeune que la première fois. Et, cette fois, l'homme se présenta : Jean Nalet, l'ami de Maxime qui...

Jean Nalet. C'était le nom que m'avait donné le gérant, le nom du nouveau propriétaire de mon immeuble. S'agissait-il du même homme ? Peut-être. Peut-être que les gangsters faisaient volontiers dans l'immobilier. Ou ce n'était pas le même homme. Ou ce n'était pas un gangster. Du même ton machinal, ou qui me parut tel, il me dit :

— Tout s'est bien passé ? La remise de l'arme ?

Oui, répondis-je, tout allait bien. Je ne donnai pas de détails. Je faillis dire que je m'étais débarrassé du revolver, puis je me retins au dernier moment, sans savoir pourquoi.

J'étais un peu surpris par cet appel et par cette question. Je supposai que, malgré les garanties données par Maxime Salomone à mon sujet, ce Jean Nalet voulait se rendre compte par lui-même si je n'avais pas fait quelque bêtise. Non, peu probable. Et pourquoi s'être présenté, m'avoir dit son nom, comme s'il souhaitait me mettre en confiance ?

Je ne fus pas intrigué longtemps. Après ce préambule, qui était de pure forme, il me dit :

— Je vous rappelle parce que j'ai quelque chose à vous proposer. Vous voulez en savoir davantage, ou...

Quelque chose à me proposer ?

— Oui, dites...

— Voilà. J'ai besoin de quelqu'un cet après-midi, pour une simple course, mais j'en ai vraiment besoin. Je paierai largement. Il me faut quelqu'un d'étranger à mes affaires, et quelqu'un de confiance. Après ce que m'a dit Maxime, j'ai pensé que vous pourriez convenir.

Ainsi Jean Nalet, propriétaire d'immeubles, était bien un citoyen douteux. Étaient-ce ses nouvelles fonctions sociales, je trouvais qu'il s'exprimait assez bien.

Je réfléchissais très vite. Mais au fond, j'avais déjà accepté. Presque. Et il répondit d'avance à la seule question qui me préoccupait :

— Bien entendu, parlez-en à Maxime. J'ai essayé

de l'appeler deux fois, mais il n'a pas l'air d'être chez lui. Cette commission vous prendrait une heure, une heure et demie au plus. Aucun danger pour vous, je n'ai même pas besoin de vous le dire.

Je lui dis qu'en principe j'étais d'accord.

— Alors il faudrait faire vite. Vous avez une voiture ?

— Oui.

Oui, c'était une voiture...

— Bien. Quelqu'un vous remettrait un paquet à Lyon, et il faudrait que vous le portiez pour... disons cinq heures, dix-sept heures, à Caluire, à une adresse que je vous indiquerai. C'est tout. Vous seriez payé trois mille francs.

Trois mille francs. Ah bon. Trois mille francs pour aller de Lyon à Caluire. D'accord, à une heure où ça commence à circuler, mais quand même. Situation caricaturale, pensera-t-on, comme je le pensai moi-même quelques secondes, piège bien connu : une mission anodine en apparence, et le héros, naïf, un homme comme tout le monde, pour avoir accepté de porter une valise sur trente mètres, se voit aussitôt traqué par la Maffia, le KGB et le Ku Klux Klan. Dès qu'il ouvre sa fenêtre pour aérer, les balles sifflent. Quand il allume les phares de sa voiture, la voiture explose. Dans les hôtels, son café au lait est empoisonné. Le plombier venu réparer les robinets sort une mitrailleuse de sa sacoche. Et le bouquet de violettes qu'il achète étourdiment à la petite marchande au coin de la rue lui arrache la tête, il dissimulait une bombe à retardement miniaturisée.

Et pourtant, pourtant, je ne me méfiais pas vraiment... Et même, la situation, certes peu banale, ne m'étonnait pas outre mesure. Mon achat récent du revolver et la caution de Maxime Salomone faisaient de moi quelqu'un à qui on pouvait éventuellement proposer un petit travail un peu spécial. Et pour trois mille francs...

Cette fois encore, il alla au-devant de ma pensée. Après que j'eus donné mon accord, il dit :

— Je vais être franc avec vous : la somme est un peu forte pour ce que je vous demande en échange, mais je n'ai guère le choix. Il me faut une personne qui réponde aux conditions que je vous ai dites, et tout de suite. C'est presque un service que vous me rendez. Voilà... Je considère que vous êtes d'accord ?

Je l'étais. Il en vint aux détails.

— Il est trois heures moins vingt-cinq... Vous pouvez être place Bellecour à quatre heures ?

— Oui.

— Bon, alors garez-vous à quatre heures au parking sous la place. Qu'est-ce que vous avez, comme voiture ?

— Une 403 diesel, une vieille.

J'eus du mal à lui préciser la couleur. Et mon ricanement intérieur retentit quand je lui donnai le numéro d'immatriculation : comme s'il y avait besoin d'un numéro pour repérer ma Peugeot ! On n'allait voir qu'elle, à Bellecour. Et même si on souffrait de troubles visuels, on ne risquait pas de la manquer, forcément frappé qu'on serait par le jeu tonitruant des pistons et la pestilence de l'échappement, qui allaient vite transformer le parking souterrain en un petit enfer.

Il continua :

— Ne la fermez pas à clé. Sortez du parking et revenez une demi-heure plus tard. Vous trouverez dans la boîte à gants le paquet à livrer et une enveloppe contenant trois mille francs en billets de cinq cents. Il est préférable pour tout le monde d'éviter les contacts directs, pour l'instant en tout cas. Plus tard... Sait-on jamais...

Il se laissa aller à un petit rire plaisant en prononçant ces mots.

La boîte à gants... Je me trouvai bien ridicule quand je lui suggérai que paquet et enveloppe soient plutôt déposés sous le siège du passager, parce que la boîte à gants... Non, pas une question de dimensions, mais voilà, elle avait tendance à se coincer, il n'était pas toujours facile de l'ouvrir. Tendance à se coincer ! Pas toujours facile de l'ouvrir ! Je n'osai pas lui dire carrément que son sbire serait un champion et me rendrait un fier service s'il l'ouvrait, vu qu'une paire de chevaux de trait dans la force de l'âge, attelés à la serrure de la boîte...

Je me moquais de tout et de tout le monde. J'allais le lui porter, son paquet. Tous les paquets qu'il voulait. Dix paquets par jour, trois mille francs le paquet, ha, ha !

— Ensuite, allez au 27, chemin de Vassieux, à Caluire. Vous voyez où c'est ?

Je voyais très bien.

— Essayez d'arriver, disons, entre cinq heures et cinq heures et demie. Il y a une maison au fond d'un terrain. On ne la voit pas de la grille. Sonnez à la grille. Un homme viendra vous ouvrir. Il est possible qu'il vous fouille : aucune importance, laissez-vous faire. C'est la routine. Et ne faites pas attention, il n'est pas très poli. Je ne pense pas qu'il vous prenne le paquet lui-même. Il vous conduira sûrement à un autre homme, dans la maison. C'est un infirme. Il passe sa vie dans un fauteuil. Faites semblant de ne rien remarquer, ça lui fera plaisir... Remettez-lui le paquet et rentrez chez vous. On ne vous posera pas de questions. Vous, ne dites rien. C'est tout. C'est simple. Vous avez bien compris ?

— Oui.

— Alors, je compte sur vous.

Nous nous quittâmes en termes très cordiaux. Il rappellerait plus tard, dans la journée ou le lendemain. Au cas où j'aurais quoi que ce soit à lui demander avant mon départ, il me laissa un numéro de téléphone.

Mais je n'eus pas à le rappeler. C'était tout simple, en effet.

Je répète que je n'étais pas trop étonné. Ma cousine Anne-Marie était en ménage avec un truand retiré, qui avait eu des contacts avec le « milieu » lyonnais. J'avais fait un premier pas dans ce milieu avec l'histoire du revolver. Et maintenant on me proposait un petit travail urgent.

Et on m'offrait trois mille francs.

Je ne trouvai pas de Jean Nalet dans l'annuaire.

Je téléphonai à Crosne. Je tombai sur une Mme Beckaert, « la dame qui s'occupe de Martin ». Je me présentai. Non, M. Salomone n'était pas là, pas encore rentré, il était à Orléans avec la Méhari. Sa « dame » était à Lyon. Martin ? Oui, il était là, il jouait dehors. Est-ce que je voulais qu'elle aille le chercher ? J'hésitai, puis je lui dis que non. Puis je posai la question qu'il fallait poser, mais machinalement, de justesse, presque pour la forme. Question à laquelle elle répondit : oui, un monsieur avait déjà téléphoné, deux fois, pour M. Salomone.

Non, pas de commission, je rappellerais plus tard. Je la remerciai.

Appeler Miguel ? Non. Plus tard.

J'avais hâte de partir. Je renonçai à la toilette. Je me bornai à rajuster ma chemise froissée dans mon pantalon et à écarter mes cheveux de devant mes yeux.

À Saint-Laurent, je m'arrêtai à la laverie à côté du bar-tabac et j'y laissai un gros paquet de linge. Dans quatre jours, me dit l'employée, brune, aux cheveux très courts, dont on murmurait au village qu'elle s'était fait ligaturer les trompes, selon la poétique expression, pour pouvoir courir à son aise les maris des autres. Dans quatre jours : tout ce qui ne relevait pas de la pure et simple lessive n'était pas fait sur place, on envoyait les habits à Givors.

J'arrivai place Bellecour à quatre heures moins dix. J'achetai *Le Progrès* et stationnai près de l'entrée du parking. Je mis en route l'autoradio. Je lus plusieurs articles sans rien comprendre à ce que je lisais.

À quatre heures pile, au moment du bulletin d'informations (le poste unique que je prenais était Radio-Monte-Carlo), je pénétrai dans le parking.

Je n'avais pas l'habitude de me garer là, j'ai horreur des lieux souterrains.

La moitié des places étaient libres.

L'homme devait déjà être là, dans une voiture. Je me garai, claquai ma portière un peu trop fort et m'éloignai, le journal à la main, d'une démarche un peu trop assurée.

J'allai boire deux bières chez Vettard, au *Café Neuf*, place Bellecour. De l'autre côté de la place se trouvait l'Espace, café où, quelques jours auparavant, avec Éric...

J'ouvris mon journal. Le *Café Neuf* était un endroit que je fréquentais peu, à cause des tarifs. En temps ordinaire, j'aurais jugé plus avisé, pour le prix de mes deux bières, d'acquérir une plantation de houblon en Alsace et de l'exploiter, mais aujourd'hui, je ne regardais pas à la dépense. Trois mille francs. Mon vieux portefeuille, tout plat dans ma poche arrière, allait bientôt se gonfler d'un sang nouveau.

Le garçon avait un drôle d'air en me servant. Il est certain que je tranchais sur le public habituel, avec ma mine hirsute et mes habits chiffonnés. Mais enfin il se montra aimable, songeant sans doute au service, ces quinze pour cent de ma consommation qui allaient lui permettre de s'acheter un nouveau costume en soie, le sien commençait à briller aux genoux et aux coudes.

Je parcourus tout le journal sans savoir si je lisais les nouvelles ou les aventures de Pinocchio.

À quatre heures et demie, je retournai au parking. L'homme devait toujours être là, guettant mon arrivée. Ou celle d'un voleur éventuel ? Cette cérémonie d'échange était plutôt compliquée. Je ne savais pas où regarder en m'installant dans la 403.

J'attendis d'être remonté au soleil pour fouiller sous le siège du passager. Je trouvai un paquet cylindrique d'une quarantaine de centimètres de long, épais de quinze, comme un morceau de tuyau, entouré de papier d'emballage. J'exerçai une pression du doigt. Du carton, sans doute. Sous le carton, c'était un peu mou.

Et une enveloppe contenant bel et bien six coupures de cinq cents francs, que je rangeai aussitôt dans mon portefeuille. L'aventure prit une réalité qu'elle n'avait pas encore tout à fait.

Quais du Rhône rive droite, grande rue de Saint-Clair, pont Poincaré...

Bien sûr que je connaissais le chemin de Vassieux. À une époque où nous cherchions un appartement, Isabelle et moi, nous avions même failli habiter dans un immeuble près de l'église de Vassieux. De plus, nous nous rendions souvent au magasin Mammouth de Caluire par le chemin de Vassieux plutôt que par la montée des Soldats, car nous aimions son calme, ses arbres, ses belles maisons. Puis venait la traversée de Vassieux, véritable village où l'on pouvait se croire très loin de Lyon, alors qu'on était à vingt minutes et trois feux rouges du quartier des Terreaux. Plus haut, sur le plateau, avant d'arriver à Mammouth, on traversait une vaste et surprenante étendue de champs cultivés.

Ce trajet nous était devenu plus familier encore après l'ouverture d'un cinéma CNP à Caluire.

Pont Poincaré, chemin de Vassieux : rude escalade pour la 403.

J'avais un peu d'avance. Je m'aperçus que je mourais de faim. Je poussai jusqu'à la place de Vassieux, achetai un pain au chocolat (à l'aspect peu engageant) à la pâtisserie de l'Église et le grignotai dans la voiture. J'oublie de dire que je n'étais ni énervé ni inquiet. Dès l'instant où j'avais eu en main les trois mille francs, j'avais plus ou moins considéré l'histoire comme terminée.

De la voiture, je voyais l'immeuble tranquille où nous avions visité un appartement, Isabelle et moi. Beaucoup trop cher pour nous à l'époque. À côté, dans le jardin, des enfants jouaient sans bruit, surveillés par des mères qui semblaient toutes joliment vêtues.

Cinq heures moins dix. Je laissais filer mes pensées en mâchonnant le pain au chocolat — au chocolat, parce que vers la fin on tombait sur une petite trace de marron qui laissait dans la bouche un arrière-goût, en effet, de chocolat.

J'avais hâte d'être rentré à Cors et de raconter mes exploits à Miguel.

À cinq heures moins deux, j'allumai une cigarette, démarrai et allai à mon rendez-vous.

Au 27, on voyait seulement une grille et de hauts arbres, puis, en s'approchant, une allée de graviers qui virait aussitôt à droite.

Je tenais le paquet à la main. À chaque pas, je sentais sur ma fesse droite le contact différent de mon portefeuille. J'avais dû plier les billets en deux, et il était tout pansu.

Je sonnai.

Il y avait une boîte aux lettres, sans nom écrit dessus.

Quatre chiens arrivèrent à la course, noirs de poil et un peu moins hauts que des zèbres. Ils n'aboyaient pas. Ils se postèrent devant la grille et se mirent à me fixer droit dans les yeux comme si j'avais volé la gamelle de saucisses fumantes qu'on venait de leur donner après trois mois de jeûne.

Une bonne minute s'écoula. Puis un homme s'approcha de la grille, petit, lourd, tassé, vêtu d'un costume marron démodé. Il dit aux chiens : « Allez ! », et les chiens s'en allèrent. À trois pas de la grille, il me regarda et fit un geste. Je crus que ce geste m'était destiné. Je levai la main à mon tour pour le saluer. Ridicule ! À la suite de son signe, la grille, commandée électriquement et surveillée par caméra, s'ouvrit avec un grand « clac ! » métallique.

Je cherchai la caméra des yeux, mais ne la vis pas.

Il me fit entrer. Il avait les cheveux très courts et un visage irrégulier, cabossé, un de ces visages qu'on qualifie de taillé à coups de serpe (fait *a puñetazos*, à coups de poings, disent les Espagnols), ou encore taillé à coups de pied au cul, selon Miguel, qui avait appris l'expression dans l'un des dix livres qu'il avait lus dans sa vie. En observant mieux mon portier, je pensai qu'il devait être d'une force physique redoutable. L'expression de son visage était totalement fermée.

Il poussa la grille, clac ! s'approcha de moi par-derrière, murmura un aimable « Bouge pas ! » et s'assura par de rapides attouchements que je n'étais pas armé, je suppose. Tâche aisée, vu que je ne portais qu'une chemise sur le dos, et que mon jean collant n'aurait pas laissé place à un pétale de violette entre la chair et le tissu.

Il ne semblait pas s'intéresser à mon colis.

Je me laissai faire tranquillement. Je pensai que le malheureux devait crever de chaud dans son costume en lainage.

Puis il avança le menton. Je compris qu'il fallait que je le précède dans l'allée de graviers.

Après le tournant, la maison apparut, une construction 1900 d'un étage, sans grâce, mais coquette à force de peinture neuve et de crépi refait. J'évaluai la superficie du terrain qui l'entourait, par rapport au jardin de Cors, à un hectare environ. Il était clos de hauts murs hérissés de tessons de bouteilles nombreux et effilés. Endroit soigneusement protégé. Il ne devait pas être facile de parvenir jusqu'au maître de céans contre son gré.

Je grimpai les marches du perron.

— Entre ! marmonna l'homme singe.

J'entrai. Je me trouvai dans un couloir reluisant de propreté. Une agréable odeur d'encaustique m'emplit les narines. Au fond du couloir, une grande fenêtre en verre dépoli jetait une douce lumière bleutée.

— Avance. La porte du fond à gauche.

J'avançai et me tins devant la porte.

— Entre !

La porte était ouverte. J'entrai. Je fis trois pas dans une pièce immense, pleine de plantes vertes. Au milieu de la pièce se trouvait un splendide bureau de bois massif et ouvragé, dont on se rendait compte au premier coup d'œil qu'il n'avait pas été acheté au rayon meubles de Mammouth un après-midi de soldes. Sur le bureau, un minuscule appareil de télévision (qui permettait de surveiller la grille d'entrée ? Oui, sans doute).

L'infirme était dans son fauteuil, dos au mur, entre deux fenêtres fermées malgré la chaleur. Je le saluai. Il ne répondit pas. Il devait avoir plus de cinquante ans. Une couverture dissimulait ses jambes. Il portait à même la peau un tricot beige à larges mailles. Je fus frappé moins de son infirmité que de sa laideur extrême. Elle tenait à l'inégalité de sa calvitie (des touffes ici et là), à ses yeux globuleux (le pire) et à sa bouche odieusement petite. Un véritable monstre.

— Pose ton paquet sur le bureau, dit mon guide simiesque.

Tout se passait comme avait dit Jean Nalet, à l'exception de l'impolitesse du bougre. Il n'était pas impoli, il était hargneux et méprisant. Trop, à l'égard d'un simple commissionnaire ? Je n'y pensais pas à ce moment.

— Maintenant, mets-toi là !

Petite entorse au programme. Je devais m'en aller après avoir remis mon paquet, et non me « mettre là ». Il m'avait désigné l'espace compris entre le bureau et le mur qui faisait face à son patron assis.

J'obéis. Lui-même alla se placer à côté du fauteuil.

Toujours muet, l'infirme ne me quittait pas de ses vilains yeux.

Ce fut le début du cauchemar. Comme on s'en doute — je n'ai pas pu ne pas le laisser pressentir — mais comme je ne le crus pas moi-même jusqu'à la dernière seconde, j'étais tombé dans un piège.

Plus surprenant était le piège lui-même, habile, retors, cruel. Tout bascula dans l'incroyable ce jour-là, dans cette maison bien tenue, au milieu d'un parc épais, à Caluire, dans cette pièce où soudain je me sentis loin de Lyon, et loin du monde.

Voici. Dès que nous eûmes pris les positions que j'ai dites, son gorille et moi, l'infirme sortit d'un geste vif un revolver de sous sa couverture.

Mon étonnement, en tout cas, dut paraître naturel.

— Mais... pourquoi ?

À part un vague bonjour, c'étaient les premières paroles que je prononçais.

— Eh oui, me dit-il, par le petit orifice presque rond que formait sa bouche en laissant passer les mots, vous ne me connaissez pas, mais moi, je vous connais... Alors c'est vous, Mathieu ? On finit quand même par voir votre tête ?

— Mais non, je ne m'appelle pas...

Il ne m'écoutait pas. Je ne pus continuer.

— Voilà ce que c'est de se croire trop malin. Vous auriez dû savoir qu'on ne fait pas longtemps ce métier seul. On finit par manquer de renseignements un jour ou l'autre. Les renseignements, tout est là. La preuve, vous êtes venu. J'avoue que je n'en espérais pas tant...

— Écoutez, je...

— Il faut dire que l'affaire a été bien montée. Maintenant...

J'ouvris la bouche, il m'interrompit encore :

— Pas de chance, hein ? Non seulement vous n'aurez pas l'argent, pour la livraison, mais vous ne repartirez pas d'ici. Je vais avoir le plaisir de vous tuer moi-même.

Lui, au moins, me vouvoyait. Et, comme Jean Nalet, il s'exprimait avec aisance et correction. Décidément, je tombais sur l'aristocratie. Et même, sa voix ne manquait pas d'une certaine douceur. Il suffisait de supporter le regard de ces yeux énormes, à peine humains. Me croira-t-on ? Je n'étais toujours pas inquiet, pas vraiment. Le malentendu était si énorme qu'il ne pouvait durer longtemps.

Il se tut enfin. Je lui dis que je n'étais pas Mathieu, mais Marc X. Que je ne connaissais pas de Mathieu. Que je ne comprenais rien à ce qui se passait. Que je ne voulais pas d'argent, j'avais déjà été payé. Que je devais lui livrer ce paquet — je fis un geste en direction du bureau — de la part de Jean Nalet, personnage que je n'avais jamais vu non plus, et m'en aller. C'était tout. Il était en train de commettre une erreur.

J'aurais obtenu plus de résultats si je m'étais adressé aux plantes vertes. Il semblait réfléchir, mais à autre chose. Peut-être ne m'avait-il même pas entendu. À sa gauche, l'homme au visage ravagé demeurait impassible. Il avait croisé les bras.

— Il y a des choses qu'on ne pardonne pas, surtout à mon âge. L'argent... L'argent, il m'en reste assez pour vivre dix vies, mais...

Les deux balles de tennis rayées de rouge qui lui servaient d'yeux se voilèrent de mélancolie.

— Mais inutile, n'est-ce pas, de vous rappeler vos exploits ?

Le canon du revolver bougea dans ma direction. J'eus peur d'un coup. Je me raclai l'intérieur de la bouche avec la dernière énergie pour n'avaler que quelques molécules de salive rugueuse. On crevait de chaud, dans cette pièce close. J'écartai mes cheveux et en profitai pour m'essuyer le front. Je ruisselais. La sueur me chatouillait les joues.

Tout en faisant l'effort de soutenir son regard, je pris une Benson dans ma poche de chemise et l'allumai.

Ma main tremblait.

— Je ne comprends rien à ce que vous me dites. On vous a fait croire que je suis quelqu'un d'autre, ce Mathieu. C'est sûrement Jean Nalet, mais pourquoi ? Je ne comprends pas. Je ne connais pas Jean Nalet, l'homme qui m'a envoyé. Je suis un ami de Maxime Salomone, et...

— C'est ça. Vous voulez peut-être me montrer vos papiers ? Maxime Salomone, Jean Nalet, hein ? Vous croyez que je vais leur envoyer Max ? Vous me décevez. Ce coup-là ne marche pas deux fois.

Comment lui prouver qu'il se trompait ? Son homme de main (Max ?) ne remuait pas un cil. Je comprenais peu à peu qu'il y allait de ma vie. Je m'affolai. Pouvais-je donner le numéro de téléphone de Maxime Salomone ? Oui, sans doute.

— Je ne veux rien. Je ne veux pas d'argent. C'était une simple commission. On m'a déjà payé... (Ma voix monta :) Téléphonez à Jean Nalet, et à Maxime Salomone, je connais son numéro...

— Non, vous ne voulez pas d'argent. Pas maintenant.

Toujours cette ironie, tranquille, sûre d'elle-même.

C'était insupportable. Il continua :

— Ne vous fatiguez pas avec ces histoires de téléphone, je vous ai dit que je sais qui vous êtes. Cela dit, si c'est le bon paquet, félicitations ! Je suis assez curieux de son contenu... Mais je n'y crois guère. (Encore ironique, je compris pourquoi peu après :) Vous ne me demandez pas de l'ouvrir ?

Je fis une nouvelle tentative. J'essayai de raconter toute l'histoire depuis le début pour expliquer ma présence ici. Sûr comme il l'était de ses renseignements, mon discours ne pouvait que lui paraître absurde, et il me coupa la parole. Et, quand je portai la main à ma poche pour lui montrer les trois mille francs, il leva son arme :

— Ne bougez pas !

Même chose quand je voulus m'approcher du téléphone, sur le bureau.

— Je l'ai bien fouillé, dit l'autre, qui ne s'était donc pas transformé en statue.

Tous deux semblaient tenir Mathieu en haute estime.

Une chose était certaine : l'infirme attendait bien une livraison, un paquet dont il ignorait le contenu. Et il avait toute confiance, une confiance totale, dans la personne — Jean Nalet, qui d'autre ? — qui l'avait persuadé que le livreur serait Mathieu. Pour le reste, je n'y comprenais rien. Pourquoi moi ? Pourquoi m'envoyer à la mort ?

— Maintenant, assez bavardé. Ouvrez ce paquet. Max, tu sais que la dernière livraison de ce monsieur a coûté un œil à Hervé ? Pauvre Hervé ! (À moi :) Vous voyez que je sais tout ! Allez, ouvrez, qu'on en finisse !

Rien ne le convaincrait. Peut-être n'avais-je pas assez l'air d'avoir peur, pour un innocent ? Avais-je peur ? Oui, peur de mourir. Mais je m'effrayais aussi, secrètement, de l'indifférence qui survivait malgré tout en moi, même en ces moments extrêmes.

— Allez-y !

Je pris une inspiration profonde pour tenter d'apaiser les battements de mon cœur. Non. Je lui dis non. Je ne voulais rien ouvrir. Le contenu du paquet ne m'intéressait pas. On m'avait chargé de le porter, pas de l'ouvrir. Je lui avais dit la vérité, il s'en apercevrait, et il s'apercevrait qu'on l'avait trompé lui aussi.

Je fis un pas vers la porte. C'était une histoire de fous. Qu'ils se débrouillent entre eux. Je me moquais de tout.

Il tira.

Le vacarme me fit rentrer la tête dans les épaules en grimaçant. C'était la première fois que j'entendais le bruit d'un revolver. La balle s'était enfoncée dans un angle de la pièce. Les feuilles d'un ficus en frémissaient encore.

— Ouvrez-le. Un sursis, c'est toujours bon à prendre.

Aucun moyen de m'enfuir d'ici. Aucune aide à attendre du dehors. J'allais mourir dans cette pièce. Un éclair de rage et de haine, de folie... J'aurais voulu frapper cet être hideux jusqu'à ce qu'il me croie !

Silence.

Quand personne ne parlait ni ne déchargeait d'arme à feu, le silence était absolu. Une branche d'acacia vint caresser la fenêtre de gauche. Le ciel était d'un bleu très clair, presque blanc par endroits.

J'obéis, comme mécaniquement. Je pris le paquet sur le bureau. J'ôtai le papier d'emballage dans un bruit de froissement qui me fit mal aux oreilles. Je dégageai un cylindre de carton qui s'ouvrait à l'une de ses extrémités par une sorte de couvercle. Je soulevai ce couvercle.

Je m'attendais à chaque instant à ce que tout m'explose à la figure.

— Allez, allez !

Je glissai la main dans le cylindre de carton. L'intérieur était bourré de mousse ou d'une matière analogue. Mais on avait ménagé une ouverture de la forme d'un triangle, telle qu'on devait présenter le paquet d'une certaine façon pour pouvoir avancer la main, doigts tendus et réunis.

La fin de l'opération allait marquer l'instant de ma mort. Certitude épouvantable. L'infirme s'était décollé de son dossier, comme impatient de tirer. Le canon de l'arme était pointé sur ma poitrine. La proximité de la mort, de ma mort, rendait leur souffle plus rapide et allumait dans leurs yeux une lueur d'attention aiguisée et hagarde. Le singe avait décroisé ses bras.

C'était répugnant.

Je voulus me précipiter vers la porte. Action désespérée — la seule possible. Mais mes forces m'avaient abandonné. Je me faisais violence pour ne pas m'écrouler sur place.

Alors je balbutiai une dernière fois des explications et des supplications : Maxime Salomone, ma cousine, Jean Nalet, homme que je n'avais jamais vu, mon salaire, déjà reçu, qu'ils téléphonent, etc.

Moment atroce. J'allais mourir. Eh bien, va pour la mort !... L'infirme se rendrait vite compte de son erreur, la trouverait regrettable, n'y penserait plus...

Erreur. Pris pour un autre, sans espoir.

Mais l'incroyable, le voici.

Dirais-je (aujourd'hui) : au prix d'un effort surhumain, je réussis à demeurer impassible, lorsque... ?

Non. Dans l'état où j'étais, je n'eus aucun effort à faire. Je continuai d'agir comme une pure mécanique. Et rien je crois ne changea sur mon visage lorsque mes doigts, dans leur progression, qui était de plus en plus aisée, sentirent le contact d'un objet métallique, se glissèrent de part et d'autre de cet objet, se replièrent sur lui.

La crosse d'un revolver.

Telle était, telle devait être la position de ma main qu'elle se referma comme naturellement dessus. Je n'avais même pas besoin de sortir l'arme de son étui de carton pour tirer.

J'ai souvent tenté par la suite de reconstituer l'histoire dont on avait abusé l'infirme pour que la situation en vienne à ce point extrême : il ne pouvait en aucun cas se douter que le paquet contenait une arme. Un tel soupçon ne menait qu'à des absurdités complexes.

Piège incertain, mais surprenant, habile, retors — s'il réussissait.

Et mon attitude, alors... L'infirme était à l'affût.

Décidé à se débarrasser de Mathieu. Prêt à tirer d'une seconde à l'autre. Il est sûr que lui faire part de ma trouvaille (« Ça, alors ! Un revolver ! ») aurait entraîné ma mort immédiate. Pourtant... Non, je ne sais pas. Était-ce lui ou moi ? Comment être absolument certain...

Je ne réfléchis pas. L'enfer se déchaîna dans ma tête.

Lui ou moi. Je n'eus qu'à modifier d'une dizaine de centimètres la direction de l'étui de carton. Mes yeux rencontrèrent les siens au dernier moment.

J'appuyai sur la gâchette, deux fois.

L'arme sauta un peu dans ma main. Une tache rouge couvrit le haut de son visage. Il s'abattit en avant, mais sans tomber du fauteuil, et demeura dans cette position.

Je continuai comme un automate d'exécuter les gestes nécessaires : aussitôt j'avais dirigé arme et carton sur le dénommé Max, puis ôté vivement ce qui restait du carton déchiqueté. L'effet de surprise avait été absolu sur cet être fruste. Incrédule, il se tenait bras ballants, bouche ouverte, sourcils haussés.

Je marchai sur lui en ordonnant : « Haut les mains ! » d'une voix étrangère, basse, rauque, monocorde.

Il leva les mains.

J'entendis un oiseau s'envoler bruyamment derrière les fenêtres.

Max — effort sans doute inhabituel — émit plusieurs phrases consécutives : il ne savait rien, on ne lui disait jamais rien, il n'était qu'un exécutant, son employeur mort l'affaire ne le concernait plus, il n'avait plus rien à voir avec moi...

Je le croyais.

Je le laissai parler. Par impossibilité de parler moi-même à cet instant. Je comprenais mal ce qu'il me disait. Il articulait comme s'il avait une poignée d'écrous dans la bouche.

En un mot, il crevait de peur. Il était de force à déraciner un arbre avec quatre balles dans le ventre, mais il crevait de peur. Il me réclama la vie sauve.

Visage de travers, à un degré rare.

— Ouvrez la grille, dis-je enfin.

Parler me faisait mal. Les muscles de mes mâchoires étaient endoloris.

— L'interrupteur est...

— Ouvrez !

Il fit trois pas de côté et manœuvra un interrupteur. Je vis la grille s'ouvrir sur le petit écran de télévision.

— Allez vous mettre contre le mur, là-bas.

Je recommençai à trembler.

Il se plaça dos au mur, les bras toujours levés.

— Ne tirez pas ! Je vous ai dit...

Un vrai gargouillis. Je m'avançai vers lui.

— Écoutez-moi bien. Je vous donne ma parole que ce que j'ai raconté tout à l'heure est vrai. Je ne suis pas Mathieu. Je ne savais pas ce qu'il y avait dans ce paquet. Je suis tombé dans un piège et votre patron aussi. Je ne vous veux pas de mal. Je n'ai rien contre vous.

Il me sembla qu'une infime lueur de compréhension se frayait un pénible passage à travers l'inextricable obscurité de son abrutissement, et parvenait jusqu'à ses yeux. Mais non, j'en imaginais trop. Ce que je lui suggérais le dépassait et le dépasserait toujours. Tout ce qu'il dut comprendre, c'est que je n'allais pas tirer.

L'infirme ne tombait toujours pas. Peut-être était-il retenu à son fauteuil de quelque façon. Il restait avachi sur ses jambes mortes, tête en avant des genoux, comme s'il observait avec le plus grand intérêt les activités de quelque insecte à ses pieds, ou bien comptait les gouttes de sang qui s'écrasaient sur le parquet à un rythme affreusement précipité.

Je regardai Max encore quelques secondes. Puis je sortis de la pièce à reculons. J'étais à bout comme je ne savais pas qu'on pût l'être. Un instant de plus et je me serais effondré devant lui.

Il faisait moins chaud dehors que dedans. Pas un point de mes habits qui ne soit foncé par la sueur.

J'avançai dans l'allée de graviers. Je laissai tomber le revolver, ou plutôt il me tomba des mains.

Pas de nouvelles de Max. Sans doute, privé d'ordres, ne bougea-t-il pas de longtemps de l'endroit où je l'avais laissé, essayant en vain de rassembler ses idées sur l'épisode. Je ne sais pas.

Je marchais comme un somnambule.

Restaient les caniches, que j'avais oubliés, mais auxquels je fus bien obligé de penser quand je les vis arriver sur moi avec l'allant d'une charge de buffles.

Par bonheur, ils ne me cherchèrent pas querelle. Que je reparte seul les déconcertait, mais enfin on m'avait admis à entrer, par conséquent je faisais un peu partie des lieux, et ils ne me dépecèrent pas. Ils stoppèrent à deux centimètres de moi, me reniflèrent en se donnant de grands coups de postérieur, c'est tout. Trois d'entre eux retournèrent dans le parc en trottant la tête haute. Le quatrième s'assit et ne bougea plus. Tandis que je m'éloignais, je sentais ses yeux me fouiller le bas des reins comme mille petites aiguilles. Mais, au bout de quelques mètres, je n'y pensais plus. J'avais oublié les chiens aussi.

Je refermai la grille derrière moi, clac.

Rien n'était changé chemin de Vassieux. Je revis les mêmes arbres entre les hauts troncs desquels m'apparaissait le blanc des mêmes villas cossues, j'entendis les mêmes cris lointains d'enfants qui jouaient.

Au fond du parc du 29, j'aperçus une jeune femme qui plongeait dans une piscine. Mais je ne pouvais ni voir la piscine ni entendre le *plouftchaaac* habituel, si bien qu'elle me parut s'enfoncer avec grâce dans les entrailles de la terre.

Et la 403 était toujours là, fidèle, troublant un

instant la paix de ces banlieues riches quand je tirai sur le démarreur.

Je me forçai à rouler lentement.

Je parvins à sortir de Lyon sans accident.

Tout en me répétant avec incrédulité que je venais d'échapper à la mort — et de tuer un homme... —, je tentai de mettre un peu d'ordre dans les pensées confuses qui m'assaillaient.

J'avais tué un homme. Ou sauvé ma vie. Quoi qu'il en soit, nul vrai remords, ni alors ni plus tard. Je me borne à constater le fait. On m'avait trompé, on avait trompé cet homme aussi. On m'avait fait passer pour un certain Mathieu, agissant en solitaire, nouveau venu sans doute dans le « milieu » où ses méthodes ne semblaient guère appréciées, et qu'on aurait fait tomber dans un piège censé se refermer aujourd'hui, au 27, chemin de Vassieux. Et l'infirme, donc, avait toute confiance dans la ou les personnes qui avaient combiné cette histoire. Histoire que je pouvais imaginer dans ses grandes lignes. On avait dû lui recommander de bien me faire ouvrir le paquet...

Trahison, trahison ! Piège, oui, mais plus habile encore qu'il ne croyait. J'avais fait office de tueur. Grâce à moi (mais pourquoi moi ?), on s'était débarrassé d'un rival ou d'un associé gênant dans une mystérieuse affaire de paquet. Piège hasardeux. Cela signifiait-il que son succès était indifférent, jusqu'à un certain point, à celui qui l'avait conçu, comme s'il avait simplement décidé de faire bouger une situation, de hâter le déroulement d'un jeu que j'ignorais ? Si je tuais l'infirme, c'était évidemment tant mieux.

Malgré moi, je commettais des imprudences de conduite. Je devais penser à chaque seconde que j'étais au volant d'une voiture. Dans la descente après Saint-Genis-Laval, je doublai une estafette de l'autre côté de la ligne jaune. Je m'aperçus dans le rétroviseur que c'était une voiture de la gendarmerie. Par chance, les agents ne me virent pas ou, occupés ailleurs, ne voulurent pas me voir.

La police... Non, bien sûr. Je m'étais dit non en montant dans la 403 chemin de Vassieux. Ne rien faire avant d'avoir parlé à Maxime Salomone. Et je ne me croyais pas en danger. Qu'aurais-je pu craindre de celui ou ceux qui m'avaient « employé » ? Ils avaient eu ce qu'ils voulaient. L'infirme était mort. Et Max... Non. Au diable.

Une certitude — une quasi-certitude — : Maxime Salomone ne savait rien du traquenard dans lequel j'étais tombé. Même s'il n'était pas étranger de près ou de loin aux événements, ce qui me paraissait encore peu probable, il n'aurait rien fait qui soit susceptible de me nuire. À tort ou à raison, je ne pouvais accepter cette idée.

Mais alors, tout devenait très compliqué. La personne qui m'avait envoyé chemin de Vassieux avait téléphoné deux fois à Crosne, et surtout m'avait incité à téléphoner moi-même : elle savait donc que Maxime était absent, elle était au courant de ses déplacements ? Supposition riche en conséquences obscures et inquiétantes. Et qui l'avait tenue au courant ? Anne-Marie ? Martin, Mme Beckaert ? Un espion se dissimulant derrière les troncs d'arbres ?

Autre question : qui était cette personne ? La « relation sérieuse » de Maxime Salomone ? Comment était-ce possible ? Il est vrai qu'ils s'étaient peut-être perdus de vue depuis des années... Tout de même, j'avais peine à le croire.

Toujours pas d'accident.

Encore qu'à Brignais, resté en quatrième par oubli

ou paresse de rétrograder dans le virage interminable qui traverse l'agglomération d'un bout à l'autre, je n'évitai que de justesse un homme pourtant vêtu d'un pantalon rouge vif. J'écrasai la pédale du frein comme j'aurais fait d'un serpent mortel sur le point de me mordre le pied. Ma poitrine heurta le volant, mais pas très fort.

Un soupçon se précisait en moi : étais-je certain d'avoir eu affaire à la même personne les deux fois ? La voix enrouée ? Ce n'était pas un argument, au contraire. Rien ne ressemble davantage à une voix enrouée qu'une autre voix enrouée. Je songeai à la comédie du parking. Peut-être l'homme agissait-il seul, et au parking, c'était lui ? Mais qui était Jean Nalet, propriétaire d'immeubles ? Le deuxième homme, le premier ? Aucun des deux ? Seul Maxime Salomone pouvait répondre à cette question. N'avait-on pas lancé ce nom de Jean Nalet pour, encore une fois, semer la discorde, déclencher je ne sais quel mécanisme embrouillé ?

Mais, pensai-je, indifférent aux piaillements courroucés de trois volailles dont je venais de faire voler la moitié du plumage à la sortie d'un virage serré peu après Saint-Laurent, mais ce deuxième interlocuteur, à supposer qu'il soit différent du premier, semblait au courant de tout, connaître Maxime Salomone, etc. : un ami du premier alors, un proche, un intime, qui aurait décidé d'agir pour son compte personnel ? Trahison, encore ? Il aurait donc été bon de prévenir l'autre (le premier) ? Comment savoir ? Et voulais-je vraiment savoir ?

Je me précipitai sur le téléphone en descendant de voiture.

Cette fois, non seulement Maxime Salomone n'était pas rentré, mais il n'y avait personne. On ne décrocha pas. J'hésitai, puis j'appelai Anne-Marie à Sainte-Foy : personne non plus. Que lui aurais-je dit, d'ailleurs ? Miguel, pas chez lui. Même à Meximieux, le téléphone sonna dans le vide. Emilia devait être de sortie avec sa famille.

Enfin, tout en sachant que c'était inutile, je composai le numéro que m'avait laissé « Jean Nalet ».

Rien, personne nulle part. J'étais seul. Atmosphère de planète morte. Mon calme étrange regagnait toujours plus de terrain en moi — mais sans tuer tout à fait une sorte de nouveau désir de vie, irritant à sa façon...

Au diable, tout et tous.

Je pris conscience que j'étais tenaillé par une forte envie de pisser. J'allai donc pisser. Au bout d'un moment, étonné de n'entendre aucun bruit, je penchai la tête et vis que j'étais en train de me pisser sur le pantalon. Puis je vomis. J'avais subi un choc nerveux effroyable.

Toilette prévue. Trois quarts d'heure à mariner, frotter, raser, sécher, peigner.

Puis je montai au premier. Je n'eus pas le courage de mettre des draps. Je m'étendis à même le matelas.

Oui, au diable. Je me répétai à chaque instant : je m'en moque, je me moque de tout.

Je sentais le portefeuille entre mes fesses et le matelas. Trois mille francs. Trois mille francs bien gagnés...

Le soir tomba. Je pensai à Éric et je me mis à pleurer. Je pleurai longtemps. J'avais l'impression de le pleurer pour la première fois.

## X

À la nuit close, la faim m'obligea à me lever. Mon ventre vrombissait comme une colonie de frelons en colère. Je descendis à la cuisine et mis à cuire une sérieuse quantité de riz.

L'eau déborda et éteignit le gaz. Je dus changer de trou. Puis je remarquai que le gaz ne s'échappait du brûleur qu'avec une nonchalance annonciatrice de panne. Parfait. J'avais de quoi acheter une autre bouteille. J'étais riche pour quatre bonnes semaines.

Le téléphone sonna.

C'était Miguel, un peu inquiet. Il avait essayé de m'appeler plusieurs fois. Moi aussi, lui dis-je. Et je le mis au courant des événements depuis le début, le revolver, mes trois jours de démence, Jean Nalet, mon rendez-vous de feuilleton à Caluire...

Je fus soulagé. Parler à Miguel me fit reprendre contact avec le monde réel. Lui jurait comme un charretier en écoutant mon récit. Il passa en revue toutes les exclamations et onomatopées connues et inconnues exprimant la stupéfaction.

— J'ai l'air fin, avec mes petits boulots ! dit-il à un moment. Vingt dieux, quelle histoire ! Je n'en reviens pas. Ce n'est pas possible ! Et quand je pense que tu ne m'as rien dit, pour le locataire ! Aller flinguer le locataire, tu es complètement fou !

Il me déconseilla de rappeler Maxime Salomone ou quiconque et insista pour que j'aille le rejoindre. Nous verrions sur place. Il ne serait pas tranquille de me savoir seul à Cors. Je m'étais conduit comme un idiot, j'aurais dû me méfier de mon « gros caïd » (Maxime Salomone), j'avais mis les pieds dans une sale histoire. Rester serait imprudent. À Saint-Paul, je serais bien. Nous parlerions à tête reposée. Il avait été pas mal occupé ces derniers temps, mais maintenant il avait quelques jours devant lui.

Cette fois, j'acceptai.

Il voulait que je parte tout de suite. Je lui dis que je n'avais plus rien à craindre et que j'allais essayer de dormir un peu, j'étais épuisé. Je ferais le voyage dès le lendemain matin, tôt sans doute.

J'avais le téléphone en main : je rappelai tout de même Maxime Salomone, Anne-Marie. Toujours personne.

Au diable. Je retournai à mon riz et le trouvai cuit à point. J'en engloutis deux assiettes avec beaucoup de beurre et du gruyère, de ce gruyère de supermarché sous cellophane, trop blanc, trop froid et sans moelleux.

Emilia était-elle rentrée ? J'eus envie d'entendre sa voix. Je composai le numéro de Meximieux. Je tombai sur le mari de la sœur d'Angelo, personnage inconsistant que j'avais aperçu une fois dans ma vie. Je ne me présentai pas et me bornai à demander Emilia.

Ma tante ne pleurait plus au téléphone, comme au début. Elle me dit que le séjour à la campagne lui changeait un peu les idées, qu'elle voyait du monde, qu'on était gentil avec elle. Et que je lui manquais beaucoup. Je l'incitai le plus discrètement possible à prolonger son séjour. Moi-même j'allais mieux, et... Miguel venait de me proposer de passer quelques jours dans le Midi, où il était en vacances, et j'avais l'intention... À moins, bien sûr, qu'elle préfère...

— Non, Marc, pars bien, mon pauvre petit!

Oui, je lui téléphonerais et lui écrirais souvent. Je l'embrassais de toutes mes forces.

Je remontai me mettre au lit avec une provision de cigarettes.

Chaque fois que je me tournais pour secouer ma cendre, mon regard tombait sur la photographie, Isabelle, Éric et moi, souriant et marchant dans l'allée des Taupes.

Mon corps était douloureux comme si on m'avait roué de coups. Je sombrai peu à peu dans une somnolence anxieuse.

Je me réveillai en sursaut. Le téléphone, encore. Il était une heure du matin. Seul Miguel pouvait m'appeler à cette heure. Quelque idée soudaine qui s'était mise à le tracasser à mon sujet...

Mais ce n'était pas Miguel. C'était Anne-Marie.

Elle m'appelait d'une clinique à Orléans. Maxime Salomone avait été attaqué le jour même, alors qu'il rentrait d'Orléans à Crosne avec la Méhari. On l'avait torturé avant de le cribler de balles et de l'abandonner sur le bord de la route. Il avait été découvert par le fils d'un paysan de Crosne, dont la moto avait peut-être mis en fuite les agresseurs, mais qui n'avait rien vu. Seule la grande robustesse de sa constitution le maintenait encore en vie, pour peu de temps selon les médecins.

Voilà ce que m'annonça Anne-Marie à travers ses sanglots.

Elle avait été prévenue à Lyon vers cinq heures. Elle était rentrée aussitôt à Orléans. Maxime Salomone était dans le coma. Mais — telle était surtout la raison de son appel — il s'était réveillé quelques instants pendant qu'on refaisait ses pansements. Il ne pouvait plus parler, ses blessures au visage étaient affreuses, pourtant il avait soufflé mon nom à l'oreille d'Anne-Marie, deux fois, elle en était sûre. Elle avait pensé qu'il souhaitait me voir. Elle me demandait de venir tout de suite, si je pouvais, bien sûr. Il risquait de mourir d'une heure à l'autre.

Je lui répondis que je sautais dans la voiture.

Je bus un quart de litre de café soluble (eau bouillante prise au lavabo), passai un pull, fermai la maison et mis la 403 en route.

Ou plutôt je tentai de la mettre en route. Elle refusa de démarrer. Mon cœur battit plus fort. Était-elle en panne ? Je tirai le starter. Rien, sinon un gargouillis étouffé, comme quand on maintient quelqu'un la tête sous l'eau. Puis je me souvins des recommandations de Miguel : le starter était détraqué, il favorisait l'arrivée du gas-oil par décalitres, surtout ne jamais le tirer au-dessus de moins trente. J'avais, en effet, noyé le moteur.

J'attendis plus d'une minute et recommençai l'opération, starter poussé. Ouf. Après une sorte de cri de terreur suraigu et une mitraillade de bruits métalliques, comme si des billes de métal étaient projetées avec force contre le capot, le moteur tourna.

Je quittai Cors.

Je me sentais très réveillé, presque en forme. Superficiellement guilleret. Étrange.

Je fis le plein à la première station rencontrée sur l'autoroute, et je fonçai.

Ainsi Maxime Salomone, M. Héroïne, ou encore « le roi colombien de la pègre », comme l'appela *Le Progrès*, avait fini sa vie sur un chemin vicinal du centre de la France...

Vengeance différée ? Peut-être. Mais il y avait les tortures. Étaient-elles gratuites, ou voulait-on lui faire avouer quelque chose — par exemple au sujet du paquet ? Car, dès l'instant où j'avais appris l'attentat, j'avais pensé à un lien probable avec l'épisode dont j'avais été le héros involontaire et stupéfait. Et Jean Nalet — ou plutôt l'homme qui m'avait donné ce nom — devait en savoir beaucoup à ce sujet.

Il me fallait donc supposer soit que Maxime Salomone, moins à l'écart de toute activité qu'il ne voulait bien le laisser croire, travaillait avec le « milieu » lyonnais (ce qui, si je me fiais à mes impressions, m'aurait étonné), soit qu'il s'agissait de deux affaires distinctes qui se seraient rejointes par hasard, et mêlées. Peu probable également. Ou bien, malgré tout, l'assassinat de Maxime Salomone n'avait rien à voir avec le reste. Je ne savais pas. Je ne pouvais pas savoir.

Par pure nervosité, je m'appliquai à tirer des chapelets de conclusions de chacune de ces hypothèses et à les confronter avec les trop rares éléments sûrs que je possédais. Je finis par m'embrouiller complètement. Quand j'arrivai à Avallon, je ruisselais d'excitation.

J'aurais presque souhaité interrompre le voyage et, crayon en main, noter les schémas complexes par lesquels je reliais les faits entre eux, pour y voir plus clair.

Puis je me calmai en me souvenant pour ainsi dire que tout cela m'était égal.

Mais pourquoi Maxime Salomone voulait-il me voir moi ? Sans m'en rendre compte, je me perdis à nouveau dans des hypothèses et des raisonnements sans fin.

Une seule constatation stable, objective, certaine, dans toute cette confusion et tous ces événements lamentables : le moteur des anciennes 403 diesel était d'une admirable résistance. Dieu sait que je ne ménageai pas ma voiture cette nuit-là. Calme bloc ici-bas chu d'un désastre obscur... Elle était laide, inconfortable, elle cassait les reins et les oreilles, elle ne tenait pas la route, elle sentait mauvais, mon bras droit commençait à être plus musclé que le gauche (levier de vitesses), elle aimait se faire prier, affoler son monde, laisser craindre le pire — et pourtant elle tournait, pourtant elle me conduisit avec vaillance à Orléans, et même, en maintenant l'accélérateur à fond, elle atteignit cette fois le cent trente sur l'autoroute. Et je constatai à nouveau que divers phénomènes désagréables comme les bruits et les tremblements s'atténuaient plutôt au-delà de cent dix, ce qui d'ailleurs me laissait perplexe. Je ne savais trop si je devais me réjouir ou stopper le véhicule et m'en éloigner à la course avant l'explosion.

Je ne fis qu'un seul arrêt, pour remettre du gas-oil, bien que la jauge indiquât joyeusement un réservoir plein jusqu'à la gueule.

J'entrai dans Orléans un peu avant six heures du matin.

Je roulai droit devant moi jusqu'à une grande place, la place Gambetta. Là, je demandai la rue Vauquois à un chauffeur de taxi qui mangeait un sandwich en regardant des photographies spéciales, comme j'eus le temps de m'en apercevoir malgré sa rapidité à fermer la revue et à la précipiter dans le vide-poches. Il se lança dans des explications auxquelles je ne compris rien.

Par bonheur, le taxi qui le précédait, le premier de la file, allait justement chercher un client dans ce quartier. Il m'avait entendu et me proposa de le suivre, ce qui m'évita sans doute de me retrouver trois heures plus tard à Lille.

Rue Vauquois, clinique Lamartine. Je me garai.

La rue Vauquois était une longue artère toute droite, sans rues perpendiculaires apparentes. Devant moi, à une centaine de mètres, je vis une grosse voiture, allemande, me dis-je, mais ce n'était ni une Mercedes, ni une Volkswagen, ni une BMW. Coupe allemande. Mais la marque... Bref, je repérai cette voiture — sans plus, sur le moment — parce que deux hommes attendaient à l'intérieur, dont l'un, bras levé, semblait régler le rétroviseur.

Je grimpai quelques marches et pénétrai dans la clinique.

Je demandai Anne-Marie. La jeune fille de l'accueil appartenait à la race des employés insupportablement peu empressés. Avant de lever le nez, elle prit le temps de ranger dans divers tiroirs une pile de paperasses qui montait jusqu'au plafond.

Elle me regardait d'un air profondément ennuyé. Je répétai ma question. Sa nonchalance me mettait hors de moi. Je me retins de lui dire qu'elle aurait gagné à nettoyer régulièrement ses ongles plutôt que se maquiller le visage avec un mauvais goût aussi spectaculaire, plus spectaculaire encore dans un genre plus prétentieux que l'amie d'Alain Holmdahl rue Charles Robin. Qu'elle en avait beaucoup trop épais et sur des surfaces beaucoup trop vastes. Que tout ce rouge, ce vert et ce violacé faisait mauvais effet. Que telle que je la voyais, on aurait juré qu'elle venait non pas de se maquiller (avais-je envie de lui dire) mais bien de prendre une porte en pleine face. Très irrité, je m'apprêtais à me montrer plus insistant dans mes requêtes, quand enfin elle se mit debout en soupirant et me pria d'attendre un instant.

Ouf. Obstacle franchi.

Je haletais comme si j'étais venu de Lyon au petit trot. J'étais de nouveau épuisé, abasourdi par ce voyage forcé. La tête me tournait. Je me laissai choir dans un fauteuil.

Je crus tomber dans un puits tellement il était profond. Je regardai autour de moi : plantes vertes, boiseries, tapis épais, bonnes reproductions de tableaux connus. Un vrai hall d'hôtel quatre étoiles.

Par une porte-fenêtre ouverte, j'aperçus un parc où se promenaient quelques malades matinaux ou insomniaques.

Je trouvai ma cousine dans un état effrayant.

— Il vit encore, me dit-elle d'une voix altérée. Les médecins n'en reviennent pas. Il a reçu des balles partout, dans la poitrine, dans la tête. Il ne peut plus bouger, plus parler, on n'est même pas sûr qu'il entende. Ils disent que ce n'est pas possible de l'opérer. On attend que le cœur s'arrête. Ils pensent qu'il ne se réveillera plus.

Les larmes l'étouffèrent. Je la pris dans mes bras.

— Et Martin ?

— Il ne sait encore rien. Il est à Crosne. J'ai demandé à la dame qui le garde de le prendre chez elle. J'irai le chercher plus tard.

D'elle-même, je crois qu'elle ne m'aurait pas parlé de son fils. Il semblait l'importuner, être de trop.

— Viens, il faut que tu voies Maxime. Je suis sûre qu'il t'a réclamé.

— Ne le dis à personne. Qu'il m'a réclamé. Ce n'est pas la peine.

Étrange conversation. Nous avions l'air tous les deux d'en savoir plus.

Nous nous dirigeâmes vers un escalier.

— On ne fume pas dans les couloirs, dit l'employée de l'accueil.

Je ne me retournai pas, de peur d'être tenté d'aller éteindre ma cigarette sur le vert épinard de ses paupières.

Un médecin moustachu sortait de la chambre de Maxime Salomone.

— Toujours dans le coma, dit-il à Anne-Marie, comme s'il annonçait que la soupe était servie. Je reviens, moi ou quelqu'un d'autre.

Nous entrâmes.

Chambre spacieuse et agréable. Hôtel quatre étoiles, avec le goutte-à-goutte en plus. Les stores étaient tirés aux trois quarts.

Anne-Marie murmura :

— Je te laisse. Je n'en peux plus de l'entendre respirer. J'espère qu'il va se réveiller. Au moins, il te verra et verra que je t'ai bien fait venir. Quand il a prononcé ton nom, j'ai fait oui de la tête. Il t'attend.

Elle s'en alla. Attitude et propos bizarres. Je les attribuai à son état de choc et au chagrin.

De Maxime Salomone, on ne voyait que le haut du visage. Ses yeux étaient clos. Il respirait avec difficulté. Un gros pansement faisait comme un bâillon sur sa bouche.

Je m'assis sur une chaise à côté du lit, et j'attendis. Attente pénible. Sans fumer, alors que l'insomnie et le café me donnaient envie de me fourrer le paquet dans la bouche et d'enflammer le paquet lui-même.

Je demeurai trois quarts d'heure sans bouger et sans quitter Maxime des yeux, sauf pour noter quelques questions sur un papier, à tout hasard. De temps en temps, une branche de rosier grimpant venait heurter le bas de la fenêtre.

Il fit grand jour.

Un médecin arriva, jeune, large d'épaules, se prenant très au sérieux. Il contrôla divers appareils reliés au corps de Maxime Salomone, dont certains devaient enregistrer avec minutie la fuite de sa vie.

— Vous êtes de la famille ?

— Non. Enfin si, plus ou moins.

— Il est costaud, dit-il avant de sortir. Mais je ne crois pas qu'il se réveille.

Peu après son départ, Maxime Salomone se réveilla. Il entrouvrit les yeux. Je me dressai aussitôt et me penchai sur lui.

Il me reconnut.

Je lui parlai doucement : un battement de paupières signifierait qu'il m'entendait.

Mais il n'entendait pas. J'imaginai son tourment. Pour une fois qu'il voulait parler, il ne pouvait pas. Il mourait de ne pouvoir parler. Je lui montrai alors mon papier.

Il n'essaya même pas de lire. Mais — comme s'il allait au plus pressé, au plus terriblement pressé — il tourna la tête de côté, centimètre par centimètre, sourcils froncés. Ce mouvement achevé — au prix de quelles souffrances, malgré les drogues, de quelle violence faite à son corps, je préfère ne pas l'imaginer —, il resta les yeux fixés sur la table de nuit et ne bougea plus.

Je compris.

J'ouvris le tiroir. Je le regardai. Il battit des paupières en signe d'acquiescement. Dans le tiroir, je trouvai quelques objets personnels, dont le plus intéressant me parut être son gros portefeuille. Je le reconnus, je le lui avais vu sortir à la quincaillerie à Orléans.

Je le brandis. Nouveau battement de paupières.

Et c'est ainsi que Maxime Salomone, comme happé déjà par la mort, et cramponné à la vie par ce seul regard, parvint tout de même à me communiquer un message, un message d'abord insignifiant et obscur.

Il fallait faire vite. Quelqu'un pouvait entrer.

Je sortis tout ce que contenait le portefeuille, objet par objet, et le lui montrai, et quand je me retrouvai avec le portefeuille vide et qu'une anxiété folle passa dans ses yeux, alors je déchirai la doublure (non sans peine, il me fallut toutes mes forces) et découvris, dissimulé entre cuir et tissu, un petit rectangle de carton. Je crus d'abord vierge ce morceau de carton, mais, le retournant, je vis qu'il s'agissait d'une photographie d'identité noir et blanc.

Elle représentait une toute jeune fille aux cheveux clairs, et portait la marque incomplète d'un tampon.

Maxime Salomone battit des paupières une dernière fois. Puis je devinai, je perçus, comme si je souffrais moi-même, un effort de tout son être pour parler, effort si démesuré que je m'attendis presque à ce que ses pansements autour du visage volent à travers la pièce, à ce que le vacarme de sa voix éclate, sans le secours de la chair !

Mais cela n'arriva pas. Il mourut, tué par cette épreuve. Si j'étais venu une semaine plus tard à son chevet, je suis certain qu'il aurait survécu une semaine.

Ses yeux étaient restés ouverts.

Je rangeai le portefeuille dans la table de nuit, et mis dans ma poche la photographie et mon papier inutile avec ses questions sans réponses.

Puis, après un dernier regard à Maxime Salomone, je quittai la pièce.

Dans le couloir, je vis s'éloigner et disparaître à un angle un homme coiffé d'un chapeau.

J'avertis du décès la première infirmière venue.

Anne-Marie buvait du café dans le hall. Je lui appris la mort de Maxime : il ne s'était pas réveillé, j'avais entendu sa respiration s'arrêter, il était mort sans revenir à lui.

Minutes pénibles.

J'acquis alors la certitude — et rien, malgré les apparences, ne devait l'infirmer par la suite — qu'Anne-Marie aimait vraiment Maxime Salomone, et même, pour user d'une expression qui convenait à cette grande lectrice de romans-photos, qu'il était l'homme de sa vie.

Dès que je pus, je me rendis dans les water-closets de la clinique, étincelants et fleurant bon le citron. Là, j'examinai la photographie avec plus de soin. J'estimai l'âge de la jeune fille à une vingtaine d'années. Elle était très belle. Le cliché médiocre n'avait pas eu raison de la splendeur de la chevelure, épaisse, tombant aux épaules, ni du regard lumineux.

Qui était-elle ? Quelqu'un, en tout cas, dont Maxime Salomone avait tenu l'existence secrète. Y compris, et peut-être surtout, à Anne-Marie. Mais, pensai-je soudain, quel âge avait-elle aujourd'hui ? De quand datait la photo ? La portion de cachet visible ne portait pas de date.

Il était facile en revanche de reconstituer l'inscription complète : on lisait la fin du mot « bibliothèque » et le début du mot « municipale » et, au centre, le nom de la ville, Nice, coupé aux deux tiers dans le sens de la hauteur.

Je rangeai la photographie dans la doublure de mon propre portefeuille, crevée en deux endroits, puis, malgré l'odeur de citron qui commençait à me monter à la tête et à me soulever le cœur, je profitai de ce que j'étais là pour satisfaire mes besoins naturels.

Tout resplendissait de propreté. Dois-je préciser qu'il ne subsista pas la moindre souillure quand j'eus tiré la chasse ? Le maelström que j'avais déclenché aurait arraché à sa pente une forêt de vieux pins.

Je rejoignis ma cousine.

Un homme avec chapeau prenait congé d'elle. Peut-être celui que j'avais vu dans les couloirs. C'était un policier, me dit-elle. On l'avait interrogée la veille au soir, et elle le serait encore. Elle me rapporta le peu qu'elle savait de l'attentat : à la sortie d'un très long virage (je crus me souvenir lequel : il l'avait pris à cent vingt en BMW), la Méhari, pourtant chargée de matériel, s'était couchée sur le côté. Les traces de freins montraient que Maxime Salomone avait sans doute cherché à éviter un obstacle. Les douilles retrouvées provenaient d'armes différentes. Et c'était tout. Selon la police, il s'agissait évidemment de professionnels, et selon Anne-Marie on n'était pas près de mettre la main dessus.

Anne-Marie répondit d'elle-même — d'une façon convaincante ? Je n'aurais su dire — à une question que je m'étais souvent posée : elle avait essayé de me téléphoner à Lyon les jours précédents, mais sans trop insister, dit-elle, elle avait eu pas mal de choses à faire, elle avait beaucoup vu sa mère, etc.

Plus tard dans la matinée, je m'arrangeai pour l'interroger plus. Avait-elle une idée même vague de ce que Maxime voulait (peut-être) me dire ? Non. Arrivait-il à Maxime de voir des connaissances lyonnaises qui... Non, à sa connaissance, personne. Il ne voyait personne et ne parlait à personne. À peine bonjour à ses voisins immédiats quand il leur rentrait dedans par distraction. Et du point de vue famille, avait-il de la famille qui... Non. Ses parents étaient morts. Son frère, émigré, disparu. Non, plus de famille, pas de famille.

Anne-Marie fondait en larmes toutes les cinq minutes.

À Crosne, vers onze heures et demie, contemplant vaguement depuis une fenêtre le beau paysage que Maxime Salomone avait eu sous les yeux pendant huit ans, j'eus soudain envie de partir. Ne devais-je pas retrouver la jeune fille de la photographie, en tout cas essayer ? Tout m'était égal, mais, de cette espèce de mission, je ne pouvais être insoucieux.

Des gens que je ne connaissais pas parlaient dans une pièce voisine. Anne-Marie était allée chercher Martin au village.

Martin pleura longtemps contre ma joue. Il ne nous avait certes pas oubliés, Éric et moi.

Anne-Marie me donna d'abord l'impression de ne pas vouloir me retenir. Quand je lui demandai si elle avait besoin de moi, elle me répondit non : sa mère, Incarne (que je détestais), allait arriver d'un moment à l'autre et l'aiderait pour tout. Puis, à la dernière minute, elle me dit que bien entendu je pouvais rester le temps que je voulais, me reposer, passer une nuit à Crosne, etc.

Avec une indifférence que je me reproche parfois, je pris tout de même congé.

Dès après l'enterrement, me dit-elle, elle irait s'installer définitivement à Sainte-Foy. Elle ne supporterait plus de vivre ici, dans cette maison.

Elle me ferait signe plus tard.

Je promis à Martin que nous nous verrions à Lyon, bientôt et souvent.

Et je poussai de nouveau la 403 à fond sur les routes, réfléchissant à ma « mission ».

En attirant mon attention sur cette photographie, Maxime Salomone avait-il voulu me signifier que la jeune fille était mêlée aux événements, à sa mort? Donc, peut-être, à l'histoire du paquet? Qu'elle était en danger? Ou dangereuse — coupable?... Mais, puisqu'il avait dissimulé son existence, qu'il ne la fréquentait pas, ou plus, et qu'il conservait son portrait en un lieu aussi sentimental, il pouvait s'agir d'une personne chère à son cœur, dont il aurait été séparé pour quelque raison obscure et douloureuse (ainsi s'expliqueraient son humeur maussade, son attitude à l'égard de sa femme et de son fils, et du monde en général)? D'une personne vers qui seraient allées ses dernières pensées, et dont il aurait simplement souhaité qu'elle soit avertie de sa mort?

Mais pourquoi moi? Parce que, dans ces conditions supposées, il avait voulu que son secret lui survive, que la retrouver serait une entreprise délicate et malaisée, et que j'étais la seule personne de confiance à qui il ait songé pour la mener à bien?

Entreprise délicate et malaisée : voire dangereuse? Je retombais alors dans ma première hypothèse, et, comme d'habitude, je finis par m'embrouiller et m'énerver.

Est-ce une impression, ou est-il vrai que la barbe pousse plus vite la nuit ? Je me voyais les joues toutes noires dans le rétroviseur.

La fatigue me harcelait.

Vers trois heures, je m'arrêtai dans une espèce d'auberge sur la route, fis un solide repas et bus trois cafés.

Puis je roulai d'une traite jusqu'à Saint-Laurent.

Comme j'approchais de Lyon, mes ruminations prirent un tour différent, inattendu et effrayant. En effet, me dis-je, si tout ce qui se passait constituait les péripéties d'une seule et même affaire, ma situation — qui m'apparut soudain de l'extérieur, comme elle serait apparue à quelqu'un des « autres » —, ma situation, après la mort de Maxime Salomone, pouvait être ainsi résumée, de la façon la plus alarmante qui soit : j'étais un ami, une connaissance, une relation de Maxime Salomone. Par son intermédiaire, je m'étais procuré une arme pour accomplir une besogne inconnue. Puis, faisant preuve d'une audace et d'un courage inouïs, j'étais allé, seul, supprimer l'infirme dans son blockhaus de Vassieux. Enfin, je m'étais précipité au chevet de Maxime Salomone mourant : pourquoi, sinon pour recueillir quelque ultime secret ?

Mais alors dans ce cas, la voiture allemande (peut-être allemande) que j'avais vue garée un peu plus loin dans la rue Vauquois, et l'homme au chapeau, qui rôdait dans les couloirs de la clinique (après avoir écouté à la porte peut-être ?)... Je crus me souvenir que la voiture n'était plus là quand j'étais ressorti.

Me suivait-on? Je me mis à surveiller le rétroviseur. Puis j'eus peur de rentrer à Saint-Laurent, où j'avais prévu de passer une nuit avant de rejoindre Miguel. Je décidai de m'y arrêter seulement pour prendre mes affaires. J'irais dormir à l'hôtel.

Mon inquiétude ne cessa de croître. Entre Saint-Laurent et Cors, je faillis même rebrousser chemin : si quelqu'un m'attendait, tapi derrière une haie, guettant mon arrivée?

J'eus honte. La fatigue exacerbait mon anxiété. J'interprétais tout. Voiture allemande, espion dans la clinique, c'était trop. J'allais me dépêcher, faire ma valise, passer un coup de fil à Miguel, bien fermer la maison, m'offrir une nuit au Sofitel (puisque maintenant j'avais de quoi éviter les gourbis genre « Baléares » de Perpignan), et demain j'étais dans le Midi.

Néanmoins, je ne me sentais pas très rassuré en m'arrêtant à Cors.

Je coupai le moteur. Le vacarme de la 403, qui rendait inutile toute précaution, me mit en colère. J'aurais certes préféré une arrivée discrète, le ronronnement d'une longue limousine se confondant presque avec le murmure du vent dans les peupliers alentour — au lieu de quoi les trois pets formidables émis par la diesel un peu lasse, quand je retirai à deux mains la clé de contact, durent s'entendre de Lyon.

Je m'approchai de la maison en riboulant des yeux de droite et de gauche comme un chien fautif.

Mais non, rien. Les lieux, si familiers, dissipèrent toute tension. La paix (revenue) de la campagne, le petit souffle d'air qui rendait la chaleur beaucoup plus supportable qu'à Lyon, qui la rendait même agréable, les traditionnelles enjambées, nécessaires pour éviter les bouses du père Girard, la boîte aux lettres, vide, et...

Je sursautai : non, la boîte aux lettres n'était pas vide. Il y avait une lettre. Dans ma précipitation, je la sortis par la fente en m'écorchant le dos de la main.

Le nom et l'adresse étaient dactylographiés. Avec une faute à mon nom. Elle avait été postée à Lyon, cette nuit, à la grande poste de Bellecour. Je déchirai l'enveloppe, tout de travers.

J'en tirai une grande feuille de papier pliée en quatre. Rien écrit dessus. Si : je découvris, également dactylographiés, au sommet de la feuille, ces seuls mots : « Méfiez-vous, il peut vous arriver malheur. »

Rien, décidément, ne m'était épargné. Voilà que j'avais droit à l'inquiétante lettre anonyme. Cela dit, j'avoue que je n'étais que peu guilleret sur le moment. Je m'enfermai dans la maison.

Message ambigu. Incitation à la prudence ou menace? Et qui? Au diable! On me disait de me méfier, je me méfiais : je partais, tout de suite, et loin.

Le numéro 2537, route des Serres se trouvait à deux mille trois cent cinquante-sept mètres de Saint-Paul-de-Vence, m'expliqua Miguel au téléphone. Direction Cagnes-sur-Mer. Le mieux était de demander la route des Serres à Saint-Paul. Pour la maison, il fallait faire attention : c'était une petite villa sans étage à une trentaine de mètres de la route, on risquait de ne pas la voir.

Il m'attendait.

Café soluble, eau chaude du lavabo, dose de cheval.

Je fermai la maison, l'œil de plus en plus agité de regards en coin, et je remontai dans la 403 encore haletante.

Il était six heures moins vingt.

Oui, qui ? Je passai en revue les quelques expéditeurs possibles (y compris Maxime Salomone...). Tous me parurent aussi peu vraisemblables. Et il y avait l'éventualité d'un expéditeur inconnu.

Hypothèses, confusion, nervosité, transpiration.

J'achetai *Le Progrès* au village. Il n'y avait rien sur les événements de la veille à Caluire.

Après le pont de Givors, ville sinistre au cœur d'un paysage sinistre, une autre frayeur m'attendait.

J'étais arrêté au feu rouge, à la sortie du pont. Au lieu de prendre à gauche direction Lyon, je m'apprêtais à filer tout droit pour rejoindre l'autoroute dite « du Soleil » à Vienne. C'est alors que je crus apercevoir, arrivant de Lyon sur cette route de gauche, virant et s'engageant sur le pont en direction de Givors, la grosse voiture allemande de la clinique Lamartine. Peut-être allemande. Et était-ce bien la même voiture ? Peu importe : des images de traque et d'hallali me traversèrent l'esprit.

Mon visage se mit à brûler, tandis qu'un froid polaire me remontait le long des mollets, sans parler de la main griffue qui se referma sur mon estomac aussi implacablement qu'on empoigne le frein à main quand le frein à pied casse soudain, dans une descente déboulant sur un passage à niveau fermé pendant le passage d'un train de marchandises interminable.

J'écrasai l'accélérateur comme j'aurais plaqué au

sol mon dernier billet de cinq cents francs emporté par le vent aux abords d'un fleuve impétueux. Dire que mon triste véhicule fit un bond sauvage en avant dans un rugissement de pneus serait exagéré, mais enfin il sortit de sa réserve habituelle et obligea même une dame âgée percluse de douleurs et chargée de cabas à finir de traverser la rue avec un entrain de jeune fille.

Aurais-je juré qu'il s'agissait de la même voiture ? Encore une fois, non. Mais, encore une fois, peu importe : le résultat fut le même. Dès l'instant où je crus la reconnaître et jusqu'à la fin de mon aventure, je ne me défis jamais, plus ou moins, à tort ou à raison, consciemment ou non, de l'impression qu'on m'observait, qu'on était au courant de mes déplacements, qu'on me suivait.

Je roulais en état de transe. Le café faisait un effet foudroyant dans mon organisme affaibli. La même pensée me taraudait sans relâche : si je supposais que plusieurs personnes rivales se préoccupaient de la cachette ou du contenu (ou des deux) du fameux paquet, l'une au moins de ces personnes (ou plus) pouvait fort bien me considérer comme un rival inattendu et qui en savait long — voire continuer à me prendre pour Mathieu...

Quant à la lettre anonyme — l'idée peu réjouissante m'en vint sur l'aire de Montélimar où je m'étais arrêté pour mettre du gas-oil, pisser et boire deux cafés, et où je contemplai tout songeur mon visage ondoyant et jauni dans la cuvette des waters — peut-être m'avait-elle été envoyée pour me faire peur, pour provoquer précisément ma fuite actuelle, et pour me suivre ?

Je me mis à scruter les visages des rares touristes

flânant entre les rayons, et je quittai les lieux avec la démarche peu naturelle de qui se serait bourré le pantalon de cassettes, de montres et de nougats.

Je jetai même un œil prêt à s'écarquiller de terreur sur le siège arrière de la 403.

Rude voyage. Je regardais sans cesse dans le rétroviseur. Chaque fois qu'une voiture me doublait, ou (exceptionnellement) que j'en doublais une, je me torturais l'esprit pour déterminer si je l'avais déjà vue auparavant. Il m'arriva d'être certain que oui. Affût très éprouvant.

J'arrivai à Saint-Paul-de-Vence à dix heures et demie.

Le café de la Place était bourré de monde. Les femmes en toilette abondaient, volontiers accompagnées d'hommes trois fois plus âgés qu'elles.

La voiture commençait à n'en pouvoir mais. Grrrrr! Bouillabling! BLAOUM PAF-PAF! Beueueueu! L'ahurissant vacarme de type digestif auquel elle s'abandonna sans réticence quand je coupai le moteur en me garant de justesse entre une Plymouth longue comme une avenue déserte et une Datsun ramassée comme un crapaud détourna un instant l'attention générale à mon profit.

Je descendis en prenant garde de ne pas envoyer ma portière dans la Plymouth et je m'étirai.

Tête de clochard, pan de chemise flottant, jean fripé par la sueur et la position assise. On me regardait, moi et mon véhicule d'une autre civilisation, avec dégoût, consternation ou amusement.

Je contournai le jeu de boules. À la terrasse du café, je me faufilai entre les tables à la poursuite d'un garçon, débordé il est vrai, qui fit semblant de ne pas m'entendre quand je lui demandai la route des Serres.

Je n'eus pas le courage d'insister. Je m'assis une seconde sur la murette qui sépare la terrasse du jeu de boules. Une fois dissipées les vapeurs délétères de la diesel, mes narines frémirent d'aise aux odeurs de pin, d'herbe et d'eau de toilette à quatre cent quatre-vingts francs le dé à coudre.

Un autre garçon, que j'abordai à l'intérieur du café, plus calme, me renseigna sans lever les yeux du cocktail rougeâtre qu'il touillait avec la dernière énergie. Ses explications me parurent infaillibles sur le moment : toujours à gauche en repartant de Saint-Paul, direction Cagnes-sur-Mer.

Je me perdis néanmoins. Peut-être, avec toute cette végétation, avais-je manqué une petite route à gauche. Je me retrouvai à la sortie d'un village appelé La Colle-sur-Loup. Je continuai de rouler et aperçus bientôt un établissement brillamment éclairé au bord de la route. C'était un bar-restaurant, l'*Auberge de Palerme*.

Je m'arrêtai et entrai.

L'endroit avait mauvais genre. Point de ralliement, me sembla-t-il, de dames et de leurs protecteurs. Les rares clients parlaient à voix basse dans des espèces de niches à demi fermées par des tentures de velours rouge.

On ne fit pas attention à moi. Je bus un café au comptoir.

Deuxième à gauche en continuant sur la même route, me dit un serveur noir d'yeux et de cheveux. Impossible de se tromper.

Une voiture me suivait. Allait-elle aussi tourner à gauche ? Non. Elle continua en direction de Cagnes.

La proximité de Miguel me rendait moins anxieux.

Le numéro 2537 était inscrit sur une petite pancarte dépassant à peine de la haie. Je le repérai de justesse. Et je ne vis pas tout d'abord le portail en bois, au-dessus duquel se rejoignaient presque des masses de bougainvilliers en fleur. Je me rangeai sur le bas-côté et éteignis les phares.

Pas de sonnette, apparemment. J'ouvris le portail et me dirigeai vers la maison, un peu sur la gauche, éclairée mais que j'aperçus seulement après avoir fait quelques pas dans une allée de terre jonchée d'aiguilles de pin.

Une voiture passa route des Serres à toute allure, vlouimmm ! Quand je me retournai elle avait disparu.

L'air sentait bon. Même l'odeur de la Benson que je parvins à allumer en marchant à grandes enjambées me parut différente.

La maison, plutôt petite, dans le style du pays ou faisant l'impossible pour en donner l'impression, tournait le dos à la route, contrairement à ce que j'avais d'abord pensé : la lumière provenait de la porte-fenêtre d'une chambre de derrière.

Je fis le tour et frappai à la porte d'entrée.

## XI

Miguel ouvrit aussitôt.

Dès que je l'aperçus, le passé proche me parut irréel, et l'idée qu'on me suivait presque fantaisiste. En même temps, la plus pesante des fatigues chut sur mes épaules comme des hauteurs du ciel. Je me retins de m'effondrer sur le seuil et de m'y lover comme un chien pour dormir.

Miguel me serra dans ses bras à m'étouffer. Il marmonnait des paroles indistinctes au sujet d'Éric.

— *Caro Marco*... Tu vas voir, ça va aller, ici.

Soudain, je levai la tête : j'entendais des voix dans la maison, féminines me sembla-t-il.

— Oui, il y a du monde. Deux copines.

Je dus avoir l'air contrarié.

— Je n'ai pas pu faire autrement, dit-il. Je t'expliquerai. Mais on va arranger ça, je vais les ramener dans un moment. Ne t'en fais pas. Tu verras, elles sont très gentilles.

Il m'entraîna à l'intérieur en me tenant par le cou. Nous entrâmes dans une salle de séjour, à gauche d'un petit hall. Deux femmes blondes en pantalon, très maquillées, étaient installées sur un canapé recouvert de tissu bleu. Elles se tenaient dans des postures identiques, un peu vautrées, jambes écartées, mains réunies au haut des cuisses. Elles étaient très jolies, d'un type de beauté un peu voyant. Celle de gauche était plutôt forte. Elle dit en m'apercevant :

— Ah ! voilà le copain !

Elles ne se levèrent pas, bien que la plus mince, qui souriait, en ait amorcé le mouvement, avant de s'aligner sans cesser de sourire sur l'immobilité réservée de son amie.

Miguel me les présenta d'un geste théâtral et ondulant :

— Jacqueline et Mado, deux charmantes amies de Cagnes qui m'ont fait la surprise de venir me tenir compagnie. Deux sœurs. On ne dirait pas, hein ? Leur voiture est en panne. Elles sont venues en car jusqu'à Vence, tu te rends compte ? Toutes leurs voitures tombent en panne. Une fatalité.

Je m'étais approché du canapé d'un pas de somnambule. Je leur serrai la main. Mado, celle qui souriait toujours, me gratifia d'un regard filtrant à incendier un tas de sable mouillé.

— Dites donc, vous venez de faire la guerre ! dit-elle en m'examinant des pieds à la tête.

Elle pouffa, puis ajouta sur un ton plus du tout moqueur, presque doux :

— Miguel nous a dit que vous aviez des ennuis ?

— Ce n'était pas une raison pour essayer de nous renvoyer comme des malpropres, dit la sœur, Jacqueline.

En la regardant mieux, je lui donnai bien trente-cinq ans. Mado devait être plus jeune.

— Je suis désolé, dis-je.

Je me laissai tomber dans un fauteuil.

— C'est fini, c'est fini, les filles, dit Miguel. Vous

savez bien que je suis content de vous voir. Tu dois être complètement crevé, Marc ?

— Complètement.

— Tu as trouvé facilement ?

— Oui. Enfin non, je me suis trompé une fois. J'ai atterri dans une espèce de lupanar. Ça s'appelle l'Auberge de Palerme, tu... vous devez connaître, non ?

— Oui, dit Mado.

— Un peu, dit Miguel. Lupanar, c'est beaucoup dire. Disons que pour un supplément de trois francs cinquante, on te les gratte pendant que tu bois ton coca, ça ne doit pas aller bien plus loin.

Il voulait détendre l'atmosphère, et il y réussit. Le sourire de Mado se transforma aussitôt en rire soutenu. L'idée qu'on vous les grattait pendant que... Non, vraiment, c'était trop, elle hoquetait.

— Très drôles, tes plaisanteries, dit Jacqueline d'un ton pincé.

Elle boudait. Ou plutôt, je commençais à m'en apercevoir, elle s'efforçait de bouder, sans réussir à paraître vraiment fâchée. Elle avait de beaux yeux, avec de très longs cils.

Mado poussait maintenant de petits cris saccadés et bredouillait des mots parmi lesquels on distinguait : coca... gratter... Une heureuse nature. Elle avait le rire facile. Miguel s'approcha de Jacqueline et lui caressa la joue :

— Ma belle, ne me regarde pas comme ça, tu me fais peur ! (Se tournant vers Mado :) Vingt dieux, si ses yeux c'étaient des bouteilles de propane, elle m'asphyxierait !

Mado faillit tomber du canapé en rugissant de rire. Miguel tenta d'embrasser Jacqueline. Elle se dégagea, mais sans brutalité.

— À propos de lupanar, dit-il en se redressant, j'ai été obligé d'aller voir un dermato à Antibes, hier matin. Eh oui. C'est seulement externe, mais enfin voilà, il faudra être un peu sage. Non, non, Jacqueline, n'insiste pas !

Il passa près de moi et me toucha l'épaule.

— Tiens, viens avec moi dans la cuisine. Tu dois crever de soif ? Je n'y pensais même pas, avec leurs embrouilles. Soyez sages, les biches, on revient tout de suite.

Je dus m'y prendre à deux fois pour m'extraire de mon siège. Je le suivis. Les deux femmes allumèrent des cigarettes.

Dans la cuisine, je vis trois verres et une bouteille de whisky vide. Je compris alors seulement que Miguel était plutôt soûl. Il s'aspergea le visage.

— Elles sont arrivées à l'improviste, me dit-il. J'ai essayé de leur faire comprendre qu'elles allaient gêner, mais la grosse s'est piquée, tu as vu. Maintenant que tu es là, assez rigolé, je vais les ramener en vitesse. On sera plus tranquille. À part ça, je t'assure qu'elles sont formidables toutes les deux. J'ai l'impression de les connaître depuis des années.

Je lui montrai la photo et la lettre anonyme. Et je lui parlai de la voiture allemande.

— Sacré Marc, va ! Quelle histoire ! C'est simple, je n'arrive toujours pas à y croire.

Je bus au moins un litre d'eau.

— Ça m'étonnerait qu'on te suive, mais enfin tu mettras quand même la 403 au garage. Au fait, elle marche bien ?

— Oui.

— Je t'avais dit que c'était costaud.

— Dis donc, j'espère que je ne vais pas t'attirer d'ennuis...

— Ne dis pas d'âneries. Ça fait longtemps que tu aurais dû venir.

Nous rejoignîmes Jacqueline et Mado, toujours avachies, sans doute un peu ivres elles aussi.

— Les bichettes, je vais être obligé de vous ramener à la maison. Mon ami et moi... Les affaires, vous comprenez.

Jacqueline pinça les lèvres et se leva. Elle me parut plus opulente debout mais belle de formes.

— Miguel, tu nous traites vraiment comme...

J'étais embêté. Je m'approchai d'elle et lui dis :

— Excusez-moi, c'est de ma faute. Excusez-moi toutes les deux. C'est vrai que j'ai des ennuis, des ennuis graves. Je suis vraiment à bout.

C'était un cri du cœur. J'avais même laissé passer dans ma voix plus de détresse que je n'aurais souhaité. L'effet sur Jacqueline fut immédiat et spectaculaire. Elle me regarda d'un autre œil, se rendit compte que je tenais à peine debout et s'excusa à son tour : elle était un peu énervée, chaque fois qu'elle buvait c'était pareil. Quant à Mado, je crus qu'elle allait se jeter sur moi et me couvrir de baisers tellement je l'avais émue. Miguel lui-même me demanda si je me sentais bien.

— Ça va, j'ai seulement besoin de dormir. Je vais m'allonger un moment.

— J'en ai pour un quart d'heure vingt minutes. Repose-toi, mange, il y a à manger dans le frigo. Je vais rentrer la 403.

— Non, je vais le faire.

Je les accompagnai dehors. Je frissonnai. Je ne m'étais jamais senti aussi épuisé de ma vie. Je craignis d'être malade.

Il sortit du garage une GS Citroën rouge.

— Elle n'est pas à moi, cria-t-il.

Au dernier moment, les sœurs m'embrassèrent, Mado d'abord, puis Jacqueline. Elles montèrent toutes les deux à l'arrière de la GS et me firent des signes par la vitre quand la voiture s'éloigna.

Pendant que je manœuvrais pour faire franchir le portail à la 403, deux voitures passèrent route des Serres, dont l'une frôla mon pare-chocs. Il était vraiment temps que je me repose. Mes mains tremblaient.

J'avançai dans le chemin jusqu'au garage. Des branches, cinglant la carrosserie ou la caressant, faisaient des bruits inquiétants. Peut-être parce qu'on n'entend jamais ce genre de bruits dans une voiture, ou rarement.

Je refermai bien le garage.

Au loin, à droite, on devinait la mer derrière le cordon de lumières de la côte. La maison, complètement isolée, semblait posée au bord d'une espèce de vallée d'où montait une rumeur de cigales et de grenouilles.

À une quinzaine de kilomètres à vol d'oiseau, le phare d'Antibes clignotait.

Je m'étendis sur le canapé. Je trouvai la pièce peu hospitalière, malgré la présence d'une cheminée et de meubles en bois sombre (du buis). Un bouquet de fleurs diverses finissait de se faner dans un gros vase carré posé sur une table aux pieds épais. Quelques pétales s'étaient accrochés au velours bleu qui gainait le téléphone, assorti au canapé et aux rideaux de la porte-fenêtre. L'ensemble faisait location de vacances. On devinait que la maison n'était pas habitée régulièrement, ni par la même personne.

Puis je fermai les yeux. Je ne les rouvrais que pour tirer sur ma cigarette — toutes les trois secondes à vrai dire. Curieuse correspondance : je ne savourais pleinement le goût de la Benson que si j'avais les yeux ouverts au moment où j'avalais la fumée.

Le sang battait en chaque point de mon corps. J'étais brûlant. Je n'aurais pas été étonné outre mesure d'avoir une fièvre de cheval.

Cinq minutes passèrent. Une vague inquiétude renaissante m'empêchait de m'assoupir. Je me mis à guetter les bruits. C'était idiot. À la fin, je ne pus rester allongé malgré ma fatigue. Je décidai d'aller manger quelque chose.

À la cuisine, le néon clignotait un long moment avant de s'allumer pour de bon.

J'attendis dans l'obscurité.

Soudain, tout mon sang reflua vers mon cœur : une large tache de lumière pâle se dessina sur le mur, au-dessus du réfrigérateur, puis disparut. Je ne voyais rien par la fenêtre.

La tache se forma à nouveau. C'était le phare d'Antibes. J'essuyai la sueur à mon front.

Le réfrigérateur était bien garni. Je savais Miguel gourmand. Il avait fait des achats de nourriture désordonnés mais abondants. J'eus envie de fromage blanc avec des fraises. J'avais la bouche sèche malgré toute l'eau que j'avais avalée. Je coupai les fraises en morceaux dans le fromage blanc, noyai le tout de sucre en poudre et remuai rêveusement.

Glacé. Délicieux.

En sortant de la cuisine, j'emportai une bouteille de bière. J'éteignis le néon. Par paresse, je n'avais pas pris de verre, mais je me ravisai. Je déteste boire la bière à la bouteille. L'eau minérale, oui. Mais la bière, non. Je ne lui trouve aucun goût et me mets de la mousse partout.

Je me retournai et avançai la main pour rallumer,

lorsque — nouvelle variation spectaculaire de mon rythme cardiaque —, lorsque je crus voir par la petite fenêtre de la cuisine, se découpant sur le ciel plus clair, une silhouette en mouvement.

Ce qui me restait de vie se réfugia incontinent et craintivement au bout de mes orteils. Des envies contradictoires m'assaillirent. La peur, la détresse et la lassitude m'incitaient à m'asseoir sur le sol, tête baissée, et à attendre la suite sans bouger. Puis, toute fatigue soudain évanouie, j'agis, avec grand sang-froid mais aussi avec grande inconséquence : je ne sais pourquoi, mon esprit fut obsédé par l'image de la chambre allumée à l'arrière de la maison. Il m'apparut d'une urgence et d'une nécessité absolues d'aller éteindre la lumière dans cette pièce.

Chambre de gauche. J'atteignis la porte en deux enjambées, l'ouvris et manœuvrai l'interrupteur, que je trouvai sans tâtonner.

Une seconde après je voyais, par la porte-fenêtre de cette chambre, distinctement cette fois, la silhouette d'un homme.

Donc il faisait le tour de la maison, et à grands pas.

Je me surpris à regretter l'absence d'une arme... À regretter l'habitude étourdie que j'avais prise de jeter les revolvers à droite et à gauche chaque fois qu'il m'en tombait un entre les mains.

La porte d'entrée, bien sûr : l'avais-je fermée à clé, après le départ de Miguel ?

Je me dis : premier arrivé...

Je fonçai.

J'arrivai le premier. Non, je n'avais pas fermé. À peine avais-je tourné la clé et le verrou que la poignée était ébranlée de l'extérieur.

Il était là, derrière cette porte. Porte assez solide.

Les volets métalliques étaient baissés partout, sauf dans la cuisine et dans la chambre que je venais d'éteindre. La cuisine ? Sûrement pas. Selon toute vraisemblance, l'homme allait revenir sur ses pas et briser la porte-fenêtre de la chambre.

Avais-je le temps de me précipiter et de baisser le volet ? Non. Et je n'étais pas assez sûr de mon hypothèse pour en tirer l'autre conséquence pratique, à savoir attendre cinq secondes, ouvrir la porte d'entrée et courir à travers la campagne sans me retourner jusqu'à la frontière italienne.

Troisième solution, intermédiaire : je rouvris sans bruit le verrou et posai la main sur la clé, et j'attendis. Essayant de réduire le souffle tonitruant de ma respiration, ce qui n'était pas aisé.

J'attendis.

Le retour imminent de Miguel achevait de m'affoler. À moins qu'il n'ait accepté un dernier verre chez Jacqueline et Mado... Non, il avait dû repartir le plus vite possible.

Le fracas de verre brisé, que je guettais, me fit néanmoins sursauter, craaac braaaoum bulibolibilibilibling bling bling ! Il démolissait la porte-fenêtre. Il allait bien arriver par-derrière.

Je fis alors moi-même ce que j'avais prévu : je tournai la clé — mais telle était ma frénésie qu'elle se coinça une, deux secondes —, ouvris la porte à toute volée et me ruai dehors.

Je poussai un cri de terreur.

L'homme arrivait, il était là, devant moi. Je faillis donner de la poitrine contre le revolver qu'il braquait.

Sa ruse avait parfaitement réussi. À peine avait-il brisé la vitre de la crosse de son arme qu'il n'avait fait qu'un bond jusqu'à la porte de devant, par où il avait deviné que...

Je reculai et faillis tomber en arrière.

Je ne peux tout dire en même temps.

J'avais cru reconnaître — et je reconnaissais bel et bien — l'allure robuste, la fausse élégance et les cheveux ondulés d'Alain Holmdahl. Et le même regard vague d'alcoolique.

— Encore toi ! dit-il.

Mais je n'aurais su dire s'il était réellement étonné de me voir.

— Laisse-moi entrer ! Je vais prendre froid, là-dehors !

Sur ce bon mot, il me poussa brutalement dans la salle de séjour. La bourrade, telle était sa façon d'être avec moi.

— Seul, hein ? dit-il en regardant autour de lui.

Puis il me tâta pour voir si je ne portais pas d'arme.

Pas d'arme.

Alain Holmdahl. Directement avec le propriétaire. Alain Holmdahl, locataire d'un immeuble appartenant à Jean Nalet. Son homme de main ? L'un de ses hommes de main ? Peut-être. Donc ce serait Jean Nalet qui... Non, rien de certain. Tout le monde trahit tout le monde, je m'étais souvent formulé cette explication, qui n'expliquait pas grand-chose. Et je n'étais guère en situation d'exiger des éclaircissements détaillés.

Il s'installa sur le canapé. Je me tenais face à lui, derrière la table, dos à la porte-fenêtre.

— Alors, c'est dans cette maison qu'il est, ce paquet ? Où ?

Rien à répondre. Je ne répondis rien.

— Non ? Alors dis-moi au moins ce qu'il y a

dedans ? Des diamants gros comme des oranges ? Des documents ? De quoi faire chanter le pape ? Ha, ha !

Un homme plein d'esprit. Le misérable se faisait rire tout seul. Que lui dire ? Rien. J'avais la tête vide. Non, je pensais à Miguel et à la photographie dans mon portefeuille.

— Je ne sais rien du tout, je...

— D'accord, d'accord, on va voir ça dans un moment, dit-il d'une voix changée.

Il fit passer le revolver dans sa main gauche et se pencha en avant. J'étais trop fatigué pour avoir peur. J'attendis passivement.

Mais il voulait seulement téléphoner. Il approcha le téléphone en le faisant glisser sur la table, décrocha, posa le récepteur, composa un numéro. Reprit le récepteur. Le trou noir du revolver me traquait avec l'obstination d'une tache sur l'œil.

— Allô ? C'est moi. Oui, je l'ai. Essaie de prévenir les autres. 2537, route des Serres, entre Cagnes et Saint-Paul. Une heure, d'accord. Je vous attends. Oui. (Il ricana :) Soyez tranquilles, vous allez le trouver à point !

Il me fixait avec une expression de malice écœurante en prononçant ces mots.

Il raccrocha. Il n'avait pas évoqué la possibilité d'autres occupants de la maison. Il avait dû me suivre en voiture (depuis quand ?), me perdre (quand je m'étais égaré moi-même ?), repérer la 403 plus tard. Non, me voir la garer, après le départ de la GS.

— Elle est à qui, cette baraque ?

— À moi. Elle était à mes parents.

— J'espère que tu n'attends pas de visites, ce serait embêtant pour tout le monde.

Qu'arriverait-il au retour de Miguel ? Miguel

remarquerait-il la vitre cassée ? Sûrement pas, avec la lumière éteinte. Il allait faire du bruit en rentrant, l'autre serait sur ses gardes.

— Non, lui répondis-je, pas à cette heure-ci. Je suis en vacances, j'allais me coucher, et je ne...

— D'accord, d'accord !

Il se leva, contourna la table.

— À nous deux. On a un petit moment à passer ensemble. J'aime bien les durs de soixante kilos. Je ne comprends vraiment pas ce qu'on te trouve...

Soixante-sept. Soixante-sept kilos.

— Écoute bien ce que je te dis : dans cinq minutes, tu m'auras raconté ta vie depuis la minute de ta naissance. Tu vas voir, ça va tout te revenir. Mets-toi bien ça dans la tête, tu t'éviteras beaucoup d'ennuis. Commençons par le paquet : où il est ?

Que dire, sinon la vérité, c'est-à-dire que je n'en savais rien ? Je le lui dis.

En un éclair, il me frappa sur la joue, sur l'os, du canon de son revolver, très fort. Je fis un pas de côté et fléchis sur la jambe droite. Je crus que j'allais m'évanouir. Mais la douleur, très violente, s'atténua aussitôt. Je ne sentais plus rien. Mes yeux s'étaient emplis de grosses larmes. Je portai la main à ma joue. Je saignais.

Oui, j'avais droit à tout...

Je le haïssais.

Rien n'était fini, je l'ai dit : je le haïssais non pour ce qu'il était en train de faire — mais parce que, peu à peu, Alain Holmdahl redevenait l'assassin de mon fils.

— Ça fait mal, hein ? Au fait, la bosse du petit, ça va mieux ? Père de famille ! Sacré gros malin, va !

Me serais-je jeté sur lui, l'aurais-je pris à la gorge et l'aurais-je étranglé malgré une, deux, quatorze, vingt et une balles dans le corps? Je ne le saurai jamais. Car, pour la deuxième fois en peu de jours, l'occasion me fut donnée de devoir rester impassible à tout prix, *à tout prix* : derrière Alain Holmdahl, à droite du canapé, la porte de communication s'ouvrait, centimètre par centimètre.

Miguel. Sans le moindre bruit, ni avant ni maintenant.

Miguel apparut.

Je détournai les yeux. Je peux presque dire que je n'avais pas regardé. Je criai à la brute, en me forçant à le fixer :

— Pauvre type! Vous êtes complètement cinglé!

Puis je continuai de l'insulter, d'une voix forte. Je n'eus le temps de rien voir : il me frappa au menton, de l'extrémité du revolver. Je poussai un cri, cette fois sans me forcer.

Miguel était dans la pièce et s'approchait.

Je fixai Alain Holmdahl.

— Crétin, regardez ce que vous m'avez fait!

Je lui mis sous le nez mes doigts tachés de sang. Je gémissais, sans trop me forcer non plus. Agacé par mon geste, il écarta violemment mon bras et s'apprêta à me frapper de nouveau en disant :

— Attends la suite, tu vas voir! Il va bien falloir que tu...

Il n'acheva pas. Miguel — il était maintenant à un mètre de lui —, Miguel bondit, s'empara de son poignet droit et le tira de côté. En même temps, il lui enserra le cou de son bras libre et tenta de le renverser en arrière.

— Merde! hurla Alain Holmdahl.

Deux coups de feu éclatèrent. La vitre de la porte-fenêtre vola en éclats, et un petit tas de poussière blanche dégringola du plafond.

Je pris mon élan et lui décochai un coup de pied. J'avais plus ou moins visé le ventre, mais il était parvenu à se retourner à demi et je l'atteignis à la cuisse.

Il était beaucoup plus fort que Miguel. Tous deux haletaient. Le revolver décrivait des courbes dangereuses. Miguel ne tiendrait pas longtemps.

Mon regard tomba sur le vase en verre, de la forme d'une brique. Je m'en emparai.

Alain Holmdahl me tournait presque le dos. Un troisième coup de feu retentit. Miguel eut un bref glapissement de douleur, mais je vis qu'il ne lâchait pas prise.

Je frappai.

Je crois que je poussai, moi, un véritable hurlement de rage en faisant accomplir à mon bras une ample trajectoire au terme de laquelle un coin du vase s'enfonça littéralement dans le crâne d'Alain Holmdahl, avec un horrible craquement, à l'arrière de son crâne, la partie qu'il m'offrait alors, dans la région de la nuque...

En frappant de toutes mes forces — plus fort que de toutes mes forces — je savais que je tuais. Je crois que je le savais.

Miguel se dégagea. Alain Holmdahl s'écroula sans une plainte, se retourna dans sa chute en heurtant le bord de la table et atterrit sur le sol à plat ventre.

Je criai à Miguel :

— Tu es blessé ?

— Non, non, c'est rien !

Il avait crié plus fort que moi. Scène de cauchemar. Nous respirions bruyamment, fixant Alain Holmdahl du même regard horrifié. Car un étrange liquide épais, rose et blanc, s'écoulait paresseusement de sa nuque...

Vision insoutenable. Une nausée m'obligea à

mettre la main devant ma bouche. Miguel releva sa chemise rougie. La balle avait emporté un peu de chair au creux de la hanche. Le sang imprégnait peu à peu son pantalon.

— Il faut te soigner !

Je ne savais que dire.

— C'est rien, juste écorché. Qui c'est ?

— Le locataire de la rue Charles Robin, tu sais...

— Merde, alors !

Nous nous dirigeâmes en même temps vers le canapé pour nous asseoir.

— Qu'est-ce qu'on va faire ? dis-je.

Miguel ne répondit pas. Il avait le visage transparent.

— Je l'ai tué, dis-je.

J'eus un sanglot nerveux.

— Qu'est-ce que tu voulais faire ? dit Miguel. Le coup d'après il me trouait le ventre, et après c'était toi. Putain, le salopard !

— C'est bien ce que je t'avais dit, ils me courent après. Il m'a demandé où était... Ils s'imaginent... Merde ! m'écriai-je soudain.

J'avais complètement oublié.

— Qu'est-ce qu'il y a ?

— Les autres vont arriver !

— Quels autres ?

— Je ne sais pas, ses copains. Il a téléphoné juste avant que tu arrives pour donner l'adresse... Il a dit qu'il les attendait dans une heure. Bon Dieu, je n'aurais jamais dû venir ici !

Miguel se leva d'un mouvement décidé. Il me dit plus tard que l'état effrayant dans lequel il m'avait vu lui avait rendu une partie de son énergie.

— Impossible de le laisser là. On va l'emballer et l'enterrer quelque part, il n'y a pas d'autre solution.

Je pense à un coin... Après, on ira dormir chez les sœurs. Ne te fais pas de souci, on va s'en sortir.

Je le regardai. Il était toujours pâle, ruisselant de sueur, tremblant de nervosité. Mais le fait est que cette nervosité se traduisit le reste de la nuit par des actes efficaces.

— Attends une seconde. Ne t'en fais pas, tu vas voir.

Il sortit de la pièce.

Mon menton saignait. Je tenais à peine debout. Miguel revint avec un drap. Il s'était changé et s'était confectionné un vague pansement au moyen d'un paquet de coton entier et de sparadrap.

— Tout à l'heure, tu iras te débarbouiller un peu. On va le transporter dans le coffre, si jamais on tombait sur des flics...

Il étala le drap.

— Tiens, on va déjà le mettre là-dedans, sinon je vais dégueuler. Son flingue aussi. Tu peux m'aider ?

— Oui !

Nous retournâmes le corps sur le drap. Je m'appliquai à ne pas regarder.

De face, c'était plus supportable. Et l'idée de nouveaux arrivants animés des mêmes intentions amicales qu'Alain Holmdahl me donnait peu à peu un semblant de courage.

Avec une grimace de répulsion, Miguel tira un portefeuille de la veste du cadavre. Il en ôta tous les papiers et les fit brûler dans la cheminée.

Puis nous entreprîmes de ficeler le cadavre dans son drap, en nous servant de cordons de rideaux que Miguel avait arrachés.

— Qu'est-ce qui va se passer, pour la maison ? lui dis-je. Mon pauvre Miguel, je suis venu te...

— Non, ne t'en fais pas pour ça. La maison appartient à un type qui n'habite plus en France. Elle sert de planque, ou simplement de dépannage, comme pour moi. C'était provisoire, je dirai que j'ai trouvé à me loger ailleurs. Ne t'en fais pas.

Pendant que Miguel rassemblait ses affaires, et sur ses indications, je nettoyai les traces de sang dans la pièce, ramassai les fleurs fanées éparpillées sur le sol, retrouvai deux balles et enfonçai un bouchon de papier dans le petit trou bien net qu'avait fait la troisième en se fichant dans le plâtre du plafond. Au moins, ça ne sauterait pas immédiatement aux yeux.

Je fis même couler de l'eau chaude sur le vase, en regardant ailleurs...

Puis je me rinçai le visage.

Nous transportâmes le corps d'Alain Holmdahl dans le garage. Il fallut lui replier les jambes pour qu'il tienne dans le coffre de la 403. Tripes et boyaux me remontèrent à nouveau dans la gorge. Mais je parvins à stopper leur offensive pourtant résolue.

— Et les vitres cassées ? dis-je à Miguel.

— C'est rien, je m'arrangerai.

Peu après, nous quittâmes la maison.

J'attendais dans la 403 que Miguel me précède. Alain Holmdahl s'était garé assez loin, Miguel plus loin encore. En revenant de Cagnes, il avait remarqué un homme à pied près du portail. Il avait eu la présence d'esprit de ne pas s'arrêter et de continuer à rouler à la même allure.

Je tirais sur ma cigarette à m'en friper les poumons. Je guettais Miguel dans le rétroviseur. Je m'attendais presque à voir le coffre de la 403 se soulever et Alain Holmdahl en sortir, lent et implacable dans ses mouvements... Et je priais le ciel que ses amis n'aient pas pris trop d'avance.

Il n'avait pas fait le voyage avec sa Volkswagen. La voiture était une Renault 20, que lesdits amis allaient vraisemblablement récupérer. Ses amis... Allaient-ils croire, en ne le trouvant pas dans la maison, qu'il les avait « doublés », après m'avoir arraché des aveux? Appâté, séduit, fasciné par l'inestimable contenu du paquet? Ou qu'il marchait avec moi, et que nous avions fui ensemble?

Trahison, toujours!

Une chose était certaine : cette double disparition ne serait pas de nature à les convaincre de mon innocence et de mon ignorance.

Je suais à grosses gouttes. Je me cramponnais au volant pour empêcher mes mains de trembler.

Appel de phares dans le rétroviseur. La GS arrivait.

J'enclenchai la première. Il était minuit moins le quart. Une demi-heure, trente-cinq minutes au plus s'étaient écoulées depuis qu'Alain Holmdahl avait téléphoné.

Je suivis Miguel. Nous descendîmes la route des Serres en direction de Cagnes.

Immédiatement après un hôtel appelé les Bartavelles, nous prîmes à droite un petit chemin goudronné, le chemin de Rome. Seuls deux ou trois riverains passaient par là, m'avait dit Miguel. Ce chemin de Rome était bordé de terrains en friche destinés en principe à la construction, mais dans des délais qui pouvaient être très longs.

Après un kilomètre, Miguel s'arrêta. Il sortit la pelle qu'il avait mise dans le coffre de la GS.

Nous fîmes quelques pas. Nous eûmes la chance de repérer un endroit sablonneux. Les environs étaient déserts. On apercevait vaguement au loin le toit d'une maison.

— C'est le coin le plus tranquille, dit Miguel. Allons-y !

Et nous nous retrouvâmes en train de creuser une tombe, à minuit, pour y dissimuler le corps du deuxième homme que j'avais tué... Je n'y pensais même pas alors. J'avais perdu toute faculté d'étonnement.

Nous creusions à tour de rôle, soufflant et geignant comme des ânes. Celui qui ne creusait pas faisait le guet.

Nous parvînmes assez vite à la bonne profondeur.

Il fallut encore extraire Alain Holmdahl de son tombeau provisoire et le transporter. Le cadavre semblait moins docile qu'auparavant, on aurait dit qu'il se tortillait en tous sens en manière de protestation. Il fallut le disposer dans le trou. Faire la grimace en imaginant la torsion que subissait son cou au moment où le drap m'échappa des mains et où sa tête heurta une pierre plate sur le rebord de la tombe avec un affreux bruit mat, mlâf ! (Cette fois je n'y tins plus, je courus m'isoler dix secondes pour vomir.) Reboucher le trou. Bien camoufler notre petit travail de terrassement.

Ainsi s'acheva la destinée de mon brutal successeur de la rue Charles Robin.

Retour aux voitures. Mon cœur menaçait d'exploser dans ma poitrine.

Nous continuâmes le chemin de Rome. Nous passâmes devant quelques villas endormies, traversâmes plusieurs carrefours miniatures, et, au terme d'un trajet bref mais labyrinthique, fouillis de petits chemins qui semblaient destinés aux enfants pour leurs jeux, nous débouchâmes sur un axe plus important, appelé la Pénétrante, qui nous mena à Cagnes en dix minutes.

Ceux qu'il me fallait bien appeler mes poursuivants devaient arriver au 2 537, route des Serres. Et se remettraient bientôt en chasse...

Pour l'heure, personne ne nous avait suivis.

# XII

Jacqueline et Mado habitaient 35, boulevard de la Plage à Cagnes, un appartement au quatorzième et dernier étage d'un immeuble de grand standing, dont la vaste façade donnait sur la mer.

Miguel s'expliqua dans l'interphone : elles ne dormaient pas encore ? Tant mieux. Des ennuis, en effet. Des gros. Énormes. Si elles voulaient bien...

Quelques minutes plus tard, la 403 était à l'abri dans le garage souterrain de l'immeuble, et Miguel et moi anéantis dans de profonds fauteuils en cuir clair, hagards, encore essoufflés, pendant que les filles vidaient leur pharmacie pour nous soigner. Elles ne posaient aucune question, se bornant à nous accabler, Mado surtout, de : « Mes pauvres chéris ! », « Mes pauvres choux ! », « Oh là là mon gros chat ! », et autres gentillesses de la même eau.

Miguel nous gratifia mezza voce d'un petit air d'opérette et d'un intéressant numéro de contorsionniste quand Jacqueline lui lava le flanc à l'alcool à quatre-vingt-dix. Sa blessure n'était pas profonde, mais la chair était à vif sur une large surface.

Mado s'occupa de moi avec une douceur craintive, au point que je dus l'exhorter moi-même à plus d'énergie dans ses soins. Mes plaies proprement dites étaient insignifiantes, mais j'avais reçu des coups très violents. Ma joue gauche et mon menton prenaient des teintes subtiles et changeantes d'instant en instant. Elle désinfecta d'abord les endroits où la peau était ouverte, puis m'appliqua des tampons de coton noyés dans l'arnica, enfin barbouilla la moitié de mon visage de je ne sais quel onguent, sans doute efficace, mais qui acheva de me faire une tête de carnaval.

— C'est incroyable, dit Miguel quand nous fûmes rafistolés, j'ai faim. Ça m'a creusé, je t'assure ! Pas toi ?

— Moi non, pas du tout faim.

— On a un reste de tarte aux pommes, dit Jacqueline.

— Vous n'avez pas de salé ? J'aimerais mieux du salé.

— Si, un steak, si tu veux. On a trois steaks d'avance.

— D'accord, un steak. Avec cinq kilos de riz, ce sera parfait. (Miguel était comme moi grand amateur de riz.) Je ne sais pas comment ça se fait, dit-il encore en me regardant, je meurs de faim. Enfin, il vaut mieux mourir de ça...

— Et toi ? demanda Mado, qui continuait de me trouver à son goût malgré ma physionomie de comique troupier.

— Une infusion, une verveine, si vous avez. Je ne pourrais pas avaler une demi-biscotte. Et... est-ce que vous avez des somnifères ?

— Oui. Jacqueline en prend tout le temps.

— C'est du Nocturan, dit Jacqueline, ça détend bien.

— Parfait. Vous en avez combien de flacons ?

Elles rirent, surtout Mado, à qui il en fallait beaucoup moins.

Je crois que nous atteignîmes alors, Miguel et moi, un point culminant de nervosité. Des milliers de bestioles filiformes me couraient sous la peau. Je pris quatre comprimés de Nocturan et attendis qu'ils produisent quelque effet, en buvant une verveine par petites gorgées et en fumant.

Miguel mangeait voracement, ou du moins il essayait, car sa viande avait l'air coriace. Il se rattrapait sur le riz. Nous échangions parfois des regards piteux. Mais il ne perdait pas une occasion de faire le clown.

— Délicieux, ce steak, dit-il à un moment. Dommage qu'il soit traversé de filins d'acier. Parfois il suffit d'un rien, pour gâcher...

Il fut secoué d'un bref fou rire, puis grimaça parce que se gondoler de la sorte agaçait sa douleur au côté. D'ailleurs, il se montra extrêmement grimaçant toute cette nuit. Il était difficile de saisir ses traits au repos.

Plus tard, il annonça qu'il allait dans la salle de bains pour se soigner, « des soins importants, ceux-là », dit-il.

Il me donnait sans arrêt de petites tapes sur les épaules pour me remonter le moral, ou bien il me prenait par la nuque et faisait exécuter à ma tête quelques va-et-vient affectueux.

— Le dermato m'a donné une pommade qui est pour les yeux, normalement. Il m'a dit que c'était plus doux, ça décapait moins. Je me suis marré, à la pharmacie, quand la vendeuse m'a montré comment il fallait faire, me tirer sur les paupières et tout ça.

Mado riait presque sans arrêt.

Il fut deux heures, tout le monde alla se coucher.

Les filles occupaient un quatre-pièces vaste, confortable, décoré avec un bon goût surprenant, bien meublé et surtout parfaitement insonorisé. Elles avaient chacune leur chambre, avec des lits à deux places. Elles nous installèrent dans la chambre de Mado. C'était une chambre toute rose, qui donnait derrière l'immeuble.

— C'est joli, de ce côté, vous verrez demain matin. Il y a un grand parc et une piscine.

Elles ne nous avaient pas posé une seule question indiscrète, simplement : « Vous vous êtes battus ou quoi ? En tout cas, vous avez pris une sacrée raclée ! C'est quand même pas une balle, qui a fait ça ? » À quoi Miguel avait répondu que non, que c'était en passant des barbelés trop vite, et elles n'avaient pas insisté. Merveilleuses toutes les deux. Et très jolies, surtout Mado.

Nous nous souhaitâmes bonne nuit.

Je croyais avoir sommeil. Je dis à Miguel que je n'avais plus la force de parler, et je me retournai dans le lit.

Hélas, comme il était prévisible, les comprimés de Nocturan n'avaient remporté qu'une victoire éphémère sur mes nerfs en folie, lesquels opposèrent très vite une résistance acharnée, et même répondirent par une contre-attaque telle qu'au bout d'une demi-heure je me tortillais sous le drap comme un poisson dans une poêle à frire.

Miguel était à peine plus calme. Il ne pouvait pas dormir non plus, en partie à cause des événements, en partie à cause des effrayantes quantités de riz qu'il avait absorbées et qui commençaient à peser sur son estomac.

Nous finîmes par rallumer et, comme il était aussi prévisible, nous discutâmes de l'affaire le reste de la nuit, le dos appuyé contre de doux et soyeux coussins roses à fleurs.

Je fumais sans discontinuer.

Au matin, après avoir passé en revue mille fois les mêmes questions et les mêmes réponses imparfaites, nous n'étions pas plus avancés.

Le paquet, le fameux paquet, cause de cette agitation de fourmilière, semblait constituer une énigme pour plus d'un, cachette et contenu. Pour plus d'un, ou pour tous.

— Le gros caïd, le copain de ta cousine, tout vient de lui, dit Miguel. C'est pour ça que ton type de Caluire t'a dit ça.

Je venais de répéter à Miguel la phrase prononcée à un moment par l'infirme : « Si c'est le bon paquet, félicitations. »

C'était en effet plausible : Maxime Salomone était à l'origine de l'affaire, il dissimulait un certain objet qui, de ce fait, ne pouvait être que précieux, rare, de très grande valeur, etc., et le lui dérober ne constituait pas un mince exploit. Méritait des félicitations. Mais justement, on ne le lui avait pas dérobé... Et mes poursuivants semblaient croire que je le possédais, moi, ou en tout cas que je savais où il était.

Un homme au moins me savait innocent : celui, Jean Nalet ou un autre, qui m'avait envoyé chemin de Vassieux. Qui m'avait trompé. Qui s'était servi précisément de mon innocence, de ma naïveté. Oui, mais il y avait eu auparavant l'achat du revolver, donc il pouvait déjà penser que je n'étais pas d'une pureté sans taches... Il y avait eu, ensuite, mon passage à la clinique Lamartine. Et aujourd'hui, Alain Holmdahl. Cet homme — Jean Nalet ou un autre — ne finirait-il pas par me considérer lui aussi comme un concurrent, nouveau mais doué, qu'il aurait mis lui-même imprudemment dans le circuit ?

Et qui étaient les autres concurrents ? Qui me suivait ? Certains me prenaient-ils encore pour Mathieu ? Quel était le rôle de ce Mathieu ? Et la lettre anonyme ? Et la jeune fille sur la photographie ?

Nous tournions en rond.

— Tu penses toujours essayer de la retrouver ? dit Miguel.

— Oui.

— Ça ne t'a pas suffi, tout à l'heure ?

— Tu sais, que je la cherche ou que je fasse autre chose, c'est pareil...

— Peut-être, peut-être pas. Pour en être sûr, il faudrait savoir ce qu'elle vient faire là-dedans. De toute façon, je t'accompagnerai.

— Non, Miguel, non. Je t'ai déjà mis dans la merde...

— C'est toi, qui es dans la merde.

— Et la maison ?

— Ne t'en fais pas. Je n'étais dans cette maison que pour quelques jours. Je cherchais un appartement dans le coin. Je dirai que je suis parti aujourd'hui, en début d'après-midi, c'est tout. Les gens qui te courent après ne savent pas qui je suis, ils ne savent même pas que j'existe.

— Justement, il n'est pas question qu'on nous voie ensemble.

— Attends, attends, on va réfléchir.

Miguel eut l'occasion de me parler de ses activités de sous-fifre, comme il disait, tranquilles, rémunératrices.

— J'étais même étonné qu'on me paie bien, enfin, pas mal, pour faire le touriste sur la côte, avec une

GS toute neuve, et puis... Je crois que je commence à comprendre comment ça fonctionne...

Il hésita, et m'avoua qu'un travail plus risqué lui était réservé pour bientôt. On avait décidé d'utiliser ses remarquables qualités de conducteur pour une opération, un « casse » dans un grand hôtel de Cannes. La recette de l'hôtel ? Non, me dit-il, bien sûr que non, moins dangereux, plus malin : il s'agissait de vider les coffres-forts individuels réservés aux gros clients, aux « huiles » de toutes nationalités qui défilaient en été sur la Côte. Cela signifiait argent, bijoux, objets de valeur, oui, mais aussi documents compromettants, contrats, photographies, etc., qui devaient permettre par la suite de fructueux chantages.

C'est du moins ce qu'il avait compris. On ne lui donnait que peu de détails. Sa participation serait à la fois modeste et nécessaire : il attendait d'abord derrière l'hôtel dans une voiture. Ensuite, il fonçait. C'était tout, et c'était beaucoup...

Sans les circonstances de cette nuit, Miguel ne m'aurait sans doute rien dit de ce projet. Je le suppliai de renoncer, de se retirer à temps, d'une voix que le Nocturan rendait pâteuse et traînante. Je n'arrivais pas à me dégager de certaines syllabes, qui s'étiraient interminablement et retenaient prisonniers mes organes de la parole.

Puis je me laissai aller à un discours décousu où il était question d'Isabelle et d'Éric, de Barcelone, d'Antonio Gades, d'Alain Holmdahl (dont je parlai dans mon demi-sommeil comme si je n'étais pour rien dans sa mort, comme s'il avait fait une simple chute), et même de ma mère, disparue depuis tant d'années.

Vers le matin, Miguel finit par s'exprimer lui aussi

avec difficulté. Parfois, nous parlions en même temps. Il téléphonait chaque jour à Danielle, dit-il. Ils s'engueulaient au téléphone. Il avait envoyé un peu d'argent. Les enfants lui manquaient. Le patron d'une boîte de nuit, à Lyon, l'employait fictivement, de manière à ce que... Oh, il retournerait voir Danielle et Rafael, et la petite Annie, sa préférée, dès que Danielle serait calmée. Mais il n'était pas question de reprendre la vie commune, il s'amusait bien trop ici. Jacqueline et Mado étaient épatantes. « Tu as remarqué, les cils de la grosse ? » Jacqueline lui faisait un effet ! Il suffisait qu'il jette un œil sur son gros derrière tout rond pour...

— Je ne sais pas si c'est encore l'énervement d'hier soir qui ressort, dit-il, mais j'ai les burnes toutes gonflées. Sans cette irritation bénigne, j'irais bien la sauter. Mais enfin on les a assez emmerdées cette nuit, si en plus je lui infecte le chinois. Elle m'a dit que j'avais les jambes trop minces, cet après-midi. Je lui ai dit que quand j'aurai les jambes aussi minces qu'elle a le derrière énorme, je me ferai du souci. C'est pour ça, aussi, qu'elle faisait la gueule. (D'une voix de plus de plus alourdie :) Enfin, ça ne l'empêche pas de se laisser bourrer jusqu'aux yeux. Elle m'adore. Qu'est-ce que je me marre, ici ! J'ai bouffé trop de riz, nom de Dieu !

Puis :

— Tu lui plais bien, à Mado.

Il était sept heures. Le sommeil interrompit d'un coup notre dialogue d'ivrognes. Miguel s'endormit dans la position où il se trouvait, adossé aux coussins, c'est-à-dire qu'il me dégringola dessus au bout d'une minute. Je dormais presque moi-même et je n'eus pas le courage de me dégager...

Nous nous éveillâmes ensemble à trois heures de l'après-midi. Nous restâmes un moment hébétés, dans la lumière rose de la chambre de Mado. Je me demandais où je pouvais bien être.

Dans un coin de la pièce, derrière un fauteuil, un gros chien en peluche rose me regardait de travers. Je ne l'avais pas remarqué la veille.

Ma joue me faisait mal, plus que le menton.

La scène de la veille me revenait par fragments. Scène d'horreur extrême, qui m'avait bouleversé — mais dont l'indifférence et l'oubli, déjà, commençaient à entamer la réalité...

— Incroyable ! dit Miguel, qui pensait à la même chose.

— Oui.

— Bon, on va essayer de ne pas trop y penser.

Nous nous habillâmes.

— Comment tu trouves l'appartement ?

— Drôlement bien. Quel silence, on n'entend rien du tout. Elles sont riches ?

— Oui, assez.

Il m'apprit que les deux sœurs étaient propriétaires de l'appartement. Pas du tout des putes, dit-il. Elles avaient vécu entretenues pendant des années, avec des compagnons douteux, des gens du « milieu » marseillais mais toujours les mêmes, et en épouses presque modèles. L'ami de Jacqueline était mort de maladie, celui de Mado avait dû fuir au Venezuela pour se faire oublier. Tous deux s'étaient montrés généreux. Grâce à la sagesse de Jacqueline, elles avaient mis de côté pas mal d'argent. Elles avaient décidé de vivre ensemble et de prendre du bon temps. Elles couchaient facilement, dit encore Miguel, mais pas avec n'importe qui, nuance.

Les deux jours passés avec Jacqueline et Mado restent dans mon souvenir comme une halte paisible, une parenthèse presque heureuse, que j'ai plaisir à revivre. Leur insouciance et leur gentillesse infaillible m'aidèrent à ne pas trop penser, et sans doute me donnèrent des forces pour la suite. Mes ricanements étaient moins amers. Au lieu de les laisser, comme j'ai dit, me déchirer les entrailles, il m'arriva de plaisanter sans amertume, de rire bouche ouverte, franchement, ce qui ne m'était pas arrivé depuis bien longtemps.

Elles s'étaient levées à onze heures. Elles n'avaient rien de spécial à faire aujourd'hui. Si, Jacqueline, un rendez-vous chez un coiffeur chic de Nice, pour un « balayage ». Elle nous expliqua de quoi il s'agissait : rien à voir avec une vulgaire teinture, d'ailleurs la séance coûtait quatre cents francs. Ces « balayages » blondissaient sa couleur châtain naturelle et surtout dissimulaient ses quelques cheveux blancs, qui la tracassaient beaucoup. Je lui montrai les miens, pour la consoler.

— Sans ça, tu serais moins chou, me dit Mado.

Après le petit déjeuner, elles s'occupèrent de nos blessures, lavèrent nos vêtements de la veille dans la machine à laver et cirèrent nos chaussures.

— Pas mal, tes écrase-merde, dit Miguel à cette occasion, remarquant mes bottines pour la première fois.

Vers quatre heures, elles s'en allèrent, Jacqueline à son balayage, Mado faire des courses pour le repas du soir. Miguel lui demanda de rapporter quelques journaux.

Un calme extraordinaire régnait dans l'appartement. On n'entendait rien de la circulation du boulevard. En plus du double vitrage, une épaisse moquette recouvrait les murs et le sol.

Dès qu'elles furent parties, je cherchai dans l'annuaire le numéro de la Bibliothèque municipale de Nice, et je téléphonai. Je tombai sur un répondeur automatique : en été, la bibliothèque fonctionnait au ralenti, seule une permanence était assurée deux après-midi par semaine, de deux à quatre, le mardi et le vendredi. On était jeudi et il était quatre heures et demie, ce qui m'évita d'être tenté de faire une démarche tout de suite.

Puis j'appelai Emilia, toujours à Meximieux. Elle aussi me parut lointaine et un peu irréelle. Elle ne savait rien encore de la mort de Maxime Salomone.

Miguel avait deux coups de fil à passer, l'un à Danielle et l'autre à ses « amis » niçois, pour leur signaler son départ de la maison route des Serres. Je le laissai seul. En quittant la pièce, je claquai la porte par mégarde. Je me crispai légèrement, dans l'attente du bruit, mais, grâce à un système d'amortissement en caoutchouc, la porte ne fit pas plus de bruit qu'un moineau se posant sur un tas de foin à la campagne.

J'allai à la salle de bains faire ma toilette.

Comme nous nous y attendions, nous ne trouvâmes rien dans les journaux. Puis Miguel et les sœurs descendirent à la piscine. Je ne les accompagnai pas. J'expliquai que je ne savais pas nager et que j'avais horreur de l'eau. J'eus du mal à les convaincre de ne pas renoncer à leur baignade à cause de moi.

Je m'installai dans une chaise longue sur le balcon côté mer. Je crois que je dormis un peu.

Ensuite, je m'accoudai au balcon et contemplai

longuement la mer. Contempler la mer, telle est ma façon d'aimer l'eau.

Quand j'en eus assez, je traversai l'appartement et me mis à la fenêtre de la chambre. Je me penchai. Je voyais la piscine. Mado, étendue sur le dos, m'aperçut et me fit un grand signe, à quoi je répondis par un petit signe.

Ils remontèrent.

Miguel joua de la guitare. Jacqueline et Mado écoutaient avec un grand respect et un peu d'ennui. Il les fit sourire quand il leur dit que j'étais professeur de musique : elles ne le crurent pas. Elles voyaient bien que je n'étais pas un redoutable hors-la-loi, mais, dirent-elles en substance, de là à leur faire avaler que je tenais l'harmonium dans un patronage, ha, ha ! ce Miguel, toujours le même, etc.

Puis elles comprirent que c'était vrai. J'achevai ainsi de séduire Mado. Elles ne surent rien d'autre de moi, pas même mon nom. Je ne parlai pas d'Isabelle et d'Éric. Cet anonymat m'était agréable.

À huit heures et demie, nous regardâmes le film de la troisième chaîne. On donnait ce soir *Les quatre cavaliers de l'Apocalypse*, de Vincente Minnelli, film que j'avais vu jadis au cinéma en version originale, cinémascope et métrocolor. Je me souvenais d'avoir été frappé par la formidable apparition des cavaliers en question, la Conquête, la Guerre, la Pestilence et la Mort, chevauchant de front et brandissant leurs attributs respectifs sur fond de nuées rouges tourbillonnantes.

Hélas, Jacqueline et Mado n'avaient qu'une télévision noir et blanc, non bien sûr par économie, mais parce qu'on les avait persuadées un jour que la télévision en couleurs était très mauvaise pour les yeux, à la longue, risque de cécité, dit Mado. Elles étaient vraiment drôles et adorables.

Je dois encore ajouter que je ne regardais jamais la télévision, qu'Isabelle et moi n'avions pas de poste, et que c'était la première fois de ma vie ou peu s'en fallait que je m'installais ainsi de mon plein gré pour voir un film dans ces conditions.

Le film commença. C'était pire que ce que j'avais craint. Le cinémascope était réduit à une bande étroite et tronquée à ses deux extrémités, si bien qu'on assistait à des dialogues passionnés dans des lieux vides de toute présence humaine. Glenn Ford, doublé sans doute par un vieillard édenté et usé par les soucis, émettait des suites de chuintements lugubres auxquels je ne comprenais rien. Surtout, je me dis que le procédé de couleurs métrocolor devait souffrir plus que d'autres d'une projection en noir et blanc, car les images étaient ternes, indistinctes, sales. Les réglages ne faisaient qu'aggraver les choses. Le pire, ce fut évidemment les quatre cavaliers, dont je guettais malgré tout l'apparition. Quand ils arrivèrent, on vit l'écran soudain envahi par un nuage grisâtre, trouble et clapotant qui n'évoquait que de très loin la grandiose chevauchée allégorique prévue par le metteur en scène. Bref, après trois quarts d'heure de film, il restait difficile de déterminer si nous assistions à une reconstitution à petit budget de la retraite de Russie, à une opération à cœur ouvert ou à un documentaire sur le ravalement des façades.

De l'intrigue, nous ne percevions qu'une ombre fugitive. C'était irritant.

Jacqueline et Mado se levaient de plus en plus souvent pour aller surveiller le repas dans la cuisine, où elles restaient de plus en plus longtemps.

Miguel et moi buvions apéritif sur apéritif.

À dix heures moins dix, à la satisfaction générale, je proposai de mettre fin à l'étrange et pénible spectacle.

— De toute façon, ça manquait de scènes de cul, dit Miguel en se mettant à table.

Puis, à un moment où les sœurs n'étaient pas là :

— Ça va, Marc ?

— Ça va.

Je me trouvais bien dans l'appartement, avec les deux sœurs.

— Tant mieux. (Après un silence :) De toute façon, le type... Qu'est-ce que tu voulais faire d'autre ? Nous, on est vivant, et on boit du pinard...

— Ce n'est pas que je n'y pense pas, dis-je, mais j'ai l'impression que ça s'est passé il y a dix ans.

Les sœurs arrivèrent de la cuisine, chargées de plats.

Repas délicieux. J'aimai le poisson pour la première fois de ma vie. Il est vrai que les soles avaient été choisies et préparées de main de maître. Quant au vin blanc qui les accompagnait, il aurait fait chanter *Auprès de ma blonde* à un moribond.

Nous parlâmes cinéma. Les sœurs avaient un goût pour les mauvais films presque touchant tellement il était systématique.

Miguel buvait comme un trou, et je buvais à peine moins que lui.

— Tu te souviens, le film porno à l'ABC ? me demanda-t-il, secoué d'avance par le fou rire.

Il raconta le film à sa façon. Mado dut quitter la table tellement elle riait. Une fois lancé dans le registre sexuel, Miguel ne s'arrêta plus. Un jour, dans un hôtel aux cloisons minces, dit-il, il avait cru entendre dans la pièce voisine de la sienne un homme « qui se branlait à foutre en l'air la baraque ». Or il s'agissait en fait d'une dame âgée se mettant des boules Quies dans les oreilles : elle les malaxait entre ses mains pour les amollir, ce qui produisait un bruit de frottement chair contre chair. Comme elle était étroitement bordée dans son lit, elle tenait ses bras levés au-dessus de sa tête, elle se fatiguait et commençait peu à peu à haleter. Enfin, une fois les boules enfoncées, elle poussait toute une série de petits grognements destinés à vérifier l'étanchéité sonore de leur mise en place.

Et dix autres anecdotes semblables, qui, par la grâce du vin blanc et des talents de narrateur de Miguel, nous tenaient hilares et allumaient dans l'œil des femmes un feu coquin toujours plus vif.

Au dessert, Jacqueline bouda cinq minutes parce que Miguel, à la bouche de qui elle présentait tout découpés de petits morceaux d'ananas, lui dit que ses mains sentaient les champignons. Il se rattrapa en vantant la longueur (réellement extraordinaire et troublante) de ses cils : quand elle battait des paupières un peu vite, nous dit-il, on était obligé d'empêcher les journaux de s'envoler dans la pièce.

Je rencontrai plus d'une fois le regard de Mado fixé sur moi. À la fin de la soirée, je m'abandonnais volontiers moi-même au plaisir d'entrevoir ses jolis seins quand elle se penchait pour secouer sa cendre, et de savourer son perpétuel sourire en coin, plus fin et moins niais que je n'avais pensé d'abord, un sourire de santé, de bonheur d'être communicatif, d'affection généreuse.

Le repas terminé, nous ouvrîmes une dernière bouteille, puis une toute dernière.

La nuit était encore jeune, selon une expression allemande qu'aimait Isabelle, et dont elle usait le soir, à l'heure où son tourment obscur la laissait enfin en paix.

Miguel s'était installé à côté de Jacqueline et parfois lui caressait le dos sous son chandail. Jacqueline, très en beauté, était toute changée par ses cheveux bouffants récemment « balayés ».

— Quand je pense qu'hier soir à la même heure... dis-je.

— Pense à ce soir. Tu as remarqué que je ne suis plus enrhumé ? J'ai le pif sec comme un coup de trique. Putain de garage ! J'en avais marre, d'entendre ces chats miauler ! Maintenant, c'est moi qui miaule, ha, ha !

Il vida son verre et ajouta :

— J'ai bien fait de quitter cette putain de ville !

— Et moi, dis-je machinalement, presque sans m'entendre, je n'aurais jamais dû la quitter.

Je me levai pour aller pisser. Au retour, je trouvai Mado seule.

— Pfft ! Ils sont partis ! dit-elle en lançant ses mains ouvertes en direction du plafond.

Elle me prit alors par la main et m'entraîna dans sa chambre :

— Viens, on va aussi se coucher !

J'avais envie de Mado. D'un rapport charnel avec elle. Mais, comment dire, étaient-ce les circonstances, le vin blanc, sa personne, d'autres et plus lointaines raisons, d'un rapport... passif.

Sans pénétration. J'étais soûl, elle encore plus. Nous fûmes bientôt nus sur son lit. Elle avait laissé allumé, trois lampes en tout, j'aime bien voir, hi, hi, hi ! elle écarta les jambes sans façon et m'attira sur elle, et il m'apparut tragiquement indubitable qu'elle attendait de moi une exécution immédiate et forcenée. Or, non.

Non. Elle me caressa les fesses, puis glissa une main entre nos ventres, et constata que non. Elle crut d'abord que je ne la trouvais pas à mon goût, idée qui la chagrina fort et l'amena au bord des larmes. Je l'assurai du contraire : elle était très jolie, je l'aimais beaucoup. Et, m'allongeant à côté d'elle, j'entrepris de la caresser pour lui montrer à quel point elle me plaisait beaucoup.

Elle appartenait au type dit des « fausses maigres » et avait un léger embonpoint. Je croyais ne pas aimer cette particularité, pourtant je découvris cette nuit les charmes d'un léger embonpoint.

Tout en la caressant partout, je suçotais ses mamelons, qui se dressèrent alors avec la plus grande vivacité. Son sexe plaisamment ventru se blottissait dans ma paume. Très vite elle fut toute mouillée, et soupira très fort, et très vite elle s'apaisa, peut-être un peu dégrisée me sembla-t-il.

J'avais donc été actif, d'une certaine manière. Mais alors, pensera-t-on, je m'étais forcé ? Non. Mais cette activité ne provoqua nul éveil du membre, au contraire (si c'est possible), mais accrut (si c'est possible aussi) mon désir sexuel... passif.

Phénomène complexe.

Toujours est-il que de cet état de choses paradoxal s'ensuivit une conséquence physiologique également paradoxale, telle que, si... Bref, je veux dire simplement que j'avais, pour ne pas répéter le vilain mot de Miguel, les... toutes gonflées, mais le membre tout petit. Je ne m'étais jamais vu les unes si replètes et l'autre si timide. Les unes si grosses, denses, dures comme de la roche, et l'autre posé là comme un mirliton rétif, un oiseau apeuré parmi les poils. On aurait martelé les unes sur une enclume qu'elles se seraient incrustées dans le métal plutôt que de s'aplatir, tandis qu'une feuille morte dans sa chute aurait dangereusement malmené l'autre.

Mado tâta de nouveau.

Elle allait parler, moi aussi, lorsque son attouchement pourtant furtif, du fait peut-être que nulle exigence ne pesait plus sur moi... son attouchement furtif eut un effet immédiat.

J'appuyai alors ma main fort sur la sienne, et le malentendu se dissipa de lui-même, sans mots.

Mado, ravie, posa sa tête sur mon ventre et se mit à caresser l'engin capricieux, ce qui le fit se propulser en avant avec l'autorité sans réplique du boulet de canon. Puis elle me le décolla du ventre en tirant (conservons le mot) en tirant les... en arrière, toujours majestueuses, et là elle le prit d'un coup dans sa bouche, vlouf. Cette fois, c'est surtout en diamètre accru qu'il surprit son monde.

La transformation avait été spectaculaire. On se serait presque demandé ce que faisait en travers d'un lit cette tuyauterie de chauffage central. Dans ces conditions extrêmes, il n'y avait pas à finasser, Mado le comprit fort bien : en un rien de temps elle eut provoqué de la main et de la bouche une série de spasmes qui me jetèrent en bas du lit et elle avec.

Très émue par l'ampleur du phénomène, et acceptant volontiers le tour que prenait notre rapprochement, c'est elle alors qui posa ma main sur son intimité encore plus rebondie et plus frémissante qu'auparavant.

Je scrutais Mado dans son plaisir, me bornant d'abord à accabler son sexe des caresses les plus délicates.

Sa jouissance ainsi retardée — mais le mot, niaisement sexuel, ne convient pas, et ne dit rien de l'habit spirituel dont semblable retard avait revêtu, tout en dévoilant son secret, cette prodigieuse... masturbation —, sa jouissance fut infinie, à l'égal de la mienne.

Pour ma part, je n'avais pas débandé d'un iota. Mais la nature de mon désir n'avait pas varié non plus, et Mado, revenant à la vie (retour hâté peut-être par le vacarme de ménagerie à l'heure du repas qui nous parvenait parfois de l'autre chambre, où Jacqueline et Miguel se livraient à des débats sans doute guère différents des nôtres vu le petit mal génital de mon ami), Mado, paisible, avec attention passionnée, joie naïve, amour...

Après mille mignardises sur lesquelles je ne m'attarde pas, et un final radieux de va-et-vient trépidants qui m'enflammèrent le sceptre jusqu'aux chevilles, je connus un assouvissement sans pareil, qui, celui-là, loin de me jeter à bas, me souleva plutôt vers le plafond où je crus que j'allais me coller comme un énorme insecte.

Je ne dis rien, par gêne, de l'abondance liquide inouïe, sueur, semence et larmes, dont nos corps imprégnèrent le lit, qui clapotait à l'aube comme un gué franchi au galop par de lourds animaux.

Un peu plus tard, Mado déposa sur ma tempe un doux baiser, me prit par le cou et, le visage enfoui dans mes cheveux mouillés, elle s'endormit.

Moi, non.

Pourquoi, pensais-je, tant de joie, d'insouciance et d'oubli, cette nuit, avec Mado et par elle, et dans les conditions que je viens de rapporter d'anéantissement sans copulation ? Et pourquoi la mémoire douloureuse m'envahissant à l'instant du dernier spasme ?

Questions insondables.

Mado endormie, je me dégageai avec précaution

de sa tendre et ferme étreinte enfantine, et allai regarder la photographie, autre mystère, dernier message de Maxime Salomone.

Je contemplai le beau visage de l'inconnue.

J'aurais voulu maintenant, tout de suite, partir à sa recherche.

Je m'éveillai vers une heure de l'après-midi, puis Miguel, puis Jacqueline, puis Mado. J'avais mal dormi.

Les meurtrissures de mon visage commençaient à s'atténuer. La frontière avec la chair indemne était plus floue.

Café, tartines, parlotes et silences, rires, soucis... La vie recommençait.

À deux heures moins le quart, je partis pour la Bibliothèque municipale de Nice. Miguel ne put me faire changer d'avis, et je ne pus l'empêcher de m'accompagner. Il me conduisit en GS. Quitter l'appartement me redonna immédiatement un sentiment d'insécurité.

Nous évoquâmes nos occupations nocturnes respectives, sans trop insister. Miguel me demanda seulement si j'avais « fait craquer », je lui dis « oui et toi ? », « moi ? ha, ha ! ».

Il nous fallut cinq minutes pour arriver à la pancarte « Nice », et vingt-cinq pour remonter la Promenade des Anglais, où des voitures de toutes nationalités roulaient au pas en une file ininterrompue.

— On aurait dû passer par Saint-Laurent, dit Miguel.

— Saint-Laurent ?

— Saint-Laurent-du-Var. Il y a moins de monde par la nationale.

Nous fûmes enfin place Masséna. Là, nous prîmes l'avenue Jean-Médecin et la suivîmes jusqu'à la rue de la bibliothèque, la rue Biscarra, sur la droite.

La Bibliothèque municipale était un bâtiment ancien, respectable et de mauvais goût, décorations à l'antique et fenêtres de prison. Miguel se gara devant et m'attendit dans la voiture. Je m'étais vêtu avec soin, ma veste blanche faisait son petit effet, je m'étais collé un bout de sparadrap bien net sur la joue et le menton, et je portais sous le bras la serviette marron foncé dans laquelle Jacqueline et Mado rangeaient leurs factures.

Dans la bibliothèque, déserte, je tombai d'abord sur deux jeunes filles aussitôt ricanantes, à qui je déclarai d'un ton calme et sérieux en dépit de leurs pouffades et rougissements que je souhaitais retrouver une camarade de classe, voilà, c'est elle (je montrai la photo), j'avais quitté Nice depuis un certain temps et perdu sa trace et... Elles s'excusèrent en se coupant la parole tous les trois mots : elles ne pouvaient me renseigner, elles étaient étudiantes et travaillaient à la bibliothèque seulement pour les vacances, elles ne connaissaient personne. Mais je pouvais m'adresser à Mme Bonnard, là-bas, tout au fond, le bureau à droite. Elle, elle saurait sûrement, elle savait tout, ricanements, hi, hi !

Je les remerciai.

Je sentais leurs regards dans mon dos, tandis que j'avançais entre de hauts rayons surchargés de livres. J'étais de nouveau épuisé. Il faisait horriblement chaud dans les salles. Les allées me paraissaient interminables, j'avais l'impression que les livres allaient se rejoindre devant et derrière moi, me coupant toute issue, avant de me dégringoler sur la tête et de m'ensevelir. Je m'arrêtai devant le bureau de

Mme Bonnard, le garde-chiourme de l'endroit, à en juger par l'attitude des collégiennes. Je frappai, trop fort, à une vitre en verre dépoli.

— Entrez !

On aurait dit une voix d'homme. J'entrai.

C'était bien une femme, maigre, sans poitrine, d'aspect sévère, âgée d'une soixantaine d'années. Ou beaucoup plus. Elle classait des fiches, assise derrière un grand bureau. Elle me demanda ce que je désirais. Sa voix était à peine moins grave que la mienne.

Je lui tins le même discours qu'aux bambines : une camarade d'école, perdue de vue, moi-même je n'habitais plus...

Elle m'interrompit en toussant et agitant la main devant son visage :

— Si vous vouliez bien éteindre votre cigarette...

La malheureuse Benson, à peine à demi fumée, refusait de se laisser éteindre. Je l'écrasais, la frottais, la tordais. C'était affreux, on aurait dit un meurtre. Enfin, nul filet de fumée ne s'éleva plus vers le plafond.

Mme Bonnard se pencha pour examiner la photographie, mais sans la prendre ni lâcher ses fiches.

Allait-elle m'annoncer que le portrait ne lui disait rien, et que si cette jeune fille avait fréquenté la bibliothèque, ce ne pouvait être qu'avant son entrée en fonction à elle ?

Non. J'eus de la chance. Elle la reconnut, au premier coup d'œil.

— Oui, c'est Maria Domingo. (Son visage s'adoucit en prononçant le nom.) Je l'ai vue souvent. Mais elle n'habite plus Nice depuis un an. Attendez... Oui, juste un an.

— Et... vous ne sauriez pas par hasard où je pourrais la joindre ?

Elle prit un air soupçonneux. Mais ses soupçons étaient visiblement de nature morale. Elle imaginait tout de suite le pire.

Elle posa son paquet de fiches. Ses mains, comme son visage, étaient grasses de peau et sèches de morphologie. Cette dame, hélas, ne laissait pas d'être un peu répugnante. Les folies de la chair n'avaient sans doute pas trop illuminé sa vie.

Elle s'appuya au dossier de son fauteuil et m'observa. Je soutins son regard, qui s'adoucit à nouveau.

— Elle est partie à Rome il y a un an, pour un stage d'archéologie. Je pense qu'elle y est toujours. Asseyez-vous. Mais je ne connais pas son adresse.

Je m'assis et dis à tout hasard :

— L'archéologie la passionne toujours autant ?

— Je pense bien ! Elle a dû lire tous les ouvrages d'archéologie de la bibliothèque. Attendez, il y a quelqu'un qui pourrait vous renseigner. C'est son professeur d'histoire de l'art, M. Duby. La dernière année, ils étaient très liés. Ils venaient souvent ensemble.

J'attendis la suite. Je savais qu'il y aurait une suite.

Laide, presque un peu monstrueuse, laide et bourrue, mais bonne âme, elle ajouta en effet :

— Vous voulez que je lui téléphone ?

— Je veux bien, merci. Ce serait très gentil.

— Je l'ai vu la semaine dernière. Il est en train de se faire construire une villa à Cimiez. Pour sa retraite.

Tout en parlant, elle feuilletait un annuaire.

Trois minutes plus tard, je savais que Maria Domingo vivait bien encore à Rome, à la villa Médicis, l'Académie de France à Rome, où son fiancé séjournait en qualité de musicien.

— Vous voyez, j'apprends moi-même qu'elle est fiancée, dit Mme Bonnard avec une espèce de sourire qui rida soudain son visage jusqu'à la naissance des cheveux, plats, pâles et tirés en arrière avec une impitoyable énergie. Mais c'était un sourire de femme.

Je la remerciai mille fois. Le sourire avait disparu. Elle redevint la vieille employée triste, stricte et asexuée que j'avais d'abord perçue. Il y eut comme une rechute, pourtant, au moment de mon départ. J'avais presque passé la porte, quand elle me dit :

— Si vous la voyez, donnez-lui le bonjour de ma part, Mme Bonnard. Et transmettez-lui mon meilleur souvenir...

Je le lui promis.

J'allumai la cigarette que je m'étais déjà plantée au coin des lèvres. Près de l'entrée, les deux polissonnes, calmées, me gratifièrent d'un au revoir intense.

— Voilà, je sais où elle est, dis-je à Miguel, qui m'attendait assis sur le capot de la voiture en regardant passer les femmes.

— Où ?

— À Rome, à la villa Médicis. Je suis un peu énervé, tu me laisses conduire ?

— Bien sûr, vas-y. (Il me tendit les clés.) C'est quoi, la villa Médicis ?

Nous montâmes dans la GS. Je mis en route.

— C'est un endroit où des artistes français passent un certain temps aux frais de l'État. Deux ans, je crois. Elle habite là-bas avec son petit ami, un musicien.

— Et alors ? Tu vas y aller ?

— Oui.

Fidélité à Maxime Salomone, certes. Curiosité, un peu. Mais aussi cette tâche — joindre la jeune fille, comprendre ce qu'attendait de moi Maxime Salomone, et m'en acquitter — poussait pour ainsi dire ma vie dans une direction unique et combattait l'espèce de dispersion, de décomposition dont je me sentais menacé depuis Barcelone.

J'avais décidé de partir dans la nuit. Je craignais de me montrer à Nice de jour avec la 403. Autant en effet remonter la Promenade des Anglais la tête ornée de plumes de paon, et tirant une volaille en laisse.

— C'est à combien, Rome ?

— Six cent cinquante, sept cents, dit Miguel.

Il essaya sans conviction de me retenir, reparla de m'accompagner. Je refusai fermement.

— Je vais rouler de nuit. Une fois à Rome, je serai tranquille. Je te tiendrai au courant de tout par téléphone.

Cependant, je traversais Nice en quatrième. J'avais plaisir à conduire. À cette heure de l'après-midi, la foule s'entassait sur le bord de mer, et la ville était déserte.

— C'est mou comme une merde, non ? dit Miguel faisant allusion à la GS.

— Ça va. Tu me connais, en ville, toujours le premier. Peu importe la voiture... Il faudra qu'on fasse une petite course, un de ces jours, depuis le temps qu'on en parle.

Miguel était un excellent conducteur. Je ne lui aurais certes pas contesté la suprématie dans son garage, où chacune de ses manœuvres était un exploit. Mais en ville, je n'aurais pas forcément parié sur lui. Astuce, calcul, don, grâce : j'arrivais toujours le premier, je ne craignais personne, même un pilote de course portant d'urgence un médicament salvateur à sa mère mourante ne m'aurait pas inquiété.

Le voyage à venir me rendait un peu nerveux. Et la conscience d'être ainsi excité à l'idée de faire sept cents kilomètres pour tendre la photographie à une inconnue déchaînait en moi de brefs ricanements, sarcastiques à nouveau.

— Quand même, dit Miguel, je vais me faire du souci. Tu es encore plus fou que moi. Quand je pense qu'avant-hier soir on enterrait un type dans un terrain vague...

— Je sais. Je n'en reviens pas d'être toujours moi, de me voir la même tête dans le rétroviseur. Enfin presque, avec ces ornements violets...

— Tu n'as pas peur de te fourrer encore dans une sale histoire ?

— Non. Cette fille n'a pas une tête à histoires. Je lui tends la photo, je lui dis qu'un type nommé Maxime Salomone me l'a donnée sans explications avant de mourir, je dis au revoir et je m'en vais.

Je fis ronfler le moteur pendant toute la durée du long feu rouge de la place Masséna, et quand il passa au vert, vrououoummm, je m'élançai sur la place comme si on me farfouillait dans le derrière avec un tison rougeoyant.

Regrettant peut-être d'avoir évoqué l'enterrement d'Alain Holmdahl et essayé de m'effrayer alors que ma décision était prise, Miguel me dit : « Elle est chouquette, hein, Mado ? » en tournant le bouton de l'autoradio.

Nous entendîmes un bulletin d'informations.

J'aurais été incapable de répéter un mot de ce qui avait été dit. Après les informations, un disc-jockey à la voix d'arriéré mental annonça le hit-parade de l'été. « Et tout ira très bien, très bien, très bien » était classé premier. Mais comme le présentateur passait les chansons en commençant par la dernière, sans doute pour entretenir une attente effroyable et délicieuse chez les auditeurs dévorant leur poste d'excitation, nous arrivâmes à Cagnes sans avoir pu nous repaître de cette merveille, de te retrouver je suis fou, il n'y aura plus jamais de peine pour nous, dzigatac tsoin bloum.

La musique me manquait de plus en plus. J'aurais bien écouté la chaconne par Grumiaux. Je songeai avec tristesse à tous ces jours passés sans ma Fleta, sans jouer, sans même la voir maintenant — soulever simplement le couvercle de l'étui où elle sommeillait, comme je faisais parfois à Barcelone, et la contempler quelques instants.

Jacqueline et Mado se montrèrent inconsolables à l'annonce de mon départ tout proche. Seule les apaisa la ferme assurance que je reviendrais les voir bientôt.

J'allai m'étendre dans la chambre rose. Je voulais me reposer pour le voyage. Mado avait changé les draps.

À ma grande surprise, je dormis d'un trait jusqu'au soir. Mon sommeil fut léger, mais la radicale absence de bruit le préserva. Pas de bruits extérieurs, encore moins de bruits d'immeuble. Insonorisation parfaite. Je m'en extasiai au lever. On aurait pu tirer au canon dans sa chambre sans empêcher les voisins immédiats d'entendre une mouche se frotter les pattes avant dans leur salle de bains.

Les dernières heures passées dans l'appartement furent longues et énervantes. Miguel ne tenait pas en place, contrarié de ne pouvoir ni me retenir ni venir avec moi. Pendant mon sommeil, il était allé vérifier quelques fils et contacts dans le moteur de la 403. Il avait aussi fait une vidange.

— Je ne crois pas qu'il y en avait besoin, dit-il, mais tant pis, ça ne peut pas lui faire de mal.

Je demandai à Mado si elle voulait bien recoudre la doublure de mon portefeuille, c'était ma poche secrète et... Oui, elle voulait bien. Et moi, ajouta-t-elle drôlement, ne voulais-je pas bien rester encore cette nuit, partir le lendemain seulement, ou plus tard, je ne les gênais pas, pas du tout ? Elle ignorait ce que j'allais faire à Rome et ne voulait pas le savoir. Ce qu'elle voulait, c'était ne pas me voir revenir la tête à l'envers comme la première fois.

Attendrissante, vraiment.

— Il faut bien que je vous débarrasse le garage, dis-je.

Ma plaisanterie ne fit rire personne. Elles récupéraient en effet le lendemain leur Fiat Mirafiori, qui s'était mise dès cinq mille kilomètres à consommer de l'huile par hectolitres.

À une heure dix du matin, gavé de jambon, de jardinière de légumes, de gruyère et de café, mes habits propres et repassés bien rangés dans ma valise, je les quittai tous trois.

En attendant de se trouver un appartement, Miguel logerait chez les sœurs. Mais, même s'il déménageait bientôt, je pourrais toujours le joindre par leur intermédiaire.

Je le remerciai du fond du cœur. Nous devions nous retenir de pleurer comme des veaux.

Je passai la première. Le séjour souterrain semblait avoir réussi à la 403. Elle tournait presque rond et pétait le feu. Quand j'accélérai, les mimosas qui ornaient le jardinet devant l'immeuble se couchèrent au sol, comme tourmentés par la tempête.

J'étais parti.

Je fis passer ma cigarette de la main gauche à la droite et adressai à Miguel, Jacqueline et Mado de grands signes par la vitre.

Ils agitèrent aussi les bras, jusqu'au dernier moment.

## XIII

Je franchis la frontière à Vintimille.

Un douanier assoupi me fit signe de passer. Mais son collègue, qui se retournait juste à ce moment, m'arrêta du geste, frappé sans doute par l'aspect de la voiture. Il faut dire qu'en plus des bosses et des inscriptions, elle prenait sous l'éclairage particulier du poste frontière des teintes glauques plus étranges et repoussantes que jamais, on aurait dit qu'on venait de la retirer à l'instant d'une fosse à purin après une immersion de plusieurs mois.

Le douanier sortit de sa guérite et voulut voir mes papiers. Je les lui montrai. Il se pencha pour comparer ma vraie tête avec le portrait photographique, constata que c'était bien moi, porta la main à son képi et me dit de rouler.

Deux ou trois cents mètres plus loin, à un endroit où l'autoroute était encore éclairée, j'aperçus deux auto-stoppeurs qui bavardaient, assis à côté de leurs sacs. Ils me regardèrent à peine quand je passai à leur niveau. Je trouvai un peu étonnant qu'ils ne me fassent pas signe, puis je les oubliai.

D'ailleurs, après la douane, je roulai seul ou presque pendant au moins deux cents kilomètres.

Au niveau de Pise, l'autoroute s'écarta de la côte

et obliqua sur Florence, où je m'arrêtai pour faire le plein.

Après Florence, il y eut davantage de circulation.

Tout autre que moi sans doute, ne connaissant de l'Italie que Giaglione, village sale, sombre et tassé comme une pelletée de crottin, zone frontalière confuse, sans existence réelle, où la langue elle-même se perd et se dissout en mélanges inconsistants, tout autre que moi se serait désolé de traverser de nuit ce merveilleux pays, et de ne voir de vingt villes prestigieuses que des noms sur des panneaux d'autoroute.

Mais pas moi.

Le voyage me parut à la fois interminable et hors du temps, et je fus tout étonné quand je m'aperçus que j'arrivais à Rome.

J'entrai dans la Ville Éternelle le 29 août au matin à dix heures moins le quart, par la *via* Nomentana, sans trop savoir comment je m'y étais pris. Cette rue (la rue Momentanée, comme je l'appelais en moi-même) avait le mérite d'être toute droite sur me sembla-t-il une centaine de kilomètres, après quoi elle changea de nom et devint la *via* Veinta Settembre, sans rien perdre de sa rectitude.

Je tentai à deux reprises de demander mon chemin à des passants, d'abord à un homme âgé qui se tourna successivement dans cinq directions différentes, menton dans la main gauche, se grattant la tête de la droite, lèvres remontées jusqu'aux narines et sourcils froncés en une mimique d'intense concentration, pour me dire en fin de compte qu'il pouvait m'indiquer à coup sûr la gare principale, Stazione Termini, mais la villa Médicis, non. Puis à une dame bien mise qui agita la main en signe de dénégation sans même m'écouter, et s'éloigna en gloussant comme si je lui avais demandé de soulever ses jupes en pleine rue.

Je renonçai provisoirement. Il faut dire aussi que j'étais porté en avant par un flot de voitures dense et irrésistible et que chaque arrêt provoquait le déchaînement de mille klaxons, dont certains reproduisaient un acte entier de tel ou tel opéra de Verdi. Je décidai de continuer et d'acheter un plan à la première occasion.

Puis j'eus une panne, par bonheur à dix mètres d'un grand garage. La voiture me mena encore jusqu'à l'intérieur du garage, crachant et éternuant, et là s'arrêta tout net. Elle provoqua aussitôt l'attroupement des nombreux ouvriers qui se mirent à détailler avec curiosité ses charmes divers, les teintes originales et les dégradés si inattendus qui la marbraient, les inscriptions (ils en comprenaient une au moins), son odeur de goudron chaud, la courbure bouffonne du pare-chocs arrière.

Un je ne sais quoi, dans l'attitude des véhicules environnants eux-mêmes, semblait indiquer leur contrariété d'un voisinage aussi consternant.

Un jeune mécano, les doigts sous le capot, attendait que j'actionne la tirette d'ouverture. Mais, sans doute à cause de l'extrême chaleur, le capot était bloqué, et la tirette rafistolée par Miguel me resta encore dans les mains. Agacé par mes manipulations inefficaces, le mécano vint voir par lui-même. Il fit alors la grimace, émit une trentaine de jurons orduriers, à la manière italienne, et marmonna qu'il fallait pourtant l'ouvrir, ce capot, qu'il allait essayer *per forza*, de force.

Il essaya donc de force, devint écarlate, s'énerva davantage. Je l'aidai, la mine contrite. Rien n'y fit.

J'abrège : dix minutes plus tard, trois ouvriers parmi les plus robustes et armés de barres de fer parvinrent finalement à débloquer le maudit capot. Mais ce n'était pas fini. Il en résulta un brutal changement de température dans le moteur qui se traduisit par un grésillement hargneux, comme lorsqu'on verse de l'eau sur une plaque rougie, suivi d'un violent jet de vapeur qui s'échappa des pistons en sifflant et nous fit nous disperser à la course aux quatre coins du garage pour éviter les brûlures à la face.

Puis tout le monde revint près du moteur avec des précautions d'Indiens. La légère hostilité du début mua peu à peu en sympathie pour le propriétaire de ce véhicule exceptionnel, et on me dépanna sans trop traîner.

Ce n'était que la pompe. Ma Peugeot usait anormalement les pompes. Mais on me conseilla de faire vérifier les pistons dès que possible, ils semblaient atteints eux aussi et pouvaient lâcher sans crier gare.

La villa Médicis ? Non, ils ne voyaient pas.

*Grazie, arrivederci.*

Je continuai ma route.

J'arrivai près des forums, puis *piazza* Venezia. Je me garai entre deux bus, tout près du gigantesque et hideux monument à Vittorio Emanuele II, que les Romains appellent la « machine à écrire ».

Je descendis de voiture, tout courbatu.

Je me trouvais donc à Rome... Depuis quelques instants, je me sentais saisi d'une sorte de malaise, qui devait se maintenir et croître jusqu'au soir.

J'avais repéré un kiosque. Je fis l'acquisition d'un plan de la ville, « *Nuovissima Piante di Roma* », comportant un « *indice toponomastico* » (toponomastico !). Je retournai à la voiture.

Le plan était si vaste que je dus presque ouvrir les

portières pour le déplier en entier. Vaste, mais hélas très insuffisant, car on avait eu l'intelligente idée d'y dessiner tous les monuments de la ville grandeur nature ou peu s'en faut, ce qui escamotait des dizaines et des dizaines de rues ou portions de rues.

Je constatai que j'étais tout près en distance de la villa Médicis.

Tout près. Pourtant, je crus devenir fou en tentant d'y parvenir. Je me perdais sans cesse dans un fouillis de ruelles brèves et sinueuses. Je fus ramené trois fois *piazza* Venezia et quatre fois *piazza* San Silvestro, où de centaines d'autobus verdâtres menaient une ronde infernale.

De plus, j'avoue sans honte que les automobilistes romains faillirent me déconcerter, moi, en matière de conduite en ville. Il me fallut dix bonnes minutes pour m'habituer à les voir foncer sur des piétons d'ailleurs insouciants, rouler deux roues seulement sur la chaussée et les deux autres sur le trottoir ou même en l'air, régler leur rétroviseur extérieur de la main gauche et de la droite se gratter la poitrine tout en remontant pied au plancher un sens interdit noir de monde, klaxonner et m'abreuver d'injures volontiers obscènes sous prétexte que je ne passais pas au feu rouge, rouler aussi bien en marche arrière qu'en marche avant, et aussi bien debout qu'assis dans leurs ridicules Fiat 500, toit ouvert, de manière sans doute à ce que leurs braillements portent mieux.

Comment atteindre enfin la villa Médicis ?

Je résolus de faire provisoirement mienne l'irritante folie de leurs méthodes, sans renoncer toutefois à mes qualités propres et essentielles de rigueur et de virtuosité, estimant qu'une telle combinaison me rendrait vite ma suprématie battue en brèche. À partir de la *piazza* Venezia, où j'avais échoué une fois de plus, j'étudiai un trajet sûr et commode (*via del* Corso, *via del* Tritone, *via* Sistina, enfin *viale* Trinità dei Monti), je l'appris par cœur (neuvième à droite, septième à gauche, etc.), puis je démarrai en trombe.

Je montai les vitesses accélérateur au plancher et, à de rares exceptions près, je me tins en quatrième jusqu'au bout, envers et contre tout. Stops, sens interdits (toute la *via del* Corso), feux rouges, piétons, véhicules divers, policiers gesticulant et s'époumonant dans leurs sifflets, virages à angle aigu, rien ne me fit lever le pied droit d'un centimètre.

Quatre minutes plus tard, et une seconde après avoir décollé les talonnettes des chaussures d'un petit couple qui sortait sans regarder de l'église Trinità dei Monti, je freinai à mort devant la villa Médicis, sur les hauteurs du Pincio, satisfait de l'opération et tout étonné de ne pas trouver une poignée de Fiat 500 accrochées aux pare-chocs de la robuste diesel.

Il était midi passé.

La façade de la villa Médicis, côté Trinità dei Monti, me parut lugubre. Une petite porte, elle-même taillée dans l'immense porte d'entrée, était entrouverte. Je m'approchai.

Le moteur de la 403, surmené, continuait de haleter dans mon dos. Les pistons.

J'entrai.

Je me trouvai dans une salle assez vaste, très haute, nue, sans fenêtres, lugubre elle aussi. Une fraîcheur excessive, par rapport à l'écrasante chape de plomb de l'extérieur, glaça instantanément ma sueur.

J'avançai, droit devant moi, en direction d'un escalier.

Je m'arrêtai entre deux piliers pour lire une pancarte accrochée au pilier de gauche : travaux en cours, visites interdites. Je devais apprendre plus tard qu'il n'y avait pas de travaux du tout, mais qu'on se débarrassait ainsi des importuns.

Mes yeux s'habituaient à l'obscurité. J'aperçus dans le mur de gauche une sorte de guichet, derrière lequel était assis un être humain dont je ne voyais que les cheveux, comme si la personne avait la tête penchée. On ne semblait pas m'avoir entendu.

C'était une femme. Elle releva soudain la tête, et rangea sous ses fesses le mouchoir dont elle se tamponnait les yeux. Elle pleurait. Quelque gros chagrin. Je regardai ailleurs un instant.

Elle m'adressa un pauvre sourire. Elle était brune, très grosse, et avait une quarantaine d'années. Avec un à peine moins pauvre sourire, je lui dis en italien — c'est-à-dire du bout des lèvres et en les tordant comme si je m'efforçais de recracher le plus poliment possible des fragments de nourriture avariée —, je lui dis que je voulais un simple renseignement, sans doute saurait-elle : la *signorina* Domingo, Maria Domingo, était-elle ici en ce moment ? Si oui, je désirais la voir, j'étais un de ses amis français.

Au nom de Maria Domingo, son visage s'anima un peu. Oui, elle pouvait me renseigner. Maria et son fiancé se trouvaient chez des amis, dans les environs de Rome, mais ils rentreraient forcément aujourd'hui, ce soir au plus tard, car le fiancé, Maurice Tourneur, « *un gran violonista* », donnait un concert à la villa ce soir à neuf heures. Un concert d'adieu. Son séjour s'achevait, il repartait demain ou après-demain, et Maria partait aussi. Elle allait bien la regretter !

Je vous comprends, dis-je, elle est toujours aussi

*gentile* ? *Gentile*, si elle était *gentile* ? Ah ! *Un angelo* ! *Un angelo del cielo*, etc.

Je la remerciai. Non, pas de message. Je téléphonerais peut-être dans l'après-midi pour savoir si elle était de retour. Je repasserais. Je notai le numéro de téléphone de la villa et abandonnai à son sort la mélancolique gardienne des lieux.

— Voilà mon mari, murmura-t-elle comme je lui tournais le dos.

Je croisai un petit Italien qui me jeta un regard noir et me salua à peine.

Je repassai la porte dans la porte. Je reçus la chaleur en plein visage, comme un seau d'eau bouillante.

Après un coup d'œil involontaire sur la vue belle à couper le souffle qu'on a de Rome depuis le Pincio, je remontai dans la 403 brûlante. Je dus m'y reprendre à plusieurs fois pour poser mes fesses sur les coussins et mes mains sur le volant.

Je réglai le rétroviseur, dans lequel je venais de donner un coup de tête en me soulevant trop vivement du siège en fusion. Les marques sur mon visage étaient maintenant grisâtres plutôt que bleu roi, et leurs contours s'estompaient en doux dégradés.

Je continuai dans le *viale* Trinità dei Monti en m'en tenant aux principes de conduite dont j'avais éprouvé l'efficacité. Après une rude descente, où je crus que la voiture allait se disloquer et arriver au bas dans un entassement successif de pièces détachées, je débouchai *piazza del* Popolo.

Il me fallait des lires. Je me mis à guetter les banques.

En tournicotant *piazza del* Popolo, je fus amené à franchir malgré moi le Tibre tout proche, talonné que j'étais par la hâte frénétique et alarmante de deux chauffeurs de taxi. Par lassitude, et incertain de ma direction, je ne cherchai pas vraiment à résister.

De l'autre côté du Tibre, je tournai à gauche et suivis les quais un moment, puis je repris un pont, le pont Umberto. À partir de là, en roulant tout droit, je tombai sur la célèbre *piazza* Navona, où je décidai de m'arrêter.

Je me garai sur un trottoir dans une petite rue, trouvai une banque, changeai cinq cents francs et revins *piazza* Navona.

Je m'écroulai à la terrasse d'un restaurant également célèbre, *Mastrostefano*.

J'avais faim et sommeil, surtout sommeil.

Je consultai le menu. Je m'aperçus que j'avais du mal à fixer mon attention sur ce que je lisais. Les lettres se brouillaient devant mes yeux.

*Antipasti*, ante-pâtes, ce qui vient avant les pâtes. Bien. Mais je jouai — malgré moi — à imaginer une suite en fonction de l'étymologie erronée qui peut venir à un esprit badin ou fatigué : après les *antipasti*, l'*antisteak*, d'où l'idée d'absence de steak, qui me suggéra carrément « pastèque », puis, par absence de viande en général, viande, *meat* en anglais : *antimeat, antimite*. Je repris calmement le menu du début, mais sans plus d'efficacité. Après *antisteak* et *pastèque*, sur lesquels j'avais de nouveau dérivé, et emporté cette fois par les sonorités, je m'abandonnai à *artistique, rastaquouère* et *castagnettes*.

Nouvelle tentative, nouveau dérapage sur *anti* : antipode de veau, antivols au vent, puis, m'égarant toujours plus, gentilhomme, dentifrice et plantigrade, tantinet de lentilles antillaises, entité (antithé) et antigel (anti-gelati).

Fin du menu. Sur lequel tomba une grosse goutte

de sueur, fliouc, qui me relança sur anti-sue, en tissu, je ne savais trop.

Je sursautai : un garçon, tout dents et costume blancs, vint prendre ma commande. Je commandai n'importe quoi.

Si je reproduis ici les jeux de mots auxquels je me laissai aller, ou qui m'entraînèrent, ce 29 août, terrasse de *Mastrostefano, piazza* Navona, Roma (« la mort à Rome », ces mots rôdaient dans mon esprit), c'est moins pour leur terne cocasserie que pour illustrer d'un premier exemple frappant l'espèce de mollesse mentale dont je souffrais alors, et contre laquelle je dus lutter tout l'après-midi.

En voici une autre manifestation : je m'adonne en pleine conscience à quelque activité (déplacement à pied ou en voiture, etc.) ou quelque méditation, et soudain je me « retrouve », littéralement, cinq minutes plus tard, cinq minutes ou davantage, après une errance du corps ou de l'esprit dont je ne garde qu'un souvenir confus.

Épreuves troublantes. Impression de cauchemar paisible, de gestes et de visions rêvées dans une prison démesurée (la ville, le pays entiers) où d'horribles choses immenses mais rampantes rampaient, invisibles, bien présentes néanmoins, suggérant l'horreur réelle de l'instant où elles allaient se dresser, et elles se dressèrent en effet vers le soir, mais non de toute leur hauteur comme je pus le croire, non, plus tard encore, un autre jour, sur cette terre italienne elles devaient se dresser devant moi jusqu'aux étoiles et...

Mais voyons plus calmement.

J'étais donc pour l'heure attablé chez *Mastrostefano*, et je venais de commander comme plat principal une *scaloppina romana*.

Après les fameux antipasti, une vulgaire *insalada mista*, je changeai de table à cause du soleil, qui avait résolu de concentrer toute son ardeur sur ma nuque. Je me trouvai alors face à la *piazza* Navona, ce qui me permit d'avoir sous les yeux, mais comme vues à travers mes brumes intérieures, la fameuse fontaine du Bernin et la fameuse église Sainte-Agnès de Borromini, artistes rivaux : si la statue du Nil, l'un des quatre fleuves personnifiés par le Bernin, se voile la face de son bras replié, c'est pour signifier qu'il ne veut même pas voir la construction de Borromini, son œil s'en offusquerait. (Ou encore qu'il craint qu'elle ne lui dégringole dessus ?)

Puis la Navona se vida d'un coup. Les terrasses des restaurants furent prises d'assaut par la foule des touristes caquetant. Bientôt, nous fûmes trop serrés. On mourait de chaud. J'avais à peine la place de poser mes coudes, alors que j'aurais aimé me répandre et mâchouiller le menton posé sur l'avant-bras.

J'avalai tout de travers le peu que je mangeai.

Je me souviens d'avoir laissé intacts mes *tortellini*. Je me souviens d'avoir bu sans plaisir un litre et demi au moins de *vino bianco della casa*, pourtant frais à souhait (mais qui chauffait singulièrement les oreilles). Je me souviens de ma voisine immédiate, une originale qui commanda un *minestrone*, l'avala brûlant en un temps record et se mit à souffler et à transpirer comme une bête. Je me souviens d'avoir donné un billet de mille lires à un mendiant musicien pour qu'il cesse de me jouer de la trompette en pleine figure pendant que je buvais mon troisième café.

Le service était lent. À trois heures, j'étais encore

à table, redoutant le moment où il faudrait me lever de mon siège.

La *piazza* Navona était déserte.

À trois heures dix, je téléphonai du restaurant à la villa Médicis. Un homme, sûrement celui que j'avais vu en sortant, me répondit sans amabilité excessive que Maria Domingo n'était pas encore rentrée.

Plus tard, j'étais devant le Panthéon, sans me souvenir d'avoir marché jusque-là.

J'achetai des cartes postales.

Je m'installai dans un café pour les écrire en continuant de boire des expressos. J'envoyai une carte à Emilia, chère Emilia, Miguel devait faire un petit voyage en Italie, il a insisté pour que je l'accompagne, (sans réfléchir, porté par un obscur mouvement de peur :) n'en parle à personne (souligné), à personne, je compte sur toi (souligné. Emilia n'en était pas à une bizarrerie près de ma part), impossible d'oublier, ayons du courage tous les deux. Une carte à Antonio Gades, *calle* Assahonadors, Barcelone, noms lointains déjà, comme s'ils concernaient la vie d'un autre. Isabelle, Éric, je sais que vous les aimiez, cher Antonio, et je ne vous oublie jamais, jamais, jamais... Une carte à Mado et Jacqueline, une à Miguel, je te téléphone bientôt, non, idiot que je suis, quand tu recevras cette carte je t'aurai téléphoné dix fois.

À la fin, je pleurais presque.

Je m'arrêtai devant une boîte aux lettres bourrée jusqu'à la gueule. J'eus la déplaisante impression de jeter mes cartes dans une poubelle.

J'aurais donné cher pour me raser, prendre un bain et dormir. J'avais décidé de fuir Rome et l'Italie aussitôt après avoir vu Maria Domingo, quitte à vider tous les distributeurs de café de l'autoroute et à fumer cinq cent mille Benson pendant le voyage.

J'étais maintenant en voiture. Je suivais le Tibre. Les ponts se succédaient. Je reconnus le pont Umberto, les statues à l'entrée. Je voulais téléphoner, n'importe où, poste ou cabine, puis me garer à l'ombre et essayer de dormir un peu dans la voiture.

La 403 avait mal démarré.

Après le pont Sant'Angelo et le château du même nom, je filai droit devant moi au lieu de suivre le quai, qui faisait un coude. La rue s'appelait *via della* Conciliazione.

Une minute plus tard, je me retrouvai aux abords du Vatican.

Je fis le tour de la place Saint-Pierre.

Puis j'aperçus une cabine téléphonique. Je rappelai la villa Médicis. Le gardien malgracieux reconnut ma voix. Maria Domingo ? Toujours pas là. Dans la soirée. Que j'essaie à huit heures. Et il me raccrocha au nez, interrompant mes remerciements.

Je me garai dans une impasse presque fraîche, entre la place Saint-Pierre et une autre place, place du Risorgimento. J'arrêtai le moteur. Il continua d'être agité de soubresauts pendant quelques secondes.

Je posai la nuque contre le dossier et me massai le front en geignant, comme on fait quand on a une forte fièvre.

Puis je m'allongeai sur le côté, et je m'endormis.

Sommeil, demi-sommeil. Je regardais ma montre tous les quarts d'heure. Je m'étais dit que je ne téléphonerais plus à la villa, mais que je m'y rendrais à huit heures. Je transpirais. Ma vitre seule était baissée. Je n'avais pas eu le courage de descendre les autres pour faire de l'air, ce qui exigeait, comme toute manœuvre dans ce véhicule, une dépense d'énergie considérable.

Mon dernier somme fut plus long et plus profond. Je rêvai de ma mère, avec une précision effrayante. D'Anne-Marie, mère indigne. Elle étranglait Martin. Martin hurlait silencieusement.

Je me souviens d'un autre rêve, qui m'a laissé une ineffaçable impression de beauté. Je voyais un mur très haut, sans doute très long, construit en gros blocs de pierre réguliers. Ce mur se dressait en plein désert. On ne voyait pas de soleil, mais la scène était éclairée par une lumière jaune or d'une qualité et d'une intensité surnaturelles. Le ciel lui-même était jaune. Et c'était le mur qui concentrait cette lumière, ou qui la diffusait. Il m'apparaissait de biais. Je ne savais pas ce qu'il y avait de l'autre côté, peut-être rien. Au pied du mur, du côté où je me trouvais (mais je ne me voyais pas moi-même), s'allongeait une étroite zone d'ombre où je percevais confusément, où je devinais, une série d'habitations basses, rudimentaires, misérables, insalubres, toutes pareilles, les unes à côté des autres. Ou peut-être se touchaient-elles, je ne savais pas. Dans ces habitations et dans leurs environs immédiats, des hommes, de vagues silhouettes noires, rampaient, s'agrippaient les uns aux autres et se tordaient de souffrance, en un remuement pitoyable et répugnant, de nature peut-être lascive. Parfois, je me disais que ces hommes étaient « exploités » par d'autres, absents de la scène, et qui, eux, vivaient dans des palais somptueux. Parfois, leur sort m'apparaissait plus mystérieux, moins compréhensible.

Je ne raconte pas volontiers mes rêves, et d'ailleurs

je les oublie. Mais ce mur... ce mur de lumière était d'une beauté qui m'avait bouleversé. Il était la beauté même.

Je m'éveillai à sept heures passées, trempé, courbatu et mourant de soif.

La 403 me fit une nouvelle agacerie, elle ne démarra pas. Je me gardai bien de toucher au starter et patientai quelques instants en remettant un peu d'ordre dans mes habits et dans mes cheveux.

Nouvelle tentative. Ces chaleurs ridiculement élevées dilataient tout, bloquaient tout, je devais tirer sur le démarreur comme pour reprendre la clé du paradis à qui me l'aurait dérobée.

Poum poum poum, miracle, elle démarra.

Mais la rotation du moteur était des plus laborieuses. Le tonitruement qui s'échappait de sous le capot ressemblait à la première répétition d'une fanfare de village inexpérimentée. J'appuyai sur l'accélérateur. Au tonitruement continu succéda une série d'explosions d'intensité inégale, depuis le pet de cheval malade, flaouf, jusqu'à la sortie de tranchée à la grenade, d'intensité inégale mais aussi de rythme capricieux, de sorte que mes nerfs étaient constamment en alerte.

Puis, lorsque j'estimai le moteur lancé et le circuit d'huile accompli, ce qui me fut indiqué par les nuées noirâtres qui s'élevèrent dans le ciel en tourbillonnant et voilèrent un instant le soleil au-dessus de Rome, j'enfonçai la pédale d'embrayage en m'arcboutant, passai la marche arrière à coups de coude et commençai à reculer par soubresauts incontrôlables, dans une suite de productions sonores striduleuses qui évoquaient la salle commune d'un asile d'aliénés un jour d'orage et de grève des médicaments.

Et pourtant, je me mouvais, comme disait si justement l'inscription...

Je manœuvrai pour sortir de l'impasse.

Heureusement, je ne me perdis pas en rejoignant le quartier de la villa Médicis, même si j'accomplis un trajet deux fois trop long.

À un moment, je traversai une place, la *piazza* San Ignazio, que je reconnus : je me souvins qu'elle se trouvait entre la *piazza* Venezia et la *piazza* Colonna, elle-même proche de San Silvestro, la place des bus, et à partir de San Silvestro j'étais sûr de mon itinéraire.

Ma sieste agitée portait néanmoins ses fruits. Je commençais à me sentir un peu mieux.

La *piazza* San Ignazio est une petite place triangulaire sans doute très jolie. L'un des côtés du triangle est tout entier occupé par la façade de l'église San Ignazio. Dans l'angle opposé se trouve une pizzeria avec une terrasse à toit de feuillage. Impossible de rouler vite. J'étais en première, j'eus le tort de passer en seconde devant la pizzeria, au moment où je m'engageai dans la ruelle qui part de ce coin du triangle. Le pot d'échappement souffla un gros nuage, mmmnouououfff, qui s'éleva en épaisses volutes jusqu'au sommet de Saint-Ignace, noircit toute la place et fit se dresser d'un bond, s'épousseter, tousser et jurer les quelques personnes déjà installées, *stronzo*, me crièrent-elles, *cornuto, figlio di puta, cazzo di minchia* (« tête de nœud », à peu de chose près), et autres mondanités bien tournées.

Je me souviens parfaitement de ces moments, qui précédèrent... Voici. La ruelle était déserte et droite sur une certaine distance, assez pour passer en troisième. L'accélération fut normale, mais quand, après avoir débrayé et manœuvré le levier de vitesses, je voulus accélérer de nouveau, rien. Rien, c'est-à-dire que le moteur émit un lamentable gargouillis de lavabo obstrué, et cala.

Une nouvelle panne. *La* panne, j'en eus aussitôt la certitude.

Une voiture arrivait derrière moi. Je me rangeai le plus près possible du mur (il n'y avait pas de trottoir). Je tentai de redémarrer, sans résultat.

L'énervement monta en moi d'une seconde à l'autre. De rage, je donnai un coup de poing dans le volant. Et l'autre voiture qui s'arrêtait aussi. Qu'attendait-il pour passer, ce... J'injuriai mentalement son conducteur. Il avait mille fois la place de passer, trois bons centimètres de chaque côté, je serais passé, moi, à quatre-vingt-dix, j'aurais foncé sans cesser de consulter le plan étalé sur le siège arrière.

Je descendis de la 403.

Deux hommes sortirent vivement de l'autre voiture, assez petits, vêtus l'un d'une veste sombre et l'autre d'une espèce de bleu de travail. Soudain je reconnus leur voiture, ou crus la reconnaître : la voiture de la clinique Lamartine et du pont de Givors, allemande, un vieux modèle Opel...

Je m'élançai sans réfléchir. Trop tard. Les deux hommes s'étaient précipités eux aussi. Cinq mètres plus loin, je me sentis pris à la taille, du côté gauche, par une poigne solide, ce qui me fit tournoyer sur moi-même. L'homme (le bleu de travail) dut lâcher prise. J'avais conservé une partie de mon élan. Je tombai en arrière tout en lançant mon bras droit devant moi, comme pour me retenir. Ma main heurta un visage à toute volée. Une douleur aiguë me traversa les phalanges.

J'atterris sur les fesses. La violence du choc me fit crier. Je continuai de crier, volontairement, tout en sachant que la pizzeria était trop loin pour que les gens m'entendent — et d'ailleurs, en me reconnaissant ils auraient plutôt prêté main-forte à mes agresseurs...

Je me mis à gigoter sur le sol. On m'empêchait de me relever. Puis deux mains m'empoignèrent aux épaules par-devant (la veste sombre), puis je reçus un coup terrible à la nuque, puis un autre...

On était tout bonnement en train de m'assommer au moyen d'une matraque. Mon regard s'embruma. Une forte nausée monta en moi, m'oppressa, et, à la seconde où elle culmina, au lieu de vomir je perdis connaissance.

Une frayeur sans nom me tordit le ventre quand je revins à moi, réveillé je crois par la douleur : j'ouvris les yeux, l'obscurité demeura totale.

Aveugle ! Pensée folle, une fraction de seconde. Puis je compris que je me trouvais dans une cave, ou dans un autre lieu souterrain sans fenêtre. Je pouvais à peine remuer. Et quelque chose m'étouffait. On m'avait fourré dans la bouche pour le moins un drap de lit, maintenu par un bâillon serré.

J'étais allongé sur le dos. Mes mains étaient ligotées sous moi. Mes jambes ne touchaient pas le sol : on avait attaché mes chevilles, entre elles, et à un point quelconque d'un mur contre lequel frottaient mes talons.

Les élancements étaient si violents dans toute ma tête que les larmes me vinrent aux yeux. Je crus que j'allais m'évanouir de nouveau. Puis la sensation s'apaisa par vagues, comme sous l'effet d'un médicament puissant.

J'essayai de ne pas céder à la panique, pas encore. En me traînant péniblement sur le sol inégal, couvert d'une épaisse couche de poussière, je me rapprochai du mur pour donner le plus de jeu possible à la corde qui le reliait à mes chevilles. Là, rassemblant mes dernières forces, je lançai les jambes en arrière, puis de côté, puis vers le bas, plusieurs fois.

Bien entendu, la corde tint bon. Je ne réussis qu'à me donner un coup supplémentaire à la nuque.

Je me couchai alors sur le côté, m'arquai à me briser les reins, tentai d'atteindre mes chevilles, fût-ce du bout des doigts : fatigue inutile, la corde était beaucoup trop courte. J'éprouvai l'impossibilité de se défaire d'un ficelage soigné. Le mien l'était.

Que faire, sinon attendre ?

Je pris plusieurs inspirations profondes, pour calmer les battements de mon cœur. L'air était humide, moite et frais à la fois.

On m'avait bâillonné : donc, si j'avais pu crier, quelqu'un aurait risqué de m'entendre. J'étais sûrement dans une cave. Où, en quel point de la ville ? Mais quelle importance ? Autre conclusion vraisemblable : je sentais mon portefeuille dans ma poche de jean, on ne m'avait sans doute pas fouillé. Mes deux agresseurs devaient être de simples larbins. Qu'allait-il se passer maintenant ?

J'étais en vie. La photographie, à supposer qu'on la découvre, pouvait être celle de ma femme, ou de toute autre personne. Et je ne savais rien, rien de rien. Il me suffirait d'en convaincre la ou les personnes qui ne manqueraient pas de venir me rendre visite. Me croiraient-elles ? Non.

Je pleurai, pour me libérer d'un peu de fatigue et de tension.

Quelle heure était-il ? Le concert avait-il commencé, à la villa Médicis ? Maurice Tourneur. Comme le cinéaste, père de Jacques Tourneur, également cinéaste. Combien de temps avait pu s'écouler depuis que les deux charmeurs m'avaient assailli ? Peu, inclinais-je à penser.

J'avais les yeux grands ouverts dans le noir.

J'entendis un bruit de pas, lointain. Étaient-ce des pas ? Je tournai la tête. À trois mètres de moi environ se dessina un filet de lumière délimitant trois côtés d'un rectangle. Une porte. La porte de la cave. Les pas se rapprochaient.

Quelqu'un se tenait derrière la porte.

Une clé tourna dans la serrure. Le trait de lumière vertical s'élargit. Une silhouette se détacha. Puis il y eut un déclic d'interrupteur, et une pauvre lumière issue d'une ampoule nue se répandit dans la cave avec mille réticences. J'étais bien dans une cave, complètement vide. Je regardai mon visiteur en clignant des paupières.

Nous nous reconnûmes au même moment.

C'était Max, l'homme au visage ravagé, le garde du corps de l'infirme. Ses yeux dissymétriques s'arrondirent un quart de seconde.

— Il me semblait bien, dit-il dans un murmure gras.

Il referma la porte, s'approcha de moi, s'accroupit. Je tremblai de tout mon corps. Qu'allait-il faire de moi ?

Il avança la main et entreprit de défaire mon bâillon, en marmonnant :

— Je me doutais un peu que ce serait toi, mais quand même, je n'y croyais pas...

Dès que je pus ouvrir la bouche, ou plutôt la refermer, je lui dis :

— Sortez-moi de là, laissez-moi partir ! Détachez-moi ! On me prend encore pour quelqu'un d'autre, vous vous souvenez, on croit que je sais des choses sur ce paquet... Mais ce n'est pas vrai, je vous l'ai déjà dit !

Il ne répondit pas. Un peu de sang avait coulé dans mon cou, je sentais une humidité particulière. Il me palpait le crâne. Ses gros doigts effleurèrent le point sensible :

— C'est là ?

— Oui.

— C'est rien.

Évidemment, pour lui, ce n'était rien. Avec son crâne de bison, il aurait stoppé un bus en pleine course et fini de traverser la rue sans particulièrement se masser le front.

— Je ne sais rien, dis-je. Vous me croyez ? Je veux qu'on me laisse tranquille. Qu'est-ce que vous allez faire ?

Il ne répondit pas et s'attaqua à mes liens, les mains d'abord. Sans couteau, ce n'était pas commode.

— On t'a bien attaché. Bouge pas...

Nos regards se croisèrent pendant une fraction de seconde. Je compris — quelque chose en moi sut avec certitude — qu'il était en train de me libérer pour me laisser partir. Je poussai un long soupir. Je me délivrai par ce soupir d'une terrible angoisse de mort. Je lui dis, d'une voix un peu plus ferme :

— Vous ne me croyez pas ?

— Je m'en fous.

— Qu'est-ce que c'est que ce paquet ? Il appartenait à Maxime Salomone ?

— Fous-moi la paix.

Il m'avait peut-être cru chemin de Vassieux, au moins quelques instants, mais plus aujourd'hui.

— Il est quelle heure ?

— Neuf heures. Plus.

— Qui sont les deux hommes qui m'ont assommé ?

De vagues copains à lui. Des sous-fifres d'avant-dernière catégorie, simplement chargés de me tomber dessus et de me jeter dans cette cave.

— Comment on m'a retrouvé ?

— Je n'en sais rien.

Puis on l'avait envoyé, lui, le singe de confiance, pour me garder.

— Me garder ? Attaché comme ça ?

— Pour te surveiller et te cogner un peu dessus en attendant que les autres arrivent. Tu vas te dépêcher de filer. Il paraît que tu es un terrible. Moi, je veux bien...

Il me sembla l'entendre rire, une espèce de bref halètement de dinde enrhumée aussitôt interrompu.

Il se consacrait à sa tâche malaisée. Il y avait au moins cinquante nœuds. Parfois, il jurait.

— Et vous, qu'est-ce que vous croyez ?

— Rien. Je m'en fous, répéta-t-il.

C'était sans réplique. Je fus certain qu'il s'en moquait en effet. Il s'acquittait de ce qu'il devait considérer comme une dette à mon égard...

— Qui c'est, les autres ?

— Mon nouveau patron.

— Qui c'est ?

— Arrête, tu me fais perdre du temps.

— Il arrive quand ?

— Je n'en sais rien. Bientôt. Il était à Florence.

Il ajouta, de lui-même :

— Tout le monde te court après. Rien que nous, on est cinq.

— Et Mathieu ?

— Il doit te chercher aussi. Il ne lâche pas facilement, celui-là.

— Et Jean Nalet ?

J'avais les mains libres. Je fis jouer mes articulations, puis tâtai mon crâne endolori avec mille précautions. Tout l'arrière me sembla enflé.

Pas de cigarettes, mon paquet était tombé de ma poche pendant la mêlée.

— Nalet, il est mort. C'est la vraie guerre, nom de Dieu ! Je n'ai jamais vu ça. Et il y a les gros malins, ceux qui bouffent à tous les râteliers...

Cette pratique lui inspirait apparemment un dégoût indigné.

— Pourquoi on me court après, qu'est-ce qu'on me veut ?

— Tu fais le con ou quoi ? (Puis :) Saloperie de corde !

J'étais bien d'humeur en effet à faire le con.

— Je vous jure que je ne sais rien de ce paquet.

— Alors où tu galopes, avec ta 403 ?

— Je suis parti en vacances chez un ami et...

Il émit une seconde fois son grasseyement catarrheux de volatile au bout du rouleau. En vacances ! Il n'avait pas tort, il y avait bien de quoi rire.

— Et Holmdahl, tu le connais, lui ? dit-il.

La question me déconcerta. Que savait-il exactement ? J'hésitai à lui dire non, et je ne voulais pas non plus dire oui...

— Oui, mais...

— Allez, laisse tomber. De toute façon, moi, je m'en fous.

Qu'il croie ce qu'il veut. Moi aussi, je m'en moquais.

Je commençai à pouvoir remuer les chevilles.
— Je vous supplie de me dire au moins une chose... Est-ce que ce paquet que j'ai apporté chemin de Vassieux appartenait à Maxime Salomone ?
Il déroulait la corde.
— Pardi !
— Mais il était retiré depuis des années ? Il ne fréquentait plus personne, à Lyon ?
— Je n'en sais rien.
— Alors comment ils ont fait pour savoir...
Il jeta la corde à travers la cave. Je frétillai des orteils avec volupté.
— Je n'en sais rien. Maintenant, tu ferais mieux de penser à un endroit où te camoufler. Il va en arriver de partout.
Pendant que je me mettais debout centimètre par centimètre en me tenant les reins et le front, Max s'enroula autour du poignet le morceau de corde qui était fixé à un anneau dans le mur.
— Qu'est-ce que vous faites ?
Je compris au moment où je le lui demandais. Il pensait à sa propre sécurité. Je le vis fléchir sur les jambes et commencer à tirer.
— Vous n'allez pas y arriver !
Son visage devint rouge foncé, ce qui acheva de le rendre avenant. Un peu de poussière s'échappa des deux points où l'anneau s'enfonçait dans le mur.
Du mâchefer, mais tout de même il serait sacrement costaud s'il... Soudain, il donna du jeu à la corde et aussitôt tira de toutes ses forces, frououououp ! l'anneau jaillit hors du mur, et des morceaux de mâchefer furent projetés aux quatre coins de la cave.
L'un d'eux, cling ! rebondit sur l'ampoule nue qui pendouillait au plafond.

Mais mon libérateur herculéen ne s'en tint pas là. Sans prendre le temps de souffler, il marcha résolument sur la porte, leva la jambe droite, et craaaaaaaac ! la serrure sauta et la porte se mit à battre comme un volet dans la bourrasque.

Il ne lui restait plus qu'à s'attaquer aux murs à coups de tête.

— Voilà ! dit-il en s'époussetant le pantalon.

Oui, voilà. Je m'étais évadé. J'avais arraché l'anneau du mur d'une ruade des chevilles, rongé mes liens avec mes dents au prix de contorsions qui me vaudraient de l'embauche dans les cirques les plus prestigieux, défoncé la porte en remarquant à peine la présence d'une porte, puis je m'en étais allé dans Rome en fredonnant un air entraînant.

Travail de surhomme. La liste de mes exploits s'allongeait. Max m'avait tiré d'un mauvais pas, mais maintenant moins que jamais je ne pourrais jouer l'innocence...

— Allez, pars vite. Tu prends... Attends, deux fois à gauche en sortant de l'immeuble, et après tu descends tout droit jusqu'à un grand monument en ruine, t'es obligé de le voir. Là, il y a des taxis. Cache-toi bien. Je ne peux pas faire plus.

— Merci, lui dis-je. J'espère qu'un jour vous aurez la preuve que je vous ai dit la vérité. Merci...

Je portai la main à ma poche de chemise. Pas davantage de cigarettes que tout à l'heure. Max se méprit sur mon geste.

— T'as de l'argent, au moins ?

Ah ! l'animal ! Il m'aurait encore donné de l'argent pour le taxi ! Je le regardai droit dans les yeux (dans la mesure du possible). Sous cet éclairage de dix watts, il était particulièrement laid. Dieu, quel visage ! Rien n'y occupait sa place exacte. Une oreille était deux fois plus grosse que l'autre. Même chose pour les narines. Il avait les molaires sur le devant et les incisives au fond. Quant aux lèvres... Mais peu importe.

— Oui, j'ai de l'argent. Merci.

Je vérifiai.

On n'avait pas touché à mon portefeuille, j'en étais sûr.

J'enlevai ce que je pus de la poussière qui me noircissait des pieds à la tête.

— Merci, dis-je encore.

— Allez, dépêche-toi !

Maintenant qu'il n'avait plus rien à défoncer, il perdait un peu contenance. Peut-être à cause de mon regard. Ou de sa « trahison ». La première de sa vie, sans doute.

Tout le monde trahissait, même Max...

Je quittai la cave.

Je me retournai une fois. Il se tenait sur le seuil de la porte malmenée. Je lui fis un petit signe, auquel il répondit par un énergique mouvement de tête, du genre : allez, fous-moi le camp.

La rue, déserte, était bordée d'un côté par de vieux immeubles crasseux, de l'autre par un chantier. Elle était longue d'une centaine de mètres. Elle s'appelait *via* Annia.

Je me passai la main dans les cheveux pour y mettre un semblant d'ordre. Je continuai de m'épousseter. Je me retournais tous les trois pas.

Je tombai dans la *via* Celimontana, une rue en pente le long de laquelle s'étendaient les bâtiments sinistres d'un hôpital militaire. Je tournai à gauche selon les indications de Max.

Il faisait toujours aussi chaud, mais le ciel s'était couvert de gros nuages sombres.

En descendant la Celimontana, je veillai à ne pas trop avoir l'attitude et les réflexes fébriles de l'unique lapin d'un petit bois un jour d'ouverture de la chasse. Ma fesse me faisait mal à chaque pas, et sur cette base rythmique régulière se détachaient les improvisations capricieuses de la douleur crânienne. Ma chemise blanche était si sale que je me demandai sérieusement si je n'attirerais pas moins l'attention en allant torse nu.

Je pris le temps d'entrer dans un tabac où je trouvai, en plus de cigarettes, un peigne de poche et des mouchoirs en papier.

J'arrivai en vue du gros monument en ruine dont avait parlé Max, et que je ne pouvais pas ne pas voir en effet : c'était le Colisée. Une grande animation régnait, voitures et flâneurs.

Je m'effondrai sur la banquette arrière d'un taxi, une Fiat jaune comme la plupart des taxis romains.

— Villa Médicis !

J'allumai une Benson avec avidité, délectation, reconnaissance. J'avais l'impression de me cramponner à la cigarette, suspendu au-dessus d'un abîme, et, miracle, elle tenait bon.

L'heure passait. J'allais arriver en plein concert.

*Via dei* Fori Imperiali. Nous longions les forums. Des souvenirs de lycée et de versions latines m'assaillirent malgré moi. Ainsi, j'étais à Rome, capitale du monde... Il me semblait en prendre réelle conscience pour la première fois.

Le chauffeur avait atteint le quatre-vingt-dix et n'en bougeait plus. Il ne s'occupait pas de moi.

Je pensai à ma vieille 403, qui m'avait abandonné au pire moment. Mais je n'éprouvais plus la moindre colère contre elle, plutôt une sorte de compassion dans le malheur commun, comme si elle pouvait souffrir de ce qui m'arrivait, comme si son moteur et non elle m'avait abandonné, son corps de ferraille, de caoutchouc et de gas-oil, qui l'aurait ainsi trahie elle-même. Souffrir, aussi, de notre séparation : la malheureuse allait être pillée, dépouillée, traînée dans une fourrière, puis dans une casse, où ses os seraient mis à nu et dispersés...

Je dois faire part maintenant d'un doute qui me vint à l'esprit pendant ce trajet en taxi. Non : qui m'avait déjà effleuré à une ou deux reprises. Ce doute — que le lecteur, j'en suis sûr, a lui-même également conçu, et c'est pourquoi, entre autres raisons, je n'attends pas pour le ressortir à grand fracas l'instant presque final où j'allais pouvoir éprouver son bien-fondé —, ce doute, le voici : puisque l'objet mystérieux dont j'étais censé tout savoir était la propriété de Maxime Salomone, je songeai qu'Anne-Marie, ma belle cousine, pouvait fort bien constituer le lien nécessaire entre son compagnon mort et la horde des « truands » lyonnais, petits et gros, qui se déchaînaient à l'idée de quelque secret inestimable.

Bien entendu, en me formulant cette hypothèse, je n'imaginais pas une seconde Anne-Marie dans un rôle de traîtresse machiavélique, encore moins se livrant à quelque manœuvre que ce soit susceptible de me nuire — évidemment non. Mais j'ai parlé de sa « petite tête » (pour reprendre non sans réticence l'expression familiale), des sentiments ambigus qu'elle portait à « l'homme de sa vie », de son esprit volontiers romanesque, de son ennui, de son dégoût même, de son indifférence envers son propre fils — et des amants qu'elle avait à coup sûr à Lyon, dans le milieu, c'est le mot, douteux que Maxime avait dû lui faire connaître au début de leur vie commune.

Il suffisait alors de supposer l'existence du paquet (son existence seulement) connue ou soupçonnée par elle d'une manière ou d'une autre, et de supposer une indiscrétion étourdie, commise peut-être dans des circonstances particulières, aussitôt regrettée sans doute...

Autant d'éléments qui se laissaient assembler sans incohérence, qui pouvaient avoir déclenché toute l'affaire et expliquer l'attitude étrange de ma cousine la dernière fois que je l'avais vue.

Ce soupçon, pour frappant et contrariant qu'il fût, ne me préoccupa guère ce soir-là. Je n'étais soucieux que des instants à venir. Je voulais en finir avec ma « mission ». (Avais-je été vu entrant à la villa Médicis ou en sortant ? Je ne le croyais pas, ou ne voulais pas le croire.) Il m'aurait été insupportable de remettre fût-ce de quelques heures ma rencontre avec Maria Domingo. Oui, je voulais en finir, quitter à jamais Rome et l'Italie... Pour aller où ? À Cagnes-sur-Mer, près de Miguel, de Mado et de Jacqueline.

Je me coiffai à l'aide du peigne à cent vingt lires, mince, fragile, exagérément flexible, auquel une dizaine d'épreuves semblables ne manqueraient pas d'être fatales. Puis je crachotai dans un mouchoir en papier et me le passai sur la face et dans le cou. Enfin, emporté par mes activités grossièrement rénovatrices, j'eus une idée qui me parut bonne : j'ôtai ma chemise, la retournai et la mis à l'envers. Pour aller au concert à la villa Médicis, mieux valait sans doute une chemise à l'envers qu'une tenue de charbonnier à la fin d'une longue journée de travail.

Nous arrivâmes place d'Espagne. Il y avait foule.

Des jeunes gens bariolés pataugeaient dans la fontaine. Les escaliers qui mènent à Trinità dei Monti étaient noirs de monde. Mon chauffeur se mit à lancer des injures, sans raison, d'avance, à tout hasard, à personne de précis.

Il dut ralentir. Braillant et blasphémant, klaxon bloqué, il circula entre les promeneurs presque aussi adroitement que j'aurais fait moi-même, obligeant l'un à se cambrer comme un arc à sa plus grande tension, un autre au contraire à pointer le postérieur loin en arrière, un troisième, rigolard, à esquisser un début de sprint, un autre encore, nonchalant et hautain, à tirer sur sa veste pour en effacer les plis, sans quoi nous l'accrochions.

Deux mètres avant l'entrée de la villa, nous étions encore à soixante-dix.

Les freins firent entendre un cri déchirant, à quoi répondirent, montant des quatre coins de Rome, mille cris de même nature.

# XIV

Il était dix heures moins dix quand j'entrai dans la villa Médicis.

Je ne vis personne à la porterie, ni la dame en pleurs ni son noir époux. Je traversai la salle et montai l'escalier. Après une trentaine de marches, il se divisait en deux escaliers plus étroits, l'un à droite, l'autre à gauche. Je pris celui de droite.

En haut, je me trouvai devant une porte. Je l'ouvris. Elle donnait dans une grande pièce nue, une sorte de hall, de plain-pied avec les jardins de la villa. En face de moi, de l'autre côté de la pièce, une porte à deux battants.

Je n'eus besoin de personne pour me renseigner sur le lieu du concert : la musique venait de derrière cette porte. Et cette musique — chose relativement étonnante, mais il en fut ainsi —, cette musique... Une émotion indicible, exagérée, due en partie à mon état de faiblesse, m'envahit : le fiancé de Maria Domingo, le violoniste, avait mis au programme de son concert la *Partita en* ré *mineur* de Bach, et il était en train de jouer la chaconne.

Je traversai la pièce, entrouvris un des battants et me glissai à l'intérieur.

Dans un vaste salon orné de fresques, de peintures

et de quelques statues, on avait disposé une centaine de chaises, toutes occupées. Les spectateurs me tournaient le dos. Certains, plus jeunes, peut-être des peintres ou des sculpteurs, me dis-je, étaient aussi mal vêtus et semblaient aussi sales que moi. Personne ne se retourna quand j'entrai.

Maurice Tourneur était blond, jeune, assez petit, assez beau. Mignon plutôt que beau. Il portait un pull blanc très fin et un jean bleu.

Il attaquait le deuxième passage en arpèges du morceau. Belle sonorité, puissante et claire.

Les gens en toilette, smokings et robes longues, étaient plutôt installés dans les premiers rangs. Je supposai que Maria Domingo se trouvait parmi eux. Je la cherchai des yeux. Je reconnus une chevelure qui pouvait être celle de la photographie.

Je me tenais debout près de la porte. Sur une petite table étaient posés des programmes dactylographiés du concert. J'en pris un. La première partie s'achevait avec la chaconne.

J'écoutai la fin du morceau. Je m'étais rendu compte après trois notes que Maurice Tourneur était un bon violoniste. Et son attitude était séduisante, sobre, intérieure, recueillie.

Je regardais à chaque instant la masse de cheveux châtain clair de Maria Domingo. C'était elle, sûrement.

Maurice Tourneur se tira à merveille de la dernière variation. Il exécuta la gamme qui la clôt d'une manière originale (autant dire, soyons franc, telle que je l'exécutais moi-même quand je jouais ma transcription de cette chaconne à la guitare, selon les mêmes partis pris), originale, disais-je, à savoir : s'arrêtant sur le *la* initial à peine plus longtemps que la durée de la note (double croche) ne l'exige, puis jouant très vite dès le *si* et jusqu'à la fin, faisant certes intervenir vers le milieu de la gamme une réserve de puissance inattendue, mais sans ralentir ou presque, laissant aux notes elles-mêmes, du simple fait qu'elles descendent après le *sol*, le soin d'apaiser la tension accumulée et de préparer l'ultime et majestueuse répétition du thème.

J'aimai enfin qu'il fît sonner et durer sans trille le *mi* de l'avant-dernière mesure (tandis que les guitaristes, les malheureux, y sont bien forcés, s'ils veulent tenir le son) : ce *mi* sans trille, comme étiré jusqu'aux limites de la déchirure, m'a toujours semblé préférable.

Je connus, grâce à cette fin de chaconne si bien jouée par Maurice Tourneur, quelques instants d'oubli, au terme desquels je me serais presque interrogé sur la réalité des heures précédentes. Hélas, une réponse accablante allait m'être apportée sur-le-champ. Incertaine il est vrai, mais cette incertitude même... Mais voyons.

Les cent spectateurs enthousiastes applaudissaient à décrocher les toiles et à fendiller les fresques. Le vacarme résonnait dans ma tête endolorie. Maurice Tourneur, rayonnant, saluait avec une maladresse sympathique. Au premier rang, deux vieux messieurs se levèrent et allèrent lui serrer la main. (J'appris ensuite que l'un d'eux, noblement coquet dans sa vêture, était le peintre Malkus, alors directeur de la villa Médicis.) Des gens se levaient et criaient bravo.

Parmi ces gens debout, un homme, au quatrième rang et à l'extrême droite de la salle, ne criait pas bravo et n'applaudissait que mollement. Mais si je le remarquai d'abord, si la peur, si cette impression de vide intérieur, de vie refluant soudain, qui hélas me devenait familière, m'accabla, c'est que, l'apercevant de côté, je vis qu'il portait un bandeau sur l'œil, un bandeau noir... En un éclair, je me souvins de la voix goguenarde de l'infirme, à Vassieux, parlant d'un certain Hervé, un homme qui, si j'avais bien compris, avait perdu un œil à la suite d'une livraison piégée de Mathieu. Hervé, borgne et désormais acharné à retrouver l'auteur de cette mauvaise farce ?...

J'examinai mieux l'homme. Il n'était plus très jeune, quarante-cinq ans environ. S'il était celui que je redoutais, aurait-il porté cet élégant costume sombre ? Et n'aurait-il pas eu davantage l'attitude du guet ?

Mais, me dis-je à l'instant où je me formulais ces réserves, ne commençait-il pas à regarder furtivement ses voisins ? Mais s'il était là depuis le début du concert, il n'avait plus de raison de regarder furtivement ses voisins, il devait savoir que je n'étais pas dans la salle ? Dans ce cas, il allait sûrement partir, et c'est pourquoi il s'était levé sans manifester d'ardeur musicale particulière ?

Voici en tout cas ce que j'imaginai : on avait pu, tout compte fait, repérer la 403 le matin, au moment où je m'éloignais de la villa Médicis, puis me perdre aussitôt du fait que j'avais dégringolé la viale Trinità dei Monti à une allure de projectile, que je m'étais mêlé à la circulation grouillante de la place du Peuple et que j'avais franchi le Tibre par surprise, traqué par les deux taxis fous. Et on avait posté un homme dans le bâtiment, cet Hervé, à tout hasard, pour observer...

Je m'étais placé de manière à ne pas être vu de lui.

Après les congratulations, Maurice Tourneur salua encore une fois et disparut par une porte qui faisait face aux spectateurs. Maria Domingo — c'était donc elle — le rejoignit en trois pas légers. Elle portait un jean bleu elle aussi.

Il était au-dessus de mes forces de repartir sans lui avoir parlé. De fuir à nouveau, seul et à pied, dans les rues de Rome, d'être « cueilli » peut-être dès ma sortie de la villa. Je décidai d'approcher Maria Domingo maintenant, tout de suite.

Ensuite... ensuite, je ne savais pas.

L'homme au bandeau ne s'était pas retourné, pas encore.

Je quittai le premier la salle du concert. Je fus dehors en trois bonds. Je longeai à droite la façade de la villa. D'après sa situation, la pièce où s'étaient retirés le temps de l'entracte le violoniste et son amie donnait forcément sur les jardins : porte ou fenêtre ? Porte. Cela simplifia (un peu) ma confuse démarche.

Je priais pour qu'ils soient seuls.

Je frappai.

La porte s'ouvrit. Maria Domingo apparut.

Je sus au premier regard, et sans doute possible, que cette jeune fille n'était pas une coupable. Maxime Salomone m'avait envoyé à elle pour une autre raison.

Ses cheveux abondants et légèrement bouclés faisaient comme une auréole autour de sa tête, ou comme un soleil, à cause de leur couleur, ou encore — ils descendaient un peu plus bas que les épaules — comme le plein cintre d'une ouverture romane dans laquelle un artiste fou aurait logé un vitrail, un vitrail de sa façon. Et cette chevelure était emmêlée de façon frappante, irrémédiablement emmêlée, pensait-on. Nulle impression de négligence néanmoins. L'effet ressenti était un effet d'art : d'innombrables traits de couleurs infiniment voisines posés et retouchés à l'infini par un peintre, fou également. Quelques mèches de teinte plus sombre fuyaient dans cet entrelacs lumineux, achevant de suggérer l'idée d'un travail pictural.

Elle avait de grands yeux bleu foncé. Elle n'était pas très grande. La partie inférieure de son corps était à peine un peu forte, à peine, par rapport à la partie supérieure. Sa main, quand elle la porta à son front pour remettre à sa place — oui, à sa place — une mèche croulante, me parut très fine. Elle était vêtue d'un chemisier blanc.

Mais j'interromps cette accumulation de détails forcément divers. Elle ne saurait rendre compte de ce que j'éprouvais alors. L'essentiel m'échappait. Je n'aurais même su expliquer en quoi elle était belle : elle l'était, au-delà de toute expression, et c'est cet au-delà qui éblouissait d'abord, une sorte de lumière intense émanait de toute sa personne. Maria Domingo était... lumineuse, comme le mur de mon rêve...

Le rapprochement est facile et ne signifie sans doute rien. Mais il me vint aussitôt à l'esprit, et je le rapporte.

— Oui ?

Tel fut le premier mot que j'entendis des lèvres de la lumineuse Maria, ce « oui » interrogateur.

— Est-ce que vous me permettez d'entrer une seconde ?

Elle remarqua à coup sûr ma mise de music-hall.

— Le moment est mal choisi. (Cela dit gentiment, sur un ton d'excuse.) Plutôt à la fin du concert, si vous voulez ?

— Une seconde seulement, c'est important, dis-je en tentant de sourire.

Elle se força à faire bonne figure et s'écarta :

— Pas longtemps, alors.

J'entrai. C'était une jolie petite pièce. Maurice Tourneur était dans un coin, torse nu. Il posa sur un dossier de chaise la serviette orange grande comme un drap avec laquelle il venait d'éponger sa sueur, puis il fit deux pas dans ma direction. Il était agréablement musclé. Il n'avait pas un seul poil sur la poitrine. Je lui dis bonsoir. Il me répondit bonsoir d'un ton avenant et attendit la suite, qui ne vint pas. J'étais soudain muet.

— Vous vouliez me voir ?

— Oui. Enfin non, Mlle Domingo, surtout. (Je m'adressai à elle :) Vous êtes bien Maria Domingo ?

— Oui.

Maurice Tourneur passa un autre pull, blanc également.

— Excusez-moi, je ne vais pas vous déranger longtemps. Il faut que je vous montre quelque chose, et je partirai tout de suite après.

Ils se regardèrent. Impossible de dissimuler ma nervosité. J'avais du mal à tirer mon portefeuille de ma poche arrière tellement ma main tremblait. Ils venaient de comprendre que je n'étais pas un de ces intrus familiers des concerts qui tournent comme des mouches autour des musiciens.

— De quoi s'agit-il ? dit Maurice Tourneur d'une voix légèrement changée.

J'ouvris le portefeuille. Je me dépêchai. Il fallait que j'aille jusqu'au bout.

— Une minute seulement, je vous en prie...

Je devais avoir, en prononçant ce « je vous en prie », l'expression torturée du chien à qui on interdit depuis un quart d'heure de gober le sucre posé sur la table à un centimètre de son museau frémissant. Je ne parvenais pas à dominer ma nervosité.

— Mais pourquoi, qu'est-ce que vous voulez nous montrer ?

Maria Domingo, plus calme, attendait sans rien dire.

Je tirai fort sur la doublure du portefeuille. Elle se déchira, mais pas à l'endroit recousu par Mado — solidement, amoureusement recousu par Mado. Ce simple effort, raidissant les muscles de la nuque, me fit très mal à la tête. J'eus l'impression de me déchirer aussi la cervelle.

Je tendis la photographie à la jeune fille. Elle pâlit. Maurice Tourneur regarda aussi.

— Comment avez-vous eu cette photo ? murmura-t-elle.

— C'est un homme, Maxime Salomone, qui me l'a donnée. Il... C'était l'ami, le compagnon d'une de mes cousines.

— Pourquoi vous l'a-t-il donnée ?

— Je ne sais pas. Il me l'a donnée avant de mourir, mais il ne pouvait plus parler, et... J'ai pensé qu'il souhaitait que je vous retrouve pour...

— Il est mort ?

— Oui.

Elle pâlit davantage.

— C'était mon père, dit-elle dans un souffle.

Maurice Tourneur la prit aux épaules.

— Ton père ?

Son père ! Il était stupéfait. Moi aussi, pour d'autres raisons. Tout était possible, certes, mais son père... D'où sortait cette fille adulte de Maxime Salomone, blonde aux yeux bleus ou peu s'en fallait ? Maxime Salomone avait donc eu une fille jadis, loin dans le passé, avant son départ d'Italie, et il n'en avait jamais rien dit à personne ? Pourquoi ce silence ? Qui était la mère ? Pourquoi père et fille n'avaient-ils plus aucun contact? Était-ce là le secret de Maxime Salomone, ou une partie de ce secret?

— Je croyais qu'il était mort depuis longtemps? dit Maurice Tourneur.

— Je t'expliquerai, lui dit-elle, très gênée.

Il n'insista pas.

— Excusez-moi de vous avoir annoncé cette nouvelle d'une manière aussi...

— Non, je vous en prie.

Sa voix était déjà plus ferme. Elle ne manifestait pas de chagrin excessif. Depuis combien d'années n'avait-elle pas vu son père?

Elle m'observait.

— Qu'est-ce qui se passe? dit-elle soudain. Vous avez l'air... Pourquoi me montrer cette photo maintenant, en plein concert? Quelque chose ne va pas? Pourquoi pas plus tard, ou demain?

— Je n'ai pas pu faire autrement, croyez-moi. Mais je ne veux pas vous ennuyer davantage. J'ai seulement une question à vous poser.

— Comment m'avez-vous trouvée?

— Par la bibliothèque de Nice, et par un de vos professeurs. Votre père est mort dans une clinique, à Orléans, mais il a été... On l'a assassiné.

Ils m'écoutaient. Le violoniste était dépassé par les événements.

— Il possédait quelque chose, un objet, je ne sais quoi, sans doute de très grande valeur, qu'on voulait lui prendre et... C'est à cause de ça qu'il a été tué. Je l'ai peu connu. Il vivait avec une de mes cousines, il a eu un fils avec elle. Mais je crois qu'il avait confiance en moi, et comme il m'a donné cette photo, à moi et à personne d'autre... Je vous l'ai dit, il ne pouvait plus parler, à cause de ses blessures. Alors j'ai pensé qu'il voulait peut-être... Excusez-moi, mais j'ai pensé que... Je ne sais pas. Qu'il y avait peut-être un rapport entre vous et...

Maurice Tourneur serra Maria Domingo contre lui.

— Qu'est-ce que c'est que cette histoire ? me dit-il. Où voulez-vous en venir ? Qu'est-ce que vous voulez exactement ?

Je sentis sa méfiance, une pointe d'hostilité, de la peur aussi. Peut-être fut-il sur le point d'appeler quelqu'un. J'allais parler, Maria Domingo me devança :

— Écoutez, je ne voyais plus mon père depuis l'âge de six ans. Je l'ai vu deux fois en onze ans, et la dernière fois remonte à plusieurs années. (« Je t'expliquerai », dit-elle encore à Maurice Tourneur.) Je ne le connais plus. Je ne sais plus rien de lui, je ne sais rien de... ce que vous me dites. Et je ne veux rien savoir.

Je fus soulagé. Une chose au moins était simple, me dis-je, ma mission, simple et achevée.

— Ne m'en veuillez pas de ma démarche. Les circonstances de sa mort... Enfin, j'ai pensé que vous pouviez être en danger, et que votre père avait compté sur moi pour vous aider. Je suis venu vous poser cette question... par fidélité envers lui. Maintenant, je crois simplement qu'il souhaitait que vous soyez avertie de sa mort.

— Oui. Ce ne peut être que ça.

Elle semblait en être certaine.

Quant au reste — pourquoi Maxime Salomone tenait cachée l'existence d'une fille et voulait que les choses demeurent ainsi même après sa mort, pourquoi Maria Domingo jouait le même jeu —, c'était leur histoire, une histoire de famille qui ne me regardait pas.

Maurice Tourneur s'était un peu radouci.

— Excusez-moi encore, dis-je. Je vais vous laisser. J'avais à vous annoncer la mort de votre père. Excusez-moi de l'avoir fait de cette manière. J'ai entendu la fin de la chaconne, c'était vraiment très bien, dis-je à Maurice Tourneur sans parvenir à sourire.

Maintenant, je les intriguais. Sans doute eurent-ils envie d'en savoir davantage.

— Vous n'avez pas répondu à la question de Maria, dit Maurice Tourneur. Pourquoi être venu maintenant ?

J'eus un geste de lassitude et me retournai pour sortir.

Je crois — je sais, je suis sûr — que Maria Domingo m'aurait rappelé.

Je ne sortis pas, en effet. Mais les choses se passèrent autrement.

Quelqu'un frappa à la porte, celle qui communiquait avec la salle du concert.

Mon sursaut de frayeur provoqua un terrible élancement dans ma nuque. Je me retins de gémir. Je fis deux pas en avant et j'ordonnai :

— Attendez ! N'ouvrez pas !

Je me surpris moi-même. C'était vraiment un ordre, de ceux auxquels il est difficile de résister.

— Fermez le verrou et demandez qui est là. Je vous en supplie ! C'est aussi dans votre intérêt. Je vous expliquerai.

Maurice Tourneur, surpris et un peu effrayé, obéit.

Une voix répondit :

— C'est moi !

— Ah, c'est toi, Jacques ! Tu peux attendre deux minutes, s'il te plaît ? Je ne suis pas en tenue décente ! Deux minutes, j'arrive !

Réponse indistincte, rires.

— Mais enfin qu'est-ce qui se passe? dit ensuite Maurice Tourneur.

— Quelqu'un vous suit? demanda Maria.

La présence supposée de l'homme qui était peut-être Hervé m'obsédait.

— Oui...

— Quelqu'un qui est dans la salle?

— Peut-être. Est-ce que vous connaissez dans le public un homme qui a un bandeau noir sur l'œil?

— Je l'ai remarqué, mais je ne sais pas qui c'est, dit Maurice Tourneur. Au moins trente personnes sont entrées sans carton d'invitation.

Je leur demandai comment quitter la villa Médicis le plus discrètement possible.

C'est alors que leur attitude, à lui surtout, changea du tout au tout. Ils comprirent qu'avoir peur de moi maintenant eût été comme avoir peur d'un chiot malade enchaîné à l'autre bout de Rome.

— Attendez! dit Maria. Pourquoi est-ce qu'on vous suit? Vous ne voulez pas qu'on appelle la police?

— Non. S'il vous plaît, non. Je m'en vais. Ne parlez de moi à personne, je vous en prie. Faites-moi cette confiance.

Une deuxième fois, je ne pus sortir de la pièce. Je me dirigeai vers une chaise et m'y laissai tomber : j'étais sur le point de m'évanouir. Puis je portai la main à ma nuque en grimaçant. Le passage à la position assise avait déchaîné de taraudantes ondes de douleur.

Maria s'approcha, vit la bosse sur la nuque, s'écria :

— Vous êtes blessé! Et ces marques sur votre visage?

Maurice Tourneur s'approcha lui aussi et me dit avec calme maintenant :

— Dites-nous ce qui se passe. Si vous voulez. Au point où on en est...

Maria insista. Je n'aurais pu me lever de ma chaise. J'allumai une Benson.

Et je leur parlai.

Je m'en tins à une version réduite des événements : je connaissais un peu Maxime Salomone en tant que compagnon de ma cousine, j'étais seul avec lui quand il était mort, de sorte qu'on avait cru... Les gens qui l'avaient tué avaient cru que je savais quelque chose concernant l'objet dont je leur avais parlé, et depuis ils me cherchaient, ils me suivaient. Mais je ne savais rien. Ils étaient nombreux. L'un d'entre eux était borgne. Voilà pourquoi j'avais eu peur, dans la salle du concert. La police ? Impossible. Au début, je n'avais rien voulu dire à quiconque avant de l'avoir vue, elle, Maria Domingo, avant de savoir ce que son père attendait de moi. Et maintenant, impossible. Pourquoi ? Compromis bien malgré moi, suite de hasards et de coïncidences, je ne pouvais leur expliquer, c'était trop long et trop compliqué, plus tard peut-être, qu'ils me fassent confiance en attendant.

J'en arrivai à la minute présente :

— Il ne faut pas qu'on vous voie avec moi, dis-je. Ils pourraient s'en prendre à vous. Ils sont dangereux. Vous savez que votre père a eu une vie...

— Je ne sais rien de sa vie, je vous assure. Vous venez d'où ?

— De Lyon. J'habite Lyon. Je ne suis coupable de rien, je ne sais rien. Tout ce qui m'arrive m'arrive malgré moi. Vous me croyez ?

Ils me croyaient. On ne pouvait pas ne pas me croire. Ils crurent ce que je leur avais raconté.

Ma cendre menaçait de tomber. Par réflexe, je cherchai un cendrier des yeux.

— Par terre, par terre ! dit Maurice Tourneur. J'habite Lyon, moi aussi. Quelle histoire ! Vous croyez vraiment que cet homme avec un bandeau, dans la salle ?...

Je n'étais sûr de rien, répondis-je, mais l'affaire était grave. Il y avait eu plusieurs morts. Il ne fallait pas prendre le moindre risque.

— Qu'est-ce qui vous est arrivé aujourd'hui ? dit Maria Domingo.

— On m'a assommé. En quittant Lyon, je suis d'abord allé à Nice, puis je suis venu ici. Ce voyage m'a rendu encore plus suspect à leurs yeux. Ils m'ont suivi en pensant que je les mènerais là où ils voulaient. Ils m'ont rattrapé ce soir, tout à l'heure, et ils m'ont assommé. Je me suis retrouvé enfermé dans une cave. Je suis arrivé à m'échapper. J'étais déjà passé ici ce matin, j'étais au courant, pour le concert. Je suis venu en taxi. Ma voiture est en panne, et ils doivent la surveiller. Elle est près de la place San Ignazio. Je suis venu ici en taxi, je tenais à faire ce que voulait votre père, sans savoir de quoi il s'agissait...

J'avais de moins en moins la force de parler. Cela se traduisait, curieusement, par un flot de paroles. Je tournais en rond. Je fis un effort pour me dominer.

— Bon... Et qu'est-ce qu'on va faire, maintenant ? dit Maurice Tourneur.

Je leur demandai comment sortir discrètement de la villa Médicis.

Il s'apprêtait à m'expliquer, hésita, puis me dit :

— Attendez... On ne peut pas vous laisser repartir comme ça...

Il regardait Maria. Ils se regardaient.

— La police, c'est vraiment exclu ? dit Maria.

— Oui, je vous assure. Mais je ne vous demande rien. Je ne veux pas être la cause d'ennuis... Ne parlez pas de moi, c'est tout.

On entendit quelques applaudissements dans la salle.

— Je vais faire prolonger l'entracte, dit Maurice Tourneur. Je reviens tout de suite.

— Essayez de voir si...

— Oui, bien sûr, me dit-il.

Il sortit.

Il y eut un silence gêné, puis Maria dit :

— C'est à cause de moi que tout ça vous arrive.

Ce n'était pas vraiment une question.

— Non.

— Montrez-moi votre tête...

Elle s'approcha et regarda.

— Il faudrait au moins un pansement. Mais on va vous soigner. On a tout ce qu'il faut dans la pharmacie, en haut.

Maurice Tourneur revint au moment où j'allais répondre.

— Voilà, c'est arrangé avec Jacques.

Puis :

— Je crois qu'il est parti. Mais je l'ai vu, il fumait dans le hall. Quand il a fini sa cigarette, il est parti.

Comment interpréter ce départ ? Et pourquoi était-il resté pendant l'entracte au lieu de s'en aller tout de suite ? Pour vérifier une dernière fois qu'il ne trouverait pas ce qu'il cherchait ? Ou bien il n'avait rien à voir avec Hervé. Quelque bourgeois romain venu là par mondanité, puis s'ennuyant, se frottant un peu à la foule et rentrant chez lui, tout simplement ?

Je m'efforçai de me lever de ma chaise, en vain.

— Vous ne tenez pas debout, dit Maurice Tourneur.

Maria le regarda.

— Écoutez, il y a une solution, dit-elle. Je quitte Rome demain. Maurice après-demain...

Ils se regardèrent encore. Questions, réponses, doutes, craintes, de natures diverses, passèrent dans leur consultation muette.

— Pourquoi pas ? dit Maurice Tourneur après quelques secondes, et avec une espèce de sourire. Vous allez déjà rester ici cette nuit. On verra demain.

Voilà ce qu'ils avaient pensé — ce que Maria avait pensé : elle partait le lendemain en Sicile, à Syracuse, où allait se tenir un congrès d'archéologie auquel elle devait assister. Elle resterait deux ou trois jours. Elle avait prévu de faire le voyage en voiture. Maurice Tourneur ne pouvait l'accompagner, il rentrait à Lyon pour une tournée de six concerts dans la région, sa première tournée. Tel était leur programme, prévu depuis longtemps. Pourquoi ne partirais-je pas avec elle ? Une fois sorti de Rome, il serait temps d'aviser.

— Je tiens à faire ça pour vous, conclut-elle. Je vous le dois bien.

Je protestai : elle ne me devait rien du tout. Et ce serait dangereux pour elle.

— Franchement, je ne crois pas.

Mes poursuivants, dit-elle, à supposer qu'ils s'obstinent, me chercheraient d'abord à Rome, puis, vraisemblablement, entre Rome et Lyon. Et que ferais-je en effet sinon tenter de rentrer à Lyon ? Errer au hasard ? Vêtu comme je l'étais, sans voiture, peut-être sans argent ? Non, le mieux était que je l'accompagne.

— Qu'est-ce que vous voulez faire d'autre ? dit Maurice Tourneur. Il suffira d'être prudent au départ. Après, il n'y a aucune raison qu'on vous cherche à Syracuse, pas plus que dans n'importe quel autre endroit du monde. Et après, vous verrez bien. Puisque vous ne voulez pas entendre parler de la police...

Je le regardais. Je suis sûr qu'il devina mon étonnement de le voir abonder dans le sens de Maria, car il ajouta, avec le même sourire que tout à l'heure :

— Acceptez ! De toute façon, Maria a décidé, ni vous ni moi n'y changerons rien...

Tout allait très vite. Je m'efforçai de me concentrer. Par compassion, pour s'acquitter de ce qu'elle considérait comme une dette, Maria avait décidé de m'aider. Mais il y avait une autre raison. Je venais à elle blessé, je lui racontais une histoire rocambolesque selon laquelle je fuyais des tueurs, sans qu'il me soit possible de m'en remettre à la police, et elle me demandait — car c'était aussi une demande — d'aller avec elle en Sicile. Oui, il y avait une autre raison.

Et moi... Au fond, je me moquais de tout, des blessures, des hommes, du monde comme il allait. J'étais blessé à jamais. Tel qu'ils me voyaient, ma femme, ma jeune femme, et mon fils... Un *engagement*. Ça veut dire que... Horrible, n'est-ce pas ? Il y avait d'autres femmes autour de moi, et même je pouvais répondre à la pression de leur main sur la mienne, et il y avait elle, Maria, bouleversante et belle — car sa beauté, sa retenue, son énergie, sa lointaine mélancolie bouleversaient qui la regardait —, mais Isabelle, ma femme perdue à jamais, mon fils... Mais pourtant quelque chose me maintenait en vie, et quoi, sinon le désir, pour user d'une image triviale mais douloureusement juste, de recoller je ne savais quels morceaux, et...

Mais assez. L'épuisement avait sur moi les effets d'une mauvaise ivresse.

— Il faut se dépêcher, dit Maurice Tourneur. Je ne pourrai pas faire durer l'entracte toute la nuit. J'ai une dizaine de minutes avant ma deuxième partie.

Je pouvais encore les quitter, il me semblait que mes forces revenaient peu à peu... Mais il est vrai également que, dès l'instant où je les avais sentis attentifs à mon sort, et désireux de m'aider... Oui, il suffirait d'être très méfiant au départ... je me ferais tout petit dans un coin de la voiture...

J'acceptai.

Deux minutes plus tard, après un trajet compliqué de couloirs et d'escaliers, nous étions dans leur appartement, dans l'aile du bâtiment où étaient logés les pensionnaires.

Il s'agissait en fait d'une grande pièce unique, très haute de plafond, où l'on avait installé après coup une mezzanine et un escalier de bois. Une immense fenêtre donnait sur les jardins de la villa.

Maria s'occupa rapidement de ma bosse. J'avais l'impression d'avoir deux têtes. Mais l'enflure n'était pas considérable, dit-elle. Il faudrait voir demain matin.

— Allons-y, dit Maurice Tourneur. (Puis, avec une pointe d'ironie :) Maria va me parler de son père...

Ils me recommandèrent de me servir de tout ce dont j'aurais besoin, de dormir si je voulais, il y avait un petit lit sur la mezzanine. Je les remerciai.

— Bonne chance, pour Honegger et Paganini, lui dis-je.

J'avais dû prendre un véritable élan pour prononcer cette phrase. Des tenailles rougies ne m'auraient pas arraché un mot de plus. Oui, j'allais me coucher, et dormir...

Je vis que mon allusion musicale l'étonnait, comme la première. Elle me parut saugrenue à moi-même.

Je passai d'abord cinq minutes à boire de l'eau la tête sous le robinet. Puis j'avalai une poignée d'aspirines et montai m'allonger sur le lit. En guise de fenêtre, il y avait de ce côté une grande lucarne au ras du plancher par laquelle on apercevait les lumières de Rome.

Je m'endormis sans m'en rendre compte.

J'avais des années de sommeil en retard. Je n'entendis même pas rentrer mes hôtes. Eux ne voulurent pas me réveiller.

Je dormis d'un trait jusqu'au matin.

Je fus tiré de mon sommeil par des bruits de salle de bains. Il me fallut un certain temps pour me souvenir que je me trouvais à la villa Médicis, dans l'appartement de Maria Domingo et de son ami, Maurice Tourneur, et pour me souvenir de ce que je faisais là...

Impossible de me réveiller tout à fait. Diverses images me traversaient l'esprit. Je me souvins, avec une détresse excessive due à la somnolence, d'un film de Jacques Tourneur qui s'appelle *Stars in My Crown*. C'est l'histoire d'un enfant recueilli par un pasteur et sa femme, dans le sud des États-Unis, au milieu du XIXe siècle. Lynchages, épidémies, drames. Mais comme tout est vu par les yeux de l'enfant, rien de ce qui arrive n'est vraiment grave, personne ne meurt, tout finit par s'arranger. Puis je pensai à la cave de la via Annia. À Max... J'espérai de tout mon cœur que sa magnanimité primitive mais admirable ne lui vaudrait pas quelque balle mal placée...

Puis à Miguel. Je devais absolument lui téléphoner aujourd'hui.

Enfin, je perçus une bonne odeur de café. Je m'étirai et regardai ma montre : neuf heures. J'étouffai des grognements. Quatre chevaux sauvages attelés à mes membres n'auraient pas été de trop pour m'étirer convenablement.

Je pesais du plomb. Quand je bâillais, un plancher vermoulu craquait dans ma tête. Mais j'avais nettement moins mal que la veille. Je souffrais presque davantage de ma fesse.

J'avais dormi tout habillé, sans même quitter mes bottines. Un seul sommeil. Je m'arrachai à la douceur du lit.

Je descendis l'escalier. Il était raide. Je n'étais pas très sûr de mes mouvements.

— Bien dormi? me demanda Maurice Tourneur.

Il s'apprêtait à prendre son petit déjeuner. Trois tasses étaient posées sur la table. Il se leva et m'approcha une chaise. Je m'assis.

— Très bien. Je crois que j'aurais pu dormir une semaine. Excusez-moi, pour hier soir, je ne vous ai même pas entendus. Je me suis endormi comme ça.

Je montrais mes habits.

— Oui, ça se voit! dit-il.

— Et vous? J'espère que je n'ai pas trop gâché votre concert...

— Pas du tout, ne vous en faites pas. J'ai demandé à quelques amis s'ils connaissaient l'homme qui avait un bandeau, ils m'ont dit que non. Mais ça ne veut rien dire. Et votre tête?

— Ça va. Je crois que ça va passer comme ça.

Près de la grande fenêtre, sous une étagère à livres, il y avait un lit ni petit ni grand, une place et demie, comme mon lit de Saint-Laurent. Et, dans un coin de la pièce, sous la mezzanine, je vis une couverture roulée en boule et deux oreillers. Maurice Tourneur avait-il dormi là, à même le sol, plutôt que dans le lit avec Maria ? J'avais donc dormi moi-même dans le lit de l'un ou l'autre ?

Deux valises et un joli cartable en cuir étaient posés au milieu de la pièce. Les affaires de Maria.

Nous bûmes le café. Nous étions gênés tous les deux. Je crois que je devinai ses pensées : les événements et mon récit de la veille s'étaient évanouis avec le jour, ils devaient lui paraître plus incroyables encore, et ma fuite avec Maria moins nécessaire...

La jeune fille menait grand tapage dans la salle de bains. Cette salle de bains était minuscule et tout en plastique. Il était impossible d'y faire un geste sans se cogner quelque part ou renverser quelque chose, et le plastique était très sonore.

Je fus aussi soulagé que Maurice Tourneur quand elle en sortit.

J'espère ne pas répéter trop souvent que Maria était belle. J'espère aussi ne pas me déchirer la poitrine sous l'effet d'un rire intérieur trop violent si je dis que ce fut comme un rayon de soleil pénétrant dans la pièce, qui justement était à l'ombre à cette heure-ci, du fait du bâtiment principal de la villa Médicis, perpendiculaire et tout proche.

La mode vestimentaire se maintenait au court, cette année-là, en Italie. La jeune Maria portait une petite robe en tissu léger, marron clair comme son cartable. Ses mains, d'un dessin parfait, étaient effilées. Ses pieds aussi. D'un dessin parfait sa poitrine également.

Et toute sa personne. Ceci pour clore encore un recensement de détails qui ne disent rien. D'une part. D'autre part, je dois préciser que ce semblant de description n'a pas pour but de suggérer l'image d'une Maria simplement « attirante ». Car l'attirance qu'elle exerçait (extraordinaire : à nouer la gorge et les entrailles), cette attirance, comme sa beauté, prenait sa source au-delà... Au-delà de quoi ? De son corps ? Loin au-delà ? Trop loin ? Son attirance et sa beauté étaient... lointaines ? Je m'embrouille. Je devais mieux comprendre par la suite.

Nous nous saluâmes.

— Maintenant qu'il fait jour, on voit bien que vous êtes un bandit, dit-elle en souriant.

Premier sourire. Sourire lumineux, pensera-t-on ? En effet, lumineux. Ses gestes eux-mêmes étaient lumineux.

— Oui, j'imagine que je dois avoir belle allure, ce matin.

Elle examina ma tête : rien de grave, guérison assurée.

Elle s'assit et se versa du café.

Il fallait en finir avec ce qui nous préoccupait, Maurice Tourneur et moi : je suggérai qu'il y avait peut-être d'autres solutions pour moi que ce voyage en Sicile. J'avais dormi, je m'étais reposé, ils avaient déjà beaucoup fait en... Mais Maria ne me laissa pas achever : c'était décidé ainsi, et c'était le plus sûr. L'affaire était réglée, nous partions. Sans trop tarder, même : son congrès d'archéologie avait lieu le surlendemain, elle tenait à être à Syracuse dès ce soir pour avoir la journée du lendemain libre, se reposer, revoir ses notes. De plus, il risquait d'y avoir foule pour le passage en bac du détroit de Messine. Trois, quatre heures d'attente n'étaient pas exclues.

Maurice Tourneur évitait mon regard.

— On ne sait même pas comment vous vous appelez, dit-elle ensuite.

— Marc. Marc X.

— Et vous avez un métier ? dit Maurice Tourneur, toujours sans me regarder.

— Oui, en principe. J'étais professeur de musique.

— Ah, bon !

— J'ai un peu laissé tomber.

— Vous jouez d'un instrument ?

De la guitare. Ma Fleta, à Saint-Laurent, étouffant dans son étui, par ces chaleurs.

Il m'interrogea encore. Je dis quelques mots de ma vie. Quelques mots seulement, sans faire mention d'Éric ni d'Isabelle. Puis je racontai à nouveau mon aventure, plus calmement et avec plus de précisions que la veille. C'était ce qu'il attendait.

— En somme, il faudrait qu'ils trouvent ce qu'ils cherchent pour qu'ils vous fichent la paix ? C'est incroyable ! Est-ce que vous ne pourriez pas faire savoir à quelqu'un...

Non, impossible. Je ne pouvais pas. (Dans mon récit, j'avais bien entendu omis mes « meurtres ».) Maintenant, je ne convaincrais plus personne. En exagérant un peu, et pour le plaisir de la formule — mais au fond, telle était bien ma situation —, il me fallait soit livrer un secret dont je ne savais rien, et mourir sous leurs coups, soit me cacher, m'enterrer au fond d'un trou et n'en plus bouger — me mettre moi-même à l'écart de la vie...

Le café était bon, les tartines aussi. Les nuages de la veille avaient disparu. Le ciel était bleu, et soudain je me moquai de l'avenir.

Maurice Tourneur téléphona à Syracuse pour me retenir une chambre au même hôtel que Maria.

Avant que j'entre dans la salle de bains, ils insistèrent pour que je prenne des habits à lui : des sous-vêtements, une chemise à carreaux trop grande pour lui mais qui m'allait presque bien, un jean parfait aux hanches mais trop court, inconvénient auquel l'ingénieuse Maria remédia en arrachant la bande de tissu adhésif qui tenait lieu d'ourlet.

Un pull.

Dans la salle de bains, où j'avais peine à me tenir debout, me vint à l'esprit l'idée curieuse que ma vie, depuis la mort d'Isabelle, était comme une suite de toilettes retardées, une alternance de crasse et d'accrocs des habits et du corps suivis d'ablutions, de réparations et de changements, grâce auxquels je retrouvais une sorte d'intégrité. Ce fut particulièrement spectaculaire ce matin. En sortant du cocon de plastique, j'étais méconnaissable. Et je dois dire que la métamorphose était à mon avantage, comme je le constatai dans le miroir circulaire, un peu plus gros qu'un confetti, où je vérifiai l'efficacité de mon rasage. Comme je le vis également dans le regard de Maria, où je crus lire — où je lisais déjà — l'étrange histoire d'amour à venir.

Nous partîmes.

Maurice Tourneur rentrait à Lyon le lendemain en avion. Je lui dis qu'il me serait agréable d'assister à un de ses concerts un jour prochain, du début à la fin, un jour où nul feu nourri ne risquerait d'interrompre l'audition. Et je le remerciai de tout cœur.

Je crains de n'avoir pas fait sentir assez sa générosité, à lui aussi. Il m'aidait sans trop d'arrière-pensées. Le problème, si problème il y avait, était entre lui et Maria.

Et c'était un beau garçon. Et un excellent musicien.

Il l'embrassa. Il était à peine plus grand qu'elle. Je me dis qu'il l'aimait, qu'il l'aimait follement.

# XV

Je quittai Rome allongé sur le dos dans une voiture, les genoux relevés, coincé entre la banquette arrière et le dossier des sièges avant, dissimulé par une couverture bleu marine à rayures jaunes sous laquelle j'étouffais.

Solution prudente, préconisée par Maurice Tourneur, le doux violoniste blond dont l'image déjà s'estompait dans mon esprit — mais solution inconfortable, ridicule et un peu angoissante dans la mesure où ce mode de transport me donnait un avant-goût de l'ultime voyage en véhicule à moteur, celui auquel bien peu échappent, j'entends le trajet en corbillard de la maison au cimetière.

La voiture, louée, était une Alfa Romeo GTV rouge. Ils avaient pris l'habitude de louer des voitures pour leurs divers déplacements. Maria s'était débarrassée à Nice de quelque Citroën poussive, avant de venir à Rome. Quant à son ami, s'il était fin musicien, il ne savait pas conduire. Le malheureux n'avait même pas son permis.

Ma posture n'incitait guère au bavardage. Je me bornais à émettre un « oui » dénué de fol enthousiasme quand Maria me demandait si tout allait bien. À un moment, pourtant, je lui dis :

— Vous avez le bonjour de Mme Bonnard.

Ce qui la fit rire (premier rire, lumineux), soit que la pensée de la revêche et bienveillante bibliothécaire l'amusât, soit que ma commission, dans les circonstances où elle était faite, marmonnée sans crier gare de sous ma couverture, lui parût drôle.

Nous sortîmes de Rome.

Après dix kilomètres d'autoroute, ouf, je pris le volant. La nervosité de l'Alfa Romeo m'enchanta. Puis j'eus un petit serrement de cœur en songeant à ma diesel, ou plutôt à ce qui devait rester d'elle après le passage des pirates.

Quelque adolescent romain sournois et ricanant paraderait ce soir sur la Navone, pétant de fierté dans ma veste blanche de chez Moreteau... Encore que l'imprudent serait peut-être moins fier quand il se retrouverait la tête en sang, précipité au fond d'une oubliette, et sommé de révéler où il avait caché le paquet...

J'avais décidé de ne pas mettre les pieds hors de la voiture jusqu'en Sicile, sauf pour faire pipi, et en pleine nature.

Au premier relais, j'envoyai Maria m'acheter des lunettes de soleil, des Benson et des ustensiles de rasage.

Il nous fallut un peu moins de cinq heures pour couvrir les sept cents kilomètres qui séparent Rome de Reggio de Calabre.

Il m'arriva de rouler à presque deux cents, mais parfois aussi beaucoup moins vite à cause des tunnels et de la circulation. Le mois d'août s'achevait, les foules recommençaient à déferler d'un bout à l'autre de l'Europe.

Nous nous arrêtâmes (peu après Naples) pour

prendre de l'essence et acheter des sandwiches et des boissons. Nous roulâmes souvent vitres ouvertes, ce qui me donna un peu mal à la gorge.

Je ne regardai pas le paysage, seulement la route. Sauf en traversant la Calabre, où je jetai deux coups d'œil furtifs, l'un à droite l'autre à gauche, pour constater que la campagne était presque aussi jolie que celle de la région lyonnaise, en plus monotone cependant.

Voilà pour le dehors de cette première partie de notre route. Venons-en à ce qui se passa dans la voiture.

Pendant la première heure — gêne, peur de ce qui allait suivre, ruminations personnelles, espoir que l'autre parle le premier — nous ne desserrâmes pas les dents ou presque. Ensuite, et jusqu'au fin fond de la Calabre, ce fut un bavardage ininterrompu ou presque.

Au bout d'une heure, donc, je me lançai.

— Maintenant qu'on est parti, dis-je, j'ai peur d'avoir fait une bêtise. Pour vous, je veux dire. J'espère que vous n'aurez pas à regretter...

Introduction anodine, sincère, qui pouvait ne mener à rien — un « non » anodin et sincère —, mais qui pouvait aussi nous mener à l'essentiel en trois bonds.

Ce qui arriva. Trente secondes s'écoulèrent, puis elle dit :

— Regretter ce voyage ? De vous aider ? Non, ne vous inquiétez pas. Je dois même vous avouer quelque chose...

Elle se tut.

— Peut-être que vous voulez savoir... dis-je.

On aurait dit deux chiens craintifs se flairant avant de gambader ensemble. Le ronronnement de la GTV, qui absorbait pour ainsi dire notre incessant, confus et tonitruant murmure intérieur quand nous ne parlions pas, nous aida souvent à franchir de longs silences.

— En savoir plus au sujet de mon père et... de ce qui vous est arrivé ? Oui. Franchement, oui. J'y pense depuis que vous m'avez montré cette photo. Mais il y a autre chose.

Lui dire : « Oui, je sais » aurait été brutal, et peut-être imprudent.

— Vous voulez... me parler vous aussi ?

Vrouououououou, faisait l'Alfa Romeo, égale, imperturbable et apaisante. Autre avantage de la voiture : nous n'étions pas tenus d'affronter toujours le regard de l'autre. À volonté seulement, et à dessein.

Elle céda, littéralement :

— Oui.

Elle céda, tout en esquissant la plus émouvante des attaques défensives. Elle aussi se tourna vers moi :

— Mais racontez d'abord, vous...

Je ne cacherai pas que j'eus envie alors de l'embrasser. Envie de glisser mes doigts dans ses cheveux et de baiser ses lèvres. Mais de m'en tenir à cette envie, sans lui donner suite. Non que ce rêve de baiser fût de pur attendrissement, certes non. Je sentis même — puisque aussi bien j'ai pris l'habitude de livrer certains détails avec franchise —, je sentis même un frémissement, à peine perceptible, que seule peut-être la pression de mon jean (celui de Maurice Tourneur) contre ma chair me permit de soupçonner. Mais attente et frémissement trouvèrent en eux-mêmes, avec Maria, et ce jour-là, leur propre plénitude.

Il fallait parler.

Je lui racontai tout. Tout ce qu'on vient de lire, et comme je ne l'avais encore jamais raconté à personne — non, peut-être même pas à Miguel. (Téléphoner à Miguel : j'y pense.)

C'était le récit de morts successives.

Je redoutais surtout les deux épisodes qu'on devine. Mais je n'omis rien, ni le regard soudain éclatant de sang de l'infirme avant qu'il ne s'écroule, mort, sur ses jambes mortes, ni le lent liquide épais s'écoulant mystérieusement de la nuque d'Alain Holmdahl. Je n'omis rien, ni des faits ni de mes mouvements intérieurs secrets...

Je craignais de l'éloigner de moi, de lui inspirer peur et dégoût. Mais il n'en fut rien. Peut-être sa propre expérience de la mort et de l'horreur mortelle — je ne sous-entends évidemment pas qu'elle ait tué quiconque, on verra bientôt de quoi je veux parler — l'aida-t-elle à accepter ces confidences extrêmes.

Elle ne m'interrompit guère. Parfois, simplement, elle me regardait. Et je crois que je l'écoutai moi-même sans un mot quand, à son tour — nous traversions le dernier tiers de l'Italie, la chaleur était intolérable, la GTV fonçait dans un doux bruissement de tissu —, quand à son tour elle me parla d'elle, et me confia ce qu'elle n'avait encore jamais confié à personne.

Ce que Maria m'apprit de Maxime Salomone (après ce que je lui en avais appris, moi : ainsi le portrait du personnage se compléta pour chacun de nous) pourrait constituer à lui seul un roman que je me vois contraint de résumer à grands traits.

Son père, me dit-elle d'abord (mais il lui fallut un long moment pour me faire cet aveu), son père était un assassin. Oui, bien sûr, je savais, mais il s'agissait d'autre chose. Voilà. Il... il avait tué sa femme, la mère de Maria.

Maria était alors âgée de six ans, et elle savait, parce qu'à l'époque tout le monde avait su. Elle savait confusément, comme un enfant peut savoir, peut comprendre une telle chose. Mais il y eut plus tard des réponses embarrassées, des conversations surprises — une lettre même, un jour —, qui, jointes à sa certitude originelle, instinctive...

(Longs, longs silences. La GTV : vrouououou...)

Maxime Salomone, qui s'appelait en réalité Giulio Maberti, était né à Portopalo, petit village de Sicile (et non près de Rome, comme tout le monde le croyait). À peine marié, à vingt et un ans, il s'était lancé dans une carrière agitée de truand local, ce qui l'avait conduit en prison pour deux ans. Peu après sa sortie, il avait tué sa jeune femme à coups de couteau, par jalousie. Maria se trouvait alors à Catane, chez ses grands-parents maternels, qui la réclamaient sans cesse et où sa mère la laissait volontiers pour lui éviter la pénible atmosphère familiale.

Puis il avait jeté le cadavre à la mer. Il avait vingt-sept ans à cette époque, c'était une brute insouciante, que la prison avait achevé de rendre fou et dangereux. Il avait à peine pris soin de dissimuler son crime : deux jours après, la mer rendait le cadavre. Tout le village était au courant, la police aussi, qui n'était pas sans le redouter un peu. Puis soudain, il disparut. Toutes les recherches restèrent vaines. Il s'était enfui, pour toujours, hors de Sicile.

Maria avait été recueillie par ses grands-parents maternels, des gens aisés, d'origine espagnole, alors installés à Catane depuis dix-sept ans. Le grand-père, un fonctionnaire, avait demandé sa mutation pour la France, en grande partie pour Maria, pour que la vie de l'enfant change complètement et qu'elle oublie autant qu'il était possible. La famille s'était retrouvée à Nice. Ils avaient obtenu que Maria porte leur nom, Domingo.

Onze années passèrent.

Maria avait manifesté très tôt une grande force de caractère. Sa volonté acheva ce que les circonstances et l'attitude des grands-parents avaient déjà favorisé : elle oublia en effet — elle voulut oublier — le cauchemar des six premières années de sa vie. À l'exception du beau visage de sa mère, qu'elle avait conservé intact dans sa mémoire, et d'une haine tenace pour son père, ces années s'étaient réduites pour elle à quelques images confuses et maintenues telles avec acharnement : paysages indécis (les montagnes étaient comme des vagues), disputes, éclats de voix assourdissants où se perdaient l'articulation et le sens des mots, violences imaginées, nuits sans sommeil, Catane, toutes les maisons et tous les gens pareils...

Elle fit de bonnes études à Nice. L'année du baccalauréat, ses grands-parents moururent, à quelques mois d'intervalle. Chagrin terrible. Au moins ne la laissaient-ils pas dans le besoin.

Puis, onze ans donc après le départ de Sicile — elle venait de commencer des études d'histoire et d'histoire de l'art à la faculté de Nice —, coup de théâtre : Maxime Salomone, ayant accompli le cycle de ses exploits, se souvient qu'il a une fille, retrouve sa trace, et lui rend visite à Nice, dans l'appartement acheté à Maria par les Domingo.

Et il en tombe pour ainsi dire amoureux. Il est émerveillé d'avoir une fille aussi belle et aussi charmante. Elle a dix-sept ans, lui trente-huit : c'était donc juste avant qu'il se mette en ménage avec ma cousine Anne-Marie.

Il a changé. Il est devenu un autre homme. Mais la haine de Maria est intacte, encore qu'elle ait quelque difficulté à faire le rapport entre son sentiment et l'étranger aux cheveux blancs, trapu, grimaçant jusqu'à la laideur quand il tente de lui sourire, qu'elle a devant elle. Haine exagérée, d'une certaine façon, inscrite au plus profond d'elle-même depuis toujours, et comme indépendante peu à peu des personnes et des circonstances. Il lui demande pardon. Il la supplie d'accepter de le revoir, lui promet une fortune. Dernier argument : il a commis une grosse imprudence en venant la voir. Pour le monde entier, Giulio Maberti et Maxime Salomone sont deux personnes différentes, et Giulio Maberti a disparu à tout jamais. Maria peut lui causer du tort, car le meurtre de sa femme est le seul forfait pour lequel il puisse être légalement puni.

Avec une dureté impitoyable, définitive, qui le stupéfie et sans doute le blesse profondément, Maria lui répond en substance : je courrai en effet vous dénoncer si vous cherchez à me revoir une deuxième fois. J'ai rompu avec le passé, je n'ai plus remis les pieds en Sicile, y retourner me ferait horreur. Je considère que je n'ai plus de père, je ne vous connais pas, je vous prie de considérer vous-même que vous n'avez pas de fille. Plus de visite, et pas un mot de moi : votre parole !

Il la lui donne, et elle ouvre la porte.

Maxime Salomone repart, très ému. La terrible exigence de Maria s'ajoute à ses autres tourments. Mais il la respectera jusqu'à sa mort. Il n'a obtenu d'elle, au dernier moment, que la fameuse photographie...

Cet épisode (le retour de Maxime Salomone) est certes spectaculaire, et il possède une importance anecdotique non négligeable, puisque cette photographie était à l'origine de mon voyage, d'abord solitaire, puis en compagnie de Maria. Mais il ne bouleversa pas la vie de la jeune fille. Passé l'effet de surprise, elle réussit sans peine à s'en tenir à l'oubli. Elle ne connaissait pas l'homme qui était venu la voir. Elle n'avait pas davantage de père qu'une heure auparavant.

Oubli étrange et excessif, comme sa haine. Tel était le secret de Maria. À Maurice Tourneur lui-même elle avait dit que son père était mort. Et même hier soir, elle ne lui avait pas parlé du meurtre de sa mère. Cet aveu lui avait toujours paru infamant, source en elle d'une honte insurmontable. Son père était un hors-la-loi, avait-elle seulement expliqué à son ami, elle en avait honte, elle préférait dire à tout le monde qu'il était mort, oui, même à lui, et voilà, c'était comme ça. Et Maurice Tourneur, docile et amoureux, n'avait pas insisté.

J'étais apparu, moi, à un moment de sa vie où elle avait accepté l'idée d'un retour au pays natal. Et j'étais apparu, à ce moment précis, pour lui apprendre la mort de son père. Que la dernière pensée de Maxime Salomone ait été pour elle l'avait troublée et la troublait encore, m'avoua-t-elle. Elle avait vu en moi le messager, le seul à qui il avait montré et transmis la photographie. Le messager, et celui à qui elle devait parler...

Aux derniers mots de nos épuisantes confessions, nous arrivâmes à l'extrémité de l'Italie.

Maria me posa encore quelques questions sur Maxime Salomone, sa retraite morose, sa tristesse perpétuelle (à cause d'elle ? Peut-être, en partie au moins). Sur Martin, son frère inconnu. Sur Anne-Marie. Sur Éric...

Puis nous redevînmes silencieux, comme au départ de Rome, mais d'un silence différent, chacun riche du récit de l'autre. Comblés par ces récits complémentaires, et que nous pouvions croire complets.

Mon passé m'était moins pesant. Pour la deuxième fois cet été, j'eus l'impression d'une fin, et d'une promesse de recommencement.

Un kilomètre avant Villa San Giovanni, la circulation se ralentit. Puis nous dûmes stopper complètement, il y avait un embouteillage. Maria craignait que ce ne soit déjà la file d'attente pour le bac. Je doublai alors toutes les voitures. L'Alfa Romeo semblait moins rapide, comme si elle devait vaincre l'hostilité des autres conducteurs pour avancer. Mon intention était de pousser jusqu'à Reggio de Calabre, où il y aurait peut-être moins de monde. Maria n'y croyait guère.

Tout de suite après la sortie Villa San Giovanni, qui était bel et bien bloquée par les voitures, deux policiers énervés nous arrêtèrent. Ils s'exprimaient par cris sauvages, l'un surtout : alors, les panneaux ? Je fis semblant de ne pas comprendre. Ils tracèrent dans l'air de leur index des dizaines de rectangles hargneux, panneaux, panneaux ! Ah, panneaux ? Non, nous n'avions rien vu. (C'était la vérité. Nous pensions à autre chose qu'aux panneaux.) Ricanement incrédule, à deux centimètres de mon nez : le bac ne fonctionnait pas à Reggio, des travaux, l'embarcadère inutilisable. D'où cette affluence exagérée à Villa San Giovanni. Cinq panneaux au moins avertissaient les automobilistes, nous n'avions pas pu ne pas les voir. Impossible. Nous mentions. J'en eus vite assez de discuter panneaux, d'autant plus qu'ils me crachaient presque à la figure en parlant. Je continuai à feindre l'incompréhension et la consternation. Enfin, comme ils ne pouvaient ni nous faire reculer sur l'autoroute ni nous exécuter sur place, ils nous indiquèrent la rage au cœur une petite route de terre, d'ailleurs dangereuse, qui tombait sur la mer en chute libre ou peu s'en fallait.

Nous rejoignîmes ainsi le tout début de la queue. Un Hollandais conciliant me laissa passer avec le sourire. L'incident nous avait fait gagner un temps considérable, peut-être deux heures.

Peu après, nous étions garés sur l'immense parking d'attente. Je n'avais jamais vu autant de voitures réunies, même au magasin Carrefour de Vénissieux à quatre heures une veille de Noël. Nous inclinâmes les sièges et nous préparâmes à attendre. Je défis mon troisième paquet de Benson de la journée. Vu l'heure, un record absolu. J'avais mal à la gorge, mais un mal léger, d'une nature telle que les cigarettes n'en étaient que meilleures, chaque bouffée pour ainsi dire se méritant.

Nous fûmes immobilisés deux heures, et dans de rudes conditions. Plus insupportable que la chaleur était la foule, composée en grande partie d'Italiens prenant leurs vacances en septembre et de Siciliens rentrant chez eux. On voyait sortir d'une seule voiture, comme des lapins du chapeau d'un magicien, des familles de cinq (un minimum), dix (une moyenne) et parfois quinze personnes, et tout ce monde débraillé, sale, énervé, criait, chantait, riait, se querellait, faisait frire des saucisses, poussait à fond les autoradios et ensuite vociférait à pleins poumons pour couvrir la musique.

Toutes les dix minutes, un visage patibulaire empreint d'une amabilité fausse à hurler, comme posée à la main devant un miroir et toujours prête à se défaire, apparaissait à la vitre pour nous proposer des cigarettes ou des cassettes de contrebande, ou des boissons prétendument fraîches dont on voyait bien qu'elles étaient à deux doigts de l'ébullition, ou des sandwiches dans lesquels je n'aurais pas mordu après dix jours d'un jeûne sévère, infâmes croûtons jaunâtres et ramollis d'où débordaient et se recroquevillaient des franges de jambon aux reflets violacés.

Une petite vie communautaire s'organisait au fil des quarts d'heure.

Les enfants étaient infernaux. Outre les glapissements, les galopades et les coups de pied dans les portières, ils avaient coutume d'assouvir leurs besoins naturels à l'endroit même où l'envie les assaillait. Ils interrompaient soudain toute activité, s'accroupissaient (ou non, ou à moitié), et leur visage prenait alors cette expression lointaine qu'ont les chiens dans les mêmes circonstances, yeux mi-clos et bouche ouverte.

Les odeurs diverses, essence, sueur, friture, et tant d'autres, exaltées par la chaleur, devinrent vite gênantes. Comme l'air entrait brûlant dans la voiture, nous relevâmes les vitres. Mais je dus baisser la mienne aussitôt pour adresser une remontrance à deux marmots qui s'apprêtaient à déféquer sur le capot après y avoir exécuté une sorte de danse de mort.

Et puis, il y avait les rôdeurs solitaires, individus d'allure suspecte qui circulaient entre les voitures sans but apparent, sans rien vendre ni rien réclamer, qui parfois nous fixaient jusqu'à ce que nous baissions les yeux, et s'en allaient plus loin.

Maintenant que notre fièvre de paroles était tombée, que nous ne roulions pas, que je me sentais prisonnier de cette mer de voitures, d'odeurs lourdes et de cris, de sombres pensées remontraient par moments le bout de leur nez. Je me disais, sans y croire vraiment néanmoins, que tel ou tel de ces rôdeurs était peut-être un sbire chargé par mes poursuivants de me repérer. Un autre posté à l'aéroport de Fiumicino, près de Rome, d'autres à quelques péages, douanes, départs de bateaux... Cela ne faisait pas un nombre si élevé, après tout. Si je songeais à l'acharnement qu'ils avaient mis jusqu'alors à me suivre — et la longue, très longue conversation avec Maria m'avait un peu fait oublier le sentiment de l'inéluctable qui m'avait étreint lorsque j'avais cru identifier l'homme au bandeau, à la villa Médicis —, rien n'était tout à fait impossible.

Et cet homme, précisément, étais-je certain qu'il ne m'avait pas vu avant que je l'aperçoive, moi ? Non, je n'aurais pu le jurer. Son attitude de relative indifférence, son départ, l'absence ensuite de toute manifestation ne prouvaient rien. Sans aller jusqu'à imaginer l'Italie entière couverte d'espions lancés à mes trousses, je pouvais supposer que cet Hervé, si vraiment c'était lui, et si je tenais vraiment à m'effrayer, faisait partie d'une bande plus patiente et plus avisée, laquelle, au lieu de me matraquer prématurément, se bornait à me suivre avec discrétion, à me laisser aller là où, croyait-on, je voulais aller, à attendre le véritable terme de mon voyage...

Mais ces petits assauts d'inquiétude devinrent plus rares et moins violents. Pourquoi ? Parce que, je l'ai dit, mes craintes me paraissaient excessives. Parce que je me sentais bien avec Maria. Enfin, parce que nous nous remîmes à parler. Conversation plus calme, plus banale en apparence. En apparence seulement : c'est alors que Maria fut amenée aux confidences les plus intimes, peut-être involontaires, dissimulées sous les détails...

Elle m'expliqua ainsi par quel enchaînement de circonstances elle se trouvait en route pour Syracuse, tout près de Portopalo, malgré sa décision d'adolescente. Cela s'était fait en plusieurs temps.

Il y avait eu d'abord sa rencontre avec Maurice Tourneur (à Nice, pendant les vacances de Pâques). Très vite, le jeune homme, amoureux fou, lui avait proposé de l'accompagner à la villa Médicis, où il habitait déjà. En même temps ou presque, et bien qu'elle n'eût pas fait d'études archéologiques en règle, donc qu'elle ne possédât pas de titres officiels, on lui avait offert, grâce à l'appui de son professeur d'histoire de l'art Hector Duby (qui l'adorait), la possibilité de travailler un an à Rome sous la direction de l'archéologue italien Giuseppe Portali. Une sorte de stage. Duby et Portali étaient de vieilles connaissances.

Il aurait été dommage de refuser.

Elle s'était donc retrouvée à Rome, à la villa Médicis. Mais, précisa-t-elle alors, une fois sur place, elle avait estimé plus commode de se louer un petit appartement, dans l'EUR, le quartier moderne (mussolinien) de Rome, près de Luna-Park. La villa était restée son lieu principal, sa véritable adresse, elle s'y rendait chaque matin, y travaillait, mais enfin elle n'y avait logé complètement qu'au début de son année, et quelques jours à la fin, à l'échéance de son bail. Elle me donna ces informations d'un ton assez naturel, mais, pensai-je, ne cherchait-elle pas à me signifier, à son insu peut-être, qu'elle et Maurice Tourneur n'étaient pas amants ? Et, si elle n'était pas sa maîtresse, l'avait-elle été de quiconque auparavant ?

Suivit un « aveu » contradictoire.

Elle n'avait plus de logement à Nice. Avant de partir, elle avait revendu son deux-pièces de la place Garibaldi, et sa voiture, et ses meubles, tout... Et, à son retour de Sicile, elle avait décidé de s'installer à Lyon, chez Maurice. Il allait mettre au train une malle de ses affaires, en même temps que ses affaires à lui. (Étrange projet de cohabitation, dont je ne sus que penser.)

Fils aîné et préféré d'un gérant d'immeubles lyonnais, Maurice Tourneur avait reçu en cadeau, lors du premier prix de Conservatoire qui avait couronné ses études, une petite villa rue François Villon, à Montchat, dans le quartier de Grange-Blanche.

Je pensai soudain que Maria et lui étaient riches. Que la seule location de l'Alfa Romeo devait coûter une fortune.

À cinq heures moins dix — nous attendions depuis près de deux heures —, un de ces rôdeurs dont j'ai évoqué le manège s'arrêta à côté de la voiture, puis s'assit sur le capot sans nous regarder. Il était particulièrement sale. Deux à trois minutes s'écoulèrent. Toujours sans nous prêter attention, il se remit debout et s'en alla. Ses mains, qu'il avait posées sur la voiture, laissèrent deux traces plus claires, dont il était aisé de deviner qu'elles opposeraient une farouche résistance aux détergents les plus corrosifs.

Quelques mois auparavant, continua Maria, Giuseppe Portali avait dégagé trois nouvelles tombes étrusques à Poggio di Roncalo, près d'Orvieto, à cent vingt kilomètres de Rome, tombes qui avaient échappé aux recherches de son illustre prédécesseur Domenico Golini di Bagnorezio, en 1803. Maria était présente. L'une d'entre elles au moins présentait un intérêt exceptionnel : les fresques qui l'ornaient, assez bien conservées, donnaient des renseignements uniques sur les rites sexuels des Étrusques, peuplade des plus grivoises. Ces fresques, me dit Maria, étaient l'équivalent dans ce domaine de celles de la tombe Golini pour le déroulement des festins et pour l'art culinaire étrusque.

Sans cette découverte, elle ne se serait pas rendue à ce congrès le surlendemain, au palais Vecchio de Syracuse, au cours duquel Portali parlerait des nouvelles tombes. Mais l'archéologue, impressionné par les connaissances et la passion de la jeune fille, et, j'imagine, par son charme sans pareil, lui avait confié la partie proprement artistique de l'exposé. Après son discours, surtout historique, elle pourrait prendre la parole et livrer le fruit de son propre travail : étude des techniques utilisées par le peintre, mise en valeur de la subsistance ténue mais réelle d'un élément oriental gréco-ionien (et ce en pleine période hellénistique, dit Maria en se tournant vers moi pour voir si j'étais estomaqué comme il convenait) — élément subtilement repéré par elle quelques secondes avant Portali, à la grande admiration de celui-ci.

Hector Duby, son professeur, serait sans doute présent. Cette fois encore, il aurait été absurde de refuser ce qu'elle considérait comme une chance inouïe.

Enfin, ajouta-t-elle, le temps avait passé, elle se

sentait de taille à affronter l'épreuve du retour. Elle ressentait même une certaine curiosité.

Et elle était contente que je sois avec elle.

Ce fut notre tour d'embarquer.

J'ai horreur de l'eau. À l'exception d'une promenade en barque à l'âge de sept ans sur le lac du Parc de la Tête d'Or avec le fils de nos voisins du dessus, qui s'appelait Roland, je n'avais jamais évolué sur les eaux.

Pour comble, au beau milieu du détroit, les moteurs du bac s'arrêtèrent.

Nous nous trouvions debout sur le pont, appuyés à une rambarde. J'entendis à droite et à gauche des commentaires stupides : une panne, il ferait nuit avant que nous soyons évacués, etc. Tendu comme je l'étais de me voir ainsi le jouet des éléments, j'accordai presque foi à ces propos.

— Mais non, dit Maria, ils racontent n'importe quoi. Ne vous en faites pas, on va repartir tout de suite.

Nous étions face à face. Je la dominais. Elle ne cherchait certes pas à montrer ses seins, que je ne cherchais certes pas à voir, mais enfin, de par le mouvement des plis de sa robe de rien du tout et de par ma position supérieure, il m'arriva d'apercevoir la rondeur captivante et même le petit bout rose de l'un d'eux.

Sa lèvre supérieure débordait à peine sur l'inférieure. À peine. D'un millionième de millimètre. Mais l'étendue du trouble qui en résultait pour l'observateur se mesurait aisément en années-lumière. Aucun maquillage. Maquille-t-on le soleil pour le faire plus éclatant ? Elle regardait en direction de la Sicile, le vent gonflant ses cheveux et dégageant son visage à peine affecté par ledit soleil qui pourtant l'éclairait en plein — elle regardait du côté de la Sicile, et moi, avec nostalgie, du côté de l'Italie, je veux dire de la France, scrutant parfois l'horizon comme dans l'espoir fou d'apercevoir la flamme de Feyzin familière et rassurante. Sans Maria, je crois que j'aurais regagné Villa San Giovanni en galopant sur les flots dans une frénésie surnaturelle de dessin animé.

Elle avait raison. La panne, si panne il y eut, était sans gravité, et le bac repartit peu après.

Puis les clameurs des foules italiques, le vent entêtant, le soleil sur ma nuque douloureuse, le roulis, le bouillonnement effrayant de l'eau contre les parois du bac finirent par avoir raison du vieux loup de mer que j'étais et par me donner vertige et nausée. Je préférai retourner à la voiture, au calme, à fond de cale.

Maria n'avait rien compris de ce que je lui avais marmonné. Elle me suivit et posa sa main sur mon épaule — et aussitôt la retira — pour me demander ce qui n'allait pas.

À part nous, un seul passager se trouvait dans la cale, à trois voitures de la nôtre, en avant et sur la droite : blond, chauve, dans une Fiat 127 blanche dont je ne pouvais lire l'immatriculation. J'avais déjà remarqué cet homme à l'embarquement, simplement parce qu'il voyageait seul. Il se retourna vers nous, une seule fois et de façon très naturelle. Il lisait un journal.

La position de conduite de la GTV était agréable. J'avais hâte de foncer à nouveau.

Débarquement à Messine, *stazione marittima*.

Je passai les vitesses avec satisfaction. Cinq minutes plus tard, nous roulions en ville.

Je revis la Fiat blanche à un feu rouge. Immatriculation milanaise. Son conducteur ne nous accorda aucune attention.

Le feu passa au vert. Comme pour me venger de l'immobilité forcée des heures précédentes, la mienne et celle de la voiture, je me donnai le petit plaisir d'un de ces démarrages qui creusent des sillons profonds dans l'asphalte le plus compact, imitent le hurlement de la sirène d'incendie et mettent des rues entières aux fenêtres.

J'avais dû faire gicler des parcelles de goudron jusqu'à Naples. J'étais déjà à quatre-vingts que la lumière verte du feu finissait à peine de s'imprimer avec certitude sur la rétine des autres conducteurs.

Emporté par ce bel élan, je traversai Messine comme un météore, toute la via Tommaso Canizzaro pied au plancher. (Je n'aime pas sans réserve cette lettre *z* qui pullule en italien.) Je ne ralentis même pas piazza Carducci, où pourtant se démenait un agent de la circulation, mais je lui passai si vite sous le nez qu'il ne nous vit pas, ou alors un éclair rougeâtre, de nature incertaine, qu'il prit peut-être pour un phénomène oculaire tout personnel.

Seul un panneau indiquant un proche bureau de poste me fit rétrograder.

Au bureau de poste, via Italia, Maria téléphona à Maurice Tourneur, moi à Miguel.

Miguel n'était pas là. Je tombai sur Jacqueline, seule dans l'appartement, surprise et ravie. Miguel visitait un studio à Nice. Rentrerait-il ce soir boulevard de la Plage ? Sûrement, mais très tard. Il avait dit à Jacqueline de me dire, si je téléphonais, de rappeler le lendemain dans la matinée. Où j'étais ? En Sicile, et tout allait bien. Je leur faisais de grosses bises, à elle et à Mado. Elles allaient bientôt recevoir une belle carte de Rome...

— Vous conduisez toujours comme ça, en ville? me demanda Maria au moment où je passais la quatrième à trente mètres au plus du bureau de poste.

— Souvent. C'est devenu une habitude. Vous voulez que...

— Non, non, pas du tout. Conduisez comme vous voulez.

— Vous n'avez pas peur?

— Non.

— Alors parfait. C'est comme si on était déjà à Syracuse. Vous pouvez commencer à préparer un peu de monnaie pour le garçon d'hôtel.

Elle rit.

Oui, je me souviens de cette arrivée en Sicile comme d'un moment de grande excitation, de nerfs à fleur de peau, de colère même, prête à se déchaîner. Un rien me mettait hors de moi. Je rêvais d'une large pelle articulée dont serait équipé l'avant de l'Alfa Romeo, qui me permettrait de ramasser les Fiat 500 et de les expédier à droite et à gauche contre les façades quand elles roulaient à des allures trop irritantes.

Je traversai les faubourgs de Messine à un petit cent cinquante.

Arrêt station-service (*servidzzzzzio*).

Puis nous fonçâmes sur Catane, cent kilomètres d'autoroute à peine. Je me calmai pendant le trajet, et même entrai dans Catane plutôt maussade.

Maria demeurait silencieuse. Elle s'agitait sur son siège. C'était elle maintenant qui était énervée.

La traversée de la ville fut pénible. Il faisait lourd, un vent desséchant soufflait. Les voitures se suivaient pare-chocs contre pare-chocs au long des rues trop étroites.

Ce que je vis de Catane me parut d'une grande tristesse. Toutes les maisons en effet se ressemblaient et tombaient plus ou moins en ruine. Personne dans les rues, sauf de petits groupes d'enfants dépenaillés.

— Toute la ville n'est pas aussi moche, vous savez, me dit Maria à un moment. Du moins je ne crois pas. Vous avez l'air accablé ?

Elle souriait. Elle semblait avoir décidé de dominer son trouble, et elle y parvenait.

— Et vous, un peu nerveuse...

— Oui, un peu.

— Ça va quand même ?

— Oui. Merci. Maintenant que je suis là, je crois bien me souvenir... Mes grands-parents habitaient de ce côté, dans une rue assez jolie.

Elle fit un geste vague de la main. Je me penchai.

— Non, on ne peut pas voir. Je crois que c'est beaucoup plus loin.

— Vous voulez qu'on passe devant ?

Elle hésita.

— Non. J'ai hâte d'être à Syracuse.

À la sortie de la ville, elle voulut conduire, pour se calmer, dit-elle.

Je m'arrêtai le long d'une horrible place triangulaire et jaune comme la tête d'un serpent, au centre de laquelle trois arbres à l'agonie délimitaient comme malgré eux une espèce de square couvert de détritus divers parmi lesquels sommeillait, étendu sur un matelas crevé, un être humain squelettique, de sexe et d'âge indéfinissables.

Maria prit le volant.

Je la regardai s'installer, avancer le siège à la

bonne distance, modifier l'inclinaison du rétroviseur, tirer sur sa robe. Pour en effacer des plis qui la gênaient, non pour cacher ses cuisses qu'on voyait de toute façon, rondes et claires, lumineuses, d'ailleurs un rayon du soleil déclinant les frappait alors, révélant l'extrême finesse de la peau.

Nous abordions la dernière partie du voyage. Les lieux de son enfance étaient proches.

J'étais tourné vers elle. J'aurais aimé avancer la main et caresser un instant ses cheveux. Le soleil, qui venait de droite et qu'elle me dissimulait, faisait une auréole de plus autour de son visage.

La route jusqu'à Syracuse suivait tant bien que mal le littoral. Le paysage devint désolé. Entre la route et la mer, des installations chimiques ininterrompues aggravaient l'étrangeté des lieux plutôt qu'elles n'introduisaient un élément rassurant de civilisation (comme à Feyzin par exemple).

Mais c'est Maria que je regardais.

Seuls des instruments de haute précision, ou une attention aussi aiguë que la mienne, auraient su déceler l'infime courbure du nez, vers le haut, non loin de sa naissance. Les mèches foncées de ses cheveux me parurent plus nombreuses de ce côté de sa tête. Cette surprenante couleur châtain clair, surprenante pour une fille d'Italiens et d'Espagnols, lui venait, me dit-elle, de son grand-père maternel — qu'elle avait tant chéri. Lui était même presque blond, et son père et son grand-père aussi.

Nous arrivâmes à Syracuse après une petite heure de route. Je pardonnais volontiers à Maria sa conduite retenue : elle ne dépassa jamais le cent quarante. Par ailleurs, elle montait les vitesses à des régimes insuffisants, freinait trop tôt avant les obstacles et saisissait mal les opportunités de faire donner à la GTV tout ce qu'elle avait dans le ventre.

J'ai horreur d'être conduit en voiture. Je m'énerve tout de suite. À tout autre que Maria je n'aurais pas manqué de reprocher, fût-ce à mots couverts, sa lenteur de chenille malade. À tout autre, j'aurais demandé avec une sollicitude hypocrite s'il souffrait du pied droit, ou si le véhicule était en panne, c'est curieux tout à l'heure il roulait bien. Ou je serais descendu en marche en expliquant à la personne que j'avais besoin de me dégourdir les jambes, que je l'attendais un peu plus loin...

Mais enfin c'était Maria, et inscrire dans ma mémoire son profil de lumière compensa largement, disons même réduisit à néant, la contrariété de ne pas avaler la route en quarante minutes, dans la mesure où je l'avalai tout bien pesé en un rien de temps, exploit dont aucune voiture au monde n'était capable, puisque le temps alors passé avec Maria, dans la voiture, était hors du temps.

Elle connaissait Syracuse par cœur, j'entends par l'intermédiaire de plans archéologiques mille fois étudiés, et elle nous conduisit sans erreur à l'hôtel Panorama, *via* Necropoli Grotticelle, à côté d'une célèbre zone de tombes, dit-elle, grecques, romaines et byzantines.

Ce quartier dominait la ville. On y parvenait par une montée en lacets où la GTV, entre des mains expertes, les miennes par exemple, et puisque aussi bien la lumière était différente, et que la vie ne saurait tout entière s'écouler hors du temps, la GTV aurait fait d'humaines merveilles.

Peu avant l'hôtel, nous passâmes devant la tombe

d'Archimède, en réalité un simple columbarium romain du premier siècle, m'apprit-on. Ah bien, très bien.

De cette première soirée sicilienne, je dirai seulement qu'à l'hôtel, l'employé de la réception, un homme âgé, ne regardait pas dans les yeux et transpirait la sournoiserie même de dos. Que nos chambres étaient fort éloignées l'une de l'autre. Que l'hôtel Panorama portait bien son nom. Ce qu'on apercevait fenêtres ouvertes ne m'impressionna pas le moins du monde, mais était fort impressionnant : vue sur le théâtre grec et les latomies, tout particulièrement la Latomia del Paradiso, transformée aujourd'hui en plantation d'orangers, ah bien bien, marmonnai-je encore, songeant à part moi qu'on pouvait transformer en plantations de cacahuètes toutes les latomies de la péninsule sans modifier sensiblement le cours implacable et douloureux de ma vie intérieure.

Qu'après la toilette, je passai à même la peau le pull couleur algue prêté par Maurice Tourneur, seyant aux blonds je veux bien l'admettre, mais qui m'allait à moi comme un chemisier de dentelle à une brebis. Maria : jean et maillot de corps blanc découvrant toute l'épaule, ce qui, curieusement mettait en valeur la finesse des mains, sur lesquelles l'œil finissait toujours par s'arrêter quel qu'ait été son cheminement antérieur, peut-être parce que le bras ainsi tout entier révélé incitait l'œil à le parcourir et donc amenait sans faute à remarquer les mains, tandis que, pour considérer l'extrême opposé, en cas de manches longues, le même œil ne se serait posé que plus ou moins par hasard sur ces mains. Bref.

Que plus tard, dans un restaurant sur la plage, je

prononçai mal ma commande en italien et qu'on me servit par erreur une platée tremblotante de fruits de mer, appellation abusivement gracieuse pour ces bizarreries gluantes, poilues, élastiques après une heure de mastication, où l'on trouve même parfois des yeux, dans certains restaurants peu soignés, ce qui hélas était le cas : ayant écarté trois cylindres gélatineux munis de mâchoires formidables, quelques viscères de triton et deux pieuvres mortes en bas âge, j'aperçus un œil qui me fixait avec arrogance du fond de l'assiette. Je renvoyai le plat sur-le-champ. Mais le peu, le très peu que j'avais absorbé de cette purée d'enfer avant ma funeste découverte mena grand remue-ménage dans mon estomac tout le reste de la soirée, et même, quand il m'arriva d'ouvrir le robinet du lavabo ou de tirer la chasse, sembla se convulser de nostalgie aquatique au fond de mes entrailles, comme désireux de retourner sans délai à son élément naturel.

Plus tard encore, à l'hôtel.

Maria était debout à la porte de sa chambre. Je lui dis :

— Je suis content de vous avoir parlé, cet après-midi. J'espère que...

Que ces événements horribles, dont elle avait entendu le récit sans frémir, et auxquels par un accord tacite nous n'avions plus fait allusion depuis, ne l'avaient pas rebutée.

Elle comprit immédiatement :

— Non, non. Essayez de ne plus y penser, vous.

— Je n'y pense presque plus.

— Bonne nuit. Merci de m'avoir écoutée, cet après-midi. Ah oui, ne vous inquiétez pas, demain matin, je peux dormir très longtemps.

Et nous nous séparâmes le cœur léger, heureux de

nous être rencontrés, et tout emplis d'un trouble amoureux délicieux d'être encore si lointain.

Que deviendrais-je après le séjour en Sicile (trois jours au plus) ? De cela nous n'avions pas parlé. Mais je n'y songeais pas vraiment. Maria non plus. Et le problème devait se résoudre de lui-même.

## XVI

Je m'éveillai tôt d'un sommeil profond, rêvassai un moment sans me décider à me lever, puis me rendormis jusqu'à dix heures.

Très belle chambre d'hôtel, je devais l'admettre. Lit excellent. Armoire immense, où l'on aurait logé sans peine les habits de toute une vie, et où pendouillait pour l'heure, solitaire et misérable, un pull unique et qui ne m'appartenait pas. Système de climatisation sous la fenêtre, remarqué ce matin seulement (mis en marche mais coupé au bout de cinq minutes à cause du vacarme). Fauteuils, rideaux, couvre-lit, tout était vert, couleur hélas que je n'aime guère, même tendre et discret comme c'était le cas.

Au bar, je bus trois cafés et fumai cinq cigarettes, après quoi je me sentis mieux. Le bar et le hall d'entrée étaient pleins de monde. Je me demandais jusqu'à quelle heure dormirait Maria. Très tard, avait-elle dit : onze heures, midi, trois heures ?

Les deux téléphones étaient pris d'assaut. Surtout, on entendait tout ce que les gens disaient. Je m'approchai de l'employé de la réception, qui se mit aussitôt à détailler les lignes de sa main gauche, et le priai de bien vouloir m'indiquer une poste. Tout en grattant de son majeur une poussière qui encombrait sa ligne de vie, il me donna des explications assez claires.

La voiture était déjà brûlante malgré le toit de bambous séchés qui la protégeait du soleil. Je pris la route en lacets et descendis en ville à tombeau ouvert (c'était le cas de le dire, ha, ha !), prenant l'ultime virage pratiquement sur deux roues.

Miguel décrocha dès la première sonnerie. Il dormait, il venait même de se coucher, mais il avait mis le téléphone à côté de son lit en prévision de mon appel. Jacqueline et Mado passaient la journée à Fréjus, chez une amie. Au dernier moment, Mado n'avait plus voulu s'en aller, pour ne pas me rater et pouvoir me parler, les deux sœurs s'étaient disputées, Jacqueline avait boudé, et finalement elles étaient parties quand même, et... Le malheureux Miguel mourait de sommeil, et sans doute un peu d'ivresse. Il n'arrivait pas plus à former ses mots qu'à se dépêtrer de son histoire. Je lui avais d'abord dit que tout allait bien, en partie pour amener mon aventure romaine en douceur et ne pas lui donner trop d'importance, et aussi un peu par étourderie : j'allais bien en effet au moment où il me posait la question. La journée précédente me paraissait remonter à plusieurs années. Puis je racontai, avec mille précautions et atténuations.

Je parvins à le convaincre qu'ici, à Syracuse, je n'avais vraiment rien à craindre.

— En tout cas, me dit-il réveillé et dégrisé, après la Sicile, pas question que tu rentres à Saint-Laurent ou à Lyon. J'ai trouvé hier un chouette deux-pièces, pas trop cher. À Nice. Cinquante mètres carrés, plus une chambre de bonne. Tu pourras t'y installer tant que tu veux.

Il comptait emménager le soir même. Il me donna le numéro de téléphone. Pas de nouvelles d'Alain Holmdahl. Rien dans les journaux à son sujet. Il devait se trouver bien dans son trou chemin de Rome à La Colle-sur-Loup, conclut-il plaisamment.

Il pensait beaucoup à moi et m'attendait avec impatience. Dans deux ou trois jours, d'accord.

Habiter avec Miguel... Pourquoi pas ? pensai-je en quittant la poste.

Je fis quelques pas dans une avenue commerçante, le *corso* Timoleonte, où je changeai presque tout l'argent qui me restait. J'avais scrupuleusement partagé les frais du voyage avec Maria. Quant à l'hôtel Panorama, un petit déjeuner devait y coûter aussi cher qu'un séjour de trois mois à la pension Germaine à Saint-Laurent, et je m'attendais à une addition divertissante.

Je voulus m'acheter des habits, puis je renonçai. Plus tard.

Je remontai en voiture. Dans le centre, *piazza della* Vittoria, je passai devant une station-service qui annonçait *car-wash* : L'Alfa Romeo, couverte d'une poussière d'autoroute qui salopait son beau rouge naturel, faisait peine à voir. Je m'arrêtai.

Je le regrettai aussitôt. C'était un *car-wash* rudimentaire, trois malheureux rouleaux dégarnis et décentrés qui répandirent la crasse sans en ôter une parcelle. Les deux taches vaguement orange laissées par le malappris de Villa San Giovanni ressortaient plus nettement qu'avant. Je frottai avec un chiffon, grattai même de l'ongle, rien n'y fit. La teinte semblait être allée s'inscrire dans la structure même du métal.

Et je rentrai à l'hôtel à fond de train, impatient de revoir Maria, les six cents derniers mètres de virages tout en dérapages stridents qui firent s'envoler des nuées d'oiseaux au-dessus de Syracuse.

Maria dormait encore. Je fus pris d'une crainte ridicule et me dis que je l'appellerais dans sa chambre à midi, si elle ne s'était pas manifestée d'ici là.

Ma chambre donnait au levant. Il y régnait à mon retour une chaleur intenable. Je mis la climatisation et m'allongeai sur le lit. Mais le bruit m'empêchait même de rêvasser. Au bout de deux minutes, je me relevai et arrêtai tout d'un geste rageur.

À midi moins cinq, Maria frappa à ma porte, tout éclatante et fraîche dans une petite robe noire plus courte encore que celle de la veille.

— Vous étiez sorti ? me demanda-t-elle après les « bonjour », « ça va ? », « bien dormi ? », « oui et vous » d'usage.

— Oui. Je suis allé téléphoner en ville. J'ai fait laver la voiture. Mais ce n'est pas très convaincant.

— Moi, je vous ai cherché, puis je suis remontée lire mes notes. Je les sais presque par cœur. Je suis déjà nerveuse, pour demain. Enfin, moins que Giuseppe...

— Giuseppe Portali ?

— Oui.

Elle appelait donc l'archéologue par son petit nom ?

— Il est très timide. Il n'est à l'aise que sous terre. Demain, quelqu'un va forcément proposer d'appeler la tombe dont je vous ai parlé tombe Portali. Il en est malade d'émotion. Je lui ai téléphoné, tout à l'heure. Il habite chez des amis. Vous vous êtes un peu promené, ici, dans l'hôtel ?

— Non, pas vraiment. Dites, votre climatisation, elle fait du bruit ?

— Non, je l'entends à peine, pourquoi ? La vôtre en fait ?

— Écoutez !

Je poussai le bouton sur *freddo*. Le vrombissement des cinq cent mille diables qui emplit alors la pièce la fit rire.

— Il faudra qu'on le signale, elle est détraquée ! Vous avez vu les jardins de l'hôtel ?

— Non.

— On pourrait aller y boire quelque chose ? C'est très agréable, vous verrez.

Mon expérience des hôtels de luxe était très réduite, mais ce Panorama de Syracuse offrait bien des charmes. L'espèce de U que dessinait le bâtiment abritait un petit parc planté d'orangers, une terrasse où l'on pouvait prendre ses repas, une piscine. Sur le bord de la piscine se dressait un minuscule temple grec, véritable miniature, mais authentique, me dit Maria. On l'avait transporté en pièces détachées et remonté ici.

— C'est dommage qu'ils n'aient pas trouvé d'autre moyen que ces fils de fer pour maintenir les blocs ensemble, dit-elle.

Une espèce de serpent métallique courait en effet sur la pierre et abîmait la construction, le fronton surtout.

Je buvais un Martini, elle un jus de tomate.

— Vous avez l'air de le tenir en grande estime, ce Portali ?

— Oui. C'est quelqu'un de très attachant. Il a une

érudition incroyable, surtout pour son âge. Il sait tout. Mais il est très simple et très gentil.

— Il est jeune ?

— Assez, oui. Il a trente-quatre ans, je crois. Il m'a beaucoup aidée.

— En quoi ?

— À m'habituer au travail sous terre, par exemple. Vous savez, c'est un peu absurde, mais je me suis souvent demandé si je ne préférais pas l'archéologie dans les livres. Je ne sais pas. Cela dit, cet après-midi, j'ai l'intention de visiter un peu. Il y a de quoi faire, rien que dans le quartier de l'hôtel.

— Vous aviez peut-être quelque chose de prévu avec lui, aujourd'hui ?

— Avec Portali ? Non, pas du tout. Je dois le voir demain en début d'après-midi au palazzo Vecchio, une heure avant le début du congrès, c'est tout.

Des musiciens étaient arrivés. Ils se mirent à jouer des arrangements sirupeux de chansons populaires siciliennes, sirupeux mais qui convenaient bien à l'état dans lequel m'avaient mis mes deux Martini.

La terrasse était pleine. Quelques personnes se baignaient dans la piscine. Maria me proposa de nager un peu avant le déjeuner. Non, répondis-je, non.

Elle avait bien envie. Elle y alla, seule.

Au bord de la piscine, je la vis ôter sa robe par le haut d'un geste facile. Elle portait dessous un de ces maillots de bain dans lesquels on aurait du mal à nouer un noyau de pêche, réduits au minimum, trois fois rien de tissu.

Elle était magnifique. La ligne de jonction des cuisses et des fesses était chez elle pure merveille. Elle attacha tant bien que mal ses cheveux au moyen d'un élastique, et se laissa glisser dans l'eau.

Après le repas, elle me proposa de rester à l'hôtel pendant qu'elle visiterait. Elle ne serait d'ailleurs pas longue : elle voulait que nous allions plus tard dans l'après-midi à Noto, ville toute proche, qu'elle connaissait par mille descriptions et photographies.

Mais je l'accompagnai. Je la devinais heureuse de me servir de guide. Et aussi, dans mes moments d'inquiétude, j'avais décidé de ne pas la lâcher d'un pas.

La fraîcheur des tombeaux, catacombes, latomies, nécropoles et autres joyeuses retraites dissipa assez les effets du *vino bianco* pour que je prête une oreille curieuse au discours passionné et savant de Maria, pas assez néanmoins pour étouffer le ricanement qui grondait en silence dans ma poitrine quand je songeais à l'attrait multiple et puissant que la jeune fille exerçait sur moi, à ses conséquences plutôt, au fait par exemple que j'étais jaloux — moi, maintenant ! —, jaloux non du violoniste, mais bel et bien de l'archéologue, ce Portali, l'homme avec qui Maria avait étudié les mille et une façons dont les Étrusques se la mettaient au chaud — mais laissons.

Retour à l'hôtel. L'employé sournois nous arrêta au passage. Avec ses pieds en dedans et son rictus de faux témoin, il nous demanda au moyen de trente phrases contournées si nous avions une idée, oh, une vague idée, de la durée de notre séjour au Panorama : un car de touristes allemands était attendu pour le lendemain, et... Le sens de ma réponse brève, énergique et un peu agacée fut en clair que nous n'en avions pas la moindre idée, mais que nous nous empresserions de le tenir au courant dès que... Il se confondit en politesses outrées ; il se renseignait seulement, bien entendu nous pouvions rester à vie, etc.

Sur le comptoir, devant lui, était posé un tas de prospectus de l'hôtel Panorama. J'en pris un d'un geste sec, comme si je le mettais au défi de me l'arracher des mains.

Nous montâmes dans nos chambres.

— Je vais me préparer, dit Maria. Je passe vous chercher dans une demi-heure ?

— D'accord.

Je lui empruntai une lime à ongles.

Après une bonne toilette, je fis marcher la climatisation, tant pis, et je m'allongeai sur le lit. J'entrepris de me limer avec soin les ongles de la main droite.

Un peu plus tard, je me relevai pour couper ladite climatisation, à peine moins bruyante qu'une escadrille de bombardiers faisant ronfler les moteurs au décollage avant une attaque décisive, l'attente ayant usé les nerfs des hommes.

Nous partîmes pour Noto, trente kilomètres de virages serrés qui convenaient bien à la nature profonde de l'Alfa Romeo, mais la route était un peu étroite et je ne poussai guère au-delà de cent cinquante.

Nous fîmes une première halte à Noto Marina, où l'on pouvait se repaître des ruines d'Eloro, ancienne ville grecque. Lesdites ruines s'étaient réduites à peu de choses. Les murailles de la ville, me dit Maria comme je me retournais sur trois galets dans lesquels je venais de buter. Et ces deux gravillons, où une sauterelle aurait eu peine à se tenir en équilibre, les tours, Ier siècle avant Jésus-Christ.

— J'ai préféré la cathédrale de Cologne, lui dis-je.

Elle rit.

J'avais aperçu en effet le sommet des tours gigantesques de cette cathédrale un jour que je vérifiais la vitesse de pointe de la Toyota Celica 2000 GT Liftback d'une amie d'Isabelle sur l'autoroute entre

Francfort et Düsseldorf. Isabelle passait deux mois à Mayence chez cette amie. J'étais allé la voir en avion de Lyon, une semaine. C'était la première fois que je prenais l'avion. Emilia gardait Éric...

Après les ruines d'Eloro (murailles, tours, théâtre : j'aurais pu tout embarquer dans le coffre de la GTV), nous nous enfonçâmes dans l'intérieur et grimpâmes jusqu'à Noto Antica.

Pendant la route, surprise, la campagne était d'une beauté si frappante que je me surpris à lorgner d'un œil torve, entre deux virages, les collines douces et doucement éclairées d'une lumière idéale de fin d'après-midi. Et, à Noto Antica, je me promenai sans désintérêt radical parmi la vaste étendue de ruines, bien visibles celles-ci, naturelles ou effet du tremblement de terre qui avait détruit la ville au XVe siècle, je ne sais plus, j'avais mal compris les commentaires de Maria.

Nous étions seuls. Je n'avais jamais vu une lumière aussi délicate, tendre, apaisante, et jamais peut-être un simple paysage ne m'avait ainsi ému. J'avoue cette fois que la comparaison avec Feyzin ne se serait pas nécessairement faite à l'avantage de la ville chimique. L'émotion raviva le désir toujours présent en moi du voyage en Espagne, aussi loin en Espagne que nous l'étions en Italie.

Ou alors c'était Maria. Seul, je me serais simplement dit peut-être qu'il ne devait pas faire bon tomber en panne d'essence ici. Toujours est-il, autre conséquence de cette paix, de cette lumière et de cette émotion, que, revenant à la voiture, je pris la main de Maria dans la mienne, et qu'elle me l'abandonna quelques instants.

Puis nous allâmes à Noto proprement dit, Noto tout court, à mi-chemin entre Noto Marina et Noto Antica.

Impossible de trouver une place sur le *corso* Vittorio Emanuele. Je finis par me garer en stationnement interdit viale Marconi, près d'un petit stade, malgré un agent de police dont j'ignorai les signes et qui n'insista pas.

Puis nous remontâmes le corso à pied. Ce *corso*, long et large, semblait une artère enlevée à une ville beaucoup plus importante que Noto et déposée là, en pleine nature : derrière les édifices imposants qui le bordaient, églises et palais, il n'y avait rien ou presque, quelques ruelles insignifiantes, à l'exception de la *via* Cavour que nous explorâmes également. On aurait dit un décor de cinéma.

À un moment, nous nous trouvâmes devant une fontaine ornée d'une statue d'Hercule dont Maria me dit qu'elle venait de Noto Antica. Cette allusion à Noto Antica me troubla, et Maria aussi je crois.

Il y a peut-être des restaurants sur le *corso* Vittorio Emanuele, mais nous n'en vîmes aucun. Il fallut nous perdre dans les ruelles pour découvrir enfin une trattoria vaste et complètement déserte, où aucun client semblait-il n'avait jamais mis les pieds depuis des temps immémoriaux. Or, nous y mangeâmes très bien. Une fillette ravissante et silencieuse, tout en sourires, assurait le service. Le vin blanc, fameux, commençait à monter à la tête dès qu'on avait débouché la bouteille, et nous en fîmes une sérieuse consommation.

Au moment des fruits, Maria me dit qu'elle supportait bien grâce à moi ce retour en Sicile. Seule, elle ne serait sans doute pas venue jusqu'à Noto, si près, tout près de Portopalo.

Puis nous regagnâmes lentement le *viale* Marconi, un peu gris, et nous tenant par la main.

Je faillis me tromper de voiture. Une autre Alfa GTV rouge était garée juste devant la nôtre.

J'ouvris la portière à Maria. Au moment où elle passa devant moi, je la retins, et nous échangeâmes un baiser.

Dans la voiture, elle me dit :

— Si vous voulez, j'aimerais qu'on fasse un crochet par Portopalo, avant de rentrer. Il est encore tôt...

Je ne fus pas surpris. Je savais qu'elle y pensait depuis notre départ.

Je démarrai.

Le jeu des sens interdits m'obligea à repasser deux minutes plus tard près de l'endroit où nous nous étions garés. La GTV rouge, l'autre, n'était plus là. Je l'écartai sans peine de mes pensées. Aurait-on attiré mon attention de façon aussi grossière ? C'était stupide. Seule l'identité des deux voitures était troublante. Et puis, jamais mon aventure de cet été ne m'avait semblé plus lointaine qu'à ce moment. (Cela à quelques dizaines de minutes de l'épisode le plus horrible de cette aventure, le plus effrayant et le plus sanglant...)

Nous arrivâmes très vite en vue d'une petite ville, qui s'appelait Pachino, et qui me fit penser de loin à un dessin de Jacques Ouversault, un grouillement de traits s'organisant (ou non) selon la volonté du spectateur.

Ou alors c'était le vin blanc.

Étrange petite ville — à l'écart, perdue, comme oubliée des hommes —, étrange aussi parce que sa place immense, trop grande, était noire d'une foule trop nombreuse et trop silencieuse.

Nous continuâmes. La route devint de plus en plus mauvaise, le paysage de plus en plus désolé.

Il ne faisait pas encore nuit quand nous entrâmes dans Portopalo.

Je roulai au pas le long de la rue principale. La main de Maria serrait parfois la mienne.

On apercevait quelques intérieurs misérables par des portes ouvertes à l'air du soir moins torride. Çà et là, un homme ou une femme âgée, assis devant sa maison, nous suivait du regard sans manifester de curiosité excessive.

Nous passâmes devant l'église, une construction grossière, de taille démesurée par rapport au village.

— C'est incroyable à quel point je me souviens peu, dit Maria. Maintenant que je revois l'église... Je crois que ma mère m'y amenait, de temps en temps.

Un peu plus loin s'échappait d'un café le halètement d'une chanson américaine à la mode. Quelques adolescents énervés s'agitaient autour d'un juke-box et d'une machine à sous. La chanson américaine (*His Latest Flame*, par Elvis Presley, qui rentrait en grâce cette année-là) n'atténuait pas mais aggravait au contraire l'impression, beaucoup plus vive qu'à Pachino, d'un arrière-poste déshérité de la civilisation, dernier lieu habité de la terre.

— Vous voulez qu'on s'arrête ? dis-je à Maria. On pourrait prendre une limonade dans cet attrayant débit de boissons.

Elle sourit.

— Non. J'ai hâte d'arriver à la maison. Et hâte de repartir, aussi. Mais je veux la voir. Continuez sur la même route. (Puis :) Heureusement qu'il n'y en a qu'une...

— Une route ?

— Oui. S'il y en avait deux, je ne saurais même pas laquelle prendre.

Sa maison natale se trouvait à un kilomètre environ après la sortie du village. Maria se demandait qui l'occupait maintenant, ou plutôt si elle était occupée. Ses grands-parents paternels, à qui elle appartenait, étaient morts, et le frère de Maxime Salomone avait quitté la Sicile tout jeune. Sans doute n'existait-il plus de Maberti à Portopalo.

— Vous êtes sûre que c'est une bonne idée ? D'être venue là ?

— Je ne sais pas. Mais il fallait que je revienne une fois.

Nous roulions dans un paysage de rochers, limité à gauche et devant par la mer. La route était défoncée. On ne devait même plus l'entretenir, ou alors une fois par an, pour déblayer les rochers de plus de deux mètres.

Il y eut un virage. La maison apparut, sur notre gauche et en contrebas. Pas d'autre construction alentour. On ne voyait plus Portopalo.

— Les voisins ne doivent pas être embêtants, dis-je un peu sottement, dans mon désir de distraire Maria.

Je m'arrêtai au niveau d'un petit chemin en pente, une dizaine de mètres avant la maison.

La nuit tombait. Il faisait tiède et très humide.

Nous descendîmes le petit chemin, long de quelques mètres seulement, simple passage entre les rochers.

La maison, tournée vers la mer, à environ trente mètres de la route et cent de la falaise, était évidemment à l'abandon. De construction récente (ce n'était pas une vieille habitation sicilienne), elle ne comportait qu'un rez-de-chaussée, mais elle était presque aussi haute que s'il y avait eu un étage.

Le toit était plat. Il formait une terrasse qui débordait largement du côté de la façade. Deux piliers soutenaient cette avancée. Ils étaient reliés entre eux et à la maison par une murette elle-même surmontée de grilles. Sur le devant, une porte en grillage, grille dans la grille, où pendait un gros cadenas rouillé.

Je ne lâchais pas la main de Maria.

— Je me demande qui en est légalement propriétaire, dis-je sur le ton du bavardage.

— Sûrement mon père, toujours. C'est-à-dire personne. Les choses ne vont pas vite, ici. Surtout maintenant que le village est à moitié désert. Elle va tomber en ruine avant que quelqu'un s'en préoccupe. D'ailleurs, ça commence.

De larges plaques de crépi étaient tombées des murs. Les volets, gondolés sous l'effet de l'humidité, montraient de nombreuses et profondes fissures.

Maria se tourna vers la mer.

— C'est là, de cette falaise... dit-elle.

Je la pris par les épaules. Elle était courageuse. Elle ne pleura à aucun moment. Je pensai avec dégoût au sauvage qu'avait dû être Maxime Salomone jeune.

Cette fois, ce n'était plus une impression : l'endroit était bel et bien une sorte de bout du monde. La route par laquelle nous étions arrivés se perdait dans les roches peu après la maison. La côte, si on la suivait, tournait très vite à droite, marquant une extrême pointe possible du monde italien. Au-delà, c'était la mer, et au-delà encore, l'Afrique, un autre monde...

Maria se dégagea.
— Attendez...
Elle s'éloigna. J'entendis claquer la porte du coffre de la voiture.
Quand elle revint, elle tenait une volumineuse torche électrique. Son maillot blanc faisait tache dans la pénombre grise.
— Je m'en sers pour lire les inscriptions sur les tombeaux, dit-elle. Je l'ai toujours à portée de main.
Elle avait l'air un peu gêné, presque penaud, à cause de ce qu'elle allait demander et que j'avais deviné.
— Maintenant qu'on est là... dit-elle.
Elle semblait presque s'excuser.
— On pourrait entrer ? D'accord, on va essayer.
— La fenêtre, sur le côté. Elle est à moitié pourrie.
— Oui, j'ai remarqué.
Nous contournâmes la maison par la droite, jusqu'à un volet en bois d'une seule pièce, jadis bleu.
Il me suffit de le tirer à moi. Et la fenêtre, derrière, céda à une simple poussée. Mais l'usure n'y était pour rien.
— Quelqu'un est déjà entré par là, dis-je à Maria.
Ni le volet ni la fenêtre n'étaient accrochés, et une vitre manquait.
— Évidemment, dit-elle. La maison a dû être visitée des dizaines de fois par des rôdeurs, ou même par des enfants.
— Oui, c'est vrai.
— Je vais entrer le premier et je vous aiderai, dis-je.
À l'intérieur, nous nous trouvâmes dans une immense pièce dallée qui occupait toute la surface de la maison, plusieurs pièces en fait dont les

cloisons avaient été abattues. Les dalles, carrées, avaient un bon mètre de côté.

J'en fis le tour. Maria me suivait.

L'endroit était complètement vide. De grandes taches d'humidité s'étalaient sur les murs et, comme à l'extérieur, le crépi se détachait. Dans un angle, quelques mètres carrés de carreaux plus petits indiquaient l'ancien emplacement de la cuisine. On voyait les marques d'un évier contre le mur.

Au deux tiers de la pièce à partir du mur de façade, un escalier en colimaçon, métallique, donnait accès à une galerie assez basse, soutenue par des piliers également métalliques, et qui semblait desservir deux pièces (j'apercevais deux portes).

Cette espèce d'étage, la galerie et l'escalier avaient sans doute été construits après coup — un peu comme les mezzanines à la villa Médicis, mais ici on avait élevé des cloisons.

Maria ne se souvenait plus de rien.

— Venez, on va voir en haut. Comme ça, on aura tout vu, dis-je en lui souriant.

Il y avait bien deux petites pièces en haut, des chambres, à en juger par les morceaux de tapisserie qui adhéraient encore aux murs. Elles étaient vides aussi. Dans chacune d'elles, une lucarne ovale et protégée par une grille donnait sur l'extérieur.

Nous redescendîmes.

— Je n'arrive pas à croire que j'ai vécu presque six ans dans cette maison, dit Maria. Non, je ne le crois pas ! J'aimerais partir, maintenant...

— On s'en va.

Je l'enlaçai. Nous nous embrassâmes d'un même mouvement.

Je savourai ses lèvres une longue minute, et je

retins et choyai plus volontiers la lèvre supérieure, à cause de ce fameux millionième de millimètre.

À un moment d'immobilité — je serrai fort Maria avant de me détacher d'elle dans les secondes qui allaient suivre —, j'eus conscience d'un silence total, parfait, et, dans ce silence, j'entendis, ou crus entendre, le bruit d'une voiture. Pas vraiment le bruit d'un moteur, plutôt l'espèce de crépitement qu'auraient produit des pneus sur les cailloux de la route.

Puis plus rien. Le bruit avait été trop bref, ou j'y avais prêté attention trop tard, pour que je pusse déterminer s'il était proche ou lointain.

— Qu'est-ce que c'est ? dit Maria.

— Je ne sais pas. Rien.

Je ramassai la torche et l'éteignis.

Je m'approchai du volet, qui s'était refermé. L'espace entre le volet et le mur permettait de voir à l'extérieur. La nuit était tombée très vite, ou nous étions restés dans la maison un peu plus longtemps que je n'aurais cru.

Une lune voilée éclairait le paysage. La lumière s'accrochait aux parcelles d'humidité. On aurait dit qu'une pluie fine et ininterrompue tombait.

— Vous m'avez bien dit que la route ne menait nulle part ?

— Oui.

Nous chuchotions.

— Bon. Je ne vois rien, allons-y.

J'apercevais le petit bout de chemin par où nous étions arrivés, mais pas la route. Si quelqu'un s'était arrêté, était-ce avant ou après le chemin ? Et à quelle distance ? Je ne savais que faire. Au pire, avions-nous le temps de quitter la maison, d'aller jusqu'à la voiture, de démarrer ?

Je ne me posai pas la question longtemps.

D'un seul coup, toute la peur et l'angoisse de ce terrible été se rassembla dans ma poitrine et m'étouffa. Aussi incroyable que cela me parût, deux hommes, dont je vis aussitôt qu'ils tenaient des armes, se découpèrent sur le ciel à l'entrée du chemin.

Ils firent quelques pas et s'arrêtèrent. Un troisième homme arriva alors, également armé. Tous trois s'avancèrent. Ils marchaient avec précaution, d'une allure décidée pourtant. Ils se tenaient à bonne distance de la maison.

La main de Maria se crispa sur la mienne, à me faire mal.

— Surtout, pas un bruit! dis-je.

Je me postai à l'autre interstice, du côté des gonds. Les trois hommes décrivaient un vaste cercle autour de nous. Deux d'entre eux disparurent à ma vue. Le troisième, celui qui était arrivé un peu après, s'arrêta et se baissa derrière un rocher.

Mes pires craintes, les folles suppositions qui m'avaient assailli sur l'embarcadère à Villa San Giovanni et que j'avais trop aisément repoussées, ces craintes se vérifiaient. Le borgne, Hervé, ses amis — ou d'autres! — avaient bel et bien renoncé pour un temps à la manière forte, et m'avaient laissé aller...

Je songeai à ce que m'avait dit Max via Annia, aux règlements de comptes qu'avaient déclenchés et dont avaient été le prétexte l'obscure course au trésor, la mort de Maxime Salomone, mon voyage. Ces trois-là étaient-ils les derniers, les survivants?...

Maria... Je me maudissais. Comment avais-je pu accepter de l'accompagner — de l'entraîner avec moi! —, pourquoi?

Dans l'obscurité presque totale, je devinais ses

yeux écarquillés. Je me souviens de m'être douté dès cet instant qu'elle n'avait pas seulement peur, que quelque chose d'autre se passait en elle...

Trente secondes plus tard, les deux hommes, après avoir sans doute examiné les voies d'accès à la maison, rejoignirent leur compagnon et, sur un signe de lui, commencèrent d'avancer à pas lents dans notre direction, de roche en roche, armes braquées, s'écartant peu à peu l'un de l'autre.

Je passai le bras autour de l'épaule de Maria. Je la sentais tendue, glacée, presque raidie. Allait-elle s'évanouir, se mettre à crier ?

Nous ne pouvions nous échapper. Des images de mort me harcelaient, s'imposaient à mon esprit. Je voyais Maria brutalisée, je nous voyais tous deux morts dans cette maison.

Pas un objet, morceau de bois ou quoi que ce soit d'autre, grâce auquel j'eusse pu bloquer la porte d'une des chambres. Mais pourquoi ? Pour gagner quelques secondes ? Non, je ne pouvais que parlementer. Leur crier que je n'étais pas armé. Expliquer encore que je ne savais rien. Que nous étions là par hasard, que j'accompagnais simplement une amie qui avait souhaité revoir sa maison natale, et... Absurde. Absurde, mais leur parler était ma seule chance, s'il en existait une, d'éviter un désastre trop affreux, de préserver Maria peut-être.

Mais que leur dire ?

Une fois de plus, je n'eus pas le loisir de réfléchir longtemps. Un autre événement survint, qui nous libéra de l'horreur présente, mais la remplaça aussitôt par une horreur plus grande encore.

Je ne voyais plus les trois hommes — puis soudain je les vis sur la gauche, groupés à nouveau — puis ils s'immobilisèrent et regardèrent en direction de la route, comme s'ils avaient entendu un bruit.

Cette attente dura peut-être une seconde. Mais le temps avait interrompu son cours. Jamais je n'avais perçu un silence aussi intense, aigu, douloureux. Maria se mit à trembler de tout son corps. Je serrai fort son épaule.

Je regardai moi aussi vers la route.

Tout se passa alors très vite, comme si le silence et l'immobilité précédents avaient eu pour rôle de préparer le déchaînement auquel nous assistâmes : un autre homme apparut entre les rochers, haute silhouette mince, longs cheveux flottant autour de sa tête, et descendit le chemin, vite, comme s'il courait. Celui-là était armé d'une mitraillette — je suppose que c'était une mitraillette.

Il avançait à grands pas. Marche irrésistible, implacable, et meurtrière, car il s'était mis aussitôt à tirer sur les autres, d'abord sans interrompre sa progression, puis arrêté brusquement, jambes fléchies.

Le vacarme faisait mal aux oreilles.

Un instant plus tard tout était fini. Les trois hommes avaient tenté de riposter, sans résultat. Deux d'entre eux se plièrent comme s'ils avaient reçu un coup violent au ventre, et tombèrent en arrière, presque lentement. Quant au troisième (toujours le même troisième), il se tint d'abord dans une posture méditative, hésitant aurait-on dit entre mourir et vivre. Sa décision prise, il s'écroula, lui, en avant, et d'un bloc. Son visage heurta le sol à toute volée.

Profitant du bruit des coups de feu, j'avais eu le réflexe d'accrocher le volet et la fenêtre.

Misérable obstacle. Un des corps remua. Le nouveau venu lâcha une dernière et assourdissante rafale.

Qui était cet homme — le tout dernier? Je croyais deviner. Je savais qui il était.

Il se remit à courir, regardant de notre côté, et disparut. Il allait s'approcher en longeant le mur.

J'eus une idée : peut-être s'était-il borné à suivre les trois autres, peut-être ignorait-il la présence de Maria? Il fallait qu'il me trouve seul. Il fallait que j'envoie Maria en haut, dans l'une des chambres, et qu'elle se blottisse dans un coin et ne bouge plus...

Espoir fragile, dérisoire, mais c'était le seul, et je m'y cramponnais.

Je m'apprêtais à faire part de mon projet à Maria. Elle parla avant moi :

— Allumez la torche! dit-elle.

Je ne reconnus pas sa voix. Le ton était sans réplique. Quelque chose fit que je ne songeai même pas à demander pourquoi cet ordre. J'allumai la torche.

Maria était blême comme je l'avais imaginée, mais calme.

— Venez!

Très droite, d'une démarche mécanique, elle se dirigea sans hésiter vers l'un des piliers qui soutenaient la galerie.

Je la suivis.

Le sommet de chaque pilier était entouré d'une gaine de métal d'une vingtaine de centimètres, évasée vers le haut et plus foncée de couleur, une espèce d'ornement.

Maria leva les bras, saisit cette pièce de métal entre ses deux mains et, dans un effort dont elle aurait sans doute été incapable en d'autres circonstances, elle la fit glisser vers le bas, dégageant ainsi le pilier proprement dit.

Je ne comprenais pas encore. Je ne pouvais que la laisser faire en l'éclairant. Je sentais qu'il fallait la laisser faire, qu'elle agissait ainsi pour notre salut.

Le bruit et la lumière allaient faire hésiter l'homme à l'extérieur, mais combien de temps?

Je constatai que le pilier n'était pas pris dans la galerie, comme devaient l'être les autres, qu'il la frôlait seulement sans la soutenir. Maria s'écarta et, le tenant empoigné par le haut, elle le tira à elle. Je commençais à comprendre.

Cette fois, je l'aidai. Je posai la torche et tirai avec elle.

Le pilier ne bougeait pas. Je rassemblai toutes mes forces. Rien. Ma poitrine se mit à brûler à l'intérieur. Pas plus que Maria je n'aurais été capable normalement d'un tel effort. Sans la certitude qu'il devait se passer quelque chose, je n'aurais jamais trouvé en moi l'énergie suffisante.

Il fallait posséder la vigueur exceptionnelle de Maxime Salomone jeune pour venir à bout, seul, de cette tâche impossible...

Enfin, il y eut un grincement, un bruit continu de frottement pierre contre pierre, et la dalle dans laquelle était fixé le pilier bascula sur un axe, de plus en plus facilement, découvrant, quand elle eut complètement pivoté, un escalier de pierre, étroit et raide, qui s'enfonçait dans le sol, un escalier souterrain.

— Venez! dit encore Maria.

Elle passa la première. Je regardai la fenêtre. Je crus entendre du bruit dehors. L'homme devait être très méfiant, croyant avoir affaire à un redoutable adversaire... Qu'allait-il tenter?

Je me glissai à mon tour par l'étroit orifice. L'ensemble de la manœuvre, depuis l'instant où Maria m'avait fait allumer la torche, n'avait pas pris une minute.

De l'escalier, je tentai de faire basculer à nouveau la dalle. Bien entendu je n'y parvins pas.

— Venez, venez !

Je descendis une vingtaine de marches et arrivai dans un conduit souterrain qui formait une petite salle circulaire là où nous nous trouvions, au pied de l'escalier.

Et dans cette salle, contre la paroi, ma torche éclaira une sorte de coffre-fort, une malle métallique de dimensions moyennes, sans ouverture apparente, comme faite d'une seule pièce...

— Venez !

Maria me tira par le bras pour m'entraîner dans le souterrain.

Je comprenais, je comprenais tout !

Un sentiment d'exaltation s'empara de moi. Car le mystère, terrible, glorieux — ou misérable mystère, je ne savais et ne saurais jamais —, le mystère que ma fuite comme devant la mort m'avait fait découvrir, mais dont la présence même de la mort m'interdisait aujourd'hui la révélation (j'entendais cogner contre le volet, on le défonçait à coups de pierres !), ce mystère, le secret de Maxime Salomone, était enfermé dans cette malle, j'en eus la certitude !

Il fallait continuer. Maria me tirait toujours plus fort.

Nous avancions dans le souterrain, haut et large, bien étayé de nombreuses pièces de métal. Je pouvais presque me tenir debout.

À la fin, nous courions.

Nous arrivâmes au bout. Nulle issue visible. Je

crus que c'était un cul-de-sac. La colère et le désespoir me firent jurer à haute voix. Maria, toujours perdue dans son rêve, tâtait la pierre devant elle. Soudain, elle se mit à pousser...

Je compris. Je poussai moi aussi.

Une roche peu épaisse, sorte de couvercle de pierre vaguement ovale, haut d'un mètre cinquante environ, bougea, s'écarta, se détacha, tomba en arrière, découvrant un monde étrange, inconnu — le ciel et la mer éclairés à l'infini par la lune pâle.

Je sus que nous nous trouvions sur la paroi de la falaise, au bout du terrain devant la maison.

J'entendis la masse de pierre rebondir une fois, puis heurter la surface de l'eau en deux bruits bien distincts, un claquement net et violent, suivi d'un sourd grondement prolongé.

Je me penchai.

Ce que je vis me glaça d'horreur. Nous surplombions la mer d'une quinzaine de mètres, une mer tourmentée, énervée, grouillante, dont les bras d'écume encerclaient çà et là de petites roches aux arêtes vives.

Je détournai les yeux et regardai vers le haut. Deux mètres à escalader pour parvenir au sommet de la falaise, qui par bonheur s'incurvait nettement sur ces deux mètres. Je pouvais le faire — Maxime Salomone l'avait bien fait jadis ! —, l'escalade serait brève et relativement aisée — mais il y avait l'abîme, la mer, en dessous... Le risque d'être englouti dans ces conditions monstrueuses déchaîna les battements de mon cœur.

Mais je n'hésitai pas. Il était hors de question d'hésiter. Je me demandai seulement si je devais passer le premier. Je décidai que oui. Je dis à Maria comment nous allions procéder. Elle me cria d'abord : « Non ! » en se cramponnant à moi, puis aussitôt « oui ! », avec un mouvement de tête appuyé et sur un ton de conviction excessive, comme une enfant.

Depuis quelques instants, j'étais soutenu par l'espoir que le coffre en métal arrêterait l'homme à la mitraillette, qu'il tenterait peut-être de l'ouvrir, avide de trouver ce qu'il cherchait avec tant d'obstination, et que cela le retarderait... Sinon, nous étions perdus. Nous n'aurions jamais le temps de nous hisser Maria et moi au sommet. Peut-être, en ce moment même, s'approchait-il à grands pas dans le souterrain...

Je résistai à la panique, glissai la torche à ma ceinture et passai les deux jambes hors de l'ouverture. Puis je me retournai. J'avais repéré une saillie longue et étroite, sans doute artificielle, sur laquelle je pus poser les pieds. Je me déplaçai alors légèrement sur la droite et commençai à grimper, plaqué contre la paroi.

Non, la brève escalade n'était pas difficile en elle-même : l'inclinaison était suffisante pour que je n'aie pas besoin de trop me retenir, et, grâce à des aspérités commodes, je m'élevai très vite du peu qu'il fallait pour que mes mains puissent s'agripper au rebord.

Je fus en haut, tremblant et ruisselant. Je m'allongeai aussitôt à plat ventre et tendis les bras. Maria accomplit alors les mêmes mouvements que moi, avec une détermination surprenante. Elle sortit du souterrain, se plaqua contre la roche et se mit grimper.

— N'ayez pas peur, lui dis-je, il est resté sous la maison. Vous avez le temps. N'ayez pas peur, faites doucement.

Très vite, nous pûmes enlacer nos avant-bras.

À un moment, son pied droit glissa et je la tins suspendue dans le vide une fraction de seconde. Mais je n'eus pas peur. Ma prise était solide. Je savais que je ne lâcherais pas.

Des idées saugrenues peuvent surgir aux moments les plus graves : l'extrémité large de la torche m'appuyait sur les côtes inférieures et me faisait mal, et je me demandai si l'homme dans le souterrain avait une lampe pour s'éclairer. Peut-être était-il retourné à sa voiture en chercher une ? Peut-être n'avait-il qu'un simple briquet ? Je l'imaginai pestant et se heurtant aux murs, butant dans le coffre...

Puis, pendant que j'achevais de hisser Maria, j'entendis le bruit lointain, amorti, d'une rafale, comme de pierres projetées avec force sur une peau tendue.

Il essayait bel et bien d'ouvrir la boîte métallique. Je repris courage. Nous aurions le temps d'aller à la voiture et de nous enfuir.

Bientôt Maria était à mes côtés, sur le bord de la falaise, là où jadis le corps de sa mère avait été précipité. Nous haletions. Je m'apprêtais à lui dire des paroles d'apaisement lorsque j'entendis, plus lointaine encore, une autre rafale.

Et nous connûmes une ultime frayeur.

Je crus absurdement que nous mourions. Que la mort, cette fois, employait les grands moyens, que tout le cap allait se détacher, se disloquer, s'engloutir dans la mer. Au moment même où le bruit à peine perceptible de cette deuxième rafale nous parvint, à ce moment, presque en même temps, une formidable explosion ébranla l'intérieur de la maison, si puissante que je crus voir trembler les murs.

Cela venait des profondeurs de la terre.

Puis le grondement cessa. Le calme revint. La maison, d'apparence intacte, se dressait toujours dans la clarté lunaire.

Je comprenais — je savais. Nous n'avions plus rien à craindre.

Maxime Salomone avait bien protégé son secret.

Qu'était-il venu dissimuler là — quand, et pourquoi là, dans cette maison, dans la cachette romanesque de ses premières années de hors-la-loi —, qu'avait-il cru bon de garder, de préserver, de ne pas détruire — mais préserver de la façon la plus radicale, puisque l'ouverture de la malle métallique devait en entraîner la destruction, et la destruction de celui qui allait savoir, mais ne saurait jamais ?

Nul, non plus, ne saurait jamais.

Tout était fini.

Maria s'agrippait à moi. Je l'aidai à avancer.

Nous marchions, hors de souffle, voûtés, trébuchant à chaque pas sur le mauvais terrain.

La maison ne brûlait pas. Rien n'était susceptible de brûler à l'intérieur.

J'enfouis le visage de Maria contre ma poitrine quand nous passâmes près des cadavres. Elle était dans un état second, comme absente à elle-même. Nous parvînmes à la route. À droite, du côté de Portopalo, il y avait deux voitures, vides, garées beaucoup plus près que je n'aurais cru. Je les voyais l'une et l'autre pour la première fois.

J'installai Maria dans l'Alfa Romeo. Je posai un instant mes lèvres sur les siennes et lui dis :

— C'est fini. Soyez tranquille. Tout est fini, maintenant. (Je désignai d'un geste vague la maison.) Je dois... Je vais voir, je reviens tout de suite...

Son regard s'emplit de détresse.

— Je suis obligé, dis-je. Je reviens dans une seconde. Ne vous inquiétez pas, tout va bien.

Comme auparavant, elle émit un « oui » de soumission enfantine. Je la laissai, me promettant de me faire mille fois pardonner plus tard ce nécessaire et bref abandon.

Je repris le petit chemin.

Je me forçai à jeter un coup d'œil sur le visage des trois morts étendus sous la lune, pour m'assurer qu'aucun d'eux n'était Max.

Mon pied heurta quelque chose. Il y eut un bruit métallique. C'était un de leurs revolvers. Je le ramassai.

Puis je pénétrai dans la maison.

Je descendis l'escalier de pierre, tenant braquées la torche et l'arme.

Rien n'avait changé dans le souterrain. L'explosion n'avait détruit que le coffre — mais elle l'avait complètement détruit, réduit à néant, pulvérisé. Il n'en restait rien, quelques fragments de métal noirci se confondant avec la poussière du sol, une longue trace noire au mur, à l'endroit de la déflagration.

Et, au milieu de la petite salle, était étendu l'homme, sa mitraillette tordue à côté de lui. Un peu plus loin, une petite lampe de poche, un petit boîtier jaune vif brisé en deux morceaux.

Il râlait. L'arrière de sa tête était humide de sang. Il avait dû être projeté contre la paroi, et renvoyé là, face contre terre.

Je le retournai, aussi doucement que je pus. Il gémit de douleur.

Le sang empêchait de bien distinguer les traits de son visage. Son visage était... Mais son ventre, surtout, mon Dieu, son ventre... Vision infernale. Je crois qu'on pouvait voir à l'intérieur de son corps...

Mais je n'avais nul dégoût à surmonter. Plus tard, lorsque j'y repensai, mais pas alors.

Il semblait jeune.
Il parvint à ouvrir les yeux. Dès qu'il m'aperçut, il cessa de gémir. Il avait peur. Peur de ma présence, peur de mourir. Et il allait mourir. Pensait-il que l'explosion était un piège que j'avais mis en place, moi ?
J'étais agenouillé, mon visage penché sur le sien.
— Mathieu... c'est vous ?
Il battit des paupières.
— N'ayez pas peur. Je vais vous dire quelque chose... Je n'y suis pour rien. Je ne savais pas. Je ne savais rien, je ne sais rien. Vous m'avez entendu ?
Nouveau battement de paupières. Il était le premier à me croire. En un tel moment, il ne pouvait que me croire.
Il souffrait abominablement. Il voulut parler. Seul le sang vint à sa bouche. Mais son regard était dirigé vers le revolver qui pendait au bout de ma main gauche. Aussi atroce qu'était sa plaie au ventre, son agonie pouvait durer longtemps.
Je plaçai l'arme dans sa main droite, puis je repliai son bras sur sa poitrine. Je pris ce risque. À nouveau, je me moquais de tout.
J'aurais aimé le porter à l'air libre, mais c'était impossible.
Il me regardait. Ses longs cheveux bruns s'étaient répandus en cercle autour de son visage ensanglanté.
Je lui dis adieu, me retournai sans peur et le laissai.

Comme je m'éloignais de la maison, j'entendis le coup de feu.

Maria demeura dans son état de prostration jusqu'à Syracuse. Pourtant, je sentis qu'elle s'apaisait pendant la route. La tête posée sur mon épaule, si près de moi que je devais veiller à ne pas heurter sa jambe, à ne pas lui faire mal en passant les vitesses, elle répondit par bribes aux questions que je lui posai.

Je parvins à reconstituer ce que j'avais soupçonné au cours de notre fuite sous la terre.

Jadis, Maria et Maxime Salomone, son père, s'étaient trouvés dans une situation de danger semblable à celle que nous venions de vivre. Elle avait alors trois ou quatre ans. Elle ne savait pas, n'avait jamais su sans doute ce qui avait provoqué cette situation. Un ou plusieurs mauvais garçons venus menacer Maxime Salomone chez lui, s'approchant de la maison...

C'était un soir d'hiver. Sa mère était absente. Maria dormait. Son père, pour la protéger du danger et agir plus efficacement lui-même, l'avait arrachée au sommeil et avait fui par le souterrain en la portant dans ses bras. Mais lui avait pu refermer la dalle...

Arrivé à la falaise, il était sorti. Il avait ordonné à l'enfant de l'attendre sans bouger et avait replacé le couvercle de pierre de l'extérieur pour qu'elle ne risque pas de tomber. Il l'avait laissée seule dans le noir, terrorisée. Il était allé ensuite régler ses affaires. Puis il était revenu la chercher.

Ni Maxime Salomone ni sa femme n'avaient jamais reparlé de l'épisode. Si Maria l'avait évoqué elle-même par la suite, elle supposait qu'on l'avait amenée à penser que rien ne s'était passé, qu'elle dormait, qu'elle avait rêvé. Et elle avait oublié. Elle avait oublié — ne se souvenant plus, vaguement, que d'une terreur d'enfant — jusqu'à aujourd'hui.

Maxime Salomone avait sans doute eu mille fois l'occasion de s'assurer de cet oubli. Néanmoins, au moment de mourir, sachant l'existence de son secret connue et devinant la curée qui allait s'ensuivre, il avait eu peur pour sa fille, qu'il s'était mis à aimer si tardivement, mais si violemment. Elle était le seul lien entre lui et Giulio Maberti, la seule à connaître l'existence du souterrain. Il l'avait imaginée brutalisée, interrogée comme il savait qu'on pouvait interroger les gens...

Mais son inquiétude et sa détresse à cette idée, exacerbées par la mort proche, avaient été excessives. Et son ultime réflexe d'agonisant, attirer mon attention sur la photographie, avait eu des effets contraires à son vœu le plus profond, vœu qui avait dû l'envahir, l'oppresser, concentrer ses dernières énergies : qu'il n'arrive rien à Maria. En effet, c'est moi qui, en la recherchant, puis en restant avec elle...

À l'hôtel, par anxiété, je montai le premier à l'étage et examinai nos chambres, au cas où quelque porteur de grenade se serait dissimulé sous un lit. Non. Les derniers étaient morts à Portopalo... Y en aurait-il d'autres plus tard ? Je ne pouvais, je ne voulais pas y penser, je n'en avais pas la force.

Je tremblais comme une feuille.

Dans la chambre de Maria, nous bûmes des boissons brûlantes, café et infusion.

— Je n'aurais jamais dû vous accompagner, lui dis-je.

— Non, vous n'auriez jamais dû m'accompagner... Vous voyez où je vous ai conduit !

Elle eut un petit sourire en prononçant ces mots.

Elle était très courageuse. Elle m'assura qu'elle ne se sentait pas trop mal.

Mais — les choses continuaient d'aller très vite, les événements de subir une sorte d'accélération — elle voulait partir, tout de suite, rentrer en France. Son congrès d'archéologie, le lendemain après-midi ? Tant pis. D'ailleurs, peu lui importait. Elle s'arrangerait, téléphonerait au palazzo Vecchio, à Portali, elle inventerait une excuse.

Oui, peu lui importait. Elle n'aspirait qu'à se trouver ailleurs, loin d'ici.

— Le mieux serait que vous preniez l'avion, dis-je. Je m'occuperai de la voiture, je la rapporterai à une agence.

Mais elle ne voulait pas attendre le lendemain. Et le lendemain à quelle heure ? Et il n'y aurait pas de vol direct pour Lyon. Non, elle voulait partir en voiture, tout de suite...

— Vous ne pensez quand même pas faire tout le voyage avec moi, après ce qui s'est passé ? dis-je.

Me chercherait-on encore ? Je ne le pensais pas. En tout cas, rien ne se passerait dans l'immédiat. Mais je ne pouvais avoir de certitude totale.

Maria hocha la tête, calmement : si, elle pensait faire le voyage avec moi.

Une discussion s'ensuivit, presque tendue à un moment. Maria savait être aussi une petite personne énergique et têtue. Je finis par céder. D'une part, je compris qu'à moins de la ficeler, la bâillonner, et la fourrer dans un avion, elle ne reviendrait pas sur sa décision. D'autre part, elle usa d'un argument auquel, dans ma nervosité, ma confusion, mon désir de la préserver elle, je n'avais paradoxalement pas songé (et auquel, d'ailleurs, elle songea elle-même soudain) : puisque j'en étais à imaginer des risques improbables, dit-elle, je devais supposer qu'elle aussi, maintenant, pouvait se considérer comme en danger... Seule, elle ne serait pas tranquille. Nous devions rester ensemble.

Brusquement elle se leva, se précipita dans mes bras, et, enfin, elle pleura.

Une demi-heure plus tard, lavés et changés, nous étions prêts à partir.

Nous réglâmes notre note. Depuis qu'il avait remarqué nos habits sales et froissés, à notre arrivée, l'employé de la réception avait l'air plus duplice que jamais. Peut-être supposait-il que nous nous étions livrés à quelque ébat coupable en pleine nature. Maria lui remit les douze pages dactylographiées de sa communication. Quelqu'un passerait les prendre le lendemain, dit-elle. Il nous assura, tout en se regardant alternativement les épaules, gauche, droite, gauche, par de rapides mouvements de la tête, que nous pouvions compter sur lui.

Je le croyais. C'était un être bizarre. J'étais sûr qu'on pouvait lui faire confiance.

Nous étions des personnes de décisions brusques et nous adorions rouler de nuit, lui expliquai-je en le gratifiant d'un pourboire impérial, à la suite de quoi il adressa un vaste sourire de remerciement à un point bien particulier du plafond.

Nous quittâmes l'hôtel Panorama et nous fuîmes la Sicile comme des forcenés.

Nous attrapâmes de justesse le dernier bac à Messine. Trois quarts d'heure plus tard, nous foncions sur l'autoroute.

Voyage interminable, et voyage éclair.

Maria dormit, puis me relaya deux heures au volant, jusqu'à La Spezia. À La Spezia, pratiquement à côté de l'autoroute, nous laissâmes la GTV dans une agence Hertz et louâmes une petite Fiat 127 toute simple, anonyme, invisible. Puis une espèce de rage d'arriver nous tint énervés et muets jusqu'à Nice. Ce fut la partie la plus pénible de la route. Je bâillais toutes les minutes, ce qui provoquait encore de légers craquements à l'arrière de ma tête, et, toutes les cinq minutes et demie, je jetais un mégot de Benson par la vitre, et allumais une autre cigarette.

La Fiat 127 ahanait. Même rudoyée comme je la rudoyais, elle ne dépassait pas un misérable cent quarante, et encore, en tremblant et protestant de toute sa chétive carcasse. D'ailleurs, l'interminable succession de *gallerie* à virages et de *viadotti* humides et obscurs où je ne pénétrais que le cœur battant, surtout lorsqu'ils étaient longs et qu'on n'apercevait pas au premier regard l'issue de lumière dansant à l'autre extrémité, à quoi s'ajoutait la foule des retours de vacances (le 1er septembre tombait un samedi), foule à travers laquelle pourtant je me frayais un chemin comme à sauts et à gambades, tantôt freinant à mort à deux doigts décharnés d'un pare-chocs, tantôt me propulsant soudain loin en avant, ou faisant voler à droite la poussière des accotements, ou au contraire rasant à gauche la barrière métallique au point parfois d'en arracher une longue gerbe d'étincelles, cinquante autres conducteurs se démettant la nuque de concert à me chercher des yeux, alarmés qu'ils étaient d'avoir vu dans leur rétroviseur un engin sur roues joignant la vitesse du météore aux caprices du feu follet et de ne plus le voir soudain après un battement de paupières — route éprouvante et vacanciers lents comme des bœufs malades dans un champ détrempé contrariaient notablement ma progression.

À Nice, nous passâmes la nuit chez Miguel, à qui j'avais raconté au téléphone la fin du feuilleton, l'incroyable épisode de Portopalo.

Son appartement était situé rue de l'Hôtel-des-Postes, tout près d'une grande librairie appelée La Sorbonne. Il alla dormir chez Jacqueline et Mado, qui avaient demandé cent fois de mes nouvelles, et nous laissa son appartement.

Le lendemain matin, il nous conduisit à Lyon en GS. Nous reprîmes l'affaire point par point depuis le début et en envisageâmes tous les aspects. J'étais de plus en plus certain que tout était fini. Miguel restait méfiant, pas beaucoup, mais un peu. J'avais peut-être tendance à vendre la peau du zèbre, disait-il, avant que le mouton ait mangé l'ours.

# TROISIÈME PARTIE

# XVII

La petite église de Sainte-Foy-lès-Lyon se dressait toujours au même endroit. Et les arbres de la place, agités par le même souffle d'air, semblaient vibrer des mêmes feuilles en même nombre.

Une camionnette de boucher nous démarra sous le nez, abîmant un peu plus qu'elle n'était, en quittant son « créneau », la calandre d'une Austin mini.

Miguel gara la GS en ahanant.

Comme il était venu à Lyon aussi pour voir Danielle, il s'était vêtu avec élégance, chemise bleu pâle à rayures jaunes très discrètes et pantalon noir de lainage léger. Je portais moi-même des habits neufs, achetés à Nice.

J'étais installé à l'arrière avec Maria. Je lâchai sa main et sortis de la voiture.

— Je n'en ai pas pour longtemps, leur dis-je. Sinon, il y a un café, là-bas. À tout à l'heure.

La porte de l'immeuble était ouverte. J'ignorai l'interphone et me dirigeai vers l'ascenseur.

Anne-Marie m'attendait. Elle m'ouvrit en même temps que je sonnais.

Elle n'était pas maquillée. Le souvenir me revint, brutal et précis, des longs cheveux noirs, du regard profond de pure Espagnole, de la franche exagération de la poitrine en harmonie paradoxale avec sa taille élancée, l'une mettant l'autre en valeur et l'autre l'une.

Dès le pas de la porte, elle me demanda, presque hagarde, si tout allait bien, si je n'avais pas été « embêté ».

— Si, lui dis-je.

— J'en étais sûre !

Puis, comme si elle se hâtait de me poser la question avant de s'effondrer — mais irrésistiblement poussée à me la poser :

— Est-ce que... tu sais quelque chose, maintenant ?

— Non, dis-je, sans mentir vraiment.

Alors seulement elle se jeta dans mes bras.

— Viens, entre ! Si tu savais comme je suis soulagée de te revoir ! Emilia ne pouvait même pas me dire où tu étais. J'ai eu peur !

Elle referma la porte.

— Et Martin ?

Avais-je parlé de Martin par hasard, ou déjà un mauvais pressentiment...

Elle pâlit, détourna les yeux.

Je devinai. Je devinai, en souhaitant de toutes mes forces me tromper.

— Marc... J'avais besoin d'être seule quelque temps, d'essayer d'oublier Maxime...

— Où est-il ?

— Ne parle pas sur ce ton ! Tu me fais peur, toi aussi... Je l'ai mis... dans un endroit très bien, quelque temps. Ce n'était pas possible chez ma mère, tu sais ce que c'est.

— Où ?

Je me souvins d'avoir déjà eu envie de la frapper un jour.

— Il est à Saint-Just, dans un internat. (Elle s'écria presque :) Mais ça n'a rien à voir avec la pension où j'étais, Marc ! C'est un endroit très bien, très cher, on s'occupe de lui sans arrêt ! Il ne manque de rien. Je le vois très souvent. Aujourd'hui, il devait passer toute la journée ici, à la maison, mais comme tu venais, j'ai... J'irai le voir tout à l'heure, quand tu seras parti.

Soudain, elle chuchotait. Je l'entendais à peine.

— De tout ce qui est arrivé, lui dis-je, c'est ce que je te pardonne le moins.

— Marc !

Mais elle interrompit son élan vers moi et se laissa tomber dans le canapé, derrière elle, parmi ces romans-photos dont je pouvais lire les titres. Il n'y avait pas *J'ai tué mon amour*, mais peu s'en fallait.

— Assieds-toi, dit-elle en se mettant à pleurer.

L'appartement était en désordre. Je dus ôter une pile d'habits posée sur le fauteuil avant de m'installer.

J'éteignis ma cigarette et en allumai une autre.

— Maxime... c'est à cause de toi ? Tu as été trop bavarde un jour, tu as parlé à quelqu'un, quelqu'un à qui tu n'aurais pas dû parler ? Tu te rends compte des conséquences ?

Reniflements et mouvements convulsifs de sa tête posée sur ses avant-bras posés sur ses genoux : oui, oui à toutes les questions.

— Est-ce que tu as pensé qu'il est sûrement mort en se disant que c'était peut-être toi qui...

Nouvelle affirmation reniflante et convulsive, qui fit s'effondrer sa chevelure dont l'extrémité alla frôler la moquette.

Elle étouffait dans ses larmes. J'imaginais qu'elle avait dû en effet se tourmenter à souhait.

Elle avait aimé l'homme de sa vie, assez pour ne pas lui pardonner son indifférence et ses secrets, assez pour ne plus savoir à la fin si elle l'aimait ou le haïssait, et pour jouer, fût-ce inconsciemment, à lui faire du mal...

Personne ne l'aimait comme elle l'aurait souhaité : c'est ce qu'elle bredouilla avant de se précipiter à la salle de bains, d'où me parvinrent des bruits de robinet, de vaporisateur et de peigne posé sur une plaquette.

Elle fut de retour.

— Marc... Raconte-moi...

Que lui dire ? Tout ? Peu ? Rien ? Elle m'avait irrité, troublé, ému, je ne savais plus où j'en étais avec elle.

Nous nous regardâmes en silence.

À ce moment, une sonnerie retentit. Ce n'était ni le téléphone ni l'interphone. C'était la sonnette de l'appartement. Quelqu'un se trouvait derrière la porte.

— Tu attendais une autre visite ?

— Non.

— Regarde avant d'ouvrir. Si tu ne sais pas qui c'est, n'ouvre pas !

Elle s'approcha sans bruit du judas. Elle regarda, et elle ouvrit vivement la porte, avec des gestes fébriles.

— Manuel ! s'écria-t-elle.

Un homme apparut, grand, fort, d'une cinquantaine d'années, vêtu avec soin. Il ôta ses lunettes de soleil. Il avait le nez très mince, presque sans narines. Ses cheveux blonds et blancs, ondulés, encore très abondants, étaient coiffés en arrière. On avait l'impression qu'il venait de les peigner juste avant de sonner.

Ses traits étaient réguliers, plutôt plaisants, mais je sus au premier coup d'œil que cet homme était redoutable, ou qu'il pouvait l'être.

Je n'eus pas peur, pas une seconde. Peut-être parce que je sentis qu'il n'y avait pas à avoir peur. Peut-être parce que mon anxiété était morte à Portopalo. Elle s'était encore traînée, agonisante, jusqu'à Nice, mais elle avait rendu cette nuit le dernier soupir.

Anne-Marie était surprise et heureuse. Ils s'embrassèrent.

— Manuel, ce n'est pas possible! Tu sais, j'ai essayé de te téléphoner cent fois, quand... Tu as su, pour Maxime, bien sûr?

— Oui. J'ai été parti longtemps, j'ai appris à mon retour. Moi non plus, je n'ai pas réussi à te joindre. Je reprends un avion dans quelques heures, mais avant j'ai un rendez-vous à Écully.

— Pour tes affaires?

— Oui. Lyon devient une grande ville. Je suis arrivé ce matin à Satolas. J'ai loué une voiture et je suis descendu au Grand Hôtel, comme d'habitude. Je pensais te faire signe plus tard, et puis voilà, j'étais en avance, j'ai vu le panneau Sainte-Foy...

Anne-Marie lui fit un petit sourire, pour autant qu'elle pouvait sourire alors. Ils semblaient se connaître depuis longtemps. Un de plus, pensai-je.

Elle nous présenta. Nous nous serrâmes la main.

— Je vous dérange sûrement, nous dit-il.

Il s'exprimait avec un léger accent.

— Non, dis-je. D'ailleurs, j'allais partir.

— Non! dit vivement Anne-Marie. C'est bien que vous vous rencontriez...

— Ah! tu vas nous expliquer ça, dit Manuel sans

manifester d'étonnement excessif, ni m'accorder une attention spéciale.

Il se déplaçait dans la pièce avec aisance et précision, malgré sa corpulence.

Nous nous assîmes.

— Manuel habite à Bogotá, en Colombie, dit Anne-Marie. C'était un ami de Maxime. Ils se sont connus là-bas. Ils sont revenus ensemble à Lyon, pendant deux ans, tu sais. Après ils sont repartis, et après...

Après, ils avaient été en froid, mais Manuel avait continué de voir Anne-Marie. Il avait conservé d'autres relations à Lyon, où il venait une fois par an au moins. Il avait été très affecté par la mort de son ancien ami. C'était par lui — elle me le fit comprendre avec une habileté naturelle qui força mon admiration — qu'elle avait soupçonné l'existence de quelque chose, personne ne savait quoi, de ce quelque chose que j'avais presque cherché, et presque trouvé, cet été. Manuel avait-il fréquenté Anne-Marie — et la fréquentait-il — dans l'espoir d'en savoir plus un jour par elle, qui vivait dans l'intimité de Maxime Salomone ? Non, j'en conclus que non avec une quasi-certitude. Il l'avait aimée, voilà pourquoi il la voyait de temps à autre. Et sans doute l'aimait-il encore. Pas comme elle l'aurait souhaité, sans doute...

Il alluma une cigarette, moi aussi.

— Et le petit, ça va ?

— Oui, répondit Anne-Marie sans me regarder.

Puis, au terme d'un silence un peu contraint :

— Manuel... Enfin, si tu avais l'intention de me demander quelque chose en venant me voir, tu peux parler. J'aime même mieux que ce soit maintenant.

Il faut que je te dise : Marc est au courant de tout. Maxime avait confiance en lui.

Même retenue que son ami défunt, de la part de Manuel, dans la manifestation de ses mouvements intérieurs violents : il frémit d'un sourcil stupéfait.

— Non, s'écria Anne-Marie, il ne lui a rien dit, bien sûr ! Mais Marc en sait autant que nous. Je t'expliquerai.

Manuel me regarda. Son œil me pénétra et fureta un peu partout dans ma boîte crânienne avant de revenir se loger dans son orbite. Pas un mot. Une musculature impassible, à peine frémissante de déchaînements en puissance.

Il se tourna vers ma cousine.

— La première chose, Anne-Marie, c'est que j'avais envie de te voir, ça me fait très plaisir.

— Moi aussi, tu le sais bien. Mais je vais mal, en ce moment, Manuel...

— Je vois. Et ce que je voulais te demander, tu le sais... Tu n'as rien appris de nouveau ?

— Non, rien.

— Il était mort, quand on l'a trouvé ?

— Non, il est mort à l'hôpital. Mais il était dans le coma.

— On m'a dit qu'il a été torturé ?

— Oui.

Manuel posa alors la vraie question, celle qu'il voulait poser :

— Et c'était à cause... ?

— Oui. sûrement.

— Mais comment est-ce possible ? Je suis sûr qu'il n'a rien dit.

Apparemment, l'idée n'était pas venue à ce vieux brigand de soupçonner Anne-Marie. Au moment où je pensais qu'elle était bonne comédienne, elle lui dit :

— C'est de ma faute, Manuel.

Et elle se remit à pleurer.

Haussement prolongé des deux sourcils, plis sur le front. Il la regardait. Moins durement que moi tout à l'heure. Puis il parut embarrassé. Il laissa échapper : « Alors ça, c'est malin », et se prit à examiner le sol.

— Bon, calme-toi. On en reparlera plus tard, dit-il.

Je me taisais.

— Évidemment, la police n'a arrêté personne ?

Elle renifla.

— Non.

— Mais alors toi, tu sais qui c'est ?

— Non. La personne que... L'ami que j'avais et à qui j'ai dit trois mots de trop a été tué lui aussi, tout de suite après. C'était un ami de Nalet. Enfin, un ami ! (Elle s'adressa à moi :) Quand Maxime t'a fait venir à la clinique, j'ai compris qu'on n'allait plus te laisser tranquille. Mais je ne voulais pas te parler, à ce moment, j'avais trop honte, j'étais trop malheureuse. J'aurais préféré être morte. Le lendemain, j'ai failli me tuer...

Larmes, torrents de larmes.

— Maxime l'a fait venir à la clinique ? lui dit Manuel sans autre commentaire.

Elle fit oui de la tête, ravala ses sanglots et me regarda :

— Alors je t'ai fait envoyer cette lettre, j'ai une amie à Lyon, je lui ai téléphoné...

Elle était pitoyable.

Elle s'accusa de folie : elle avait joué avec le feu, elle n'avait pas réfléchi sur le moment à des conséquences aussi affreuses. Pour rien au monde elle n'aurait voulu qu'il m'arrive malheur, elle s'était consumée d'inquiétude, elle avait téléphoné à Emilia mais Emilia ne savait pas où j'étais. Et Manuel, à qui elle ne pouvait pas parler non plus... À lui, elle aurait tout dit, tout de suite ! De plus, elle avait été aussitôt débordée. Elle n'avait fait que mettre en branle un engrenage, mais... quelle horreur ! Les gens avaient raison, gémit-elle, elle n'était qu'une petite tête.

Le déroulement des événements lui avait totalement échappé.

À moi aussi, me dis-je. Je n'avais fait qu'être ballotté à la surface écumante des événements...

On l'avait même menacée, quand elle avait voulu protester, tenter d'enrayer le mécanisme fatal. Trahie à son tour. Encore maintenant, elle n'était pas rassurée.

Une lueur de fait divers sauvage s'alluma dans l'œil de Manuel.

— Calme-toi, Anne-Marie, calme-toi. Je vais m'occuper de ça.

Il se mit à réfléchir. Je me taisais toujours.

— Oui, dit-il au bout d'un moment, je savais qu'après la mort de Maxime il y avait eu une sacrée pagaille. Mais enfin, il est certain qu'il n'a rien dit quand on l'a attaqué. Donc personne ne sait rien, pas davantage qu'avant, même pas l'endroit où il aurait pu...

J'hésitai, puis :

— Moi, je sais, dis-je.

Petit coup de tonnerre. Il en croisa la jambe gauche sur la droite. C'étaient presque les premiers mots que je prononçais depuis son arrivée. Ils vinrent se loger dans la conversation comme l'ultime pièce d'un puzzle enfin placée — d'un puzzle sans dessin, sans motif, ne représentant rien, ne signifiant rien.

Il fallait parler. À eux aussi, je devais raconter. Je racontai, tout, chemin de Vassieux (Anne-Marie horrifiée, elle ne savait pas), la photographie transmise par Maxime Salomone, route des Serres, Rome, Maria, Portopalo...

Anne-Marie ne pleurait plus. Elle avait pris peu à peu une expression ferme, décidée, farouche. Dès que j'eus fini mon récit, elle dit à son ami :

— Manuel !

Il lui fit un discret signe de tête affirmatif. Puis il se tourna vers moi. Son regard me fouilla une deuxième fois jusqu'aux entrailles.

— Je sais à qui m'adresser à Lyon pour qu'on vous laisse en paix, me dit-il. Vous pouvez être tranquille.

— Merci.

— Anne-Marie, on reparlera de tout ça tous les deux.

Il se leva, lui donna rendez-vous pour le soir et s'en fut à Écully, où il devait discuter le prix d'une grosse commande d'appareils électroniques pour le gouvernement colombien. Étrange. Était-il, comme Maxime Salomone, retiré des « affaires », de certaines affaires ? Je ne pensais pas. À l'écart de toute participation trop directe et bruyante, sûrement. Or...

Quand il avait dit qu'il savait à qui s'adresser, à Lyon, j'avais pensé naïvement, et Anne-Marie aussi, qu'il avait l'intention de discuter, de m'innocenter en intimidant verbalement deux ou trois personnes. Il en alla tout autrement. Exigence d'honneur, retour soudain de sa plus vigoureuse jeunesse, fidélité à Maxime Salomone, autres raisons peut-être : quelques jours plus tard, Anne-Marie me lisait au téléphone un article du *Progrès de Lyon* rapportant trois exécutions spectaculaires qui s'étaient déroulées en ville au cours de la troisième nuit qui suivit ma rencontre avec Manuel. L'une des victimes, un Espagnol, avait été abattu — petit trait piquant, sans plus, mais qui semblait avoir mis en joie le journaliste — à la sortie d'un bar appelé *L'Imprévu*, rue Sébastien Gryphe, près des facultés.

Ma cousine, abasourdie par les minutes qui venaient de s'écouler, et saisie d'un élan romanesque, sollicita gravement mon pardon, que je lui accordai volontiers. Que m'importait, maintenant ? Ses coucheries, ses sottes imprudences, les trois replis de sa petite âme de personnage secondaire m'étaient indifférents.

Et elle n'avait été qu'un des rouages dont s'était servi le destin, cet été-là, pour me lancer sur les autoroutes.

Elle me fit alors un autre aveu : elle avait été heureuse, très heureuse de me retrouver, à mon retour de Barcelone. Ensuite, après la nuit passée ensemble, elle avait été déçue de ma froideur. Non, décidément, personne ne l'aimait comme elle voulait...

— Mais Martin, Anne-Marie, est-ce que tu te rends compte ? Tu ne vas pas le laisser là-bas, ce n'est pas possible !

— Non, non ! C'était pour quelque temps seulement.

— Tu ne peux pas te débarrasser de lui comme ça, tu comprends ? (Se débarrasser de son fils !... Un éclair de douleur traversa ma poitrine à ces mots dont les rudes et sifflants reliefs sonores redonnèrent un instant vie convulsive et mordante à d'anciennes pensées.) J'irai le voir cet après-midi, seul. D'accord ? J'irai me promener avec lui.

Je ne dis rien de Maria.

— Oui, bien sûr !

Elle appela l'internat Sainte-Croix à Saint-Just et avertit qu'un oncle de Martin passerait le prendre.

Je la quittai. Elle me fit promettre de lui téléphoner bientôt.

— Cette fois, tout est fini, dis-je à Miguel et Maria en m'installant dans la voiture. Tu me laisses conduire ?

Je leur parlai de Manuel. Et de Martin.

Je déposai Miguel chez lui, rue Roger Radisson, et lui demandai de me laisser la GS jusqu'au lendemain.

— Tu pensais rentrer quand à Nice ? lui demandai-je.

— Le plus tôt possible. J'ai à faire là-bas. Et puis tu sais, avec Danielle, c'est un premier contact, hein. Si je reste trop longtemps, on va s'engueuler

— On repart demain matin ?

— D'accord !

— Avant, on fera un saut à Saint-Laurent, j'ai deux ou trois choses à récupérer.

— D'accord.

Je montai dire bonjour à Danielle en vitesse.

Dans l'escalier, Miguel me dit à quel point il trouvait Maria « gironde », et à quel point j'étais verni, car, ajouta-t-il, il avait bien compris qu'à Nice nous avions « fait craquer ».

Puis il se boucha les oreilles à cause des hurlements de Rafael, qui nous parvenaient à travers deux portes fermées.

Je démarrai, passai la première, la deuxième, et je pris la main de Maria, et la tins serrée dans la mienne jusqu'à Saint-Just.

## XVIII

La pension Sainte-Croix, à Saint-Just, ne se distinguait en rien des vieux immeubles mitoyens, même façade grise, mêmes fenêtres étriquées, même triste ennui, il fallait avoir le nez sur la porte d'entrée pour apprendre qu'il s'agissait d'un internat.

Par bonheur, cette morne apparence dissimulait des richesses et des conforts de palais, contraste caractéristique de tant de vieux quartiers lyonnais. Une pointe d'inquiétude se mêla à mon émerveillement quand je passai sous le lustre du grand salon, le plus énorme et le plus complexe que j'eusse jamais vu, de sous lequel plusieurs jours d'efforts devaient être nécessaires pour se dégager si d'aventure il vous tombait dessus.

Par la fenêtre du parloir, j'aperçus un grand jardin ensoleillé, une fontaine, un jet d'eau. La religieuse qui m'assomma de son bavardage suraigu pendant qu'on allait chercher Martin me fit néanmoins une excellente impression. Ces splendeurs que j'avais sous les yeux, et dont je la félicitai, non seulement avaient survécu à la Révolution, couina-t-elle, mais même s'étaient accrues en nombre au cours de cette période noire de l'histoire de notre ville, ce en quoi elle voyait l'intervention manifeste de la main de Dieu si l'on songeait aux calamités qui s'abattirent alors sur les établissements religieux, dit-elle d'une voix solennelle et menaçante en dépit de sa tessiture de flûtiau.

Martin arriva.

Son visage s'épanouit. Je le pris dans mes bras et le soulevai du sol.

— Je t'avais dit que je viendrais te voir à Lyon, tu te souviens ?

— Oui !

Il ne s'étonna pas outre mesure de l'absence de sa mère.

Sa ressemblance avec Éric, à certains moments, surtout quand il souriait, me faisait mal, mais d'une douleur apaisée, toujours sur le point de se dissoudre, et qui s'évanouit en effet au cours de l'après-midi.

Je lui parlai de Maria. De sa sœur... Tâche délicate. Questions gênantes, explications maladroites. Il ne comprenait pas très bien. Pour l'heure, la curiosité l'emportait sur tout autre sentiment, et il me tirait par la main en direction de la sortie.

Souhaitait-il que nous allions nous promener ensemble, tous les trois ? Certes oui. Au Parc. Tous les enfants de Lyon aspirent jusqu'à un âge avancé aux promenades au Parc de la Tête d'Or.

Maria nous attendait à une centaine de mètres de l'internat, debout près de la voiture, toute claire dans la rue sans soleil. (J'ai souvent été amené à penser que les Lyonnais ont obstinément élevé leurs façades à l'ombre.)

Le frère et la sœur s'embrassèrent d'un franc élan, lièrent connaissance intime en quatre minutes et se mirent à parler et à rire, tous deux installés sur le siège arrière, jusqu'aux Brotteaux où je les conduisis d'une main de fer.

Longue promenade au Parc.

Tendres instants. Autre parenthèse, de bonheur celle-là, hors du temps, hors de la vie.

Le passé de chacun était aboli. Il nous semblait tout naturel de nous trouver là ensemble, comme si nous faisions cette promenade chaque jour depuis des années, mais dans une autre vie, secrète, juste assez secrète en nous pour que nous nous émerveillions comme une première fois des plumes du paon, des rayures du zèbre, du cri infernal de volatiles gros comme le pouce, du goitre tremblotant des pélicans ahuris, du braquemart de six mètres des éléphants, du derrière calamiteux des singes (derrière qu'ils écrasaient avec force contre les barreaux de leur cage comme pour nous en infliger une surface plus considérable). De l'île, aussi, au milieu du lac. Du souterrain mal éclairé qui y conduit et que nous parcourûmes, suçant des glaces ou, en ce qui me concerne, ruminant les cacahuètes qui gonflaient ma joue droite par dizaines. Du monument aux morts, très laid, des barques, du beau temps, de tout.

Souvent nous tenions Martin par la main, Maria d'un côté moi de l'autre, et quand nous suivîmes l'allée des Taupes, parce que Martin voulait voir le crocodile dans sa petite maison surchauffée, eh bien, je songeai avec un rire interne tranquille et presque indolore que vraiment il ne manquait que le photographe.

Nous posâmes mille questions à Martin sur la pension Sainte-Croix, dont finalement il semblait s'accommoder : beaucoup de copains, des soins constants et attentifs et une « sœur des piqûres » qui faisait encore moins mal que Dustin Hoffman à Crosne, pas du tout mal à vrai dire.

Un enfant merveilleux. Un petit frère tombé du ciel, que Maria envisageait de prendre chez elle aux prochaines vacances — ou même (me dit-elle pendant qu'il était allé faire pipi aux toilettes du café-restaurant du Parc, à la terrasse duquel, étape obligée, nous buvions café et jus de pomme), ou même de le garder toujours ? Il faudrait voir avec ma cousine, et avec... Il faudrait voir.

Nous le ramenâmes à Saint-Just.

Je lui dis que je devais aller à Nice, mais pas trop longtemps, et si je restais plus longtemps que prévu, je ferais les voyages, Nice n'était pas très loin. De toute façon, qu'il s'attende à nous voir souvent. Ensemble, tous les deux, sa sœur et moi ? Oui, ou séparément. Ou ensemble, des fois.

Un garçon roux l'appela du jardin.

Nous l'embrassâmes, et il s'en fut.

## XIX

La place de Montchat, malgré de hauts immeubles environnants, ressemblait encore à une place de village.

Et la rue François Villon, bordée de parcs et de maisons chic, dont certaines étaient d'anciennes fermes restaurées et entretenues à grands frais, avait encore une allure campagnarde, malgré la proximité à deux ou trois cents mètres de l'avenue Rockefeller, l'avenue qui mène à l'hôpital de Grange-Blanche.

— C'est là, dit Maria.

Une haie dissimulait la maison.

Je m'arrêtai. Dès que j'eus coupé le moteur, j'entendis une lointaine musique de violon. Maurice Tourneur, musicien sérieux, répétait inlassablement son programme.

— Saluez votre ami de ma part. Remerciez-le pour les habits et le reste, à Rome... Je n'oublierai pas.

— Oui. Vous me téléphonerez ?

— Oui.

— Bientôt ?

— Oui. Vous aussi ?

— Oui.

— Bientôt ?
— Oui ! dit-elle en riant.
Nous ne parlâmes pas davantage de l'avenir. Le moment n'était pas venu.
Je lui réclamai ensuite la photographie de la bibliothèque de Nice. Elle me la donna. Je la rangeai dans mon portefeuille, sans plus l'enfouir cette fois au plus profond et au plus obscur de son emplacement le plus secret, à savoir la doublure, d'ailleurs en lambeaux.
J'avais besoin d'un nouveau portefeuille.
Je sortis ses affaires de la voiture, deux valises, le cartable et le sac en plastique contenant les habits de Maurice Tourneur.
Après un baiser rapide, nous nous quittâmes.
Je démarrai.
Avant de prendre l'avenue Esquirol, je me retournai. La rue François Villon était déserte, Maria avait disparu.

Quand je me retrouvai seul, un rude assaut de tristesse me mit l'intérieur de l'être à feu et à sang.
Voici, pensai-je, que venait septembre...
(Cette considération d'allure biblique parce qu'une feuille des platanes de l'avenue Rockefeller s'était collée au pare-brise de la GS et n'en bougeait plus, du fait que je remontais cette avenue à cent dix.)

*Seigneur, il est temps. L'été fut long*
*Étends ton ombre sur les cadrans solaires,*
*Et sur les campagnes libère les vents.*

Pourquoi ces vers, soudain, sans crier gare ? Parce qu'ils sont de circonstance ? Oui, bien sûr. Parce que leur auteur a pour prénom Rainer Maria ?

Sans doute. Mais ne serait-ce pas plutôt (si) parce qu'Isabelle aimait (et avait traduit jadis) le poème auquel ils appartiennent, et que je me récitai sans résistance possible entre Grange-Blanche et la Guillotière malgré les larmes qui de plus en plus brouillaient ma vue, et la brouillent encore, je l'avoue, à la minute présente) ? J'ai déjà répondu : si.

J'eus la chance, plus ou moins forcée par mes manœuvres hardies, d'avoir trois feux verts de suite, de sorte que je pris à plus de quatre-vingts l'interminable virage du rond-point de la Guillotière. La GS se mit à tanguer et à se contorsionner comme un esquif dans la bourrasque. Je finis par me demander si je n'allais pas faire tout le pont de la Guillotière sur le toit.

Non, grâce à mille petits coups de volant.

*Ordonne aux derniers fruits la plénitude,*
*Fais-leur la grâce encore de deux journées méridionales,*
*Hâte leur plus grande maturité, et amène*
*La dernière douceur dans le vin lourd.*

Je passai tout près du magasin de musique Gonet, rue Tupin. Je pris une décision brusque (dix mètres de freinage) et allai m'acheter des cordes de guitare. De la somme reçue pour mon expédition de Caluire, il me restait de quoi partager l'essence du voyage à Nice, le lendemain, avec Miguel, et de quoi acheter des Benson pour la route (en ne comptant pas plus d'une cigarette par quart d'heure cependant). Gonet, cheveux blancs en brosse, œil de lynx et sourire de bon vautour, me reconnut.

*Qui aujourd'hui n'a pas de maison ne s'en bâtira plus.*
*Qui aujourd'hui est seul le restera longtemps,*
*Veillera, lira, écrira de longues lettres,*
*Et dans les allées, errant,*
*Il marchera inquiet quand passeront les feuilles.*

Isabelle avait même formé le projet de traduire tout le recueil. Mais ce projet, comme tant d'autres, n'avait pas eu de suite.

Isabelle, Éric... Si loin, si loin de moi !

Je me garai rue Longue, sur le trottoir.

Les souvenirs m'assaillaient sans répit.

Mon cœur, ce soir, n'en pouvait plus de se serrer.

## XX

Emilia, de chair pleine et encore appétissante, avait rencontré à Meximieux un ami de son beau-frère et de sa belle-sœur, petit industriel local, du même âge qu'elle, qui avait eu bien des malheurs lui aussi, et... Il faudrait qu'elle le revoie, bien sûr, mais...

Mariage de compagnie. Elle se sentait trop seule.

Elle songeait à fréquenter moins assidûment le fantôme du poitrinaire, voire à ne plus le fréquenter du tout : c'est-à-dire qu'elle songeait à vendre la maison de Saint-Laurent. Que lui rapportait la maison ? Des frais, de la peine. Des chagrins inutiles. Et cette maison, tout bien considéré, n'avait-elle pas « tué ton tonton ? À moins que cela te contrarie, mon petit Marc, tu sais bien. De toute façon, l'argent sera pour toi, tu le sais aussi », et même, je pourrais commencer à en profiter tout de suite, si...

Elle vivante, lui répondis-je — et je lui souhaitais de vivre éternellement, et d'oublier, et de voir de bons programmes à la télé les soirs d'hiver avec son marchand d'assiettes en plastique rigide —, elle vivante, je ne toucherais certes pas un centime de cet argent.

Je me couchai tôt, en même temps qu'elle. Dans le lit de mon fils. Je ne dormis que quelques heures, mais d'un sommeil tel que l'explosion de la planète Terre ne m'aurait pas fait soulever un cil.

Je me levai à trois heures et demie du matin, ma tête à couper que dormir et moi feraient deux jusqu'au jour quelle que dût être mon obstination à ramer dans la literie.

Et, malgré la recommandation de Miguel, je décidai d'aller seul à Saint-Laurent, et tout de suite.

Je trouvai Emilia en promenade dans l'appartement, son chignon défait. Je lui expliquai. Je la raccompagnai à son lit et bordai le drap. Nous nous embrassâmes avec une émotion inhabituelle, qui nous mena dangereusement au bord du déluge de larmes.

Je reviendrais bientôt, et souvent.

Je lui dis au revoir et je m'en allai.

À Cors, je trouvai la maison impeccable.

La boîte aux lettres était vide.

Malgré la fraîcheur, je m'installai sur le balcon de ma chambre et j'attendis le grand matin, sans dormir, sans vraiment penser.

Je ne pensais à rien.

La plupart des champs avaient été labourés.

Au loin, du côté de Lyon, le ciel s'embrasait parfois d'une grande tache rougeâtre, imprécise et dansante : la flamme de Feyzin.

Le soleil montait. Aucun bruit dans l'air. Le calme était infini.

Au matin, je chargeai dans la GS toutes mes possessions, à savoir une guitare et une photographie, à quoi allaient s'ajouter trois habits récupérés au village, à la laverie.

Ces quelques heures de repos à Cors me firent du bien. Je quittai la maison sans regret.

La petite brunette de la laverie me rendit mes hardes avec un sourire aguichant.

Je laissai Saint-Laurent derrière moi.

J'allais prendre un bon petit déjeuner place Bellecour.

On défonçait souterrainement la ville pour la construction du fameux métro.

Retour à la vie, *decrescendo*.

Puis, quand j'estimerais l'heure venue, je passerais à Fourvière chercher Miguel. Avaient-ils fait craquer ou s'étaient-ils engueulés, Danielle et lui ? Sûrement les deux.

Septembre serait beau, dans le Midi.

Je renonçai à la route de Saint-Étienne, toujours encombrée à cette heure de la matinée, surtout un lundi, et je m'élançai sur l'autoroute.

## DU MÊME AUTEUR

*Aux Éditions P.O.L.*

L'ENFER, *roman*, 1986, *Livre Inter 1986, Gutenberg du meilleur suspense, prix Femina 1986* (Folio nº 4489)

LOIN DE LYON, *sonnets*, 1986

LA MACHINE, *roman*, 1990 (Folio nº 4381)

REMARQUES, *aphorismes*, 1991

LES GRANDES ESPÉRANCES DE CHARLES DICKENS, *essai*, 1994

RÉGIS MILLE L'ÉVENTREUR, *roman*, 1996

VILLE DE LA PEUR, *roman*, 1997

HISTOIRE D'UNE VIE (Remarques II), *aphorismes*, 1998

CRÉATURE, *roman*, 2000

MOURIR, *roman*, 2002

PETIT TRAITÉ DE LA VIE ET DE LA MORT (Remarques III), *aphorismes*, 2003

CODA, *roman*, 2005

LE REVENANT, *roman*, 2006 (réédition), *prix de l'été 1981* (Folio nº 4574)

SUR LA TERRE COMME AU CIEL, *roman*, 2006 (réédition), *Grand Prix de littérature policière 1983*

LE TEMPS MORT, *nouvelles*, 2006 (réédition), *prix Jean Ray 1974*

*Aux Éditions Hachette*

LIVRE D'HISTOIRE (extraits), 1978

FILM NOIR, *roman*, 1989

*Chez d'autres éditeurs*

LES TRAÎTRES MOTS OU LES SEPT AVENTURES DE THOMAS NYLKAN, *roman*, 1976, (Flammarion Collection « textes »)

*Traduction*

LA TRISTE FIN DU PETIT ENFANT HUÎTRE & autres histoires (*The Melancoly Death of Oyster Boy & other stories*) de Tim Burton. Traduit de l'américain (Éditions 10/18, 1998)

| | |
|---|---|
| 4213. Angela Huth | *Amour et désolation.* |
| 4214. Alexandre Jardin | *Les Coloriés.* |
| 4215. Pierre Magnan | *Apprenti.* |
| 4216. Arto Paasilinna | *Petits suicides entre amis.* |
| 4217. Alix de Saint-André | *Ma Nanie,* |
| 4218. Patrick Lapeyre | *L'homme-sœur.* |
| 4219. Gérard de Nerval | *Les Filles du feu.* |
| 4220. Anonyme | *La Chanson de Roland.* |
| 4221. Maryse Condé | *Histoire de la femme cannibale.* |
| 4222. Didier Daeninckx | *Main courante* et *Autres lieux.* |
| 4223. Caroline Lamarche | *Carnets d'une soumise de province.* |
| 4224. Alice McDermott | *L'arbre à sucettes.* |
| 4225. Richard Millet | *Ma vie parmi les ombres.* |
| 4226. Laure Murat | *Passage de l'Odéon.* |
| 4227. Pierre Pelot | *C'est ainsi que les hommes vivent.* |
| 4228. Nathalie Rheims | *L'ange de la dernière heure.* |
| 4229. Gilles Rozier | *Un amour sans résistance.* |
| 4230. Jean-Claude Rufin | *Globalia.* |
| 4231. Dai Sijie | *Le complexe de Di.* |
| 4232. Yasmina Traboulsi | *Les enfants de la Place.* |
| 4233. Martin Winckler | *La Maladie de Sachs.* |
| 4234. Cees Nooteboom | *Le matelot sans lèvres.* |
| 4235. Alexandre Dumas | *Le Chevalier de Maison-Rouge.* |
| 4236. Hector Bianciotti | *La nostalgie de la maison de Dieu.* |
| 4237. Daniel Boulanger | *Tombeau d'Héraldine.* |
| 4238. Pierre Clémenti | *Quelques messages personnels.* |
| 4239. Thomas Gunzig | *Le plus petit zoo du monde.* |
| 4240. Marc Petit | *L'équation de Kolmogoroff.* |
| 4241. Jean Rouaud | *L'invention de l'auteur.* |
| 4242. Julian Barnes | *Quelque chose à déclarer.* |
| 4243. Nerval | *Aurélia.* |
| 4244. Christian Bobin | *Louise Amour.* |
| 4245. Mark Z. Danielewski | *Les Lettres de Pelafina.* |
| 4246. Marthe et Philippe Delerm | *Le miroir de ma mère.* |
| 4247. Michel Déon | *La chambre de ton père.* |
| 4248. David Foenkinos | *Le potentiel érotique de ma femme.* |

4249. Éric Fottorino — *Caresse de rouge.*
4250. J. M. G. Le Clézio — *L'Africain.*
4251. Gilles Leroy — *Grandir.*
4252. Jean d'Ormesson — *Une autre histoire de la littérature française, I.*
4253. Jean d'Ormesson — *Une autre histoire de la littérature française, II.*
4254. Jean d'Ormesson — *Et toi mon cœur pourquoi bats-tu.*
4255. Robert Burton — *Anatomie de la mélancolie.*
4256. Corneille — *Cinna.*
4257. Lewis Carroll — *Alice au pays des merveilles.*
4258. Antoine Audouard — *La peau à l'envers.*
4259. Collectif — *Mémoires de la mer.*
4260. Collectif — *Aventuriers du monde.*
4261. Catherine Cusset — *Amours transversales.*
4262. A. Corréard/H. Savigny — *Relation du naufrage de la frégate la* Méduse.
4263. Lian Hearn — *Le clan des Otori, III : La clarté de la lune.*
4264. Philippe Labro — *Tomber sept fois, se relever huit.*
4265. Amos Oz — *Une histoire d'amour et de ténèbres.*
4266. Michel Quint — *Et mon mal est délicieux.*
4267. Bernard Simonay — *Moïse le pharaon rebelle.*
4268. Denis Tillinac — *Incertains désirs.*
4269. Raoul Vaneigem — *Le chevalier, la dame, le diable et la mort.*
4270. Anne Wiazemsky — *Je m'appelle Élisabeth.*
4271. Martin Winckler — *Plumes d'Ange.*
4272. Collectif — *Anthologie de la littérature latine.*
4273. Miguel de Cervantes — *La petite Gitane.*
4274. Collectif — *«Dansons autour du chaudron».*
4275. Gilbert Keeith Chesterton — *Trois enquêtes du Père Brown.*
4276. Francis Scott Fitzgerald — *Une vie parfaite* suivi de *L'accordeur.*
4277. Jean Giono — *Prélude de Pan* et autres nouvelles

4278. Katherine Mansfield — *Mariage à la mode* précédé de *La Baie.*
4279. Pierre Michon — *Vie du père Foucault — Vie de Georges Bandy.*
4280. Flannery O'Connor — *Un heureux événement* suivi de *La Personne Déplacée.*
4281. Chantal Pelletier — *Intimités* et autres nouvelles.
4282. Léonard de Vinci — *Prophéties* précédé de *Philosophie et aphorismes.*
4283. Tonino Benacquista — *Malavita.*
4284. Clémence Boulouque — *Sujets libres.*
4285. Christian Chaix — *Nitocris, reine d'Égypte T. 1.*
4286. Christian Chaix — *Nitocris, reine d'Égypte T. 2.*
4287. Didier Daeninckx — *Le dernier guérillero.*
4288. Chahdortt Djavann — *Je viens d'ailleurs.*
4289. Marie Ferranti — *La chasse de nuit.*
4290. Michael Frayn — *Espions.*
4291. Yann Martel — *L'Histoire de Pi.*
4292. Harry Mulisch — *Siegfried. Une idylle noire.*
4293. Ch. de Portzamparc/Philippe Sollers — *Voir Écrire.*
4294. J.-B. Pontalis — *Traversée des ombres.*
4295. Gilbert Sinoué — *Akhenaton, le dieu maudit.*
4296. Romain Gary — *L'affaire homme.*
4297. Sempé/Suskind — *L'histoire de Monsieur Sommer.*
4298. Sempé/Modiano — *Catherine Certitude.*
4299. Pouchkine — *La Fille du capitaine.*
4300. Jacques Drillon — *Face à face.*
4301. Pascale Kramer — *Retour d'Uruguay.*
4302. Yukio Mishima — *Une matinée d'amour pur.*
4303. Michel Schneider — *Maman.*
4304. Hitonari Tsuji — *L'arbre du voyageur.*
4305. George Eliot — *Middlemarch.*
4306. Jeanne Benameur — *Les mains libres.*
4307. Henri Bosco — *Le sanglier.*
4308. Françoise Chandernagor — *Couleur du temps.*
4309. Colette — *Lettres à sa fille.*
4310. Nicolas Fargues — *Rade Terminus*
4311. Christian Garcin — *L'embarquement.*
4312. Iegor Gran — *Ipso facto.*
4313. Alain Jaubert — *Val Paradis.*

4314. Patrick Mcgrath — *Port Mungo.*
4315. Marie Nimier — *La Reine du silence.*
4316. Alexandre Dumas — *La femme au collier de velours.*
4317. Anonyme — *Conte de Ma'rûf le savetier.*
4318. René Depestre — *L'œillet ensorcelé.*
4319. Henry James — *Le menteur.*
4320. Jack London — *La piste des soleils.*
4321. Jean-Bernard Pouy — *La mauvaise graine.*
4322. Saint Augustin — *La Création du monde et le Temps.*
4323. Bruno Schulz — *Le printemps.*
4324. Qian Zhongshu — *Pensée fidèle.*
4325. Marcel Proust — *L'affaire Lemoine.*
4326. René Belletto — *La machine.*
4327. Bernard du Boucheron — *Court Serpent.*
4328. Gil Courtemanche — *Un dimanche à la piscine à Kigali.*
4329. Didier Daeninckx — *Le retour d'Ataï.*
4330. Régis Debray — *Ce que nous voile le voile.*
4331. Chahdortt Djavann — *Que pense Allah de l'Europe?*
4332. Chahdortt Djavann — *Bas les voiles!*
4333. Éric Fottorino — *Korsakov.*
4334. Charles Juliet — *L'année de l'éveil.*
4335. Bernard Lecomte — *Jean-Paul II.*
4336. Philip Roth — *La bête qui meurt.*
4337. Madeleine de Scudéry — *Clélie.*
4338. Nathacha Appanah — *Les rochers de Poudre d'Or.*
4339. Élisabeth Barillé — *Singes.*
4340. Jerome Charyn — *La Lanterne verte.*
4341. Driss Chraïbi — *L'homme qui venait du passé.*
4342. Raphaël Confiant — *Le cahier de romances.*
4343. Franz-Olivier Giesbert — *L'Américain.*
4344. Jean-Marie Laclavetine — *Matins bleus.*
4345. Pierre Michon — *La Grande Beune.*
4346. Irène Némirovsky — *Suite française.*
4347. Audrey Pulvar — *L'enfant-bois.*
4348. Ludovic Roubaudi — *Le 18.*
4349. Jakob Wassermann — *L'Affaire Maurizius.*
4350. J. G. Ballard — *Millenium People.*
4351. Jerome Charyn — *Ping-pong.*

| | |
|---|---|
| 4352. Boccace | *Le Décameron.* |
| 4353. Pierre Assouline | *Gaston Gallimard.* |
| 4354. Sophie Chauveau | *La passion Lippi.* |
| 4355. Tracy Chevalier | *La Vierge en bleu.* |
| 4356. Philippe Claudel | *Meuse l'oubli.* |
| 4357. Philippe Claudel | *Quelques-uns des cent regrets.* |
| 4358. Collectif | *Il était une fois... Le Petit Prince.* |
| 4359. Jean Daniel | *Cet étranger qui me ressemble.* |
| 4360. Simone de Beauvoir | *Anne, ou quand prime le spirituel.* |
| 4361. Philippe Forest | *Sarinagara.* |
| 4362. Anna Moï | *Riz noir.* |
| 4363. Daniel Pennac | *Merci.* |
| 4364. Jorge Semprún | *Vingt ans et un jour.* |
| 4365. Elizabeth Spencer | *La petite fille brune.* |
| 4366. Michel tournier | *Le bonheur en Allemagne?* |
| 4367. Stephen Vizinczey | *Éloge des femmes mûres.* |
| 4368. Byron | *Dom Juan.* |
| 4369. J.-B. Pontalis | *Le Dormeur éveillé.* |
| 4370. Erri De Luca | *Noyau d'olive.* |
| 4371. Jérôme Garcin | *Bartabas, roman.* |
| 4372. Linda Hogan | *Le sang noir de la terre.* |
| 4373. LeAnne Howe | *Équinoxes rouges.* |
| 4374. Régis Jauffret | *Autobiographie.* |
| 4375. Kate Jennings | *Un silence brûlant.* |
| 4376. Camille Laurens | *Cet absent-là.* |
| 4377. Patrick Modiano | *Un pedigree.* |
| 4378. Cees Nooteboom | *Le jour des Morts.* |
| 4379. Jean-Chistophe Rufin | *La Salamandre.* |
| 4380. W. G. Sebald | *Austerlitz.* |
| 4381. Collectif | *Humanistes européens de la Renaissance.* (à paraître) |
| 4382. Philip Roth | *La contrevie.* |
| 4383. Antonio Tabucchi | *Requiem.* |
| 4384. Antonio Tabucchi | *Le fil de l'horizon.* |
| 4385. Antonio Tabucchi | *Le jeu de l'envers.* |
| 4386. Antonio Tabucchi | *Tristano meurt.* |
| 4387. Boileau-Narcejac | *Au bois dormant.* |
| 4388. Albert Camus | *L'été.* |
| 4389. Philip K. Dick | *Ce que disent les morts.* |
| 4390. Alexandre Dumas | *La dame pâle.* |

| | |
|---|---|
| 4391. Herman Melville | *Les Encantadas, ou Îles Enchantées.* |
| 4392. Pidansat de Mairobert | *Confession d'une jeune fille.* |
| 4393. Wang Chong | *De la mort.* |
| 4394. Marguerite Yourcenar | *Le Coup de Grâce.* |
| 4395. Nicolas Gogol | *Une terrible vengeance.* |
| 4396. Jane Austen | *Lady Susan.* |
| 4397. Annie Ernaux/ Marc Marie | *L'usage de la photo.* |
| 4398. Pierre Assouline | *Lutetia.* |
| 4399. Jean-François Deniau | *La lune et le miroir.* |
| 4400. Philippe Djian | *Impuretés.* |
| 4401. Javier Marías | *Le roman d'Oxford.* |
| 4402. Javier Marías | *L'homme sentimental.* |
| 4403. E. M. Remarque | *Un temps pour vivre, un temps pour mourir.* |
| 4404. E. M. Remarque | *L'obélisque noir.* |
| 4405. Zadie Smith | *L'homme à l'autographe.* |
| 4406. Oswald Wynd | *Une odeur de gingembre.* |
| 4407. G. Flaubert | *Voyage en Orient.* |
| 4408. Maupassant | *Le Colporteur* et autres nouvelles. |
| 4409. Jean-Loup Trassard | *La déménagerie.* |
| 4410. Gisèle Fournier | *Perturbations.* |
| 4411. Pierre Magnan | *Un monstre sacré.* |
| 4412. Jérôme Prieur | *Proust fantôme.* |
| 4413. Jean Rolin | *Chrétiens.* |
| 4414. Alain Veinstein | *La partition* |
| 4415. Myriam Anissimov | *Romain Gary, le caméléon.* |
| 4416. Bernard Chapuis | *La vie parlée.* |
| 4417. Marc Dugain | *La malédiction d'Edgar.* |
| 4418. Joël Egloff | *L'étourdissement.* |
| 4419. René Frégni | *L'été.* |
| 4420. Marie NDiaye | *Autoportrait en vert.* |
| 4421. Ludmila Oulitskaïa | *Sincèrement vôtre, Chourik.* |
| 4422. Amos Oz | *Ailleurs peut-être.* |
| 4423. José Miguel Roig | *Le rendez-vous de Berlin.* |
| 4424. Danièle Sallenave | *Un printemps froid.* |
| 4425. Maria Van Rysselberghe | *Je ne sais si nous avons dit d'impérissables choses.* |
| 4426. Béroalde de Verville | *Le Moyen de parvenir.* |

4427. Isabelle Jarry *J'ai nom sans bruit.*
4428. Guillaume Apollinaire *Lettres à Madeleine.*
4429. Frédéric Beigbeder *L'Égoïste romantique.*
4430. Patrick Chamoiseau *À bout d'enfance.*
4431. Colette Fellous *Aujourd'hui.*
4432. Jens Christian Grøndhal *Virginia.*
4433. Angela Huth *De toutes les couleurs.*
4434. Cees Nooteboom *Philippe et les autres.*
4435. Cees Nooteboom *Rituels.*
4436. Zoé Valdés *Louves de mer.*
4437. Stephen Vizinczey *Vérités et mensonges en littérature.*
4438. Martin Winckler *Les Trois Médecins.*
4439. Françoise Chandernagor *L'allée du Roi.*
4440. Karen Blixen *La ferme africaine.*
4441. Honoré de Balzac *Les dangers de l'inconduite.*
4442. Collectif *1,2,3... bonheur!*
4443. James Crumley *Tout le monde peut écrire une chanson triste* et autres nouvelles.
4444. Niwa Fumio *L'âge des méchancetés.*
4445. William Golding *L'envoyé extraordinaire.*
4446. Pierre Loti *Les trois dames de la Kasbah* suivi de *Suleïma.*
4447. Marc Aurèle *Pensées (Livres I-VI).*
4448. Jean Rhys *À septembre, Petronella* suivi de *Qu'ils appellent ça du jazz.*
4449. Gertrude Stein *La brave Anna.*
4450. Voltaire *Le monde comme il va* et autres contes.
4451. La Rochefoucauld *Mémoires.*
4452. Chico Buarque *Budapest.*
4453. Pietro Citati *La pensée chatoyante.*
4454. Philippe Delerm *Enregistrements pirates.*
4455. Philippe Fusaro *Le colosse d'argile.*
4456. Roger Grenier *Andrélie.*
4457. James Joyce *Ulysse.*
4458. Milan Kundera *Le rideau.*
4459. Henry Miller *L'œil qui voyage.*
4460. Kate Moses *Froidure.*

4461. Philip Roth — *Parlons travail.*
4462. Philippe Sollers — *Carnet de nuit.*
4463. Julie Wolkenstein — *L'heure anglaise.*
4464. Diderot — *Le Neveu de Rameau.*
4465. Roberto Calasso — *Ka.*
4466. Santiago H. Amigorena — *Le premier amour.*
4467. Catherine Henri — *De Marivaux et du Loft.*
4468. Christine Montalbetti — *L'origine de l'homme.*
4469. Christian Bobin — *Prisonnier au berceau.*
4470. Nina Bouraoui — *Mes mauvaises pensées.*
4471. Françoise Chandernagor — *L'enfant des Lumières.*
4472. Jonathan Coe — *La Femme de hasard.*
4473. Philippe Delerm — *Le bonheur.*
4474. Pierre Magnan — *Ma Provence d'heureuse rencontre.*
4475. Richard Millet — *Le goût des femmes laides.*
4476. Pierre Moinot — *Coup d'État.*
4477. Irène Némirovsky — *Le maître des âmes.*
4478. Pierre Péju — *Le rire de l'ogre.*
4479. Antonio Tabucchi — *Rêves de rêves.*
4480. Antonio Tabucchi — *L'ange noir.* (à paraître)
4481. Ivan Gontcharov — *Oblomov.*
4482. Régine Detambel — *Petit éloge de la peau.*
4483. Caryl Férey — *Petit éloge de l'excès.*
4484. Jean-Marie Laclavetine — *Petit éloge du temps présent.*
4485. Richard Millet — *Petit éloge d'un solitaire.*
4486. Boualem Sansal — *Petit éloge de la mémoire.*
4487. Alexandre Dumas — *Les Frères corses.* (à paraître)
4488. Vassilis Alexakis — *Je t'oublierai tous les jours.*
4489. René Belletto — *L'enfer.*
4490. Clémence Boulouque — *Chasse à courre.*
4491. Giosuè Calaciura — *Passes noires.*
4492. Raphaël Confiant — *Adèle et la pacotilleuse.*
4493. Michel Déon — *Cavalier, passe ton chemin!*
4494. Christian Garcin — *Vidas* suivi de *Vies volées.*
4495. Jens Christian Grøndahl — *Sous un autre jour.*
4496. Régis Jauffret — *Asiles de fous.*
4497. Arto Paasilinna — *Un homme heureux.*
4498. Boualem Sansal — *Harraga.*

*Composition et impression Bussière,*
*le 12 juin 2007.*
*Dépôt légal : juin 2007.*
*Numéro d'imprimeur : 70578-072153/1.*
ISBN 978-2-07-033876-4./Imprimé en France.